JULIANA GRAY

Das sinnliche Geheimnis eines Gentlemans

Buch

Die junge und unkonventionelle Miss Abigail Harewood hat kürzlich beschlossen, sich noch vor Ablauf des Jahres einen Liebhaber zu suchen. Bei einer Reise nach Italien trifft sie auf einem einsamen Schloss bei Florenz auf den Duke of Wallingford. Als es zwischen den beiden zu einem leidenschaftliche Kuss kommt, ist Abigail sich sicher: Wallingford ist der Richtige für sie. Doch dieser hat fest vor, sich ganz seinen akademischen Studien zu widmen und bis auf Weiteres komplett auf Frauen zu verzichten. Abigail aber ist nicht von ihren Plänen abzubringen und fest entschlossen, den attraktiven Herzog nach allen Regeln der Kunst zu verführen. Zwischen den beiden entspinnt sich ein leidenschaftliches und sinnliches Duell. Da erfährt Abigail, dass über dem Schloss, in dem sie zusammen mit Wallingford wohnt, ein dunkler Fluch lastet – und der kann nur gebrochen werden, wenn ein Lord dort einer Frau seine ewige Liebe schwört …

Autorin

Juliana Gray liebt dunkle Schokolade, Champagner und Dinnerpartys. Sie begann bereits als Kind mit dem Schreiben, meist, wenn ihre Eltern sie in ihr Zimmer verbannten. In ihren Jugendjahren entdeckte sie dann ihre Passion für den historischen Liebesroman, leider hat sie jedoch bisher noch keinen echten Duke getroffen.

Von Juliana Gray bei Blanvalet lieferbar:

Die süßen Lügen einer Lady (38381)
Die sündige Liebe eines Lords (0001)

Juliana Gray

Das sinnliche Geheimnis eines Gentlemans

Roman

Aus dem Amerikanischen
von Ruth Sander

blanvalet

Die Originalausgabe erschien 2013 unter dem Titel
A Duke Never Yields bei The Berkley Publishing Group,
published by the Penguin Group, New York.

MIX
Papier aus verantwortungsvollen Quellen
FSC® C014496
FSC
www.fsc.org

Verlagsgruppe Random House FSC® N001967
Das FSC®-zertifizierte Papier *Holmen Book Cream*
für dieses Buch liefert Holmen Paper, Hallstavik, Schweden.

1. Auflage
Deutsche Erstveröffentlichung Dezember 2015
bei Blanvalet, einem Unternehmen der
Verlagsgruppe Random House GmbH, München

Umschlaggestaltung: © Johannes Wiebel | punchdesign,
unter Verwendung von Motiven von Chris Cocozza und Shutterstock.com
Redaktion: Sabine Wiermann
BS · Herstellung: sam
Satz: DTP Service Apel, Hannover
Druck und Einband: GGP Media GmbH, Pößneck
Printed in Germany
ISBN: 978-3-7341-0002-4

Besuchen Sie uns auch auf www.facebook.com/blanvalet
und www.twitter.com/BlanvaletVerlag.
www.blanvalet.de

Wie immer den treuen Damen des »Romance Book Club« gewidmet, und insbesondere unserer lieben und geistreichen Abigail, die den Herzog bekommt.

PROLOG

London
Februar 1890

Der Duke of Wallingford schätzte es ganz und gar nicht, von einer menschlichen Stimme geweckt zu werden. Weder von der seines Kammerdieners noch von der seiner Geliebten – er blieb niemals die Nacht über bei einer Frau – und ganz gewiss nicht von derjenigen, die soeben an sein Ohr drang.

»Interessant«, sagte der Duke of Olympia zu der lang hingestreckten Gestalt seines ältesten Enkelsohns, »für ein Körperteil, das einen solchen Aufruhr ausgelöst hat, wirkt es augenblicklich recht harmlos.«

Wallingford machte sich nicht die Mühe, die Augen aufzuschlagen. Zum einen, weil er fürchterliche Kopfschmerzen hatte und das Morgenlicht sich bereits tief genug in seinen Schädel bohrte, ohne dass er sich des zusätzlichen Schutzes seiner Augenlider beraubte.

Zum anderen, weil er dem alten Mann die Genugtuung nicht gönnte.

»Wer zum Teufel hat dich hereingelassen?«, fragte er stattdessen.

»Dein Kammerdiener war so freundlich, mir die Tür zu öffnen.«

»Ich werde ihn gleich entlassen.«

Mit laut klappernden Absätzen schritt Olympia über den Holzfußboden zum anderen Ende des Zimmers und riss am letzten noch verdeckten Fenster die Vorhänge auf.

»Sieh mal! Ein wunderschöner Tag. Schau, wie hell die Wintersonne heute Morgen scheint. Das ist zu selten, um es zu versäumen.«

Wallingford legte einen Arm übers Gesicht.

»Fahr zur Hölle, Großvater.«

Der Duke of Olympia seufzte.

»Mein lieber Junge, darf ich dich bitten, vielleicht einen Morgenmantel anzuziehen? Ich bin nicht daran gewöhnt, zu so früher Stunde mit einem unverhüllten männlichen Geschlechtsteil konfrontiert zu werden. Und gewöhnlich bleibt es mir auch zu anderen Zeiten erspart.«

Arthur Penhallow, Duke of Wallingford, neunundzwanzig Jahre alt und schon lange kein Junge mehr, deutete mit dem freien Arm auf die Tür zum Ankleidezimmer.

»Wenn du Anstoß an dem Anblick nimmst, empfehle ich dir, im Schrank nachzusehen, Großvater. Die Morgenmäntel hängen, glaube ich, auf der rechten Seite. Im Winter trage ich am liebsten Kaschmir.«

»Ich kann deiner freundlichen Aufforderung leider nicht nachkommen«, erwiderte Olympia, »aber ich werde nach dem Kammerdiener klingeln. Hast du nie erwogen, ein Nachthemd zu tragen?«

»Darüber werde ich nachdenken, wenn *ich* fünfundsechzig bin und nicht mehr hoffen kann, dass eine Frau meinem verwelkten Körper zärtliche Aufmerksamkeit schenkt.« Das war nicht ganz fair, denn Wallingford wusste genau, dass die berühmte Lady Henrietta Pembroke, die ihre Liebhaber nicht aus einer bloßen Laune heraus aussuchte, dem Körper seines Großvaters, verwelkt oder nicht, momentan zärtliche Aufmerksamkeit schenkte.

Doch die Gelegenheit war zu verlockend, um sie ungenutzt verstreichen zu lassen.

»Und dennoch scheint keine Frau dir Aufmerksamkeit irgendwelcher Art zu widmen, mein Lieber.« Olympia legte eine genüssliche Pause ein. »Ganz im Gegenteil sogar.«

»Ach, verschwinde.«

»Was für eine vulgäre Generation meine Kinder hervorgebracht haben. Ah! Shelmerstone. Wie Sie sehen, benötigt Seine Gnaden einen Morgenmantel. Wenn ich mir erlauben darf, darauf hinzuweisen.«

Wallingford hörte, wie die Tür sich hinter seinem Kammerdiener schloss und leise Schritte über den dicken Orientteppich auf das Ankleidezimmer zugingen.

»Shelmerstone«, sagte er, »sobald Sie mich angezogen und rasiert haben, können Sie Ihre Sachen packen und Ihre Stellung aufgeben. Ich möchte nicht vor neun Uhr morgens gestört werden und ganz sicher nicht von einem so unerträglichen Menschen wie meinem Großvater, dem Herzog.«

»Sehr wohl, Sir«, erwiderte Shelmerstone, der es gewohnt war, jeden Tag mehrmals entlassen zu werden. »Ich habe mir die Freiheit genommen, den grauen Anzug aus extra feiner Wolle herauszulegen, Sir, und Ihren besten Zylinder.«

»Warum zum Teufel? Ich habe nicht vor, heute Morgen in die Kirche zu gehen.«

»Ich habe die Kleidung ausgewählt, die sich am besten eignet, um eine Dame in einer so überaus delikaten Angelegenheit aufzusuchen, Sir.«

Das brachte Wallingford dazu, sich endlich aufzusetzen.

»Welche Dame?«, fragte er, während er die Augen vor dem gnadenlos grellen Morgenlicht schützte. Bildete er sich das nur ein, oder roch an diesem Morgen alles um ihn herum nach schal gewordenem Champagner? »Und in was für einer … *delikaten Angelegenheit*?« Er schüttelte sich leicht angewidert.

»Ich rede von Madame de la Fontaine.« Mit einem Morgenmantel aus rehbraunem Kaschmir über dem Arm und einem Ausdruck unerschütterlicher moralischer Strenge auf dem Gesicht tauchte Shelmerstone, umweht von einem Hauch Zederndufti, wieder aus den Tiefen des Schrankes auf.

»Ah ja.« Aus reiner Gewohnheit erhob Wallingford sich und erlaubte es seinem Kammerdiener, ihm in den Mantel zu helfen.

Olympia, wie immer tadellos gekleidet in einen eleganten Anzug und Reitstiefel, legte die Hände hinter dem Rücken zusammen und maß seinen Enkel mit seinem vernichtendsten Blick. In seiner Kindheit hatte Wallingford diesen Blick gehasst, denn er verhieß nichts Gutes.

»Es hat keinen Zweck, sich dumm zu stellen, mein Junge. Die ganze Stadt weiß, welchen hübschen kleinen *Jux* du dir vergangene Nacht erlaubt hast. Würde es dir etwas ausmachen, den Mantel *zuzubinden*? In meinem Alter bekommt man so leicht Magenbeschwerden.«

Gereizt verhüllte Wallingford sich züchtig.

»Das war kein *Jux*, Großvater. Zu so etwas lässt ein Duke of Wallingford sich gewiss nicht herab.«

»Shelmerstone«, sagte der Duke of Olympia, ohne die leuchtend blauen Augen auch nur einen Moment von Wallingford abzuwenden, »wären Sie so freundlich, mich kurz mit meinem Enkelsohn allein zu lassen?«

»Selbstverständlich, Durchlaucht.« Der Kammerdiener legte die Rasierseife fort und zog sich geräuschlos zurück.

Wallingford versuchte zu lächeln.

»Nun hältst du mir eine Standpauke, ja?«

Sein Großvater ging zum Fenster, schob den Vorhang noch etwas weiter auf und schaute auf den Wald aus weißen Giebeln hinaus, die den Belgrave Square bildeten. Das Sonnenlicht, das auf sein Gesicht fiel, ließ es weicher wirken, und wenn das silberglänzende Haar nicht gewesen wäre, hätte man ihn ohne Weiteres für zwanzig Jahre jünger halten können.

»Ich habe nichts dagegen einzuwenden, dass du mit dieser Frau schläfst«, sagte er mit der unnatürlich ruhigen Stimme, die er für seine gefährlichsten Angriffe reservierte. »Französische Ehemänner sind in dieser Hinsicht sehr tolerant, und als Diplomat ist Monsieur de la Fontaine sich der Vorteile dieser Liaison sicher bewusst. Aus dem Grunde ehelichen Männer wie er ja so verführerische Frauen.«

Wallingford zuckte die Achseln.

»Er ist immer überaus zuvorkommend gewesen.«

»Ja natürlich. Und im Gegenzug wird erwartet, dass du ein gewisses Maß an Respekt zeigst. Ein *Mindestmaß*« – an dieser Stelle wurde Olympias Stimme nachdrücklicher, was als Einleitung des eigentlichen Vorwurfs zu verstehen war – »ein *Mindestmaß* an gutem Benehmen, das dich daran hindern sollte, deinem unberechenbaren Geschlechtstrieb zu folgen und dir eine weitere Abwechslung zu gönnen, während du der offizielle Geliebte Cecile de la Fontaines bist.« Mit funkelnden Augen wandte er sich Wallingford zu. »Noch dazu während ihres eigenen Festes und unter ihrem eigenen Dach. Es ist wohl kaum möglich, sie noch mehr zu demütigen.«

»Ich habe Cecile nie irgendwelche Versprechungen gemacht.« Hastig wappnete Wallingford sich für den bevorstehenden Angriff. Natürlich hatte er einen Fehler begangen; er hatte es bereits gewusst, als er den Akt vollzog – an der Wand des eleganten de la Fontaineschen Wintergartens, recht schnell und angenehm, wenn auch fast betäubt vom Duft der von Cecile so heiß geliebten Orchideen –, und die fragliche Dame (wie zum Teufel hieß sie noch?) so wenig galant einfach stehen zu lassen, war der Gipfel der Dummheit gewesen. Jede Dame, selbst eine, die willens war, an der Wintergartenwand ihrer Gastgeberin mit dem Liebhaber ebenjener Gastgeberin Sex zu haben, legte Wert auf ein wenig Höflichkeit.

Aber wer hätte erwartet, dass sie ihm so öffentlich und so spärlich bekleidet entgegentreten und ihm so viel guten französischen Champagner an den Kopf werfen würde? Sein Haar war noch ganz klebrig davon.

»Nein, natürlich hast du das nicht. Ich hatte auch nichts anderes erwartet«, sagte Olympia mit vor Verachtung triefender Stimme. »Doch es gibt Dinge, die sich von selbst verstehen, wenn man mit einer Frau wie Madame de la Fontaine ins Bett geht, einer ehrbaren Frau von gesellschaftlichem Rang. Eigentlich sogar bei jeder Frau, obwohl ich nicht erwarte, dass du den Anstand hättest, so weit zu gehen.«

Niemand strafte Menschen so gnadenlos mit Verachtung wie der Duke of Olympia. Nun suchte er in dem Schutzwall, hinter dem sein Enkelsohn sich versteckte, wie üblich nach einer Schwachstelle. Doch Wallingford wappnete sich, und als er sicher war, dass sein Großvater bei ihm auf Granit beißen würde, schlenderte er zu einem geschnitzten Bettpfosten und lehnte sich mit gekreuzten Armen daran.

»Wer im Glashaus sitzt, sollte nicht mit Steinen werfen, nicht wahr, Großvater?«

»Ich leugne nicht, dass ich viele Frauen gehabt habe«, sagte Olympia. »Und alles in allem eine wesentlich interessantere Auswahl als die, die *du* angesammelt hast, aber ich habe immer den Anstand gehabt, eine Affäre zu beenden, ehe ich eine andere anfing.«

»Und was ist mit deiner Frau?«

Die hastig hingeworfene Frage hing im bleichen Morgenlicht. Wallingford bereute sie augenblicklich.

Dann begann die goldene Kette der Taschenuhr, die der Duke of Olympia in der geballten Hand hielt, plötzlich im Sonnenschein zu funkeln.

»In Zukunft«, sagte sein Großvater ruhig, »wirst du es vermeiden, Ihre Gnaden in einem so vulgären Kontext zu erwähnen. Hast du mich verstanden?«

»Selbstverständlich.«

»Ich habe mich oft gefragt«, fuhr Olympia fort und lockerte die Faust, »ob eine Ehefrau dich nicht zähmen oder zumindest deine schlimmsten Triebe zügeln könnte.«

»Ich bin doch ganz zahm. Und ich bin ein sehr guter Herzog. Meine Ländereien sind in bester Ordnung, meine Pächter zufrieden ...« Wie ein Schuljunge, der sich verzweifelt nach Anerkennung sehnt, dachte Wallingford verärgert.

»Ja, das muss ich dir zugutehalten«, sagte Olympia. »Dein Vater, dieser Taugenichts, hat nicht einmal das geschafft. Ich frage mich oft, wie meine Tochter so dumm sein konnte, ihn zu ehelichen. Er war ein Herzog, gewiss, und attraktiv noch dazu, aber ...« Vielsagend zuckte er mit den Achseln.

»Bitte bedenke, dass der Taugenichts, von dem du gerade redest, mein Vater war.«

Olympia nahm die Uhr und öffnete den Deckel.

»Du besitzt eine Fülle von Talenten, mein Junge. Und es betrübt mich, zusehen zu müssen, wie so vielversprechende Anlagen vergeudet werden.«

»Ich bitte um Entschuldigung«, sagte sein Enkelsohn gedehnt. »Aber halte ich dich von einer Verabredung ab? Dann lass doch die Förmlichkeiten, ich bitte dich.«

»Nun gut, ich fasse mich kurz. Mir ist zu Ohren gekommen, dass Mr. Burke dir einen Vorschlag unterbreitet hat.«

Wallingford verdrehte die Augen und verließ seinen Posten am Bett, um sich in einen Sessel zu fläzen.

»Meinst du etwa diesen verrückten Plan, uns für ein Jahr nach Italien zurückzuziehen, um wie die Mönche zu leben?«

»Du kannst dir nicht vorstellen, dass du zu solcher Enthaltsamkeit fähig wärst?«

Wallingford lehnte den Kopf an den tannengrünen Damast der Sessellehne und lachte.

»Ach, komm, Großvater. Warum sollte ich? Wozu soll das gut sein? Ich habe nie verstanden, warum die Burkes dieser Welt sich so gerne selbst quälen.«

»Nein, hast du nicht? Hast du nie über die besonderen Schwierigkeiten im Leben deines Freundes nachgedacht?«

»Weil er illegitim ist, meinst du?«, fragte sein Enkel.

Wieder entstand eine unheilschwangere Stille, und wieder wünschte Wallingford, er hätte nichts gesagt. Schließlich war Phineas Burke ein feiner Kerl: ein wenig zu groß, zu rothaarig und zu schweigsam für manche, aber ein wirklich genialer Wissenschaftler und ein großartiger Erfinder, der elektrische Batterien und pferdelose Kutschen und ähnliche Dinge so mühelos zusammenbaute wie andere Männer Taschenuhren. Er war in jeder Hinsicht ein Riese. Und überdies frei von der Launenhaftigkeit und der dünnhäutigen Missgunst, dem eitlen Streben und gezierten Gehabe, das gut erzogene Bastarde so oft an den Tag legten. Burke kümmerte sich einfach um seine eigenen Angelegenheiten und scherte sich nicht um die Meinung anderer, und aus genau diesem Grund war er überall gern gesehen. Insgeheim hielt Wallingford ihn für seinen besten Freund, auch wenn man so etwas über seinen eigenen Onkel natürlich nicht öffentlich sagte.

Wirklich, Burke war so charakterfest und klug, so standfest in jeder Krise, dass Wallingford ihm beinah vergeben konnte, Olympias Augapfel zu sein.

»Glaub mir, ich weiß, wie das ist«, sagte sein Großvater sanft. »Du bist immer ein Herzog gewesen oder konntest zumindest täglich damit rechnen, bald den Titel zu erben. Zudem bist du mit einem hübschen Gesicht und einer ansehnlichen Figur gesegnet. Und du hältst diese Dinge für selbstverständlich. Du denkst, du hast alles um dich herum *verdient«* – eine weite Armbewegung bezog die prächtigen Möbel, die Armee von Bediensteten, die sich geräuschlos jenseits der Wände bewegte, und das feine Pflaster des Belgrave Square draußen vor dem Fenster mit ein –, »dabei ist es dir in den Schoß gefallen wie ein überreifer Pfirsich. Du denkst, du dürftest im Wintergarten deiner eigenen Mätresse mit einer bloßen Bekannten im Stehen verkehren, nur weil du es kannst. Einfach weil du Seine Gnaden, der Herzog von Wallingford bist.«

»Ich gebe ja zu, dass ich Glück gehabt habe. Aber ich sehe keinen Grund, die Früchte, die mir in den Schoß fallen, nicht zu genießen.«

»*Früchte*? Ist diese Frau, diese Dame aus gutem Hause, ein Mensch aus Fleisch und Blut, für dich nicht mehr als ein Stück Obst?«

Wallingford richtete seine Aufmerksamkeit auf den glatten Ärmel seines Kaschmirmantels und suchte nach einem Fussel, den er lässig herunterwischen konnte, um sein Desinteresse zu zeigen. Doch Shelmerstone war ein viel zu guter Kammerdiener, um es irgendwelchen Fusseln zu gestatten, den makellosen herzoglichen Ärmel zu verunzieren, sodass Wallingford nichts anderes übrig blieb, als eine imaginäre Fluse in die staubfreie Luft zu befördern.

»Ich glaube mich zu erinnern«, sagte er, »dass die besagte Dame sich gut amüsiert hat.«

»Ach ja?«, erwiderte Olympia kühl. »Ich fürchte, ich bezweifle, dass du es bemerkt hättest, wenn es anders gewesen wäre. Jedenfalls habe ich beschlossen, dass dieser ganze Unsinn nun weit genug gegangen ist. Du bist neunundzwanzig und ein Herzog. Trotz meines Bedauerns muss ich von dir verlangen, dass du Burkes Vorschlag, so erbaulich er auch sein mag, nicht annimmst und deine Aufmerksamkeit stattdessen auf eine baldige Heirat lenkst.«

Wallingford, der glaubte, sich verhört zu haben, schaute auf.

»*Heirat?*«, fragte er in einem Tonfall, in dem er wohl auch *Kastration* gesagt hätte. »Hast du gerade *Heirat* gesagt?«

»Ganz genau.«

»Bist du *wahnsinnig*?«

Olympia streckte die Hände aus.

»Du wirst doch sicher einsehen, dass es nötig ist.«

»Ganz und gar nicht. Wir haben doch noch Penhallow. Er würde einen außergewöhnlich gut aussehenden Herzog abgeben, falls ich heute Abend beim Essen das Pech hätte, an einem Hühnerknochen zu ersticken.«

»Dein Bruder hat kein Interesse an deinem Titel.«

Wallingford stellte fest, dass ihm ganz plötzlich die Geduld ausging. Empört sprang er auf.

»Ist das nun endlich des Pudels Kern? Ist *das* der Grund, warum du heute Morgen hergekommen bist? Um mich zum Zuchthengst zu machen? Um dafür zu sorgen, dass ich einen neuen Herzog zeuge? Das ist wohl alles, wozu ich in deinen Augen tauge, nicht?«

»Mein lieber Junge«, sagte Olympia, »hat irgendetwas an deinem bisherigen Lebenswandel je darauf hingedeutet, dass du zu etwas anderem nützlich sein könntest?«

Wallingford wandte sich dem Tablett mit dem Kaffee zu und schenkte sich eine Tasse ein. Ohne Milch und Zucker. Das Gebräu sollte so finster sein wie seine Stimmung. Ihm eine *Heirat* vorzuschlagen, also wirklich.

»Ich habe viele Talente, Großvater, falls es dir jemals aufgefallen sein sollte.«

Abfällig wedelte Olympia mit der Hand.

»Sei doch nicht kindisch, mein Junge. Immerhin brauchst du dich nicht mehr mit der lästigen Brautschau zu befassen. Da ich dich schon sehr lange und sehr gut kenne, habe ich dir die perfekte Braut bereits ausgesucht.«

Wallingford, der gerade dabei war, die Tasse an die Lippen zu führen, ließ sie stattdessen mit einem dumpfen Knall auf den Teppich fallen. Er war so überrascht, dass er sich nicht die Mühe machte, sie wieder aufzuheben.

»*Du* hast *mir* eine Braut ausgesucht?«, wiederholte er entsetzt, während er sich an die Untertasse klammerte wie an einen Rettungsring.

»So ist es. Ein reizendes Mädchen. Du wirst sie hinreißend finden, das verspreche ich dir.«

»Ich bitte um Verzeihung. Bin ich vielleicht eingeschlafen und zweihundert Jahre früher wieder aufgewacht?«

Olympia klopfte auf seine Manteltasche und zog einen kleinen, ledernen Kalender heraus.

»Nein«, sagte er, nachdem er ein paar Seiten studiert hatte. »Nein, wir haben immer noch Februar 1890. Gott sei Dank, denn ich habe heute sehr viele Verabredungen, und ich würde nur sehr ungern so lange warten, um ihnen nachzukommen. Wenn es dir recht ist, Wallingford, werde ich die junge Frau mit ihrer Familie einladen, wenn sie Ende März wieder in der Stadt ist. Ein intimes Abendessen wäre das Beste, denke ich. So könnt ihr euch näher kennenlernen.« Er blätterte noch ein paar Seiten um. »Eine Hochzeit um Mittsommer herum wäre ideal, meinst du nicht? Wenn die Rosen blühen und so weiter?«

»Bist du verrückt geworden?«

»Nein, ganz im Gegenteil. Aber nun muss ich los. Ich schicke Shelmerstone wieder herein. Sicher steht er direkt hinter dem Schlüsselloch. Ach, und Wallingford?«

»Ja?« Sein Enkel war zu benommen, um etwas anderes zu sagen.

»Versuch doch bitte, dich bis dahin nicht noch einmal in einen Skandal verwickeln zu lassen, ja? Die Queen findet das nicht amüsant, ganz und gar nicht. Oh, fast hätte ich's vergessen! Orchideen.«

»Orchideen?«

»Orchideen für Madame de la Fontaine. Anscheinend sind das ihre Lieblingsblumen.«

Dann entschwand der Besucher mit dem eleganten Anzug

und dem silbernen Haar eilig, und Wallingford starrte die Tür an, als wäre sie das Tor zur Hölle.

Was zum Teufel war in den alten Mann gefahren? Bisher hatte er das Wort *Heirat* nie erwähnt, und mit einem Mal redete er von Bräuten, Hochzeiten und verdammten *Rosen*, wenn es dir recht ist! Wallingford schaute auf seine Hand hinunter und sah, dass sie zitterte.

Leise öffnete sich die Tür in gut geölten Angeln.

»Es wäre dann alles zur Rasur bereit, Sir«, sagte Shelmerstone, bevor er kaum merklich nach Luft schnappte, denn er hatte den Kaffeefleck gesehen, der langsam in den unbezahlbaren Teppich einzog, umkränzt von einem hübschen Ring aus braunen Streifen, an deren Ende letzte winzige Tropfen schimmerten, die noch nicht in die fest gewebte Wolle eingedrungen waren. Unverzüglich riss der Kammerdiener eine Leinenserviette vom Kaffeetablett und fiel auf die Knie, um zu tupfen, und ging in seiner tiefen Trauer sogar so weit, ein vorwurfsvolles *Sir!* zu äußern.

Wallingford setzte die Untertasse ab.

»Ich bitte um Verzeihung, Shelmerstone. Aber Seine Gnaden hat mir einen furchtbaren Schreck eingejagt.«

»Inwiefern, Sir?«, fragte der Kammerdiener mit einem unterdrückten Schluchzen.

»Er hat von Heirat gesprochen«, sagte der Herzog und fügte erklärend hinzu: »Der meinigen.«

Eine entsetzte Pause entstand.

»Aber Sir.«

»Ja. Es ist beängstigend. Er hat die Braut, das Datum und die verdammten Blumen bereits ausgesucht. Und ich schätze, er hat sich auch schon für ein Kleid entschieden und es selbst mit Perlen bestickt, Gott möge ihn strafen.«

Shelmerstone räusperte sich. Er war kreidebleich, entweder wegen des Kaffeeflecks oder wegen der Hochzeit oder einer Kombination aus beidem. Mit Grabesstimme fragte er:

»Und wie heißt die Glückliche, Sir?«

Wallingford kniff die Augen zusammen.

»Ich glaube … der Name war … Großer Gott. Wissen Sie was, Shelmerstone? Ich glaube, er hat es nicht einmal für nötig befunden, ihn mir mitzuteilen.«

»Aber Sir.«

»Nicht, dass das irgendeine Rolle spielte. Denn ich werde selbstverständlich nicht heiraten. Ich werde meinem Großvater ganz genau sagen, wohin er sich seine arrangierte Ehe stecken kann.« In dem riesigen Schlafzimmer klangen seine Worte hohl, und das war ihm bewusst. Zudem konnte er förmlich hören, was Shelmerstone dachte, während er sich über den Kaffeefleck beugte.

Ha. Das würde ich zu gerne sehen. Niemand kommt gegen diesen vermaledeiten Duke of Olympia an, wenn er sich eine von seinen Ideen in den Kopf gesetzt hat.

»Ich glaube, ich hole das Natron«, sagte Shelmerstone matt und stand auf.

Wallingford ließ sich wieder in den Sessel fallen und sah sich mit leerem Blick um. Das vertraute Zimmer, das trotz seiner Größe so etwas wie gediegene Behaglichkeit ausstrahlte, war frei von unnötigem Schnickschnack und Blumen, dafür stapelten sich auf dem Nachttisch seine Lieblingsbücher, und ein alter Single Malt Whisky stand griffbereit. Allein die Vorstellung, dass eine Frau dieses Heiligtum betreten könnte, machte ihn nervös.

Nein. Nein, das konnte nicht sein. Nicht einmal der Duke of Olympia würde so etwas wagen.

Gewiss, er hatte im letzten halben Jahrhundert mehr als einem Premierminister zu seinem Amt verholfen. Und die Queen selbst hatte, wie man wusste, eine oder zwei ihrer bekanntermaßen festgefassten Meinungen geändert, nachdem sie sich eine Stunde allein mit Seiner Gnaden unterhalten hatte.

Und dann war da noch diese Reise nach Russland, unternommen mit seiner eigenen Dampfyacht, bei der er dem Zaren alles andere als undeutlich klargemacht hatte …

Großer Gott.

Wallingford beugte sich vor, stützte die Ellbogen auf die Knie und bedeckte das Gesicht mit den Händen.

Es musste einen Ausweg geben.

Er spreizte die Finger und schaute hindurch. Der Geruch des verschütteten Champagners, der noch in seinem Haar hing, stieg ihm in die Nase und reizte seinen Magen. Champagner. Orchideen. In seinem Gehirn schwappten die Erinnerungen an die vergangene Nacht durcheinander: die heftige Vereinigung, banal und schäbig, in kaum zwei Minuten erledigt, und dann der bittere Nachgeschmack, als er sich mit dem Taschentuch abgetrocknet und das gerötete Gesicht und den wogenden Busen der Dame betrachtet hatte, ohne sich an ihren Namen erinnern zu können.

Er brauchte mehr Kaffee. Er brauchte …

Etwas in dem Bücherstapel auf dem Nachttisch, auf dem auch das Kaffeetablett stand, erregte seine Aufmerksamkeit. Etwas, das nicht hineinpasste.

Als wäre er angestoßen worden, begann es in seinem Hinterkopf zu arbeiten. Es fühlte sich … fast so an … als käme ihm …

Eine Idee.

Wallingford stand auf, ging zum Nachttisch und hob die drei Bücher hoch, die zuoberst lagen.

Da war es, unter dem Dickens, auf dem Carlyle. Eine zusammengefaltete Zeitung, einen Monat alt, deren Ecken unter dem gnadenlosen Einfluss von Sauerstoff bereits zu vergilben begannen.

Wallingford nahm sie und glättete die Seiten. Da, mit schwarzer Tinte eingekreist, die Druckschrift so frisch wie an dem Tag, als Phineas Burke sie ihm im Frühstückszimmer überreicht hatte, stand die Anzeige:

Englische Lords und Ladys sowie Gentlemen mit anspruchsvollem Geschmack könnten sich für die einmalige Gelegenheit interessieren, ein überaus prächtiges Schloss samt umliegendem Besitz zu mieten, das in den idyllischen Hügeln der Toskana liegt, dem Land, in dem stets die Sonne scheint. Der Eigentümer, ein Mann tadelloser Herkunft, dessen Ahnen das Schloss seit den Zeiten der Medicis gegen alle Angriffe verteidigt haben, hat dringende Geschäfte zu erledigen und bietet an, dieses einzigartige Objekt für einen ungewöhnlich günstigen Preis für ein Jahr an anspruchsvolle Reisende zu vermieten. Interessenten sollten sich an den Londoner Agenten …

Ein Jahr, hatte Burke vorgeschlagen. Ein Jahr des Lernens und Nachdenkens, ungestört von den Ablenkungen durch das moderne Leben und das weibliche Geschlecht. Vor vier Wochen, als er den anfänglichen Schock überwunden hatte, dass ein geistig und körperlich gesunder Mann im Vollbesitz seiner jugendlichen Kräfte überhaupt auf einen solchen Gedanken kommen konnte, hatte Wallingford über die Idee gelacht.

Ein Jahr, ohne dass der Duke of Olympia ihn mit Bräuten und Hochzeiten im Juni zusetzte. Ein Jahr – es musste gesagt werden – ohne die Vorwürfe, die Cecile de la Fontaine mit ihrem unberechenbaren französischen Temperament ihm sicherlich machen würde.

Ein Jahr ohne all die Versuchungen, denen ein Herzog ausgesetzt war. In einem abgelegenen Schloss in Italien, wo niemand ihn kannte und keiner jemals vom Duke of Wallingford gehört hatte.

Wallingford legte die Zeitung so schwungvoll auf die Bücher zurück, dass die obersten Bände überrascht zu Boden fielen. Dann schenkte er sich eine Tasse Kaffee ein, stürzte sie in einem einzigen brennenden Zug herunter und streckte die Arme zur Decke empor.

Ja, das war genau das Richtige. Einmal etwas anderes sehen als das graue langweilige London. Er konnte eine Abwechslung gebrauchen, denn schon lange vor seinem unentschuldbaren Verhalten in der vergangenen Nacht und lange vor Olympias unerwünschtem Besuch am Morgen hatte er sich unzufrieden und rastlos gefühlt.

Ein Jahr mit seinem Bruder und seinem engsten Freund, beides nette Kerle, die sich nicht in sein Leben einmischten. In der Toskana, dem Land mit dem immerwährenden Sonnenschein. Wein im Überfluss und gutes Essen, und sicher gab es dort, wenn unbedingt nötig, auch ein verschwiegenes Mädchen aus dem Dorf.

Was konnte dabei schon schiefgehen?

EINS

Dreißig Meilen südöstlich von Florenz
März 1890

Im Alter von fünfzehn Jahren hatte Miss Abigail Harewood ihre Mutter begraben und war nach London gefahren, um bei ihrer älteren Schwester zu wohnen, der gefeierten jungen Marchioness of Morley und ihrem altersschwachen Mann, dem Marquis.

Innerhalb einer Woche hatte Abigail beschlossen, dass sie niemals heiraten würde.

»Ich werde niemals heiraten«, sagte sie zu dem Stallburschen, während sie ihm half, die nassen Pferde mit Decken trockenzureiben, »aber ich würde mir gern einen Liebhaber nehmen. Schließlich bin ich gerade dreiundzwanzig geworden, und es wird höchste Zeit, meinst du nicht?«

Der Stallbursche, der nur einen lokalen toskanischen Dialekt sprach, zuckte die Schultern und lächelte.

»Das Problem ist, dass ich keinen passenden Kandidaten finden kann. Du ahnst nicht, wie schwierig es für ein unverheiratetes Mädchen ist, einen Liebhaber zu bekommen. Jedenfalls einen, mit dem man tatsächlich gern ins Bett gehen möchte. Ich wage zu behaupten, dass Harry Stubbs aus dem Pub unten die Aufgabe gern übernehmen würde; aber weißt du, er hat keine Zähne. Zumindest keine echten.«

Wieder lächelte der Stalljunge, und selbst im Laternenschein war zu sehen, dass seine Zähne blendend weiß waren.

Abigail legte den Kopf schief.

»Sehr hübsch«, sagte sie, »aber ich glaube nicht, dass wir zusammenpassen würden. Da es so schwierig ist, einen Liebhaber zu finden, hätte ich gern einen, den ich für mindestens einen oder zwei Monate behalten kann, und meine Schwester und ich werden dieses gastliche Haus schon morgen verlassen, sobald der Regen nachlässt.«

Der Stallbursche gab dem Pferd einen letzten Klaps und streckte sich, um die Decke zum Trocknen über einen Balken zu hängen. Abigail hätte natürlich italienisch mit ihm reden können, auch wenn sein Dialekt mit der klassischen Version, die sie fließend sprach, nicht ganz übereinstimmte, doch im Grunde war es viel leichter, mit Menschen zu sprechen, wenn sie einen nicht verstehen konnten.

Als der Bursche die Decke über den Balken legte, zeichneten sich seine Armmuskeln unter dem Wollhemd ab. Er war wirklich ein strammer Kerl. Und dazu dieses außergewöhnliche Haar: kohlrabenschwarz und glänzend, ein wenig zu lang und ganz leicht gelockt. Genauso, wie man es sich bei einem italienischen Stallburschen wünschte. Nachdenklich ließ Abigail die Hände auf ihrer Decke ruhen.

»Entschuldige«, sagte sie, »darf ich dich vielleicht um einen Kuss bitten?«

Der Bursche ließ die Arme sinken und sah sie verständnislos an.

»Che cosa, Signorina?«

»Weißt du, ich habe an meinem dreiundzwanzigsten Geburtstag beschlossen, dass ich mir vor Ende des Jahres einen

Liebhaber nehme, und auch, dass ich die Suche so wissenschaftlich wie möglich anlege. Schließlich kann man bei seinem ersten Liebhaber nicht wählerisch genug sein.« Abigail lächelte ihn so freundlich an, als verstünde er, wovon sie redete. »Ich habe die Mädchen und die Haushälterin gefragt – nur die Frauen, weißt du, aus naheliegenden Gründen –, und sie waren einhellig der Meinung, dass der Kuss der entscheidende Faktor sein sollte.«

Auf der Stirn des Stalljungen erschienen Falten so tief wie Ackerfurchen.

»Che cosa?«, fragte er wieder.

»Der Kuss ist eine Art Test, mit dem man herausfindet, was der Partner kann, verstehst du? Ob er zärtlich, geduldig, raffiniert oder einfühlsam ist. All das kann man, wie die Mädchen sagen, schon am ersten Kuss erkennen. Und weißt du was?« Sie beugte sich vor.

»Signorina?«

»Sie hatten recht!« Abigail ließ ihre Decke am Hinterteil des Pferdes herunterrutschen und reichte sie dem Burschen. »Ich habe zwei von den Dienern geküsst, und den jungen Patrick im Stall, und die Unterschiede in Temperament und Technik waren erstaunlich! Überdies war die Art, wie die Männer geküsst haben, jedes Mal ganz genauso, wie ich es anhand ihres Charakters vermutet hatte.«

Verwirrt nahm der Stallbursche ihr die Decke ab.

»Ja, und deshalb dachte ich, dass du vielleicht so freundlich sein könntest, mich ebenfalls zu küssen, zur gründlichen Abrundung meiner Erfahrung. Würde es dir etwas ausmachen?«

»Signorina?« Der Junge stand mit der Decke in der Hand da und sah sie misstrauisch an. Eine schwankende Laterne

in der Nähe seines Kopfes ließ sein dichtes schwarzes Haar verführerisch glänzen. Das Pferd neben Abigail stampfte mit einem Huf auf und schnaubte laut.

»Ich möchte einen Kuss«, sagte sie. *»Un bacio.«*

Das Gesicht des Jungen leuchtete auf.

»Un bacio! Si, si, Signorina.«

Rasch warf er Abigails Decke neben seiner über den Balken, nahm sie bei den Schultern und drückte seine Lippen auf ihre.

Es war ein wirklich schöner Kuss. Voller Begeisterung nahm er sie in die Arme und weidete sich mit seinen vollen Lippen an ihr, als hätte er seit Monaten kein Mädchen mehr geküsst. Er roch nach Stroh und Pferd, schönen, warmen Stalldüften, und schmeckte überraschenderweise nach süßem Brot.

Welch ein Glück.

Doch als sich seine Zunge in Abigails Mund schieben wollte, zog sie sich ganz plötzlich zurück. Die Augen dunkel vor Verlangen sah der Junge auf sie herab.

»Vielen Dank«, sagte Abigail. »Das war wirklich sehr schön. Ich nehme an, du gehörst zu denen, die es eilig haben, oder?«

»Che cosa?«

Sie entschlüpfte seinen Armen und tätschelte ihm freundlich den Ellbogen.

»Du bist ein lieber Kerl«, sagte sie. »Und ich verspreche dir, dass ich dich nie vergessen werde. Jedes Mal, wenn ich mich an unser Jahr in Italien erinnere, werde ich an dich denken, und an diesen zauberhaften, äh, Stall. Was für ein großartiger Start ins Abenteuer, nur etwas nass.«

»Signorina …«

Abigail wechselte ins Italienische.

»Was das andere Pferd angeht, es heißt Angelica. Ein liebes Tier, aber du musst aufpassen, manchmal beißt es, und achte darauf, dass es genug Hafer bekommt.«

»Hafer?« Der Junge schien erleichtert zu sein, dass sie seine Sprache sprach, wenn auch nicht seinen Dialekt.

Abigail griff nach ihrem Schal und legte ihn um die Schultern. Der Regen trommelte so laut auf das Dach, dass er ihre Worte fast übertönte.

»Ich kann leider nicht länger bleiben. Meine Schwester und meine Cousine warten schon seit einer halben Stunde auf mich, und Alexandra mag es nicht, wenn ich zu sehr nach Stall rieche. Meine Schwester ist eine sehr feine Lady.«

»Die ... die große Dame ... sie ist Ihre Schwester?«

»Ja, das wundert mich auch. Sie ist eine Marquise, aber ihr Mann, der Marquis, ist vor zwei Jahren gestorben, Gott möge seiner Seele gnädig sein. Vielleicht hast du ja auch meine Cousine Lilibet gesehen. Sie ist eine Countess, wunderschön und tugendhaft, und reist mit ihrem kleinen Jungen. *Sie* würde nie in einem Stall einen Mann küssen; nein, ganz sicher nicht. Aber nun muss ich gehen.«

»Signorina ... ich werde Sie nicht wiedersehen?« Die Stimme des Burschen schwankte.

»Nein, tragischerweise nicht. Aber da du in einem Gasthof arbeitest, bist du an herzzerreißende Abschiede sicherlich gewöhnt, oder?« Abigails Blick fiel auf eine Ecke, in der ein riesiger Kasten stand, der mit dicken Wolldecken abgedeckt war. »Was ist das?«, fragte sie in Englisch.

»Das?«, wiederholte der Junge niedergeschlagen in Italienisch. »Das ist nur die Maschine, die dem englischen Gentleman gehört.«

»Hier wohnt ein englischer Gentleman?«

»Oh ja. Sie sind eine Stunde vor Ihnen gekommen, drei Gentlemen, große englische Lords, und haben das … das …« Dem Burschen fehlten die Worte, deshalb redete er mit den Händen. »Signorina, Sie wollen nicht bleiben?«, bat er.

»Nein, nein.« Abigail machte ein paar Schritte auf den Kasten zu. »Was ist das, was meinst du?«

»Das? Was interessiert mich das? Mein Herz ist gebrochen.«

»Es wird schon wieder heilen, da bin ich sicher. Die Reisesaison hat doch gerade erst begonnen.« Abigail fasste nach der Ecke einer Decke und hob sie an.

Hinter ihr ertönte ein Schluchzen.

»Sieh an«, murmelte sie in Englisch. »Was haben wir denn da?«

Der Duke of Wallingford, der nie ein sanftmütiges Naturell gehabt hatte, begann innerlich zu knurren wie ein gereizter Terrier. Nein, nicht wie ein Terrier. Er kochte wie ein Drache, ein ausgewachsener, feuerspeiender Drache, was für einen Herzog auch viel passender war.

Schlimm genug, dass der Zug von Paris nach Mailand seinen privaten Waggon nicht hatte mitnehmen können, sodass er und seine beiden Reisegefährten gezwungen gewesen waren, mit äußerst ungehobelten Menschen und abscheulichem Sherry in einem gewöhnlichen Erste-Klasse-Wagen zu fahren. Schlimm genug, dass das Hotel in Florenz ein Loch in seinem alten Dach gehabt hatte, sodass sie mitten in der Nacht die Zimmer wechseln mussten und auf einer Etage gelandet waren, die viel zu nah an den geschäftigen Straßen unten gewesen war. Schlimm genug, dass es auf dem letzten Abschnitt der Reise von Florenz zum Castel Sant'Agata in Strömen geregnet hatte und die Brücke weiter vorn überflutet worden war, sodass sie wider Willen mit diesem ... diesem Gasthaus der rustikalsten Sorte vorliebnehmen mussten, das nicht nur mit stinkenden Reisenden und schalem Ale, sondern auch – unglaublicher Gipfel der Frechheit – mit der unerträglichen Dowager Marchioness of Morley und ihrer buckligen Verwandtschaft aufwartete.

Die soeben nichts Geringeres von ihm verlangte, als *ihrer* Reisegruppe seine Zimmer zur Verfügung zu stellen.

Die Marchioness of Morley. Er hatte sie einmal geküsst, fiel ihm ein, vor langer Zeit, bei einem Ball in London, als sie noch Debütantin gewesen war und sich hätte hüten sollen, mit einem Herzog, der als notorischer Schürzenjäger bekannt war, in eine dunkle Ecke zu gehen. Vielleicht hatte sie es ja sogar besser gewusst. Immerhin hatte sie ihn mit einem für eine Neunzehnjährige recht wissenden Blick angesehen.

Und nun sah sie ihn wieder an, mit diesen warmen braunen Augen, die leicht schräg standen wie die einer höchst zufriedenen Katze und ihr Bestes taten, um flehentlich auszusehen, während sie vor ihrer makellosen Taille die Hände rang.

»Hören Sie, Wallingford, ich bin wirklich auf Ihren Großmut angewiesen. Sicher verstehen Sie unsere Notlage. Ihre Zimmer sind sehr viel größer – geradezu luxuriös –, und es sind *zwei*! Sie können doch wirklich nicht guten Gewissens ...« Sie unterbrach sich und schaute nachdenklich zu Wallingfords Bruder hinüber. »Mein lieber Penhallow. Denken Sie nur an die arme Lilibet, die womöglich auf ... einem *Stuhl* schlafen muss. Zusammen mit all diesen Fremden.«

Das sah der Dame ähnlich, Nutzen aus der jugendlichen Begeisterung zu ziehen, mit der der arme Roland für ihre Cousine Elizabeth, nunmehr Countess of Somerton, schwärmte: eine Schönheit mit Pfirsichwangen, die verführerischste aller Sirenen. Was für ein Pech, dass Lord Roland Penhallows längst verlorene Liebe in diesem gottverlassenen italienischen Gasthaus wieder auftauchte, bereit, sein weiches Herz erneut zu erobern.

Wenn es wirklich *nur* Pech war.

Auch Burke neben ihm schien die Bedrohung zu spüren. Er räusperte sich unheilverkündend, ehe Roland etwas erwidern konnte.

»Haben Sie denn nicht daran gedacht, im Vorhinein Zimmer zu reservieren, Lady Morley?«

Die Marquise nahm Burke ins Visier ihres katzenäugigen Blickes, musste aber weit, weit nach oben schauen, ehe sie sein Gesicht fand.

»Doch das habe ich, Mr. …« Sie hob die Brauen auf diese hochmütige Art, die von der ganzen feinen Gesellschaft in London gefürchtet wurde. »Es tut mir schrecklich leid, mein Herr, aber ich *fürchte*, ich habe Ihren Namen nicht verstanden.«

Wallingford lächelte. »Ich bitte um Entschuldigung, Lady Morley. Wie ungehörig von mir. Ich habe die große Ehre, Ihnen Mr. Phineas Fitzwilliam Burke von der *Royal Society* vorstellen zu dürfen, womöglich sind Sie ja bei Ihren philosophischen Studien gelegentlich auf seinen Namen gestoßen.«

»Ihr Diener, Madam«, sagte sein Onkel. Er klang alles andere als eingeschüchtert. Er war ein Fels, dieser Burke, trotz seines roten Haarschopfs und seiner unnatürlichen Größe.

Er stand in dem geschäftigen Schankraum des Gasthofs, als wäre er in seiner Werkstatt, Herr und Meister über alles um ihn herum.

Das hatte er von Olympia geerbt, dachte Wallingford stolz.

»Burke«, sagte Lady Morley, dann weiteten ihre Augen sich einen Moment. »Phineas Burke. Natürlich. Von der *Royal Society*. Aber ja. Jeder kennt Mr. Burke. Ich habe ... in der *Times*, letzten Monat ... Ihren Aufsatz über einen elektrischen ... einen von diesen neumodischen ...« Sie sammelte sich.

»Ich wollte sagen, dass wir selbstverständlich Zimmer reserviert hatten. Wenn ich mich recht erinnere, habe ich schon vor einigen Tagen telegrafiert. Aber wir sind in Mailand aufgehalten worden. Das Kindermädchen des Jungen war krank, und ich nehme an, dass unsere Nachricht den Wirt nicht rechtzeitig erreicht hat.« Sie richtete den verärgerten Blick auf den Gastwirt, der devot neben ihr stand.

Wallingford öffnete bereits den Mund, um ein herzogliches Machtwort zu sprechen, doch ehe er für seine kleine Ansprache die passende Mischung aus Ironie und Autorität gefunden hatte, erklang die freundliche Stimme seines Bruders, der voll hündischer Ergebenheit leichten Herzens die Festung übergab, noch bevor Lady Somerton auf dem Kampfplatz erschienen war.

»Schluss mit dem Theater«, sagte Lord Roland Penhallow, der bis in die goldbraunen Haarspitzen vor Freude zu glühen schien. »Es würde uns nicht im Traum einfallen, Ihnen und Ihren Freundinnen Unannehmlichkeiten zu bereiten, Madam. Nicht einmal eine Sekunde lang. Ist es nicht so, Wallingford?«

Der Herzog verschränkte die Arme. Sie waren erledigt.

»Ja, leider.«

»Burke?«

»Ach, zum Teufel«, murmelte der Wissenschaftler. Er wusste es auch.

Roland ließ seine haselnussbraunen Augen auf diese lächerliche Weise strahlen, die die schwachköpfige weibliche Hälfte der Menschheit aus unerklärlichen Gründen unwiderstehlich fand.

»Sehen Sie, Lady Morley? Wir sind völlig einverstanden und froh und so weiter. Ich finde, Burke sollte das kleine Zimmer oben nehmen, denn er ist ein äußerst langweiliger, misanthropischer Zeitgenosse, und mein Bruder und ich« – mit einer ausholenden Armbewegung deutete er auf die dunklen Tiefen des Schankraums – »machen es uns natürlich gern hier unten gemütlich. Wäre Ihnen das recht?«

Lady Morley schlang die Hände zu einem eleganten Ziegenlederknoten.

»Sie sind ein Schatz, Penhallow. Ich wusste, dass Sie uns helfen würden. Ich bin Ihnen *furchtbar* dankbar, mein Lieber; Sie können sich gar nicht vorstellen, wie ich mich über Ihr großzügiges Angebot freue.« Sie wandte sich wieder an den Wirt.

»Haben Sie verstanden. *Comprendo?* Sie können das Gepäck des Herzogs von oben herunterholen und unsere Koffer hinaufbringen. Ah! Cousine Lilibet! Da bist du ja endlich. Ist mit dem Gepäck alles in Ordnung?«

Wallingford drehte sich um.

Da in der Tür stand sie, die Ursache für ihre Schwierigkeiten, die liebreizende, tugendhafte und unglaublich schöne Countess of Somerton. Machte es irgendetwas aus, dass sie diesen widerlichen Grafen geheiratet hatte? Machte es irgendetwas aus, dass ihr kleiner Sohn, der sichtbare Beweis für ihre sexuelle Vereinigung mit ebendiesem Grafen, sich an ihre Hand klammerte? Natürlich nicht. Roland richtete seinen schmachtenden Blick auf sie, und alles fiel in sich zusammen: der ganze Plan, sich ein Jahr in die toskanischen Hügel zurückzuziehen, ohne von Gerüchten oder dem Duke of Olympia gestört zu werden. Roland würde einen Narren aus sich machen und die Geschichte würde in London publik werden und nicht einmal eine Woche später würde der Herzog von Olympia vor der Tür des Castel Sant'Agata stehen – mit Wallingfords zukünftiger Braut an der Hand.

Lady Somerton knöpfte dem Jungen den Mantel auf und sagte irgendetwas über das Gepäck zu Lady Morley. Dann richtete sie sich graziös wieder auf und begann, den eigenen Mantel aufzuknöpfen.

Roland, der ihr gebannt dabei zusah, entfuhr ein Laut, der sich wie ein Hecheln anhörte.

»Um Himmels willen«, brummte Wallingford.

»Darf ich davon ausgehen, dass die zwei sich kennen?«, fragte Burke trocken.

Wallingford stieß seinen Bruder heftig in die Rippen.

»Gleich fängst du an zu sabbern wie ein liebeskranker Köter«, fing er an, unterbrach sich dann aber, denn hinter Lady Somertons kerzengeradem, dunkelwollenem Rücken war eine Gestalt aufgetaucht.

Wallingford konnte später nicht sagen, warum die junge Dame ihn so beeindruckt hatte. Er hätte auch nicht sagen können, ob sie schön war oder nicht. Sie war einfach hereingeschwebt, die zarten Züge glänzend vom Regen, mit einem Leuchten im Gesicht und in den Augen: wie eine Fee, eine Elfe, die vor Energie zu sprühen schien.

Reglos stand Wallingford im Stimmengewirr, das ihn umschwirrte.

Die Erscheinung blieb kurz neben Lady Somerton stehen und schüttelte ganz leicht den Kopf, sodass ein feiner Regenschauer von der Krempe ihres Huts rieselte. Dann schaute sie sich um, und einen unbeschreiblichen, endlosen Moment dachte er, sie suche nach *ihm*, dass dieses geheimnisvolle Geschöpf nur aus einem Grund in diesen abgelegenen italienischen Gasthof gekommen sei – um ihn zu entdecken.

Doch sie sah nicht ihn an, sondern irgendetwas zu seiner Linken, bei dessen Anblick ihr Gesicht, wenn das möglich war, noch heller aufleuchtete. Eilig ging sie direkt auf Lady Morley zu und sagte mit sehr menschlicher, aufgeregter Stimme:

»Alex, Darling, du wirst mir nicht glauben, was ich in den Ställen gesehen habe!«

Alex, Darling?

Die Worte brachten Wallingford wieder zur Besinnung. Erschrocken starrte er erst Lady Morley und dann das Mädchen an. Die Marquise krauste die Nase und sagte irgendetwas über Ställe, wobei sie dem Mädchen den Mantel aufknöpfte und es sehr vertraut mit *Abigail* anredete. Die zwei wandten ihm das Profil zu, das sich vor dem goldenen Schein des Feuers deutlich abzeichnete, so konnte er sehen, dass die gerade Nase und das feste kleine Kinn bei beiden genau gleich war. Und als Lady Morley dem Mädchen den Hut abnahm, kam eine kaum zu bändigende, kastanienbraune Haarpracht zum Vorschein, die genau den gleichen Farbton wie ihr eigenes Haar hatte.

Alex, Darling.

Burke klopfte ihm auf die Schulter und sagte irgendetwas von Hinsetzen für das Abendessen.

»Ja, natürlich«, brummte Wallingford und ließ sich auf die Bank zurückfallen. Seine Gedanken jagten sich.

Lady Morleys Schwester. Diese zarte Fee, diese süße Elfe, dieses unwirkliche Wesen war Lady Morleys kleine *Schwester.*

Er war verloren.

Abigail Harewood saß mit untergeschlagenen Beinen in einem grässlichen gelb-grünen Sessel mit Paisley-Muster, der in einer Ecke des Schlafzimmers stand, und betrachtete ihr Skizzenbuch.

Nicht, dass sie vorgehabt hätte, irgendetwas zu zeichnen. Nicht, dass sie überhaupt viel gezeichnet hätte, während ihrer Reise nach Italien, trotz bester Absichten und der vagen Vorstellung, dass es randvoll sein würde mit idyllischen Bildern von riesigen Berggipfeln und grobgeschnittenen Bauerngesichtern. Nein, in dem Skizzenbuch, das in ihrem Schoß lag, waren fast alle Seiten noch leer, abgesehen von einer nicht zu Ende gebrachten Bleistiftzeichnung der Kathedrale in Mailand (gescheitert an den kunstvollen Wasserspeiern) und dem unberührten Blatt vor ihr, auf dem nur zwei Worte standen: *La stalla.*

»Philip, mein Schatz«, sagte Lilibet auf der anderen Seite des Zimmers, »hör bitte auf, deinen Schlafanzug wieder aufzuknöpfen und geh ins Bett.«

Ihre Stimme klang angespannt. Philip, der den ganzen Tag über in einer schaukelnden Kutsche eingesperrt gewesen war, an deren Fenster der Regen herunterrann, schien im Moment auf Schlaf nicht sonderlich erpicht zu sein. Er sprang auf die Matratze und begann zu hopsen.

»Guck, ich bin ein Akrobat, Mama! Abigail, guck!« Das offene Schlafanzugoberteil schlug an die schmale Brust des Fünfjährigen.

»Sehr schön, Philip«, rief Abigail. »Mach einen Purzelbaum.«

»Oh ja, pass auf«, sagte der Junge.

»Nein!« Lilibet packte ihren Sohn am Arm, als er gerade die Knie beugte, um zu einem besonders hohen Sprung mit anschließendem Purzelbaum anzusetzen. »Mein Gott, Abigail. Du weißt doch, dass er alles tut, was du sagst.«

»Mein Fehler, Philip«, sagte Abigail zerknirscht. »Keine Purzelbäume, es sei denn, deine Mutter ist nicht im Zimmer.«

»Abigail.«

Abigail streckte die Zehen aus und wärmte sie an dem Feuer, das in einem Nest aus Holzkohleasche schwelte und eine große, aber angenehme Hitze verströmte, dann wandte sie sich wieder der leeren Seite zu.

Der Duke of Wallingford. Sie war ihm noch nie begegnet. Hatte ihn nie bei einem von Alexandras Empfängen oder Festen gesehen, und ansonsten ging sie selten aus. Jedenfalls nicht im üblichen gesellschaftlichen Rahmen. Als sie sich vor all den Jahren geschworen hatte, nie zu heiraten, hatte sie nicht beim Negativen Halt gemacht. (Gewöhnlich machte Abigail vor gar nichts Halt.) Es hatte ihr nicht gereicht zu beschließen, keine konventionelle Ehe einzugehen; sie hatte sich sogar geschworen, ihr Möglichstes zu tun, um das unkonventionellste Leben zu führen, das ihr möglich war.

Es war nicht leicht gewesen. Am Anfang hatte sie das meiste Geld aus ihrem Erbe dafür ausgegeben, die Diener und Hausmädchen zu bestechen: Verluste, die sie mit gemischtem

Erfolg durch Glücksspiel wieder auszugleichen versuchte. Beim Kartenspiel war sie in der Regel hoffnungslos, weil es ihr nicht gelang, ihre Gefühle hinter der erforderlichen Maske völliger Gleichgültigkeit zu verstecken, doch irgendwann hatte sie einen verlässlichen Buchmacher gefunden und entdeckt, dass sie ein Talent für Pferdewetten hatte.

Dennoch lebte sie, aufgrund der Bestechungsgelder, der Kosten für die Mietdroschken, der Runden Bier, mit denen sie die Trunkenbolde in ihrer Stammkneipe bei Laune hielt, und der gelegentlichen spektakulären Verluste, wenn ihre Pferde nicht in der richtigen Reihenfolge ins Ziel kamen, ständig am Rande des Bankrotts. Irgendwann erinnerte ihre Schwester Alexandra sich dann wieder an ihre Existenz und bat sie, an einer Einkaufstour oder einer privaten Dinnerparty teilzunehmen, und sie musste sich beeilen, all ihre unziemlichen Verabredungen absagen, das vorgeschriebene weiße Kleid samt Perlen anlegen und darauf achten, nicht zu viel zu reden oder den Namen des Herrn unnütz zu gebrauchen oder über das nächste Rennen in Newmarket zu sprechen.

Daher hatten Herzöge nicht allzu oft beim Dinner rechts neben ihr Platz genommen. Gewöhnlich sah man sie von Weitem in Ascot, und meist waren sie von der weißhaarigen, kinnlosen, kleinen und gebeugten Art, die einen Spazierstock über dem Arm hängen hatte und auf dem Kopf einen seidenen Zylinder, der in der Sonne glänzte.

Wallingford war weder klein noch gebeugt. Und er hatte sie auch streng genommen nicht zum Abendessen eingeladen; das war das Werk seines Bruders gewesen, des liebenswerten Lord Roland mit dem goldbraunen Haar und den schmachtenden haselnussbraunen Augen, der offenbar unsterblich in ihre wunderschöne Cousine Lilibet verliebt war. (Nicht, dass man ihm das vorwerfen könnte.)

Nein, Wallingford war eine völlig andere Art von Herzog; ein Herzog vom alten Schlage, groß, dunkelhaarig, mit finsterem Blick, energiegeladen und extrem schlecht gelaunt. Als sie ihn um das Salz gebeten hatte, hatte er sie mit dem grimmig erstaunten Blick eines Feudalherrn angesehen, der unerwartet von seinem Dienstmädchen angesprochen wird.

Oh, der Schauer, der ihr dabei über den Rücken gelaufen war, war einfach köstlich gewesen.

Er war der *Auserwählte*. Der Duke of Wallingford sollte ihr erster Liebhaber werden. Körperlich besaß er alle nur denkbaren Vorteile: Ganz besonders gefiel ihr sein dichtes schwarzes Haar, das sich beim Liebesakt sehr hübsch um ihre Finger ringeln würde, ganz zu schweigen von der unübersehbaren Breite seiner Schultern, die sich als nützlich erweisen konnte, falls er während ihrer Liaison einmal gezwungen sein sollte, sie über einen reißenden Fluss zu tragen.

Zudem besaß Wallingford zweifellos genug Erfahrung, um die Affäre zu einem höchst zufriedenstellenden Erlebnis zu machen. Abigail hatte sich in der erotischen Literatur – die in erstaunlichem, ja geradezu unglaublichem Umfang zu bekommen war – umfassend informiert und war zu dem Schluss gelangt, dass ein erfahrener Mann der zu bewältigenden Aufgabe wesentlich besser gewachsen war als irgendein netter, aber grüner Junge, der sich mit ziemlicher Sicherheit zu sehr aufregen und in nur wenigen Minuten ein Fiasko anrichten würde.

Den Duke of Wallingford konnte Abigail sich dagegen nicht in einem solchen Zustand vorstellen.

Plötzlich stimmte Philip ein wildes Geheul an. Abigail sah

auf und stellte fest, dass er mit flatterndem Schlafanzugoberteil im Zimmer herumlief und laut kreischend die Hand vor den Mund schlug, während Lilibet erfolglos versuchte, ihn einzufangen.

Sie streckte ein Bein aus und brachte ihn zum Stehen.

»Philip, was um alles in der Welt machst du da?«, fragte sie.

»Ich bin ein wilder Indianer!«, rief er und drückte gegen ihr Bein.

»Oh! Natürlich. Dann mach nur weiter.« Sie nahm das Bein wieder weg und ließ ihn gerade in dem Moment laufen, in dem Lilibet herbeieilte, um ihn zu packen.

»Abigail!«, sagte ihre Cousine verzweifelt.

Abigail spielte mit ihrem Bleistift.

»Lilibet, Liebes, er war den ganzen Tag in einer Kutsche eingesperrt. Du hättest ihn direkt nach unserer Ankunft im Hof ein paar Runden laufen lassen sollen. Er möchte sich nur etwas austoben, das ist alles.«

»Wenn du selbst Kinder hast, meine Liebe, werde ich dich gelegentlich daran erinnern.« Enerviert gab Lilibet auf, setzte sich in einem Durcheinander aus Unterröcken und schwerer dunkelblauer Wolle aufs Bett und sah zu, wie Philip um sie herumrannte.

Abigail wandte sich wieder dem leeren Blatt in ihrem Schoß zu. Das Problem war natürlich, dass der Herzog und seine Begleiter nur eine Nacht im Gasthof bleiben wollten, ehe sie durch die nasskalte, spätwinterliche Düsternis zu dem unbekannten Ort ritten, an dem sie sich vergnügen wollten. Und eine Nacht war sicher nicht genug. Auch wenn sie recht keck war, wollte sie, damit alles gut anfing, ein wenig umworben werden, und außerdem wünschte sie sich eine richtige Liebesaffäre, die mehrere Monate dauerte und viel Leidenschaft, Spaß und heimliche Treffen beinhaltete, bis das dramatische Ende nahte und sie ihren Liebhaber mit einer anderen erwischte oder er gezwungen war, zu heiraten und kleine Herzöge zu zeugen, und zwar zu genau dem Zeitpunkt, an dem die Leidenschaft und der Spaß langsam anfingen, zur Routine zu werden. Sie würde ihm ein paar Vasen an den Kopf werfen, dann würde er sie an den Schultern packen und sie noch ein letztes, verzweifeltes Mal küssen, bevor sie ihn aus dem Zimmer schickte und tagelang oder zumindest stundenlang weinte.

Es würde perfekt werden.

Aber verflixt schwierig zu arrangieren, wenn man auf dem Weg in ein einjähriges Exil in den toskanischen Hügeln war.

Nun, was war das Leben schon ohne eine kleine Herausforderung, die einen auf Trab hielt?

Nachdenklich kaute Abigail auf dem Bleistiftende herum und malte sich verschiedene Szenarien aus, in denen ein nackter Wallingford in verschiedenen Situationen vorkam, dann kritzelte sie schließlich einen einzigen italienischen Satz auf das Blatt. (Sie wusste, dass der Herzog viel eher geneigt sein würde, die amouröse Einladung eines italienischen Dienstmädchens anzunehmen als die der unverheirateten Schwester der Dowager Marchioness of Morley.) Sie faltete das Blatt zusammen, steckte es in die Tasche und stand gerade in dem Moment auf, in dem Philip auf seinem Weg zur Tür an ihr vorbeikam.

Sie fing ihn ab und rieb die Nase an seinem prallen Bäuchlein.

»Du freches Bürschchen«, sagte sie lachend. »Du ungezogener, böser Junge.«

»Abigail, du machst ihn ja ganz verrückt«, sagte Lilibet, die unbeschreiblich müde aussah.

Die arme Lilibet. Falls Abigail noch einen weiteren Grund gebraucht hätte, niemals zu heiraten, musste sie sich nur ihre Cousine ansehen: betrogen und gedemütigt und weiß Gott was sonst noch, von einem untreuen Mann, der sich mehr für das interessierte, was abends auf den Tisch kam, als für sie. Und das alles trotz ihrer Schönheit, ihres Charmes und ihrer Gutmütigkeit und trotz ihrer unerschütterlichen Tugend. Lilibets grässlicher Ehemann war der Hauptgrund, warum sie nach Italien geflohen waren.

Abigail prustete noch einmal auf Philips Bauch und warf ihn aufs Bett.

»Du verdienst es nicht, dass man dir eine Geschichte erzählt, du kleiner Frechdachs, aber ich tu es trotzdem«, sagte sie.

Eine Viertelstunde später waren Philips Augen geschlossen, und seine Brust hob und senkte sich im regelmäßigen Rhythmus eines erschöpften Schlafes. Lilibet, die ebenfalls erschöpft aussah, ließ sich in den giftgrünen Sessel sinken und schaute mit müden blauen Augen auf ihren schlummernden Sohn.

»Geh wieder nach unten, Abigail«, sagte sie. »Ich passe auf ihn auf.«

»Soll ich dich etwa allein lassen?«

Mit einem sanften Lächeln sah Lilibet zu ihr auf.

»Abigail, mein Schatz. Ich weiß ganz genau, dass du es kaum erwarten kannst, in den Schankraum zurückzugehen. Glaub bloß nicht, dass ich nicht gesehen hätte, wie du den armen Wallingford gemustert hast.«

Seltsamerweise verspürte Abigail den Drang, sich zu verteidigen.

»Stimmt nicht. Der Mann ist ein ganz normaler Herzog. Und hier in Italien gibt es *Prinzen*. Echte *Prinzen*, Mylady. Die sind viel interessanter als ein langweiliger englischer Herzog.«

Lilibet scheuchte sie fort.

»Los, meine Liebe. Ich bin wirklich erschöpft. Nun geh schon, um Himmels willen.«

Ein Schlag ließ die Holzdielen unter ihnen erzittern. Das gedämpfte Stimmengewirr vergnügter und offenbar betrunkener Menschen, das für die Ohren leicht zu beeindruckender junger englischer Damen ganz und gar nicht geeignet war, drang zu ihnen empor. Keine verantwortungsvolle Anstandsdame hätte eine Cousine in ein solches Sündenbabel geschickt, doch Lilibet schien das nicht zu bemerken oder zu kümmern. Ihre Augen blieben auf das Deckenbündel im Bett gerichtet.

Abigail hütete sich, ihr Glück überzustrapazieren.

»Gut, dann gehe ich jetzt«, sagte sie fröhlich und verschwand durch die Tür.

ZWEI

Wenigstens sein Pferd freute sich, ihn zu sehen, dachte der Duke of Wallingford, auch wenn das wohl eher an den mitgebrachten Äpfeln lag.

»Du bist ganz schön gierig, nicht wahr, mein Alter?«, sagte er, während er zusah, wie der letzte Apfel in seiner behandschuhten Hand immer kleiner wurde. Als alles aufgefressen war, zog der Herzog den Handschuh aus und strich dem Pferd über den Hals. »Ich sollte natürlich nicht hier sein. Das könnte zu allen möglichen Verwicklungen führen.«

Schnaubend stieß das Pferd seinen Herrn vor die Brust und hinterließ eine Spur Apfelbrei auf seinem Mantel.

»Leicht zu sagen, alter Junge«, meinte der Herzog, »wenn man selbst keine Hoden mehr hat.«

Das Pferd schnaufte leise.

»Es ist ein Segen, das kann ich dir versichern«, sinnierte Wallingford und kraulte den Kopf des Pferdes, das genüsslich den Hals vorstreckte. »Abgesehen von einigen flüchtigen Momenten bringen Frauen nichts als Ärger. Und bei dieser wird es nicht einmal solche Momente geben, sonst bin ich ein noch größerer Dummkopf, als mein Großvater glaubt.«

Regen trommelte auf das Ziegeldach des Stalles, doch drinnen war es feuchtwarm, und es roch sehr vertraut nach Stroh, Pferd und Dung, den einfachen, erdigen Gerüchen, die der Herzog mit seiner schönen Kindheit verband.

»Ich frage mich, was sie damit meint«, fuhr er leise fort, während seine Hand wieder zum Hals des Pferdes glitt und ihm über das dicke Winterfell strich, dessen rötliches Braun im schwachen Schein der düsteren Laternen neben der Tür stumpf aussah. »Sie sollte sich nicht in Ställen verabreden. Weißt du, dass sie die Nachricht in Italienisch geschrieben hat? Als ob ich glauben würde, dass sie von einem Dienstmädchen kommt.« Er schüttelte den Kopf. »Ich bin ein verdammter Narr, nicht wahr? Zu lange ohne weibliche Gesellschaft. Vier Wochen, Lucifer.«

Lucifer seufzte zufrieden und senkte den Kopf.

»Hab wohl den Kopf verloren. Dabei hat sie gar nichts Besonderes. Braunes Haar, braune Augen. Nein, stimmt nicht ganz. Sie sind eher golden, dunkelgolden, wie Sherry. Heller als die ihrer Schwester. Und ihr Gesicht! Die beiden sehen sich zwar sehr ähnlich, aber sie wirkt ganz anders, so frisch und zart, ich kann es kaum beschreiben …«

»Signore?«, hallte es durch die staubige Luft.

Wallingford legte die Stirn an den Hals des Pferdes und atmete tief durch.

»Sie brauchen sich keine Mühe zu geben, Miss Harewood. Ich weiß, dass Sie es sind.«

»Oh, schade«, sagte Miss Harewood weit weniger enthusiastisch. »Warum sind Sie dann gekommen?«

Der Herzog holte noch einmal tief Luft, dann richtete er sich auf und drehte sich um.

Da stand sie, in einem Wirbel aus Staubflocken, einen feinen Wollschal um den Kopf geschlungen, und sah ihn mit weit aufgerissenen, hellbraunen Augen fragend an. Ihre Augen standen ein klein wenig schräg, genau wie bei ihrer Schwester; nur dass Lady Morleys Augen ihn stets an eine besonders gerissene Katze erinnerten, wohingegen Abigail Harewoods Augen ihr eine zauberhafte Grazie, einen verschmitzten, spitzbübischen Charme verliehen. Nun nahm sie den Schal ab, und das Licht der Laterne verfing sich in ihrem glänzenden kastanienbraunen Haar.

»Euer Gnaden?«, hakte sie nach.

Wallingford riss sich zusammen.

»Ich bin gekommen«, sagte er mit herzoglicher Autorität, »um Sie darauf hinzuweisen, wie überaus ungehörig es ist, sich mit Fremden in Ställen zu verabreden. Ihre Schwester scheint dieser Aufgabe ja nicht gewachsen zu sein.«

»Aber Sie sind kein Fremder«, erwiderte Miss Harewood lächelnd. »Wir haben uns doch beim Abendessen über eine Stunde unterhalten.«

»*Denken* Sie nicht einmal daran, mir zu widersprechen, junge Dame.«

»Oh!« Miss Harewood schauderte. »Sagen Sie das noch mal, *bitte.*«

»Ich sagte, denken Sie …« Der Herzog unterbrach sich und verschränkte die Arme vor der Brust. »Hören Sie, was wollen Sie eigentlich hier? Sie kennen die Regeln doch ebenso gut wie ich.«

»Oh ja, ich kenne die Regeln, denn man muss sie gut kennen, um sie brechen zu können.« Dieses überirdische Wesen, das alles um sich herum zum Leuchten brachte, lächelte immer noch.

Um sie brechen zu können.

Der Teil der herzoglichen Anatomie, der eher vom Instinkt als vom Verstand gesteuert wurde, reagierte freudig erregt.

»Großer Gott«, stieß Wallingford hervor. »Sie wollen doch wohl nicht …«

Miss Harewood lachte und hob eine Hand.

»Oh nein! So weit würde ich nicht gehen. Man hat mir gesagt, dass diesbezüglich die Vorfreude das Wichtigste ist.«

»Vorfreude?«, fragte der Herzog verwirrt.

»Ja, Vorfreude. Natürlich sind Sie der Experte, aber ich denke, wir sollten uns heute nur einen Kuss geben, nicht wahr?«

»Einen Kuss?«

Wieder lachte Miss Harewood.

»Sie hören sich genauso an wie der Stalljunge vor dem Abendessen. Der Tonfall, in dem er *›un bacio?‹* gesagt hat, war ganz genau der Gleiche.«

Unsicher wich der Herzog einen Schritt zurück.

»Der *Stalljunge*?«

»Oh ja. Er war wohl ziemlich überrascht, aber er hat sich schnell erholt …«

»Das glaube ich.«

»… und hat sich ganz gut angestellt. Ah, ist das Ihr Pferd? Ein wirklich schönes Tier, nicht wahr, mein Schatz?« Miss Harewood ging am Herzog vorbei und nahm Lucifers Kopf in beide Hände. »Ja, du bist ein außergewöhnlich großer Kerl, mein Lieber, ein wunderbarer, hübscher Rappe.«

Begeistert drückte Lucifer seine Nase an ihre Brust und schnaufte.

Wallingford schüttelte den Kopf.

»Hören Sie, Miss Harewood. Wollen Sie damit sagen, Sie haben den Stalljungen geküsst? Genau *hier*?«

»Ja, und es war sehr schön. Viel schöner als mit dem Stalljungen zu Hause.«

»Dem Stalljungen *zu Hause*?« Wallingford kam es so vor, als verlöre er den Boden unter den Füßen, daher streckte er eine Hand aus, um sich an der Holzwand von Lucifers Box festzuhalten.

»Ja, er heißt Patrick.« Sie drehte sich zu ihm um. »Der Bruder eines Hausmädchens meiner Schwester. Oh! Jaja. Ich weiß, was Sie denken. Aber nein. Ich kann Ihnen versichern, dass ich nicht herumlaufe und wahllos jeden Stalljungen küsse, der mir begegnet. Um Himmels willen, nein!« Sie lachte. Sie hatte den Arm um Lucifers Hals gelegt und streichelte ihn, und Wallingford hätte schwören können, dass das Tier ihm zuzwinkerte.

»Vergeben Sie mir, dass ich so falsche Schlüsse gezogen habe, Miss Harewood.«

»Oh, wie furchteinflößend Sie aussehen! Sie müssen Ihre Brauen immer so zusammenziehen. Wie hat Shakespeare es noch ausgedrückt? *Die Braue schatt es so furchtbarlich, wie ein zerfreßner Fels weit vorhängt über seinen schwachen Fuß, von wilden, wüsten Ozeanen umwühlt …*

»Sind Sie verrückt geworden?«

»Nein, nein. Nur ein bisschen, keine Angst. Nein, wie ich schon sagte, normalerweise laufe ich nicht herum und küsse Stalljungen. Es ist eher so eine Art Experiment.«

»Doch, Sie *sind* verrückt.«

»Nun, das können Sie leicht sagen. Ich wage zu behaupten, dass Sie sich seit dem Augenblick, in dem Ihre Hosen zum ersten Mal ausgelassen wurden, der ständigen Aufmerksamkeit der Milch- und Hausmädchen sicher sein konnten.«

Wallingford klappte den Mund auf, um zu protestieren, doch ihm fehlten die Worte.

»Sehen Sie? Wohingegen ich, als gut erzogene Lady, die vor ungefähr einem Monat dreiundzwanzig geworden ist …«

»Dreiundzwanzig!«

»Ja.« Miss Harewood seufzte. »Ich weiß, mein Gesicht ist einfach lächerlich. Jedenfalls bin ich dreiundzwanzig geworden, bei meiner heiligen Ehre, und die Lage schien mir verzweifelt zu sein. Also habe ich beschlossen, noch vor Ende des Jahres einen Liebhaber zu finden.«

»Einen Liebhaber? Warum keinen Ehemann?«

»Oh, ich möchte nicht heiraten. Es sei denn, mein böser, mittelloser Onkel zwingt mich dazu, irgendeinen abscheulichen, millionenschweren Bankier zu heiraten, indem er Alexandra kidnappt und sie über einer Grube mit giftigen Nattern aufhängt, damit ich einwillige …«

»Nattern?«

»Von mir aus auch Kobras. Die sind, glaube ich, ziemlich giftig. Oder über einer von diesen Schlangen, die es auf der anderen Seite der Welt gibt; wissen Sie, ich habe einmal gelesen, dass sechs der zehn giftigsten Tiere der Welt in Australien heimisch sind. Da fragt man sich, warum irgendjemand dort leben möchte, obgleich ich annehme, dass viele, die dort wohnen, keine andere Wahl hatten.«

Eine kleine Pause entstand.

Wallingford räusperte sich.

»Und falls derart gefährliche Spielchen ausbleiben, möchten Sie lieber ein Leben in Schande führen, sich vor Gott und der Welt erniedrigen …«

»Hört, hört.« Miss Harewood streichelte Lucifers Ohren und lächelte wieder, etwas sehnsüchtiger diesmal. »Sagen Sie, Durchlaucht, wie alt waren Sie, als Sie sich das erste Milchmädchen gegriffen haben?«

Fünfzehn, hätte Wallingford fast gesagt, so richtig hatte sie ihn eingeschätzt. Doch er konnte sich gerade noch zurückhalten. Mit fünfzehn hatte er den Sommer auf dem Familiensitz im Norden verbracht, während seine Mutter sich irgendwo am Meer von ihrer letzten Fehlgeburt erholte und sein Vater im alten Schlafzimmer derer von Wallingford, ausgelaugt von Trunksucht, Exzessen und einem schlimmen Sturz vom Pferd, bei dem seine bereits geschädigte Leber durchbohrt worden war, die letzten rasselnden Atemzüge tat. Er war fünfzehn gewesen und ziemlich allein, sich selbst überlassen, weil seine ältere Schwester geheiratet hatte und sein Bruder bei einer Tante Ferien machte. Jeden Tag war er, das Schreckgespenst der baldigen Herzogswürde vor Augen, einsam und lüstern, wie nur ein heranwachsender Junge es sein konnte, auf dem Anwesen herumgelaufen. Das Milchmädchen – ja, es war das Milchmädchen gewesen, verdammt sei diese Miss Harewood – hatte keine Schwierigkeiten gehabt, ihn einzufangen.

Und danach hatte er sich keineswegs erniedrigt gefühlt, weder vor Gott noch vor der Welt. Das war erst später gekommen.

»Versuchen Sie bloß nicht, mit mir zu streiten, Miss Harewood«, sagte der Herzog. »Wir haben uns nicht hier getroffen, um über die Unterschiede zwischen Mann und Frau zu diskutieren.«

»Einverstanden. Sonst wären wir wohl die ganze Nacht beschäftigt, denn Sie scheinen der sturste und dickköpfigste Mensch zu sein, der mir je begegnet ist. Jedenfalls hat mein Mädchen mir versichert, dass ich, wenn ich den besten Liebhaber finden will, versuchen sollte, ein paar junge Burschen zu küssen, um herauszufinden, was für eine Art Mann ich haben möchte. Mit John, dem Diener, habe ich angefangen …«

»John, dem *Diener*?«

»Und seinem Bruder James, ebenfalls Diener …«

»Natürlich.«

Miss Harewood zählte an den langen, behandschuhten Fingern weiter.

»Dann kam Patrick, kurz bevor wir gefahren sind. Das kann man ja wohl kaum als zügelloses Benehmen bezeichnen, auf keinen Fall. Es war bloß Neugier.«

Wallingford musterte ihre schlanke Figur, ihr zartes, elfenhaftes Gesicht und schlug mit der Faust gegen den alten Holzbalken, der das Dach hielt.

»Aber das Risiko! Großer Gott! Niemand möchte nach einem einzigen Kuss aufhören!«

»Warum nicht?«

»Weil es sinnlos ist. Das ist doch nur ein Vorspiel, deshalb lassen anständige junge Damen sich niemals darauf ein.«

»Unsinn. Mir scheint, Küssen an sich ist sehr schön, wenn man es richtig macht. Wollen Sie damit sagen, dass Sie niemals geküsst haben, nur um zu küssen?«

»Nein«, meinte Wallingford, doch noch während er es sagte, fiel ihm ein, dass er log. Natürlich hatte es eine Zeit gegeben, als Küssen ihm wie der schönste Zeitvertreib der Menschheit erschienen war. Als das Milchmädchen ihn in das sommerreife Gras der Wiese gezogen und ihren Mund auf seinen gedrückt hatte und sie sich immer wieder geküsst hatten und er es nicht gewagt hatte, seine Hand unter ihre Röcke zu schieben und nicht einmal im Traum daran gedacht hatte, ihr das Kleid herunterzuziehen, um ihren Busen zu sehen. Nein, er hatte nur an ihren Mund gedacht und daran, wie schön ihre kleine Zunge mit seiner gespielt hatte, und so hatten sie eine Stunde dagelegen und sich geküsst, bis sie von Kühen überrannt worden waren.

Natürlich hatte sie ihm eine Woche später auf dem Heuboden die Unschuld geraubt, was alles Vorherige in den Schatten gestellt hatte. Doch in dieser ersten unschuldigen Stunde hatten ihre Küsse ihm genügt. Mehr hatte er nicht gewollt.

»Nein«, wiederholte Wallingford, »und kein Mann hört beim Küssen auf, wenn er mehr bekommen kann, sei es durch Reden oder durch Gewalt, wenn er verzweifelt und roh genug ist. Sie haben mit dem Feuer gespielt, Miss Harewood, und es ist ein Wunder, dass Sie nicht geschändet und ruiniert wurden.«

»Ach, was das angeht, hat mir Harry Stubbs einen netten kleinen Trick gezeigt, wie man einen Mann schachmatt setzt, also bin ich recht gut …«

»Wer zum Teufel ist Harry Stubbs?«

»Einer von den Männern unten im Pub. Ein netter alter Kerl, der mir alles über Pferderennen beigebracht hat. Er war Fälscher, wissen Sie, ehe er Buchmacher wurde.«

Wallingford schnappte nach Luft. Die Hand um den Holzbalken geschlungen, sah er auf Miss Harewood herab, auf ihre ehrlichen, goldbraunen, wie Sherry funkelnden Augen, ihre vollen, leicht lächelnden Lippen und ihre schimmernde, cremefarbene Haut.

»Miss Harewood«, sagte er kaum hörbar, »Sie sind mit Abstand der außergewöhnlichste Mensch, der mir je begegnet ist.«

Ihre Augenbrauen schossen in die Höhe, und ihre Augen begannen zu leuchten.

»Oh, vielen Dank! Ich fasse das als Kompliment auf. Bestimmt haben Sie in Ihrer Position schon sehr viele interessante Menschen getroffen.«

»Eigentlich war es nicht als Kompliment gemeint.«

»Ach, Euer Gnaden.« Sie drehte sich um und küsste Lucifer auf seine breite Nase. »Sie müssen noch sehr viel über Frauen lernen.«

Der Herzog fühlte sich beleidigt.

»Zufällig weiß ich alles, was ich wissen muss. Zum Beispiel, dass Sie mitten in der Nacht nicht unbegleitet in einem italienischen Stall herumschleichen sollten und besser sofort in Ihr Zimmer gingen.«

»Aber das kann ich nicht.« Sie legte den Kopf ein klein wenig schief und sah ihn seitlich von unten her an, und er war verloren, einfach verloren; er vergaß alles um sich herum und sah nur noch dieses wunderbare, bezaubernde Wesen mit den katzenhaften, goldbraunen Augen, die ihn ansahen, als würden sie all seine Geheimnisse kennen.

»Warum nicht?«, stieß er hervor.

»Weil Sie mich noch nicht geküsst haben.« Langsam wandte sie sich ihm zu. »Es sei denn, Sie wollen mich gar nicht küssen.«

Ein Regenschauer zog über das Stalldach hinweg, und in der Ferne donnerte es. Die Laternen schwankten, und das ganze Gebäude um sie herum schien zu ächzen. Lucifer verlagerte das Gewicht, drehte den langen Hals in Wallingfords Richtung und spitzte die Ohren.

Ganz so, als wollte er sagen, *Und nun, alter Junge?*

Die Antwort lag auf der Hand, oder? Wallingford hatte keine Wahl. Und zwar seit dem Moment, in dem Miss Abigail Harewood im Gasthof Schutz gesucht und eine glitzernde Gloriole aus Regentropfen von ihrem Hut geschüttelt hatte.

Wallingford trat einen Schritt vor.

»Miss Harewood«, knurrte er, »hat Ihnen nie jemand gesagt, dass Sie sehr vorsichtig sein müssen mit dem, was Sie sich wünschen?«

Sie hob den Kopf.

»Oh«, sagte sie leise und verzückt und legte die Hände auf seine Brust. »Bergamotte.«

»Bergamotte?«

»Sie duften nach Bergamotte. Ich bin ganz verrückt danach.«

Einen Moment sah der Herzog, beinahe überwältigt von der Art, wie sie sich ihm erfreut und erwartungsvoll entgegenstreckte, reglos auf sie herab. Wann hatte ihn das letzte Mal eine Dame so angesehen, so unbefangen und ehrlich? Er liebte dieses Gesicht mit dem lebhaften Mienenspiel. Er nahm es in beide Hände.

Dann beugte er sich herab und küsste sie auf den Mund, und ganz ohne Vorwarnung war er – er, der vornehme Duke of Wallingford – wieder fünfzehn, und die Sonne brannte auf seinen Hinterkopf, das sommerreife süße Gras kitzelte im Gesicht, und die vollen Lippen einer jungen Frau küssten ihn so inbrünstig, als wäre er etwas ganz Besonderes, als wollte sie nie mehr damit aufhören. Als wäre auf der Welt nur eines wichtig – dieser Kuss.

Doch *diese* Lippen schmeckten nach Wein und Dessert, *diese* Haut roch nach Wolle und Seife statt nach Kuhdung und saurer Milch. Dies war Abigail Harewood, eine bezaubernde kleine Elfe, die strotzte vor Leben und Energie und genug Fantasie für sie beide hatte; und sie drückte sich leicht schwankend an ihn, so als ob sie sich in dem Bemühen, den Größenabstand zwischen ihnen zu überbrücken, auf die Zehenspitzen gestellt hätte.

Wallingford hob den Kopf.

»Miss Harewood«, sagte er leise.

»Abigail«, erwiderte sie.

Dann legte er die Hände um ihre Taille, hob sie hoch und trug sie wankend ein paar Schritte bis zur Wand neben Lucifers Box. Sie fühlte sich leicht und zart an, die Knochen unter den vielen Kleidungsschichten feingliedrig und stark zugleich. Langsam ließ er sie an der Wand heruntergleiten, während er sie noch einmal küsste, forscher diesmal, und die Zunge zwischen ihre leicht geöffneten Lippen schob.

»Oh«, hauchte sie und gestattete es ihm, den Kuss zu vertiefen.

Nun stand sie, flach an die Wand gedrückt, mit den Füßen auf dem Boden. Schnell stützte Wallingford sich mit beiden Händen rechts und links von ihrem Gesicht ab, denn sie kam ihm so eifrig entgegen, dass er sich kaum aufrecht halten konnte. Sie legte die Arme um seinen Hals und erbebte, als er seine Zunge kreisen ließ. Dann schlang sie, da er breitbeinig vor ihr stand, ein Bein um seine Wade und drückte sich der Länge nach an ihn.

Von Weitem hörte Wallingford das verächtliche Schnauben seines Pferdes.

»Ach, hau ab«, sagte er aus dem Mundwinkel heraus.

»Wie bitte?«, keuchte Miss Harewood.

Lucifer stieß gegen seinen Arm.

»Ich sagte *Hau ab*«, brummte Wallingford, dann an Abigail gewandt, »Nichts, Liebling«, und machte sich wieder ans Werk, ergötzte sich an ihrer nach Karamell schmeckenden Süße, dem zärtlichen Geben und Nehmen. In seinem Hinterkopf begann eine Alarmglocke zu bimmeln, die ihn daran erinnerte, dass Miss Abigail Harewood weder ein Milchmädchen noch die abenteuerhungrige Frau eines ausländischen Diplomaten war und dass er besser dem weisen Rat seines Pferdes folgen und diesen Unsinn auf der Stelle beenden sollte.

Doch sein Hinterkopf war weit, weit entfernt.

»Oh«, sagte Miss Harewood und zog den Kopf ein ganz klein wenig zurück. »Oh, Wallingford«, hauchte sie an seinen Lippen. »Oh, das war wunderschön. Vielen herzlichen Dank.«

Dann stellte sie das Bein, das sie um seine Wade geschlungen hatte, wieder auf den Boden zurück.

»Wie bitte?«, fragte der Herzog dümmlich. Sein Hirn war vernebelt vor Verlangen und Glück.

»Das war bisher der schönste Kuss.« Sie nahm die Hände aus seinem Nacken und tätschelte seine Wange, als wäre er ein Schoßhündchen. »Sie werden das großartig machen.«

»Was werde ich *großartig* machen?«

Er stützte sich immer noch an der Wand ab. Geschickt tauchte Miss Harewood unter einem Arm durch und band ihren Schal wieder um. Im flackernden Schein der Laternen glänzten ihre Augen wunderschön, registrierte er benommen.

»Alles. Aber nun muss ich mich sputen, ehe die anderen sich fragen, wohin ich gegangen bin. Es ist sehr nützlich, in dem Ruf zu stehen, gelegentlich unauffindbar zu sein, doch selbst Alexandras Geduld hat Grenzen.« Wieder tätschelte sie seine Wange. »Ach du meine Güte, Sie sehen ja völlig verwirrt aus.«

»Ich bin nicht … ich … Was soll das eigentlich?«, fragte der Herzog hilflos.

Miss Harewood lächelte.

»Keine Angst. Ich bin sicher, dass wir uns bald wiedersehen. Ich glaube an das Schicksal. Warum hätten unsere Pfade sich sonst kreuzen sollen? Sie *werden* mein erster Liebhaber sein. Da bin ich mir sicher. Oh Gott! Schon halb elf! Ich muss mich beeilen.«

»Hören Sie …«

Doch sie küsste ihn bereits auf die Wange und zog den Mantelkragen zusammen. Dann drückte sie auch Lucifer einen Kuss auf die Nase und bückte sich, um etwas aufzuheben: einen Schirm, groß und praktisch.

»Miss Harewood!«

Sie drehte sich um und legte einen Finger auf den Mund.

»Kommen Sie mir nicht nach! Was soll ich sagen, wenn uns jemand sieht?«

Und schon war sie verschwunden.

Fassungslos sackte Wallingford an der Wand zusammen. Wieder stupste Lucifer ihn am Arm, ein wenig sanfter nun. Die großen braunen Augen des Pferdes betrachteten ihn voller Mitleid.

»Denk nicht mal dran«, sagte Wallingford. »Nichts hat sich geändert. Ich fliehe doch nicht tausend Meilen vor einer intriganten jungen Dame, nur um einer anderen zum Opfer zu fallen.«

Lucifers zwinkerte ihm zu.

»Außerdem eignet sie sich nicht als Herzogin. Ganz und gar nicht.«

Lucifer beugte sich zu seinem Heunetz hinunter und schnappte sich ein paar Halme. Wallingford lehnte schwer atmend an der Holzwand der Box und schaute auf einen Punkt links von den Türlaternen.

»Ich weiß nicht, was über mich gekommen ist. Habe völlig den Kopf verloren.«

Lucifer antwortete nicht. Er war ganz auf sein Heu konzentriert.

Wallingford richtete sich auf und atmete tief durch.

»Das war's jedenfalls. Ich werde sie nie wiedersehen, oder zumindest nicht in den nächsten Jahren, bis wir alle wieder in London sind, gut verheiratet und so weiter. *Dann* würde ich mit Freuden ihr erster Liebhaber sein, haha.« Sein Hut war ihm vom Kopf gefallen; er suchte auf dem Boden danach, setzte ihn wieder auf und zog die Krempe fest in die Stirn. »Die Dame ist ja völlig übergeschnappt.«

Nachdenklich kaute Lucifer auf seinem Heu herum.

»Das war's«, sagte der Herzog noch einmal und ging auf die Stalltür zu. Seine Muskeln fühlten sich seltsam an: so als wären sie aus Pudding. Und seine Lippen kamen ihm sehr heiß vor, geschwollen und unglaublich empfindlich.

Die Regen schlug ihm auf den Rücken, und der Gasthof ragte wie ein schwarzer Schatten auf der anderen Seite des Hofes auf. Wallingford steckte die Hände in die Taschen und lief los, die Augen auf den Boden gerichtet, um nicht in eine Pfütze zu treten, bis er plötzlich mit einem dumpfen Rumpeln mit der vertrauten Brust seines Bruders zusammenstieß.

»He, Mann!«, sagte Lord Roland. »Machst du einen Spaziergang?«

Wallingfords geschwollene Lippen öffneten und schlossen sich stumm.

»Ja«, brachte er schließlich hervor. »Ich brauchte frische Luft.«

»Frische Luft ist genau das Richtige«, meinte Lord Roland, während der Regen von seiner Hutkrempe rann.

Die beiden Brüder sahen sich an.

»Tja, ich geh dann mal«, sagte Wallingford und ging rechts an Roland vorbei.

»Bis später«, meinte Roland und wich nach links aus.

Im Schankraum war nichts von ihr zu sehen. Nicht, dass er tatsächlich nach ihr gesucht hätte; man ließ unwillkürlich die Augen schweifen, wenn man einen Raum betrat. Und die Ohren lauschten unwillkürlich dem Klang der Stimmen. Das hieß nicht, dass man nach einer bestimmten Person Ausschau hielt.

Um Himmels willen, nein.

Der Gastwirt und seine Frau machten sich in einer Ecke zu schaffen, wo sie Strohmatten auslegten und Wolldecken darüberbreiteten. Mit wachsendem Schrecken beobachtete Wallingford sie dabei.

Eine davon war *seine* Strohmatte mit *seiner* Wolldecke für die Nacht.

Ein paar Männer saßen noch redend und lachend an einem Tisch zusammen. An einem anderen hockte Phineas Burke ganz allein; den feuerroten Schopf in die Hände gestützt, starrte er auf sein Glas Wein, als erwarte er, dass es sich in Bewegung setzte und einen Freudentanz aufführte.

Mit einem feuchten Klatschen ließ Wallingford sich neben ihm nieder.

»Du bist nass«, sagte Burke, ohne aufzusehen.

»Ich weiß.«

Wallingford beäugte die Flasche, die neben Burkes linkem Ellbogen stand. Dann hob er sie hoch und drehte sie hin und her. Nicht mehr viel übrig. Er führte sie an den Mund und leerte sie. Der Wein prickelte auf seinen überempfindlichen Lippen.

»Ich glaube, die Damen haben es oben recht gemütlich«, sagte er.

»Zweifellos.«

»Keine Strohmatten für die empfindlichen Kehrseiten Ihrer Ladyschaften.«

»Oh nein.«

Wallingford legte seinen nassen Hut vor sich auf den Tisch und starrte auf das Hahnentrittmuster.

»Nun, es ist ja nur für eine Nacht, denke ich«, sagte er. »Morgen reiten wir weiter, und danach haben wir Gott sei Dank nichts mehr mit ihnen zu tun.«

»Abgesehen von der Wette.« Burke trank den Rest seines Weins und stellte das Glas mit einer knappen, energischen Handbewegung auf dem Tisch ab. »Die du Lady Morley beim Dessert vorgeschlagen hast.«

Sein Ton klang irgendwie anklagend, so als schwane ihm Böses. Mühsam erinnerte Wallingford sich an das, was erst vor ein paar Stunden an genau diesem Tisch beim Nachtisch besprochen worden war. Miss Harewood und Lady Somerton hatten sich mit dem Jungen zurückgezogen, was ihn seltsam verstimmt hatte. Lady Morley war so streitbar wie immer gewesen, und er hatte sich – wie immer – reizen lassen. Es kam ihm so vor, als wäre das ein anderer Wallingford gewesen, in einer anderen Zeit.

»Na, hör mal«, sagte er abwehrend. »Du hattest doch auch etwas mit dieser Wette zu tun, weißt du noch? Du hast den Einsatz vorgeschlagen.«

»In der Tat.« Abrupt stand Burke auf, stieg mit seinen langen Beinen über die Bank hinweg und nahm seinen Hut.

»Wohin gehst du?«, wollte Wallingford wissen.

Burke drückte den Hut fest auf den Kopf. Sein Gesicht

war grimmig, die grünen Augen dunkel vor Entschlossenheit. Genauso sah er immer aus, wenn Wallingford dumm genug war, ihn bei seinen mechanischen Experimenten zu stören.

»Raus«, sagte Burke so grimmig, wie er wirkte. »Spazieren.«

Wallingford seufzte tief.

»In dem Fall empfehle ich einen Schirm.«

DREI

Menschen waren wie Pferde, sinnierte Abigail. Manche machten sich gern schmutzig, andere nicht.

Und ihre Schwester Alexandra gehörte offensichtlich *nicht* zur ersten Sorte.

Abigail – die stolz darauf war, dass sie bei jedem Wetter gut gelaunt nach draußen ging – versuchte einfach, sowohl den Regen als auch Alexandras Klagen zu ignorieren und sich in schöne Gedanken zu flüchten. Insbesondere in den schönen Gedanken daran, wie der Herzog von Wallingford sie am vergangenen Abend im Stall geküsst hatte.

Hoffentlich hatte er nicht bemerkt, wie verwirrt sie gewesen war. Nein, hingerissen, schockiert und erregt und völlig überwältigt, nur weil er sie geküsst hatte, weil er sie mit seinem großen, kräftigen Körper, der nach Bergamotte duftete, an die Stallwand gedrückt und mit seinen nach Wein schmeckenden Lippen geküsst hatte. Im Nachhinein versuchte sie, sich genauer zu erinnern, was geschehen war – an welcher Körperstelle es geprickelt, geschmerzt oder gezogen hatte –, doch das, was sie gefühlt hatte, spottete jeder Beschreibung.

Sie war einfach lebendig gewesen.

Bis in die Zehenspitzen.

Und nun?

Gut, ein wenig Ernüchterung, ein kleiner Tiefpunkt waren wohl zu erwarten gewesen.

Trübselig stapfte Abigail durch den feuchten toskanischen Morgen und zog tapfer die immer wieder stecken bleibenden Stiefel aus dem Matsch. Der Regen ließ allmählich nach, es nieselte nur noch, doch der Matsch blieb zurück: Schwer und klebrig heftete er sich bei jedem Schritt gierig an ihre Sohlen. Der Gepäckwagen vor ihr wurde immer langsamer, obwohl die Pferde, die armen Tiere, sich schwer ins Geschirr legten. Irgendwo weiter vorn erhob sich das Castel Sant'Agata aus abgelegenen, felsigen Hügeln, die ersehnte Zufluchtsstätte, ihr Heim für das kommende Jahr. Unbehelligt, so der Plan, von irgendwelchen Besuchern, geschweige denn Liebhabern.

Also, was nun? Vorige Nacht war sie gerade noch rechtzeitig davongekommen. Erhitzt und bebend hatte sie sich den Schal um den Kopf geschlungen, damit der Herzog nicht sehen konnte, wie sehr sein Kuss sie beeindruckt hatte. Wahrscheinlich hatte Wallingford Dutzende von Frauen geküsst, wenn nicht mehr. Er würde lachen, wenn er wüsste, welchen Eindruck er auf ein so unerfahrenes Mädchen wie sie gemacht hatte. Nein, es war wesentlich besser gewesen, zu gehen und sich zu beruhigen. Ein solcher Mann durfte nicht die Oberhand gewinnen.

Kein Mann durfte die Oberhand gewinnen.

Aber hatte sie sich durch diese Flucht nicht ihrer letzten Chance beraubt? In der vergangenen Nacht, so nah an Wallingfords warmem Körper, war ihr das nächste Treffen unvermeidlich erschienen, die logische Folge eines Schicksals, das sie unbedingt zusammenbringen wollte. Doch nun, umgeben von nassen Felsen, kaltem Schlamm, Nieselregen, Nebel und den sich abmühenden Pferden, schien der Herzog von Wallingford mit seinen stählernen Armen und seinen verrückten heißen Küssen so weit entfernt zu sein wie das andere Ende der Welt.

Oder die Sonne.

Was in aller Welt hatte sie sich dabei gedacht, einfach so wegzulaufen? Was erwartete sie eigentlich von ihm? Dass er nächste Woche beim Castel Sant'Agata vorbeischaute? An die Tür klopfte und sie in das nächstbeste prunkvolle Schlafzimmer zog, um sie zu verführen?

Was für eine Närrin sie war. Was für eine dumme, ängstliche Närrin. Nun musste sie womöglich ein ganzes Jahr warten, ehe sich noch einmal eine solche Gelegenheit ergab.

Ein ungewohntes Gefühl beschlich sie. Sie konnte es nicht beschreiben. Ihr Herz fühlte sich kalt, einsam und leer an, und dennoch schwer wie Blei. Es schien sie bei jedem Schritt niederzudrücken und ihr das Gehen ebenso schwer zu machen wie der Matsch. Konnte es sein, dass sie … nein, auf *keinen* Fall, das war nicht ihre Natur, sie ließ sich *niemals* von so etwas bekümmern und würde jetzt nicht damit anfangen. Und dennoch gab es kein anderes Wort dafür als …

Schwermütigkeit.

Oh Gott.

Verzweiflung.

Reiß dich zusammen, Harewood, befahl sie sich selbst. Sie würde eine Lösung finden. Sie musste nur nachdenken, einen Plan schmieden und sich von diesem unguten und völlig unnötigen Ohnmachtsgefühl befreien, damit …

»Herrgott!«, sagte Alexandra neben ihr und zog ihren Stiefel aus einer übersehenen Schlammpfütze.

Abigail zuckte zusammen.

»Ach! Du bist das!«

»Lieber Himmel. Wer soll es denn sonst sein, meine Liebe?« Traurig sah Alexandra auf ihren ruinierten Stiefel herunter und ging weiter.

»Ich bitte um Entschuldigung. Ich war in Gedanken.«

»Offensichtlich. Ich bin selbst heute Morgen etwas indisponiert. Vor allem habe ich schreckliche Kopfschmerzen.« Alexandra seufzte tief und schaute zum Gepäckkarren, auf dem Lilibet und Philip zwischen den Koffern saßen und irgendein Spiel mit einem Faden spielten. »Zudem hat Lilibet uns zu unchristlich früher Stunde geweckt. Einfach entsetzlich, obgleich ich annehme, dass es das Beste war. Je eher wir das Schloss erreichen, desto besser. Wenn es nur möglich gewesen wäre, eine Kutsche zu nehmen.«

»Sie wäre an der ersten Biegung im Schlamm stecken geblieben«, meinte Abigail. »Außerdem konnten wir das Risiko nicht eingehen. Kutschen können so leicht verfolgt werden.«

»Stattdessen bleiben unsere Füße im Schlamm stecken. Großartig. Aber es könnte schlimmer sein. Wir hätten gezwungen sein können, die unerträgliche Gesellschaft Wallingfords und seiner Reisekumpane noch länger zu ertragen.«

»Ich fand sie recht nett«, widersprach Abigail und sprang über eine Pfütze.

»*Du* warst ja auch nicht mehr da, als der Nachtisch kam«, sagte Alexandra düster. Sie stiegen einen kleinen Abhang hoch, der weniger schlammig, dafür aber voller spitzer kleiner Steine war. Alexandra trat nach einem und schickte ihn schlitternd und hüpfend über den Weg. »*Du* hast dich ja mit Lilibet und Philip zurückgezogen.«

»Was ist denn beim Nachtisch passiert?«, fragte Abigail.

»Nichts Besonderes.« Wieder trat Alexandra nach einem

Stein. »Also, Wallingford hat sich natürlich unmöglich benommen, und der arme Penhallow hat sich krank vor Liebe nach unserer Cousine verzehrt.«

»Und Mr. Burke?«

»Der Rothaarige? Ach, den habe ich kaum beachtet.« Alexandra hakte sich bei Abigail unter. »Weißt du, liebe Schwester, dass dieser erbärmliche Wallingford und seine Freunde genau das gleiche Ziel verfolgen wie wir? Sie wollen sich ein Jahr zu akademischen Studien zurückziehen, zum Wohle ihres Seelenheils. Als ob sie das retten könnte.«

Abigail drückte den dick verpackten Arm ihrer Schwester.

»Wie bitte?«

»Ja, es ist wahr.« Alexandra nickte heftig. »Sie haben ebenfalls irgendwo in der Gegend eine abgelegene Villa gemietet. Wallingford hatte sogar die Frechheit zu behaupten, wir seien der Aufgabe nicht gewachsen. Und dass wir noch vor Ostern wieder nach England zurückkehren würden.«

»Wirklich?« Abigail versuchte, die Aufregung zu unterdrücken, die ihre bleierne Schwermut ohne jede Mühe verscheuchte und im Matsch am Wegrand zurückließ.

»Ja. Eine Unverschämtheit. Ich habe ihm natürlich gleich widersprochen und behauptet, dass wir ihn und seine Freunde mit Leichtigkeit überdauern werden.« Alexandra hüstelte ein wenig. »Ich … nun, also, ich bin diesbezüglich sogar eine Wette eingegangen.«

»Alexandra! Du hast mit ihm *gewettet*?«

»Natürlich nicht richtig. Ladys *wetten* nicht, meine Liebe«, sagte Alexandra, wobei sie das Wort *wetten* so verächtlich aussprach, als bezöge es sich auf eine unaussprechliche Körperfunktion, die auszuüben Ladys sich ebenfalls nie gestatteten.

Abigail lachte.

»Aber das ist großartig! Du bist ein Schatz, Alexandra! Ich könnte dich küssen. Was ist der Einsatz? Hundert Pfund? Tausend?«

»Um Himmels willen, nein«, erwiderte ihre Schwester leicht gekränkt. »Nicht so etwas Unfeines wie Geld, meine Liebe. Ich bin überrascht, dass du das auch nur denken kannst. Woher hast du bloß solche Ideen? Nein, nein, der Gedanke an Geld ist mir gar nicht gekommen.« Mit einer Hand hielt Alexandra sich an Abigails Unterarm fest, während sie mit der anderen ihren Mantel glattstrich.

»Was habt ihr dann vereinbart?«

»Ach, Mr. Burke hat etwas vorgeschlagen. Eine Art Zeitungsannonce, glaube ich, in der die Überlegenheit des anderen Geschlechts anerkannt werden soll. Aber das schert uns nicht. Wichtig ist, dass wir unseren Standpunkt vertreten haben.«

»Und der wäre?«

»Na, dass Frauen für akademische Studien ebenso gut geeignet sind wie Männer, wenn nicht besser.«

Ein Schlammloch lag vor ihnen. Unwillkürlich zog Abigail ihre Schwester am Rand um die Pfütze herum. Ideen und Pläne schossen ihr durch den Kopf, die Schwermut war völlig verschwunden, und die neu geschöpfte *Hoffnung* – oh, sie sei gepriesen – ließ sie beben vor Freude. Eine Wette mit Wallingford! Natürlich! Da war sie, die Wende des Schicksals, die sie so unvermeidlich aufeinanderprallen ließ wie Würfel auf einem Spieltisch. Auch wenn der Vergleich vielleicht etwas hinkte. Jedenfalls sagte sie: »Aber ich habe gedacht, die akademische Überlegenheit der Frauen sei offensichtlich. Warum sollten Männer sonst ganze Universitäten brauchen, um ihre Studien zu betreiben, wohingegen wir immer nur ein Zimmer und ein paar Bücher benötigt haben?«

»Du hättest seinen Gesichtsausdruck sehen sollen«, sagte Alexandra.

»Seine Gnaden hat sicher eine überaus finstere Miene gemacht«, seufzte Abigail sehnsüchtig.

»Doch nicht Wallingford«, entgegnete Alexandra. »Mr. Burke. Gesagt hat er natürlich nichts, aber ich konnte ihm ansehen, dass die Behauptung ihn erzürnt hat. Er hat den Tisch in einem solchen *Zustand* verlassen.«

»Und Wallingford? Was hat er gesagt?«

»Ach, der Herzog? Das weiß ich nicht mehr. Ich bin gleich danach selbst gegangen.«

Abigail lachte laut.

»Was ist?«, fragte Alexandra verstimmt.

»Ich frage mich nur gerade, ob es nicht sehr lustig wäre, wenn die Herren zu demselben Schloss unterwegs wären wie wir? Ganz ohne es zu wissen.«

»Das ist völlig unmöglich. Ich habe den Mietvertrag hier«, sagte Alexandra und klopfte zufrieden auf die Brusttasche ihres Mantels. »Unterschrieben, besiegelt und wasserdicht. Ich werde es nicht zulassen, dass Mr. Burke auch nur einen Fuß auf das Anwesen setzt, das kann ich dir versichern. Außerdem«, fügte sie hinzu, »muss es ringsherum Dutzende von Schlössern geben. Die Wahrscheinlichkeit für ein solches Zusammentreffen liegt daher bei … äh …«

»Ja?«, fragte Abigail gespannt.

Wieder klopfte Alexandra auf ihre Brusttasche.

»Praktisch bei Null.«

Einige Stunden später

Der Herzog von Wallingford stand mitten im Nieselregen und starrte von dem Papier in der einen Hand auf das Papier in der anderen. Dann grub er die Hacken in die steinige Erde, um sicherer zu stehen, und versteifte das Rückgrat.

Im Rahmen seiner Pflichten als Oberhaupt einer der vornehmsten Familien des Landes wurde er oft darum ersucht, den einen oder anderen Streit zu schlichten. Diesen Brauch fand er noch sonderbarer als den Rest. All diese Gesichter, die ihn gespannt und ängstlich ansahen. Die tiefe, respektvolle Stille, die erwartungsvolle Atmosphäre. Die Menschen glaubten einfach, dass er, Arthur Penhallow, von der Natur irgendwie mit einer größeren Portion Weisheit ausgestattet worden sei als der normale Teil der Menschheit, nur aufgrund der Tatsache, dass er als ältester Sohn des Mannes geboren war, der durch denselben glücklichen Zufall der Geburt den Herzogstitel führte.

Natürlich nahm er seine Verantwortung ernst. Ob er nun über einen seiner Peers im Oberhaus zu Gericht saß oder ob er entschied, wer im Dorf der rechtmäßige Eigentümer einer streunenden Sau war, ihm war bewusst, wie schwer die Aufgabe war, die sein Schöpfer ihm auferlegt hatte, und er versuchte, unparteiisch zu sein, alle Seiten einer Angelegenheit und jedes Beweisstück zu betrachten. Außerdem gab er sich große Mühe, seine volle Aufmerksamkeit, das ganze Gewicht des ihm zu Gebote stehenden Intellekts einzusetzen, um eine gerechte Entscheidung zu treffen.

Aber *das*? Das war weit außerhalb seines Erfahrungsbereichs.

Bislang hatte er den Mietvertrag nicht zu Gesicht bekommen. Um Dinge wie die rechtlichen Vereinbarungen bezüglich des einjährigen Aufenthalts im Castel Sant'Agata hatte Burke sich gekümmert. Er war ein kluger Bursche, ein Genius, der genug Geld und Anwälte hatte. Wallingford hatte nicht einen Gedanken an diese Sache verschwendet. Es war ihm nie in den Sinn gekommen, dass er ausgerechnet am Tag ihrer Ankunft am Castel, das ganz in der Nähe in einem Durcheinander aus gelblichen Wänden und rotgedeckten Türmen aus der nassen Hügellandschaft aufragte, nicht eine, sondern *zwei* Kopien des Mietvertrags in Händen halten könnte, die nicht nur Wort für Wort vollkommen identisch waren, sondern auch einwandfrei unterschrieben und beglaubigt.

Bis auf die Namen der Mieter.

Ein Vertrag überließ das Schloss Mr. Phineas Fitzwilliam Burke, R. S., und der andere benannte in schlichter schwarzer Tinte eine Alexandra, verwitwete Marquise von Morley.

Ein kalter Wind streifte seine Wange und zerrte an den Papieren. Doch Wallingford schaute längst nicht mehr auf die Wörter; er wusste genau, welcher Art das Problem war, das sich ihm stellte. Er war nass, durchgefroren und verärgert, denn er war zehn Meilen über eine matschige toskanische Straße gelaufen, während die Damen, verflucht sollten sie sein, gemütlich auf den Pferden geritten waren; nur das Wissen, dass es bald vorüber sein würde, dass sie die Frauen nach der Ankunft im Schloss weiterschicken konnten und er Miss Harewoods verführerisches Lachen und den herzzerreißenden Anblick ihrer graziösen, aufrechten Silhouette vor den grauen Felsen und dem braunen Wintergras nicht mehr ertragen musste, hatte ihm die Kraft verliehen weiterzugehen.

Und dann waren sie am Schloss angekommen, und die furchtbare Wahrheit – die Wahrheit, die er, seit er die Damen im Gasthaus zum ersten Mal gesehen hatte, fast geahnt, vielleicht sogar unbewusst vorhergesehen hatte – war endlich ans Licht gekommen.

Ein Schloss. Zwei Mieter.

Neben ihm hüstelte Roland leise. Die Pferde begannen zu tänzeln und rastlos auf die Steine auf dem Weg einzutreten. Wallingford räusperte sich und sah auf. Rechts von ihm schaute Miss Harewood, hoch zu Ross auf Penhallows Pferd, auf ihn herab; er spürte ihren Blick auf seinem Gesicht, und ihre Haltung verriet, dass sie es vor Spannung kaum aushielt.

Zu seiner Linken erhob sich das umstrittene Schloss, ein ferner Schatten vor den Wolken. Ein seltsamer, unerklärlicher Schauer überlief ihn.

»Tja«, sagte er. »Das ist ziemlich seltsam. Es sieht so aus, als wäre Signor Rosseti entweder ein seniler Narr oder … nun ja, ein Schurke.«

Ein weiterer Windstoß traf seinen Rücken. Lucifer, in dessen Sattel Lady Somerton und ihr Sohn saßen, nickte so heftig mit dem Kopf, dass die Metallringe an seinem Zaumzeug klirrten.

Wallingford hielt beide Papiere vor sich und sprach mit schönster Richterstimme weiter.

»Die Schreiben sind beinah identisch, außer dass die Damen anscheinend für die jährliche Miete einen geringeren Preis ausgehandelt haben, Burke.«

Sein Freund machte ein finsteres Gesicht.

»Mir wurde gesagt, dass es keinen Raum für Verhandlungen gäbe.«

»Ach Unsinn, mein Lieber«, sagte Alexandra mit einem kleinen Lachen. »Das ist reine Taktik, das weiß doch jeder.«

»Wir haben ein Jahr Miete für das Schloss bezahlt und die feste Absicht, dort auch zu wohnen«, erwiderte Burke scharf und verschränkte die Arme vor der Brust.

Missmutig sah Wallingford die beiden an. Der Tag neigte sich dem Ende zu, und das Licht über der düsteren Landschaft begann bereits zu verblassen. Bei der Vorstellung, dass Miss Abigail Harewood auf der Suche nach Schutz frierend und hungernd durch die Nacht irrte, erfasste ihn unwillkürlich blankes Entsetzen.

Eine Lösung musste gefunden werden, und zwar schnell. Gab es in der Nähe noch eine andere Unterkunft? Vielleicht irgendein Dorf? Bestimmt wachte das Schloss über eine Ortschaft; das war schließlich seine Bestimmung. Die Leute dort würden wissen, wo Rosseti zu finden war, dann konnte die Angelegenheit bereinigt werden. Falls nötig könnten die Herren den Damen dieses Anwesen überlassen und sich ein anderes suchen. Eins – er warf einen Blick auf das alte Gemäuer und die ungepflegten Zypressenreihen, die sich im bitterkalten Wind wiegten –, das vielleicht ein klein wenig einladender war.

Schließlich war er ein Ehrenmann. Solange seine Gegner sich an die Regeln hielten, konnte er durchaus großzügig sein. Vielleicht war es so am besten.

Wallingford öffnete den Mund, um endlich etwas zu sagen, doch im selben Moment stöhnte Lady Morley ungeduldig auf und riss entschlossen ihr Pferd herum.

»Was zum Teufel«, murmelte der Herzog, doch seine Worte gingen im donnernden Hufgeklapper des Pferdes unter, das im Galopp auf das Schloss zulief.

Alle standen wie angewurzelt, selbst die Pferde, und starrten dem Hinterteil des von Mr. Burke geliehenen Pferdes nach, das im Nebel immer kleiner und grauer wurde, bis Ross und Reiterin ganz verschwunden waren.

»Großer Gott!«, rief Burke und durchbrach den Bann. »Kommen Sie sofort zurück.«

»Was zum Teufel«, murmelte Wallingford noch einmal beeindruckt und schaute zu Miss Harewood hinüber. Die schrägen Augen in ihrem blassen Gesicht waren groß und rund, und sie war sichtlich erheitert. »Was zum Teufel hat sie vor?«, fragte der Herzog.

Lächelnd sah Miss Harewood auf ihn herunter. Dann griff sie nach den Zügeln und stieß ihrem Pferd die Hacken in die Seiten. »Ich schätze, sie schafft Tatsachen«, sagte sie über die Schulter, während Lord Rolands Pferd sie in munterem Trab zum Schloss trug.

VIER

Sobald die große Halle sich vor ihr auftat, wusste Abigail, dass etwas nicht stimmte.

Sie hatte es schon vorher gespürt. Als die undeutlichen Umrisse des Castel Sant'Agata endlich im Nieselregen aufgetaucht waren, war es ihr so vorgekommen, als schimmere es, als schwebe es wie eine überirdische Erscheinung vor den Wolken. Und im verlassenen Innenhof mit dem bemoosten Brunnen und den Eisengittern hatte eine Atmosphäre geherrscht, als berge er ein Geheimnis. Als hielte das Schloss irgendwie erwartungsvoll die Luft an.

Langsam ließ sie den Blick über die nackten Wände, die große, geschwungene Treppe zur Galerie und die mächtigen Querbalken an der Decke schweifen. Nicht ein Möbelstück verstellte die Sicht; kein Teppich bedeckte die Fliesen zu ihren Füßen. Der Anblick der schlichten Pracht um sie herum beflügelte ihre Fantasie, und schon war das Schloss mit Leben erfüllt. Und einer langen Geschichte.

Abigail ging quer durch die Halle zu einem Flügelfenster, vor dem ein langer, stockfleckiger Vorhang hing. Mit einer Hand schob sie ihn beiseite und spähte nach draußen.

»Was für ein großartiges Abenteuer. Wie viel Schmutz sich hier angesammelt hat. Ich wette, in diesem Schloss ist schon seit Jahren nicht mehr saubergemacht worden. Glaubst du, hier gibt's Geister?«

»Natürlich nicht«, erwiderte ihre Schwester scharf. »Was du immer für Ideen hast.«

»Ich glaube, es gibt jede Menge Geister. In einem so alten Gemäuer wie diesem. Noch dazu in Italien! Wo immerzu einer den anderen vergiftet. Jedenfalls wäre ich sehr enttäuscht, wenn ich nicht an jeder Ecke einem Gespenst begegne.« Als Abigail sich vom Fenster abwandte, bemerkte sie, dass Philip vor ihr stand und sich mit großen Augen in dem Raum umsah. Weiter hinten wanderte Lilibet herum, die hübschen Augenbrauen fest zusammengezogen, schlang sie ihren Wollschal fester um den Hals.

»Eigentlich ist es ein Wunder, dass du noch keinen Mann gefunden hast«, sagte Alexandra.

»Ich habe nie einen gewollt. Komm, lass uns das Schloss erkunden.« Abigail nahm Philips Hand und führte ihn eilig quer durch die Halle auf den Gang am anderen Ende zu.

»Ich kann nicht so schnell!«, protestierte Philip lachend, während er sich bemühte mitzuhalten.

»Doch kannst du!«, drängte ihn Abigail, und er fing kichernd an zu rennen.

Lilibet rief ihnen nach und bat sie zu warten, doch Abigail war so begeistert und gespannt, dass sie sich nicht aufhalten ließ. Übermütig sog sie die feuchte, muffige Luft ein; dieses ungewöhnliche alte Schloss war einfach großartig.

»Abigail!«

Abrupt blieb Abigail stehen und sah auf.

Im Schatten des Ganges vor ihr war eine Gestalt aufgetaucht; sie trug eine weiße Schürze, die im schwachen Licht der Halle unnatürlich hell leuchtete.

»Oh, hallo!«, sagte Abigail, Philip fest an der Hand haltend.

»*Buon giorno*«, erwiderte die Frau und trat vor. Unter der langen Schürze trug sie ein schlichtes Wollkleid, und ihr Haar war von einem einfachen weißen Kopftuch bedeckt. Sie hatte angenehme Gesichtszüge, ausdrucksvoll und regelmäßig, und dunkle Augen, die den Besuch misstrauisch musterten.

Alexandra trat an Abigails Seite und sagte hastig: »*Buon giorno*. Sind Sie die Schlossherrin?«

Die Frau erlaubte sich ein Lächeln und schüttelte bescheiden den Kopf. Sie schien einen warmen Duft zu verbreiten, so als ob sie den ganzen Tag Brot gebacken hätte.

»*No, no*. Ich bin … wie heißt das? Ich hüte die Haus. Sie sind die englischen Mieter?«

»Ja«, sagte Alexandra. »Ja, das sind wir. Erwarten Sie uns?«

»Oh ja«, erwiderte die Frau. »Wir sind sehr erfreut, Sie zu sehen. Aber ich denke, Sie sind einen Tag zu früh. Wir erwarten Sie morgen. Mögen Sie *il Castello*?« Mit einer weit ausholenden Armbewegung deutete sie auf die riesige, leere Halle und die geschwungene harte Steintreppe zur Rechten. Ihr Gesicht schien zu leuchten vor Stolz, so als ob in ihr ein Licht entzündet worden wäre.

»Wer könnte schon einem derart einladenden Anblick widerstehen?«, sagte Alexandra.

»Es ist sehr lange her, dass die Familie hier lebte«, sagte die Frau mit einem vielsagenden italienischen Achselzucken. »Ich hüte die Haus ganz allein.«

»Haben Sie denn keine Hilfe?«, fragte Alexandra erstaunt.

»Oh, die Mädchen wohnen im Dorf. Sie bleiben nicht, wenn kein Herr da ist. Es ist sehr einsam. Nur mit Giacomo, er kümmert sich um den …« Die Frau rieb die Finger aneinander. »Den Boden?«

»Das Land«, korrigierte Alexandra. »Er kümmert sich

um die Ländereien. Sehr gut. Und wie heißen Sie, meine Liebe?«

Die Frau knickste.

»Ich bin Signorina Morini.«

Signorina Morini. Irgendetwas an dem Namen jagte Abigail einen kleinen Schauer über den Rücken. Irgendetwas war an dieser Frau mit der freundlichen, beinahe überschwänglichen Stimme, der schimmernden Haut und den aufmerksamen dunklen Augen, die die erwartungsvolle Stille in der Halle durchbrochen und verscheucht hatte.

Da. Da war es, das Geheimnis. Auf irgendeine Weise mit dem gelassenen Auftritt dieser Frau verknüpft, die vom schwachen Duft frisch gebackenen Brotes begleitet wurde.

»Oh, was für ein schöner Name«, brach es aus Abigail heraus. »Ich mag italienische Namen. Ich bin Miss Harewood, und ich finde Ihr Schloss einfach großartig, Signorina. Könnten Sie uns vielleicht herumführen?« Sie deutete auf die Treppe. »Sind unsere Zimmer da oben?«

»Oh ja, sie sind oben.« Die Frau runzelte die Stirn und schaute sich suchend in der großen Halle um. »Aber … die Herren? Wo sind die Herren?«

Alexandra wurde stocksteif.

»Die Männer? Was ist mit ihnen?«

»Wollen Sie damit sagen, Sie haben beide Parteien erwartet?«, erkundigte Abigail sich aufgeregt. Das wurde ja immer besser. »Signor Rosseti hat das absichtlich gemacht?«

Signorina Morini zuckte die Achseln und hob abwehrend die Hände.

»Ich weiß nur, dass kommen drei Ladys und drei Gentlemen. Die Männer sind nicht Ihre Ehemänner?«

»Gott bewahre!«, entgegnete Alexandra entsetzt.

»Ihre Brüder?«

Abigail lachte amüsiert.

»Oh nein. Auch das nicht.«

Lilibet mischte sich ein.

»Das alles ist ein großes Missverständnis. Wir waren der Ansicht … wir dachten, wir hätten das Schloss für ein Jahr gemietet, aber anscheinend haben die drei Herren eine ähnliche Vereinbarung getroffen, und … vielleicht könnten Sie Signor Rosseti herholen, damit er uns erklären kann …«

Signorina Morinis Brauen hatten sich nachdenklich gerunzelt. Sie legte den Kopf schief und schob ein paar schwarze Haarsträhnen, die aus dem Kopftuch herausgerutscht waren, an ihren Platz zurück. Sie sah aus, als versuche sie, ein großes, kompliziertes Rätsel zu lösen.

»Ja, ich verstehe. Seltsam. Der Herr ist sehr speziell, sehr genau. Ein sehr seltsamer Fehler.« Dann straffte sie die Schultern und klatschte in die Hände. »Aber gut! Sechs Engländer ist sehr gut! Wir werden reden und lachen. Das Schloss wird sich … ändern. *Buon.* Ich bringe Sie zu Ihre Zimmer.«

Entschlossen wandte die Morini sich um, ging mit schwingenden Röcken auf die Treppe zu und bedeutete ihnen, ihr zu folgen.

Abigail lief ihr nach.

»Moment, gute Frau!«, rief Alexandra enerviert. »Was ist mit den Dienern? Ist alles für unsere Ankunft vorbereitet? Gibt es bald etwas zu essen?«

Signorina Morini, die eilig durch die Halle schritt, wandte, ohne stehen zu bleiben, den Kopf und sagte über die Schulter: »Wir haben Sie erwartet für morgen. Die Diener kommen am Morgen, aus dem Dorf.«

»Erst morgen früh?«, fragte Alexandra. »Heißt das, es gibt kein Abendessen? Es wurden keine Vorbereitungen getroffen?«

»Wo ist Rosseti?«, erkundigte sich Abigail.

»Er ist nicht hier. Ich mache das. Kommen Sie, kommen Sie. Es wird spät!« Die Morini hatte die Treppe erreicht und stieg, wie von einem inneren Drang getrieben, die steinernen Stufen fast im Laufschritt hinauf.

Nicht hier, dachte Abigail, die ihr aufgeregt folgte.

Wo um Himmels willen *war* dieser Rosseti?

Die Laterne warf einen flackernden Schein auf den Eingang zum Stall, sodass es fast so aussah, als ob die Steine in den Mauern sich bewegten.

Zumindest kam es Abigail so vor.

Zum ersten Mal streifte sie der Gedanke, dass es vielleicht keine gute Idee gewesen war, sich um Mitternacht aus einem seltsamen Schloss herauszuschleichen und über den Hof zu einem Gebäude zu gehen, das sie noch nie betreten hatte. Und das zudem, wie sie vermutete, allerlei Geister und Gespenster beherbergte, ganz zu schweigen von dem uralten Geheimnis, das sie nicht zu fassen bekam.

Doch was hätte sie sonst tun können? Beim Blick durch das Schlafzimmerfenster hatte sie genau gesehen, dass ein Licht über den Hof gewandert und im Stall verschwunden war. Wenn sie dem Geheimnis auf den Grund gehen wollte, fing sie besser gleich damit an. Der Gedanke, dass das gefährlich sein könnte, war ihr gar nicht gekommen. Dieses Geheimnis war sicher kein böses. Es war traurig, vielleicht sogar tragisch, aber gewiss nicht zum Fürchten.

Dennoch konnte sie nicht leugnen, dass ihr soeben ein

Schauer über den Rücken lief. Und ihr Körper, das wusste Abigail, täuschte sich nur sehr selten.

Tapfer streckte sie eine Hand aus und stieß die Stalltür auf.

So schnell ließ sie sich nicht ins Bockshorn jagen.

»Wer ist da?«, blaffte eine laute, befehlsgewohnte Stimme.

Erleichtert ließ Abigail die Schultern sacken.

»Ach, Sie sind's nur«, sagte sie. »Ich hätte wissen müssen, dass Sie um Mitternacht im Stall herumschleichen würden.«

»Und ich hätte wissen müssen, dass ich dabei auf Sie stoßen würde, Miss Harewood.«

Abigail ging auf den Lichtschein in der hinteren Ecke des Stalles zu. Die Pferde um sie herum begrüßten sie leise wiehernd.

»Sieht so aus, als hätten wir dieselben Angewohnheiten. Hat er sich gut eingelebt?«

»Ja, sehr gut.«

Nach und nach kamen die Umrisse des Herzogs zum Vorschein. Seine große, dunkle Gestalt war romantischerweise von einem langen Umhang verhüllt. Sein Gesicht war von ihr abgewandt, auf Lucifers dunkle Stirn mit der langen weißen Blesse gerichtet, die das schwache Licht auffing.

»Er war sehr brav heute, nicht, mein Junge?«, sagte sie, indem sie kurz vor Herr und Pferd stehen blieb und den tröstlichen Heu- und Pferdegeruch einatmete. »Hat sich wirklich gut gehalten.«

»Was machen Sie eigentlich hier, Miss Harewood?«, fragte Wallingford seufzend.

»Ich habe ein Licht gesehen, das zum Stall ging, und habe mich gefragt, was da vorgeht.«

»Also haben Sie beschlossen, es herauszufinden? Mitten in der Nacht?« Endlich drehte der Herzog sich um. »In Ihrem Nachthemd?«

Abigail zuckte die Achseln und lächelte.

»Sollte ich erst Mieder und Rock anziehen?«

»Sie sind sehr unvorsichtig. Sie hätten wer weiß wem begegnen können.«

»Aber am Ende habe ich nur Sie getroffen. Und Sie würden mir nie etwas tun.«

Eine Hand auf Lucifers Hals gelegt, atmete der Herzog tief durch.

»Woher wollen Sie das wissen?«

Wieder zuckte Miss Harewood die Achseln und hängte ihre Laterne neben seiner auf.

»Meine Instinkte trügen mich nicht. Sie poltern zwar viel, aber Sie haben ein gutes Herz, Wallingford.«

»Ein gutes *Herz*?«, wiederholte der Herzog ungläubig.

Abigail trat vor, legte eine Hand auf die andere Seite von Lucifers Hals und streichelte ihn sanft.

»Schauen Sie sich doch an. Sie gehen um Mitternacht in den Stall, um nach den Pferden zu sehen.«

»Pferde sind eine Sache. Menschen eine andere«, erwiderte Wallingford bitter.

Abigail ließ die Worte in der feuchten Luft hängen. Die Haare der Pferdemähne glitten steif und drahtig über ihren Handrücken. Nachdenklich kämmte sie sie mit den Fingern.

»Spüren Sie es nicht auch?«, fragte sie leise.

»Was?«

»Das um uns herum?«

Wallingford zögerte. Sein warmer Atem, der schwach nach

dem alten Wein roch, den sie beim Abendessen getrunken hatten, strich an ihrem Ohr vorbei.

»Ich weiß nicht, wovon Sie reden.«

Abigail war sich nicht sicher, ob er die Wahrheit sagte oder nicht. Immerhin hatte er nicht gleich geantwortet.

»Finden Sie nicht, dass dieses Schloss irgendwie sonderbar ist?«, fragte sie.

»Ja. Sehr sonderbar sogar. Das fängt schon mit Ihnen und Ihrer Begleitung an.«

»Es ist doch offensichtlich, dass das Schicksal uns zusammengeführt hat. Es sieht so aus, als sollten wir gemeinsam etwas ganz Besonderes tun.«

»*Gemeinsam* werden wir ganz sicher nichts tun.«

Lächelnd wandte Abigail sich ab.

»Sie denken doch nicht schon wieder an diese dumme Wette, oder? Oder daran, dass Sie geschworen haben, enthaltsam zu leben und so weiter? Immerhin sind wir zivilisierte Menschen. Wir könnten recht gut miteinander auskommen. Schließlich haben wir uns beim Abendessen so schön geeinigt.«

»Eine Einigung, die nicht für die Ewigkeit gedacht ist, meine Liebe«, erwiderte der Herzog. »Nur bis Rosseti gefunden werden kann, um unsere Ansprüche durchzusetzen.«

»Ach, ich weiß nicht. Die Frauen im Ostflügel, die Männer im Westen. Warum sollte es so nicht das ganze Jahr weitergehen, wenn wir es schaffen, die Zungen im Zaum und die Wäsche getrennt zu halten?«

Wallingford schnaubte.

»Weil das unmöglich ist. Weil drei Damen und drei Herren unmöglich so eng zusammenleben können, ohne dass …«

»Was?«

»Ohne dass sie sich gegenseitig in den Wahnsinn treiben!«, stieß der Herzog hervor. Dann trat er zurück und wandte sich ab.

»Oh! Reden Sie etwa über fleischliche Begierden? Denn was das angeht, denke ich …«

»Miss Harewood«, sagte Wallingford zum Stallboden. »Ich kann Ihnen versichern, dass ich Ihre Ansichten über fleischliche Begierden momentan nicht hören möchte.« Dann lüpfte er seine Tweedkappe, strich sich durch das dunkle Haar und setzte die Mütze mit ärgerlichem Schwung wieder auf.

»Warum machen Sie so viel Aufheben darum? Warum wollen Sie unbedingt, dass wir unseren natürlichen Neigungen widerstehen?«, fragte Abigail. »Sind Sie wirklich darauf versessen, diese dumme Wette zu gewinnen? Mir ist es jedenfalls völlig gleichgültig …«

»Diese verdammte Wette! Verflucht sei die ganze dumme Sache! Ich muss verrückt gewesen sein.« Wallingford drückte die Stirn an die Stallwand.

Lucifer wieherte mitfühlend.

»Warum geben Sie dann nicht einfach auf und fahren nach Hause?«

»Ich kann nicht«, sagte Wallingford zu der Wand. »Es ist zu spät.«

»Wofür?« Abigail kraulte Lucifer hinter den Ohren und beäugte den dunklen Schatten an der Wand, der den Kopf so tief hängen ließ, dass ein kleiner Teil des Nackens der feuchten Luft im Stall ausgesetzt war, fast so, als hätte er keine Hoffnung mehr. Als der Herzog keine Antwort gab, fuhr sie vorsichtig fort: »Was hat *Sie* bewogen hierherzukommen, Wallingford? Dies ist der letzte Ort auf der Welt, an dem irgendjemand Sie vermuten würde. Keine Annehmlichkeiten, keine Vorrechte. Nicht mal ein Kammerdiener.«

Der Herzog blieb stumm.

Sanft fragte Abigail: »Wovor verstecken Sie sich, Euer Gnaden?«

Wallingford ballte eine Hand.

»Vor meinem Großvater«, sagte er kaum hörbar. »Und vor mir selbst.«

Abigail war nicht ganz sicher, ob sie ihn richtig verstanden hatte. Er hatte zur Wand gesprochen, und das, was er gesagt hatte, schien nicht zu ihm zu passen, widersprach allem, was sie von ihm erwartet hatte.

»Das verstehe ich nicht«, sagte sie.

»Natürlich nicht. Sie sind zu unschuldig, Miss Harewood.«

»Unsinn. Ich bin alles andere als unschuldig. Ich habe Ihnen doch von meinen Kuss-Experimenten erzählt, und Sie können sich nicht vorstellen, was ich treibe, wenn meine Schwester nicht aufpasst. Ich wette auf Pferde, ich trinke im Pub, ich lese schockierende Romane und …«

Wallingford lachte und drehte sich um, dann kreuzte er die Arme und lehnte sich an die Wand.

»Das ist ja schrecklich!«

»Und wenn ich zur Rennbahn gehe, verkleide ich mich als Junge. Dafür könnte ich verhaftet werden.«

Der Herzog schüttelte den Kopf.

»Gehen Sie nach Hause, Miss Harewood. Gehen Sie heim und heiraten Sie einen passenden jungen Mann, irgendeinen netten, hübschen Kerl aus einer anständigen Familie. Die Welt ist voll davon. Ich schätze, Sie werden ihn an der Nase herumführen, und er wird niemals wagen, Sie zu betrügen.«

»Wenn Sie so schlecht wären, wie Sie denken, würden Sie nicht so viele Skrupel haben. Sie würden mich einfach verführen und hinterher fortschicken.«

»Bringen Sie mich nicht in Versuchung.«

»Also, warum tun Sie es nicht?«

»Weil Sie eine *echte* Unschuld sind. Sie sind sogar unglaublich unschuldig, die unschuldigste Frau, die mir je begegnet ist. Und weil ich gern glauben würde … es geht darum, dass …« Wallingford wedelte mit der Hand, stieß sich von der Wand ab und ging ein paar Schritte in den Stall hinein. Dann schob er beide Hände in die Taschen und starrte in die Dunkelheit. »Ach, gehen Sie einfach.«

Abigail streichelte Lucifers Nüstern und schlang einen Arm um den Hals des Pferdes. Zufrieden legte Lucifer den Kopf auf ihre Schulter.

»Und was ist, wenn ich nicht gehen möchte?«

Ohne sie eines Blickes zu würdigen, griff Wallingford nach seiner Laterne und nahm sie vom Haken.

»Dann muss ich genug Disziplin für uns beide aufbringen«, sagte er. »Was ich wohl mehr als verdient habe.«

Nachdem der Herzog gegangen war, blieb Abigail noch eine Weile bei Lucifer stehen, streichelte seinen reglosen Kopf und nahm alles um sich herum in sich auf: das Rascheln des Strohs, wenn die Pferde sich bewegten, das Ächzen der Balken, die kaum merklichen Schwingungen in der feuchten, kühlen Luft, den starken Pferdegeruch, der von Lucifers schwarzem Fell ausging. Das Prickeln im Nacken, als ihre Haare sich sträubten.

»Sie können jetzt herauskommen«, sagte sie. »Ich weiß, dass Sie da sind.«

Es wurde so ruhig im Stall, als hielte die Welt den Atem an.

»Wer sind Sie? Giacomo, nehme ich an? Der Verwalter. Morini hat uns von Ihnen erzählt. Sie beide sind Geister, nicht wahr?«

Die Laterne flackerte.

»Ich habe keine Angst. Sehen Sie sich nur Lucifer an. Er schläft schon beinah. Ich weiß, dass Sie mir nichts tun werden oder vielleicht nichts tun *können*, sonst wären die Pferde nervös.«

Lucifer an ihrer Schulter nickte und knabberte an ihrem Kragen.

»Sie können sich also zeigen. Ich werde den anderen nichts verraten.« Sie zögerte. »Sprechen Sie Englisch?« Keine Antwort. »Können Sie mir sagen, warum Sie hier sind? Was geht hier vor? Haben *Sie* uns alle in diesem Schloss zusammengebracht?«

In irgendeiner Ecke des Stalles, außerhalb der Reichweite der Laterne, wieherte leise ein Pferd. Abigail wartete reglos, beinahe ohne zu atmen, alle Sinne angespannt. Es kam ihr vor, als spüre sie selbst die Luftpartikel, die ihre Haut berührten.

Schließlich löste sie sich von Lucifer und gab ihm einen Klaps. Dann nahm sie ihre Laterne vom Haken und schwenkte sie ein letztes Mal herum. Durch die Spinnweben blinzelten die Pferde sie an, und irgendetwas rannte raschelnd durchs Stroh.

»Sie sollten wissen, dass ich nicht aufgeben werde«, sagte sie. »Ich werde dieses Geheimnis lüften. Sie haben Ihren Meister gefunden, Mr. Giacomo oder wie immer Sie heißen mögen.«

Dann ging sie durch die Stalltür und schloss sie sorgfältig hinter sich. Vor ihr ragte das Schloss schwarz in den düsteren Himmel; nur aus einem oder zwei fernen Fenstern drang ein schwacher Lichtschein. Neben dem Eingang stand ein Mann in einem Umhang mit einer Laterne in der Hand. Das Licht warf helle Streifen über sein im Schatten liegendes Gesicht.

Er hatte auf sie gewartet.

Abigail überquerte den nassen Hof. Der Nieselregen hatte aufgehört und einen zähen Nebel zurückgelassen. Wallingford hielt ihr die Tür auf und folgte ihr stumm durch die große Halle und die Treppe hinauf. Erst auf dem Absatz trennte er sich von ihr und begab sich in den Westflügel.

Das Reich der Herren.

FÜNF

April 1890

Für einen Mann, der bekanntermaßen ein ausschweifendes Leben führte, erwies sich der Duke of Wallingford als erstaunlich schwer zu verführen.

Abigail hatte angenommen, dass es ganz einfach sein würde, ihre erste Liebesaffäre zu beginnen, wenn sie den passenden Mann gefunden hatte. Schließlich war sie willig, mehr als bereit und einigermaßen anziehend, zumindest für nicht allzu wählerische Herren. Zudem hatte sie das perfekte Liebesnest entdeckt, ein Bootshaus am See, das sie mit allem ausgestattet hatte, was für eine schöne Defloration nötig war: Kissen und eine feine Wolldecke, in einem Schrank verstaut; Wein und Gläser, im splitternden Rumpf eines alten Flachbodenboots verborgen; und reichlich Bienenwachskerzen. Das alles hatte sie heimlich zusammengetragen, Stück für Stück, und gewartet, bis es April wurde (im März war es viel zu kalt für ein Rendezvous an der frischen Luft, selbst in Italien und selbst wenn es um einen Herzog ging), ehe sie sich einen Abend frei gehalten und das Kleid angezogen hatte, das am meisten Haut sehen ließ.

Das Problem war nur, dass der Herzog sich äußerst rarmachte.

Daran war nur diese dumme Wette schuld, dachte Abigail verärgert, als sie eines Morgens vor dem Frühstück den Ziegenbock über den Stallhof zog, um ihn in sein Gehege zu bringen. (Wie Wallingford hatte das Tier sich geweigert, dahin zu gehen, wo es hingehen sollte, doch an Sturheit konnte keine Ziege der Welt es mit Abigail Harewood aufnehmen.) Was hatte Alexandra sich nur dabei gedacht, den männlichen Ehrgeiz so anzustacheln? Eine *Wette*, ausgerechnet: Die einzige Sache, die garantiert alle mittelalterlichen Männertugenden wie Stolz, Kampfgeist und sinnlosen Starrsinn wachrief.

Und wer hätte gedacht, dass der Duke of Wallingford – der ungeniert wunderbar freizügig lebte – die Angelegenheit so unglaublich ernst nehmen würde? Anstatt ihr fasziniert auf das Dekolleté zu starren, hatte er sie nur finster angesehen. Anstatt sie in eine leidenschaftliche Umarmung zu ziehen, als er ihr in der Abenddämmerung im frühlingswarmen Garten begegnet war, hatte er sich auf dem Absatz umgedreht und war ins Haus zurückmarschiert.

Hatte sie vielleicht etwas Falsches gesagt?

Als Abigail um die Ecke des Stalles bog, tauchte der Zaun des Geheges auf. Der Ziegenbock stemmte die gespaltenen Hufe fest in den hellen Staub des Hofes und stieß ein erschrockenes *Mäh* aus.

»Na hör mal«, sagte Abigail, »das ist doch ein sehr hübsches Gehege. Du hast einen Olivenbaum ganz für dich allein, und ich werde persönlich dafür sorgen, dass die Gänse dich nicht piesacken.«

Der Ziegenbock stieß sie fest vor den Po.

»Das ist also dein Dank!« Abigail zog am Strick. »Nun komm schon. Du weißt, dass du nicht gewinnen kannst. Außerdem ist es ja nur für den restlichen Morgen, solange ich frühstücke und Maria und Francesca beim Saubermachen helfe. Wir können dich nicht frei herumlaufen lassen, wenn Laken und andere Wäschestücke auf der Leine hängen.«

Määäh meckerte der Ziegenbock.

Wieder zog Abigail ihn voran.

»Du weißt aber schon, dass wir das Haus putzen, weil morgen der Priester für den Ostersegen kommt, oder? Denk doch, wie peinlich es wäre, wenn wir nicht fertig würden. Du würdest bestimmt auf ewig verdammt und müsstest in einem schrecklichen Kreis der Hölle bleiben, in dem dir nur schlecht gelaunte Gänse, die ständig an dir herumpicken, Gesellschaft leisten.«

Eine Brise wehte durch den Stallhof und ließ den Bart des Ziegenbocks erzittern.

»Schau mich doch nicht so bittend an, Parzival. Mit widerspenstigen Ziegen, die nicht tun, was ich sage, habe ich kein bisschen Mitleid«, drohte Abigail. Dann sah sie auf und schützte die Augen mit der Hand vor der strahlenden Morgensonne. »Oh, sieh mal! Klee!«

Der Kopf des Ziegenbocks schoss in die Höhe.

»Gleich da vorn! Schnell!«

Als Parzival endlich in seinem Gehege war und beleidigt unter dem Olivenbaum stand, erlaubte Abigail sich, an einen Zaunpfosten gelehnt, einen Moment des Triumphs und saugte die morgendliche Wärme in sich auf.

Ihr Blick schweifte über die gemauerten Hangterrassen, auf denen sich das erste Grün des Frühlings zeigte: lange Reihen knorriger Reben, an denen gerade die ersten blassgrünen Blätter sprossen, begrenzt von Furchen, aus denen bald schon Getreidehalme wachsen würden, rechts davon der Pfirsichgarten, in dem es bereits zu blühen begann, und dahinter der Pfad, der zum See hinunterführte, gesäumt von Oliven- und Apfelbäumen. Zu ihrer Linken pflügten die Arbeiter, deren weiße Hemden die wässrige Sonne reflektierten, lange Reihen in die Gemüsegärten. Das Dorf, das sich ins Tal schmiegte, konnte sie nicht sehen, doch sie spürte, dass es da war, ein einladendes Gewirr aus sandgelben Häusern und leuchtend roten Dächern vor grünen Hügeln.

Sie liebte das alles. Sie liebte alles am Castel Sant'Agata. Es war großartig gewesen zuzusehen, wie in der zweiten Märzhälfte mit einem Mal alles zum Leben erwacht war, wie zartgrüne Schösslinge sich gegen das Braun und Grau der nassen Erde durchgesetzt hatten; und es war großartig, nun hier zu stehen und all das in sich aufzunehmen, den Duft der Pfirsichblüten und der fruchtbaren, frisch umgegrabenen Erde und die trägen Rufe der fernen Arbeiter.

Sie liebte es auch, wie jeden Morgen (sie zog ihre Uhr aus der Tasche, nur um ganz sicherzugehen) um exakt sieben Uhr den Herzog um die Stallecke biegen zu sehen.

»Guten Morgen«, rief sie ihm fröhlich entgegen.

»Guten Morgen«, erwiderte er weit weniger fröhlich. Er machte sich nicht einmal die Mühe, dabei in ihre Richtung zu schauen.

Still ließ Abigail sich die Frühlingssonne auf den Kopf scheinen. Der Herzog war ungefähr zwanzig Meter von ihr entfernt stehen geblieben und wirkte im klaren Licht wie vergoldet. Er trug einen gut geschnittenen Tweedanzug, Reitstiefel und seine Schirmmütze und starrte so finster und durchdringend auf den vor ihm aufragenden Zaun, als sei er blind für die Schönheit seiner Umgebung.

»Stimmt etwas nicht?«, fragte Abigail höflich.

Endlich wandte er sich ihr zu.

»Mein Pferd«, sagte er. »Wo zum Teufel ist mein Pferd?«

»Auf der Weide, nehme ich an.«

»Auf der Weide?«, sagte Wallingford ebenso ungläubig, wie er wohl auch *Am Start in Epsom?* gesagt hätte. »Warum zum Teufel?«

»Zum Teufel, zum Teufel. Warum sagen Sie das immer? Ich kann Ihnen versichern, dass der Teufel nichts damit zu tun hat, dass Lucifer ruhig auf der Weide grast. Ganz im Gegenteil. Wirklich lustig, haha!«

Wallingford sah sie an, als wäre sie verrückt geworden.

»Was genau amüsiert Sie so?«

»Der Teufel. Lucifer. Sie scheinen ein Faible für den Fürsten der Finsternis zu haben, nicht? Vielleicht weil Sie sich so ähnlich sind?«

Der Herzog schlug mit der Reitgerte an seinen Stiefel.

»Mein Pferd hat gesattelt und gezäumt jeden Morgen um sieben an genau dieser Stelle auf mich zu warten. Ich nehme an, Sie können mir nicht sagen, warum das heute anders sein sollte, oder?«

Abigail beschattete die Augen und schaute über die Felder.

»Ich nehme an, es liegt daran, dass die Bediensteten heute bei Tagesanbruch mit dem Pflügen begonnen haben.«

»Pflügen?«

»Felder werden gepflügt, wissen Sie? Damit wir etwas zu essen haben und so. Es ist Frühling, haben Sie das nicht bemerkt?«

»Und was hat das damit zu tun, dass mein Pferd nicht für den morgendlichen Ausritt bereitsteht?«

Abigail drehte sich um und lächelte ihn an.

»Ich schätze, die Stalljungen werden beim Ackern gebraucht.«

»Beim *Ackern*?« Sichtlich erstaunt schaute der Herzog auf die Arbeiter in den fernen Feldern hinunter, die geschäftig wie die Ameisen hin- und herliefen.

»Hören Sie, ich möchte nicht unhöflich sein«, sagte Abigail, »aber sind Sie sicher, dass Sie heute Morgen Ihren Kaffee bekommen haben?«

Wallingford warf ihr einen finsteren Blick zu.

»In der Tat, das bin ich. Außerdem bin ich auf dem Weg zu einem Treffen im Dorf, nur dass ich *kein* … *Pferd* … *habe*!« Die letzten Worte stieß er so erzürnt hervor, dass normalerweise ein Dutzend herzogliche Diener losgerannt wären, um seine Wünsche zu erfüllen.

Nur dass es in den toskanischen Hügeln keine herzoglichen Diener gab.

Wieder lächelte Abigail.

»Dann werden Sie Lucifer wohl selbst satteln müssen.«

»Ich?«

Abigail stieß sich vom Zaun ab.

»Sie wirken verblüfft, Euer Gnaden. Glücklicherweise bin ich ja bei Ihnen und kann Ihnen dabei zur Hand gehen. Holen Sie schon einmal Ihr Pferd. Ich gehe derweil in die Sattelkammer und suche Ihren Sattel.«

»Ich soll mein Pferd holen?«, schnaubte Wallingford, doch Abigail lief bereits über den Hof.

Die dunkle Sattelkammer, in der es sehr stark nach Leder roch, befand sich hinter dem Stall. Sie hatte sich dort schon öfter das eine oder andere geholt und wusste genau, wo die Ausrüstung des Herzogs aufbewahrt wurde. Sie legte sich das Zaumzeug über die Schulter, schob einen Arm unter Sattel und Decke und griff nach dem Holzkasten mit den Bürsten.

An der Tür blieb sie nachdenklich stehen.

»Wenn schon, denn schon«, sagte sie zu sich selbst. Dann setzte sie die Kiste wieder ab und zog ihr Mieder etwas weiter nach unten.

Lucifer kaute auf einem Bissen zartem, jungem Gras herum und musterte seinen Herrn mit misstrauischen dunklen Augen.

»Ich beende dieses Idyll ja nur ungern, alter Junge«, sagte der Herzog, »aber ich brauche deine Hilfe, um ins Dorf zu kommen.«

Lucifer senkte den Hals, um noch etwas Gras auszurupfen.

»Du freches Biest.« Wallingford griff nach dem zerschlissenen Halfter des Pferdes und zog es mit sich.

Natürlich hätte er besser aufpassen sollen. Der Verwalter hatte ihn sogar gewarnt.

»Das Mädchen, es wartet wieder auf Sie«, hatte Giacomo, an die Stallwand gelehnt, zu ihm gesagt und den Kopf geschüttelt. »Dieses Mädchen, es bringt Ärger.«

Wallingford war zwar ganz seiner Meinung, wollte sich von ihm aber nichts sagen lassen.

»Das stimmt doch gar nicht«, hatte er erwidert und mit der Gerte ungeduldig gegen seine Stiefel geklopft. »Sie ist nur ein Mädchen, das seine Arbeit verrichtet. Sie kümmert sich doch um die Ziegen, oder?«

»Sie tut, als ob sie sich kümmert um die Ziegen. Sie wartet auf Sie.«

»Ach, Unsinn, Giacomo. Guten Tag.« Unbeeindruckt war

er weiter über den Hof marschiert und von Abigail Harewoods fröhlichem Gruß empfangen worden.

Ein Punkt für Giacomo.

Lucifer konnte, anders als sonst, nicht dazu gebracht werden, seinen gemächlichen Trott aufzugeben, und als der Herzog endlich mit ihm am Weidengatter ankam, wartete Abigail schon auf ihn. Die helle Sonne ließ ihr kastanienbraunes Haar wunderschön leuchten, und ihr Dekolleté betonte ihre vollen Brüste. In den schlanken Armen hielt sie die schwere Reitausrüstung.

»Vielleicht hätte ich das besser holen sollen«, murmelte der Herzog.

Abigail strahlte ihn an.

»Gut gemacht. Anscheinend sind Sie ein Naturtalent.«

»Reichen Sie mir nur den Sattel, Miss Harewood, und lassen Sie uns fertig werden.«

Abigail setzte den Bürstenkasten ab und warf den Sattel über den obersten Balken des Zaunes.

»Oh nein, Euer Gnaden. Zuerst müssen wir ihn striegeln.«

»Striegeln. Natürlich.«

Abigail wählte eine Bürste aus.

»Wenn jeder von uns eine Seite bearbeitet, sind wir im Handumdrehen fertig. Ich muss Ihnen ja wohl nicht sagen, dass man das Fell nicht gegen den Strich bürstet.«

»Ich glaube, ich kenne das Prinzip.« Wallingford riss ihr die Bürste aus der Hand und machte sich ans Werk.

»Ich weiß nicht, warum Sie so missmutig sind. Ich denke, dass es gut für Sie ist, all dem hochherrschaftlichen Brimborium zu entkommen. Und Ihr eigenes Pferd zu satteln ist ein guter Anfang.«

»Ich bin nicht den ganzen Weg nach Italien gereist, um zu

lernen, wie ich mein Pferd sattele. Das hätte ich zu Hause bequemer üben können.«

»Aber das hätten Sie nicht, oder? Ich schätze, dieses unsinnige Londoner Leben mit dem vielen Trinken, den Frauen und so weiter hat Sie unzufrieden gemacht. Nicht wahr, Durchlaucht?«

»Ach was!« Der Herzog arbeitete sich sorgfältig striegelnd an Lucifers Seite voran und registrierte mit widerwilliger Genugtuung, wie das glatte schwarze Fell in der Sonne zu glänzen begann. Im oberen Bereich seines Sichtfeldes, über Lucifers Hinterteil, tauchte immer wieder ganz kurz Abigails verführerischer Haarschopf auf. Er war froh, dass sie ihn nicht sehen konnte, denn er fühlte sich durchschaut und bloßgestellt durch ihre sachliche Bemerkung.

»Sie brauchen sich nicht so zurückzuhalten«, fuhr Abigail ungerührt fort. »Ich habe Sie seit unserer Ankunft in diesem unsäglichen Gasthof beobachtet. Und ich vermute, dass wir uns ähnlicher sind, als Ihnen bewusst ist, nur dass ich etwas klarere Ansichten habe, da ich nicht durch zu viel Macht und Reichtum verwöhnt worden bin.«

»Ich bin nicht verwöhnt.« Der Herzog konzentrierte sich auf den ruhigen Strich der Bürste und stellte fest, dass die rhythmische körperliche Betätigung sein Gleichgewicht wiederherstellte.

»Da, die Satteldecke«, sagte Abigail, die unter Lucifers Hals hervorkam und ihm die Decke reichte. »Sie breiten sie … nein, andersherum … ja, sehr gut. Nun streichen Sie sie glatt, sonst ärgert er sich. Ich kann wirklich sehr gut verstehen, dass Sie vor all den unsinnigen gesellschaftlichen Erwartungen in England fliehen. Ich habe selbst eine Aversion gegen die Ehe und andere Konventionen.«

Ergeben strich Wallingford die Satteldecke glatt.

»Stimmt. Das haben Sie mir gleich am ersten Abend im Gasthof erzählt.«

»Aber Sie haben mich nicht nach dem Grund gefragt.«

»Ich hatte wohl nicht die Absicht, mich in Ihre Privatangelegenheiten einzumischen. Skrupel, die Sie selbstredend nicht haben. Wahrscheinlich kennt halb London Ihre Ansichten über die Ehe.« Er schaute über Lucifers Rücken hinweg auf Abigail, die auf ihrer Seite ruhig die Satteldecke glättete.

»Das ist nicht wahr. Ich glaube, Sie sind der erste Mensch, mit dem ich darüber gesprochen habe. Abgesehen von dem netten Stalljungen im Gasthof. Aber der hat kein Englisch gesprochen, und daher zählt er nicht.« Abigail ging zum Sattel auf dem Zaun. Wallingford konnte ihr Gesicht nicht sehen und hatte beinah den Eindruck, dass sie es absichtlich vor ihm verbarg. Zögernd strich sie mit den Händen über den Sattel. »Ich werde Ihnen den Grund verraten. Ich habe nie heiraten wollen. Ich habe mir selbst versprochen, dass ich es nicht tun werde. Als ich nach London gekommen bin und Alexandras Leben gesehen habe, als ich gesehen habe, dass meine sorglose, abenteuerlustige Schwester sich in diese … diese sehr amüsante, aber eher … langweilige Gattin eines großen Mannes verwandelt hatte, habe ich mir gesagt, dass ich lieber sterben würde, als zuzulassen, dass mir das Gleiche widerfährt.«

Hilflos starrte der Herzog sie an. In seiner Brust hatte sich ein seltsames, warmes Gefühl eingenistet.

Abigail nahm den Sattel und legte ihn, statt ihn Wallingford zu reichen, selbst auf Lucifers Rücken. Dann sprach sie mit leiser Stimme weiter.

»Ihr Leben hatte keinen Sinn; es hat sich nur um Empfänge und Feste, Reden und Flirten und Nichtstun gedreht oder darum, neue Vergnügungen zu erfinden. Oh, gelegentlich hat sie natürlich auch eine Wohltätigkeitsveranstaltung organisiert; so oberflächlich ist sie nun wieder nicht. Aber ich glaube nicht, dass sie glücklich war, nicht im Ernst. Sie war rastlos und gelangweilt, obwohl sie so tat, als würde sie sich köstlich amüsieren. Und Lilibet! Nun, ich bin sicher, dass Sie wissen, was man sich über Somerton erzählt. Ihre Ehe war das reinste Elend.«

»Vielleicht hätte sie sich anders entscheiden sollen«, hörte Wallingford sich sagen, denn er war völlig fasziniert davon, wie geschickt Abigail den Sattel ausrichtete und die Gurte entwirrte, wie freundlich und freimütig sie redete und wie sie sich ihm ohne Scheu öffnete.

»Ja, aber ich meine die Institution an sich! Würde es Ihnen etwas ausmachen, wenn Sie auf diese Seite kämen und mir bei dem Gurt helfen würden, Durchlaucht?«

Gehorsam ging Wallingford um das Pferd herum, griff nach dem Sattelgurt, der auf Abigails Seite herunterhing, und führte ihn zu den Schnallen weiter oben.

»Nehmen Sie sich zum Beispiel. Sie gehören zum Hochadel Englands. Wenn ich Sie heiraten würde – hypothetisch gesprochen natürlich –, müsste ich ein Ausbund an Tugend sein, eine … eine Säule der Gesellschaft! Das ist genau das, was Alexandra unglücklich gemacht hat.«

Wallingford zog den Gurt durch die Schnalle und straffte ihn.

»Wenn ich Sie bitten würde, meine Frau zu werden – rein hypothetisch gesprochen, Miss Harewood, und nur um der Diskussion willen –, würde ich das sicherlich tun, weil ich

Sie genauso mag, wie Sie sind. Ich würde nicht wollen, dass Sie sich verändern.« Die leichtsinnigen Worte waren ihm entschlüpft, ehe er darüber nachdenken konnte.

»Aber ich würde es nicht verhindern können. Wir würden es nicht verhindern können. Es wäre unvermeidlich. Und diese wunderbare Freiheit, zu tun und zu sagen, was mir gefällt, in diesem großartigen alten Gemäuer zu leben und morgens die Ziegen zu melken …«

»Ich gehe davon aus, dass wir immer noch hypothetisch sprechen. Das Zaumzeug, Miss Harewood, wenn Sie so freundlich wären.« Das warme Gefühl schien seinen Brustkorb zu weiten und ihm das Atmen leichter zu machen, und der Puls an seinem Hals schlug erstaunlich kräftig. Wallingford streckte eine Hand nach dem Zaumzeug aus und erschrak, als er sah, dass seine Finger zitterten.

»Ja natürlich. Ich möchte nicht Ihre Frau sein. Das habe ich Ihnen bereits gesagt.« Sie reichte ihm das Zaumzeug, und er beging den Fehler, ihr ins Gesicht zu schauen und nicht nur ihre funkelnden schrägen Augen, sondern auch ihr strahlendes Lächeln zu sehen. »Denn außer der erdrückenden Wirkung der Ehe an sich wäre auch Ihr Charakter zu bedenken.«

Wallingford riss das Zaumzeug an sich, und seine aufgeblähte Brust sank langsam in sich zusammen.

»An meinem Charakter gibt es nichts zu bemängeln.«

»Nein, natürlich nicht. Sie sind der interessanteste Schürzenjäger, der mir je begegnet ist. Schließlich geben Sie sich nun alle Mühe, sich weiterzubilden und zu lernen. Sie sind wirklich unglaublich klug. Und trotz Ihrer Barschheit haben Sie echte …« Sie zögerte. »Echte Kraft in sich. Eine innere Würde, die nichts mit Ihrem Titel zu tun hat.«

»Und woher wollen Sie das wissen?« Ungeschickt nestelte Wallingford an den Gurten herum und beschloss, sich lieber um das erklärbare Rätsel in seinen Händen zu kümmern als um das unerklärbare, das neben ihm stand.

»Ich habe Sie beobachtet. Mit Ihrem Pferd und Ihren Freunden. Beim Abendessen, wenn wir alle zusammen sind. Wie ich schon gesagt habe, Sie sind nicht zu vergleichen mit anderen Schürzenjägern.« Abigail seufzte und schüttelte den Kopf. »Auch wenn Sie immer einer bleiben werden.«

Lucifer schnaubte feucht in Wallingfords behandschuhte Hand.

»Ich bin kein Schürzenjäger.«

»Solche Männer ändern sich nie«, fuhr Abigail fort, als hätte sie ihn nicht gehört. »Das ist die größte und grausamste Lüge, die Frauen im Leben und in der Literatur immer wieder aufgetischt wird. Ein Frauenheld ändert sich nicht, nicht einmal, wenn er sich verliebt oder sogar aus Liebe heiratet. Früher oder später siegt das instinktive natürliche Verlangen nach neuen weiblichen Reizen über die Liebe und Loyalität, die er für seine Frau empfinden mag. Schauen Sie sich nur Ihren eigenen Vater an.«

»Oh nein, bitte nicht«, stöhnte Wallingford. »Er ist schon fast fünfzehn Jahre tot und war selbst lebendig kein schöner Anblick mehr.«

»Sehen Sie? Ein Herzog, der völlig unabhängig von seinen körperlichen Vorzügen nur mit den Fingern zu schnippen braucht, um jede Frau, die ihm gefällt, zu bekommen, ist zu körperlicher Treue einfach nicht fähig. Das ist jenseits seiner Vorstellungskraft. Und die Verbreitung des kostbaren herzoglichen Samens ist nicht nur sein Recht, sondern auch seine Pflicht. Geht es Ihnen nicht gut?«

»*Was* haben Sie da gerade gesagt?«, stieß Wallingford zwischen zwei Hustenanfällen hervor.

»Ich nehme an, das war ziemlich unpassend für eine unverheiratete Lady«, erklärte Miss Harewood alles andere als reuig.

Wallingford schloss die Augen und atmete einmal tief durch.

»Besser?«, fragte Abigail gut gelaunt.

Der Herzog hielt das Zaumzeug in die Höhe.

»Wie zum Teufel legt man das an?«

»Oh, halten Sie es Lucifer einfach hin. Er wird schon wissen, wohin er seine Nase stecken muss.« Sie klang, als unterdrücke sie ein Lachen.

Herzoglicher Samen. Hatte sie das tatsächlich gesagt?

Blinzelnd starrte Wallingford auf das Gebilde aus Leder und Stahl in seinen Händen und rief seine Gedanken zur Ordnung. Das musste das Gebiss sein, dies das Ende; offenbar gehörte die Nase also dorthin. Recht beschämt hielt er Lucifer das Zaumzeug hin.

Ungläubig starrte das Pferd ihn an.

Abigail seufzte und trat hinter den Herzog. Sie roch nach Zitronen und Blumen, so als hätte ihre Haut den Duft des Frühlings angenommen. Wallingford versuchte, nicht zu atmen, doch es nutzte nichts. Sie stand nach wie vor sehr nah und warm hinter ihm, und als ihre zarten Finger sich auf seine plumpen Männerhände legten, erwachte sein keuscher Körper jäh zum Leben, und sein herzoglicher Samen verlangte dringend nach Verbreitung.

»So, Euer Gnaden«, sagte sie leise. »Heben Sie das Halfter an, richtig. Und nun schnallen Sie es hinter den Backenknochen fest. Das war's.«

Umständlich zerrten Wallingfords Finger am Zaumzeug. Der Boden unter ihm war ein wenig abschüssig, sodass Abigails Haar sanft seine Wange streichelte.

»Ich hoffe, ich habe Sie nicht gekränkt. Ich wollte Sie nicht beleidigen. Sie können ja nichts für Ihre Natur; das wäre so, als wollte man einem Löwen vorwerfen, dass er ein Löwe ist.«

»Richtig.«

»Und ich möchte Sie auch gar nicht anders haben. Sie gefallen mir genauso, wie Sie sind.«

In Wallingfords Ohren rauschte das Blut.

»Miss Harewood«, sagte er und drehte sich um.

Sie stand noch dichter hinter ihm, als er gedacht hatte. Er brachte kein Wort mehr heraus.

»Ja?«, fragte sie ein klein wenig atemlos.

Er klappte stumm den Mund auf und zu, und sie wartete geduldig. Golden angehaucht von der Sonne, streckte sie ihm das Gesicht entgegen.

Der Herzog kniff die Augen zusammen, um sie nicht mehr sehen zu müssen.

»Die Zügel, Miss Harewood«, sagte er. »Bitte.«

Wallingford ritt großartig, wie ein Mann, der sein Pferd inund auswendig kennt. Auch das liebte Abigail an ihm. Da sie ihn im Stall des Gasthofs mit Lucifer gesehen hatte, hatte sie bereits vermutet, dass er ein guter Reiter war, dennoch war es ein Vergnügen gewesen, ihn am nächsten Morgen zu beobachten, als er im frühen Licht mühelos wie ein Zentaur auf sie zugekommen war. Nun sah sie ihm nach, wie er zu seiner Verabredung ins Dorf hinunterritt, zu wem auch immer. Vielleicht zu einer willigen Witwe.

Irgendetwas kitzelte ihre Hand. Sie schaute auf Parzival hinunter, der mit der für Ziegen typischen Mischung aus Hunger und Neugier an ihrem Ärmel knabberte.

»Er sieht unglaublich gut aus, nicht wahr, Parzival? Ich glaube, er weiß nicht einmal, wie gut. Alle schwärmen immer von seinem Bruder, und natürlich haben sie recht, Roland ist furchtbar hübsch, aber …« Sie kraulte den Kopf des Ziegenbocks und sah zu, wie Wallingford hinter den Olivenbäumen verschwand und wieder auftauchte. »Aber er ist wie aus Granit gemeißelt. Und all seine Schönheit bleibt hinter den versteinerten Zügen verborgen. Weißt du, wie ich das meine?«

Abigail schaute auf den Ziegenbock herunter, der aufgehört hatte, an ihrem Ärmel zu knabbern, und einfach mit geschlossenen Augen dastand und es genoss, zwischen den Ohren gekrault zu werden.

»Aber natürlich«, sagte Abigail. »Schließlich haben Ziegen und Herzöge viel gemeinsam.«

Der Duke of Wallingford hielt die Schultern gerade und den Blick fest auf den Weg gerichtet, bis er ganz sicher war, dass Abigail ihn durch die Bäume nicht mehr sehen konnte.

Sie war weit weg, auf der anderen Seite der Ställe, und dennoch sah er jedes Detail an ihr vor sich: wie ihr Haar in der Morgensonne glänzte (vormittags trug sie nie einen Hut), wie ihr gelbes Kleid sich an ihre schlanke Figur schmiegte, wie unverwandt sie ihm nachsah. Wie ihre Hände sich anfühlten, wie sie duftete.

Dieses Mädchen bringt Ärger, hatte Giacomo gesagt.

»Als ob sie von meinem Großvater persönlich geschickt worden wäre, nur um meine Willenskraft zu testen«, sagte

Wallingford zu Lucifer, während sie den Weg hinunter in den Sonnenschein ritten. »Um zu sehen, wie lange ich es aushalte, bis ich mich wieder danebenbenehme. Und mir zu beweisen, dass ich unfähig bin, mich zurückzuhalten.«

Jede Faser seines Körpers schien sich nach dem Mädchen zu sehnen, das er zurückgelassen hatte.

Du denkst, du dürftest im Wintergarten deiner eigenen Mätresse mit einer Zufallsbekanntschaft im Stehen verkehren, nur weil du es kannst.

Sie kamen an einigen Olivenbäumen vorüber, an denen sich die ersten Früchte zeigten, und jedes Mal, wenn der Schatten eines Baums über ihn hinwegglitt, wurde ihm schmerzlich bewusst, dass ihr Blick nicht mehr auf ihm ruhte, um ihn dann, einen Augenblick später, voller Erleichterung wieder auf sich zu spüren. Mittlerweile hatte er aufgehört, sich über seine Empfindsamkeit zu wundern, und betrachtete sie als vorübergehendes Leiden, eine weitere Unannehmlichkeit, die er ertragen musste.

»Deshalb schaffe ich es nicht, sie mir aus dem Kopf zu schlagen«, redete er weiter. »Weil ich sie nicht haben kann. Eine ganz natürliche menschliche Reaktion. Eigentlich ist die Situation sogar recht komisch. Das Mädchen, die unschuldige Jungfrau, möchte eine Affäre mit mir haben, und ich – *ich*, Lucifer – bin derjenige, der sich ziert. Das ist eine Versuchung bitterster Art. Dennoch …«

Nun waren sie an den Bäumen vorüber und bogen in eine enge Kurve ein. Damit hatte er sie verloren.

Und dennoch habe ich zumindest die Befriedigung, sie abgewiesen zu haben, dachte er, statt es laut zu sagen. Die Worte ergaben nicht genug Sinn, um sie in die Welt hinauszuposaunen. Er hatte sich in diese Wildnis begeben, um der Ehe zu entgehen, die sein Großvater nach Altvätersitte für ihn arrangiert hatte, doch er war auch hergekommen, um der Versuchung an sich zu entgehen und zu sehen, ob sein Großvater tatsächlich recht hatte. Um zu erfahren, ob er es *wirklich* ein Jahr aushielt, ohne sich gehen zu lassen, und herauszufinden, ob es irgendein Mittel gegen die ständige Unzufriedenheit gab, die ihn tief im Innern quälte; ob in ihm nicht ein sensiblerer, besserer, beständigerer Wallingford steckte. Jemand wie Finn oder Roland; jemand, den die Leute tatsächlich mochten und nicht nur respektierten; jemand, den Frauen wie Abigail Harewood womöglich lieben konnten und nicht nur als Trophäe betrachteten.

Der letzte Gedanke war ihm ganz ohne Vorwarnung gekommen und ließ ihn vor Schreck im Sattel förmlich zusammenfahren.

»Ich werde verrückt«, sagte er laut.

Dann ließ er Lucifer traben.

Diese unselige Wette. Am Anfang war sie ihm vorgekommen wie der dümmste Fehler, den man machen konnte, zurückzuführen auf einen unbesonnenen Stolz, von dem Herzöge sich nicht leiten lassen sollten. Er hatte stets dieser schrecklich provozierenden Lady Morley und ihren spitzen Bemerkungen die Schuld daran gegeben. Sie hatte sich fast so angehört wie sein Großvater.

Nun war er ihr dankbar. Wann immer er merkte, dass er unsicher wurde, wann immer Abigails verführerisch pralles, rosiges Dekolleté drohte, die letzte schwankende Säule seiner Willenskraft umzustürzen, dachte er an die Wette.

Damit hatte er aus einem privaten Versprechen ein öffentliches gemacht.

Und nun stand er in der Pflicht.

Als Lucifer um die Kurve trabte, kamen die roten Dächer des Dorfes in Sicht, die wie ein Strauß rostroter Blumen aus dem Tal unten aufragten.

Mein lieber Junge, hat irgendetwas an deinem bisherigen Lebenswandel je darauf hingedeutet, dass du zu etwas anderem nützlich sein könntest?

»Ich schaffe das, alter Junge.« Wallingford wusste nicht, ob er zu Lucifer oder zu sich selbst sprach. Er ließ das Pferd langsamer gehen, damit es den felsigen Abhang auf dem letzten Stück des Weges besser bewältigen konnte.

Bei Gott, ich werde es dem alten Bastard zeigen.

SECHS

Abigail liebte jeden einzelnen Aspekt ihres Lebens im Castel Sant'Agata, ganz besonders jedoch das Frühstück.

»Wirklich großartig von ihnen, Nieren und Bücklinge für uns zu besorgen«, sagte sie, als sie sich eine halbe Stunde später mit typisch englischer Begeisterung über ihre morgendliche Fleischration hermachte. »Ich frage mich, wie sie das geschafft haben.«

Lilibet dagegen kaute ihren Toast so genüsslich, als äße sie Dachschindeln mit Kohlenstaub. An diesem Morgen waren sie nur zu dritt, Abigail, Lilibet und Philip, drei winzige menschliche Exemplare um die breite Fläche des alten Esstisches herum. Die Gentlemen frühstückten ostentativ eher zeitig und Alexandra ostentativ eher spät.

»Ich nehme an, dass man diese Dinge bestellen kann«, antwortete Lilibet. »Schließlich gibt es sehr viele Engländer in Florenz.«

»Ja, aber woher haben sie *gewusst*, dass so viele Besucher kommen?« Abigail legte ihr Besteck auf den Teller und machte eine vielsagende Pause. »Findest du nicht, dass dieses alte Gemäuer ein wenig sonderbar ist?«

»Ich weiß nicht, was du meinst. Das Schloss ist einfach nur alt, sonst nichts.« Lilibet hielt ihre Teetasse an die Lippen und schloss die Augen.

Abigail legte den Kopf schief und musterte das Gesicht ihrer Cousine, das ihr augenblicklich fast geisterhaft bleich zu sein schien. Sie konnte nicht verstehen, wieso außer ihr niemand die seltsamen Schwingungen im Castel Sant'Agata bemerkte, die für sie so offensichtlich waren wie der Sonnenschein am Morgen.

»Meinst du? Spürst du es denn nicht? Es ist, als lauerte hinter jeder Ecke ein Gespenst.«

»Meinst du, hier gibt's Gespenster?« Aufgeregt rutschte Philip auf seinem Stuhl herum. »Echte, lebendige Gespenster?«

»Nein, Liebling«, sagte Abigail. »Gespenster sind normalerweise tot. Aber echte *tote* gibt's hier bestimmt.«

Lilibet warf ihr einen tadelnden Blick zu.

»Was für ein Unsinn. Gespenster, also wirklich.«

In dem Moment schien ein kalter Luftzug Abigails Nacken zu streifen und zum Kribbeln zu bringen.

Sie wandte sich um und sah Signorina Morini still im Türrahmen stehen, ihr Kopftuch leuchtete rot vor dem dunklen Gang hinter ihr; sie trug eine Teekanne und einen Toastständer in den Händen und sah Lilibet nachdenklich an.

»Ich bringe noch etwas Toast und Tee, Signora Somerton.«

»Danke, Morini. Sind die Herren schon da gewesen? Und Lady Morley auch?«, fragte Lilibet beiläufig, so als wäre es nicht allgemein bekannt, dass die Damen und Herren niemals zusammen frühstückten, selten zusammen zu Mittag aßen und nur miteinander dinierten, da es höchst umständlich gewesen wäre, zwei Abendmahlzeiten hintereinander zu servieren.

Ohne Abigail eines Blickes zu würdigen, trat die Haushälterin an den Tisch. Abigail war nicht überrascht. Sie versuchte schon seit Wochen, eine vertrauliche Unterhaltung mit der schwarzhaarigen Haushälterin des Castel Sant'Agata zu führen, doch ohne Erfolg. Jedes Mal, wenn Abigail in die Küche kam, verschwand die Morini mit schwingenden Röcken, den schwachen Duft von frisch gebackenem Brot hinter sich herziehend, um eine dringende Aufgabe zu erledigen. Wie ein Geist, dachte Abigail, leicht gereizt, denn sicher war niemand im Haus besser dazu geeignet mit einem Geist zu sprechen – die ungreifbaren Geheimnisse sozusagen beim Schopfe zu fassen – als Miss Abigail Harewood.

Selbst jetzt konzentrierte die Morini ihre ganze freundliche Aufmerksamkeit auf Lilibet. Sie stellte den Ständer mit frischem Toast neben den Teller der Gräfin, schenkte ihr Tee nach und antwortete leise.

»Signor Burke und Signor Penhallow waren beide schon da, vor einer Stunde. Den Herzog ich nicht habe gesehen.«

Abigail legte ihre Gabel ab. Nun reichte es.

»Sagen Sie, Morini«, fragte sie recht forsch, »gibt es hier eigentlich Geister?«

Die Haushälterin erstarrte mitten in der Bewegung.

»Morini, der Tee!«, rief Lilibet.

Die Haushälterin hörte gerade noch rechtzeitig mit dem Nachschenken auf. Dann stand sie, die Kanne in beiden Händen, einen Augenblick da und sah endlich zu Abigail hinüber. Doch nur einen kurzen Augenblick, dann wandte sie sich wieder Lilibet zu.

Aber immerhin hatte sie ihr einen Blick gegönnt. Das war schon ein Fortschritt.

»Geister?«, wiederholte die Haushälterin. »Nein, hier gibt es keine Geister.«

Abigail lächelte.

»Dann vielleicht etwas anderes? Mir kommt es so vor, als wären überall Schwingungen in der Luft.«

»Da ist nichts, Signorina. Nur alte Steine und der Wind, der zerrt an den alten Mauern. Möchten Sie noch etwas Tee?« Abwartend hielt die Morini ihr die Kanne hin, und diesmal richtete sie die dunklen Augen entschlossen auf Abigail und sah sie vielsagend an.

Abigail trommelte mit den Fingern auf den Tisch und hielt ihren Blick fest. Nicht ein Muskel regte sich in Morinis Gesicht, nicht einmal die Augenlider zuckten. Still stand sie da, mit der Teekanne in der Hand, ganz auf Abigail konzentriert.

In Abigails Nacken begann es wieder zu kribbeln.

»Verstehe«, sagte sie. »Ja bitte, noch etwas Tee. Ihre Mischung schmeckt mir sehr gut, Morini.«

»Was ist denn nun mit den Gespenstern?«, fragte Philip fröhlich und griff über den Teller seiner Mutter hinweg nach einer Scheibe Toast.

»Das tut man nicht, Liebling. Signorina Morini sagt, es gibt hier keine Gespenster.« Lilibet nahm Philip den Toast aus der Hand, bestrich ihn dick mit Butter und gab ihn ihm zurück.

»*Si*, es gibt hier keine Gespenster«, sagte die Morini und sah noch einmal zu Abigail hinüber, ehe sie den Raum verließ.

Abigail nahm ihre Teetasse und führte sie an die Lippen. Der dämmrige Gang hinter der Tür schien voller Geheimnisse zu sein.

»Das ist natürlich eine Lüge. Habt ihr gesehen, wie sie mich angeschaut hat?«

»Unsinn. Um Himmels willen, Philip, nicht die Butter vom Toast lecken! Das gehört sich nicht.«

Abigail lehnte sich zurück und klopfte mit dem Finger an den Rand ihrer Teetasse.

»Höchst interessant.«

»Das macht er sonst nicht, das kannst du mir glauben …«

»Ich rede doch nicht von der *Butter*, Lilibet. Ich meine die Morini.«

»Warum? Willst du damit sagen, dass sie etwas *verbirgt*?« Lilibet wischte die Hände an der steifen Leinenserviette ab.

»Aber natürlich«, sagte Abigail. Dann stellte sie ihre Tasse ab und erhob sich. »Und ich habe vor herauszufinden, was genau sie vor uns verheimlicht.«

Als der Herzog von Wallingford zum Schloss zurückkehrte, sah er sich zum ersten Mal in seinem Leben gezwungen, sein Pferd selber abzusatteln.

Er stellte fest, dass diese Betätigung ihm recht gut gefiel, obschon er das vor seinen Freunden aus dem Club niemals zugegeben hätte.

Es gefiel ihm zum Beispiel, dass Lucifer leise seufzte, als er den Gurt lockerte und Sattel und Decke vom glatten Pferderücken herunterzog.

Und es gefiel ihm, wie Lucifers Fell bebte und glänzte, als er ihn anschließend striegelte.

Auch die Ruhe im Stall gefiel ihm, das leise Summen der kreisenden Fliegen, der Duft des Heus, mit dem er das Netz in Lucifers Box auffüllte. Es machte ihm Spaß, das Pferd nach draußen zu führen und es auf der Weide wieder freizulassen, damit es den Sonnenschein und die saubere, frische Luft, das weiche, zarte Gras und den Duft der wachsenden Pflanzen genießen konnte.

»Ist ein recht schöner Urlaub für dich, nicht wahr, alter Junge?«, sagte er, als er das Gatter wieder schloss und die Arme darauflegte. Lucifer warf den Kopf hoch und rannte, leicht mit den Hinterläufen ausschlagend, ausgelassen wie ein Füllen in den klaren Frühlingsmorgen hinein. Der Takt seines Hufschlags war sehr beruhigend. Wallingford spürte, wie seine Lippen sich langsam verzogen. Was konnte das sein?

Ein *Lächeln*?

»Signor Duca«, lamentierte eine Stimme hinter ihm.

Wallingford stieß einen resignierten Seufzer aus. So viel zu Ruhe und Frieden auf dem Land.

»Was ist denn nun schon wieder, Giacomo?«, fragte er, ohne sich umzudrehen. Lucifer war im Schatten eines Baums stehen geblieben und begann, das zarte neue Gras auszurupfen.

»Diese Frauen, Signore.«

»Bei dir geht es immer um die Frauen, Mann. Was hast du eigentlich gegen die armen Wesen?«

Giacomo hub zu einer jämmerlichen Klage an.

»Sie machen Ärger, Signore. Sie machen immer Ärger. Die Signorina, die junge, die …«

»Halt. Ich will das nicht hören.«

»Sie erzählt Geschichten, Signore. Sie sagt, wir sind … wie heißt das? … Sie sagt, im Schloss es gibt geistige …«

Wieder spürte Wallingford diesen seltsamen, unerklärlichen Schauer über seinen Rücken rieseln. Entschlossen, das zu ignorieren, stellte er ein Bein auf den untersten Balken des Gatters.

»Nein, es gibt keine geistigen Getränke«, unterbrach er

den Verwalter. »Wir haben alles, was in der Bibliothek war, direkt nach unserer Ankunft weggeschüttet. Abgesehen vom Sherry natürlich.«

»Nicht geistige Getränke, Signore! Geistige Wesen, verlorene Seelen … verstehen Sie?«

»Oh, was das angeht, hat man mir mehrfach glaubhaft versichert, dass ich keine Seele habe, daher …«

»Signore!« Die Stimme des Verwalters klang vorwurfsvoll. »Sie lachen über Giacomo.«

Wallingford stöhnte und drehte sich endlich um.

»Ich lache niemals, mein Guter. Ich bin viel zu vornehm für etwas so Vulgäres wie Humor. Ich nehme an, du willst mir weismachen, im Schloss spuke es?«

Giacomo nickte heftig.

»Ja, es *spukt*. Das ist das Wort.«

Wieder dieser verfluchte kalte Schauer.

Wallingford verschränkte die Arme vor der Brust. Der Sonnenschein traf wie ein Strahl aus reinem Gold auf die knorrige Gestalt des Verwalters und hob jedes noch so kleine Detail seiner Kleidung in blendender Schärfe hervor. Der Mann stand breitbeinig da, so als müsse er einer Flut trotzen, die Hände in die Hüften gestemmt. Er trug eine seltsame altmodische Jacke aus einer Art rauer Wolle, dazu wie immer eine flache Kappe, die sein Haar und den größten Teil seiner Stirn bedeckte und nur die Segelohren freiließ, die aussahen, als wären sie dazu gedacht, ihn bei Bedarf davonfliegen zu lassen. Er wirkte völlig normal und menschlich. Alles andere als gespenstisch.

»Und? Stimmt es?«, fragte Wallingford trocken. »Spukt es im Schloss?«

Giacomo schluckte schwer.

»Natürlich nicht! Das ist eine Geschichte, eine böse Geschichte von dieser Teufelin …«

»Also, hör mal, Giacomo, Miss Harewood mag ja eine schelmische kleine Elfe sein, aber doch wohl kaum mit der Hölle im …«

»Nicht das Mädchen! Die Frau in der Küche … dem Haus … sie hütet das Haus …« Ungeduldig schnippte Giacomo mit den Fingern.

»Die Haushälterin? Wer zum Teufel ist das?«

»Signorina Morini. Sie können sie nicht sehen. Sie ist in der Küche. Sie erzählt dem Mädchen die Geschichte und das Mädchen, es … es …«

»Ja?«

»Es erzählt sie allen!«

»*Mir* hat sie nichts davon erzählt.« Wallingford bekam einen festen Stoß in den Rücken: Lucifer bedrängte ihn mit dem Maul. Der Herzog war überrascht, dass das Tier mit dem Grasen aufgehört hatte und wieder zum Gatter gekommen war. »Jedenfalls nicht seit der ersten Nacht.«

Giacomo runzelte die Stirn.

»Was hat sie gesagt, damals?«

»Nur dass sie das Gefühl hat, dass hier etwas nicht stimmt. Weibliche Intuition, mehr nicht. Hör mal, mein Lieber, du machst aus einer Mücke einen Elefanten, wie man so schön sagt. Achte einfach nicht auf die Frauen. Ich mache es auch so.«

Störrisch richtete Giacomo die schwarzen Augen auf den zerfurchten Boden.

»Diese macht Ärger.«

Wallingford ließ die Arme wieder sinken und wedelte ungnädig mit der Hand.

»Was ist denn so schlimm an ein paar Gespenstergeschichten? Es ist doch nur ein kleiner Spaß. Das nimmt bestimmt niemand ernst. Ich persönlich habe nie an Geister geglaubt und auch nicht vor, jetzt damit anzufangen.«

»Ist das wahr, Signore?« Fragend sah Giacomo zu ihm auf. »Sie glauben ihr nicht?«

»Natürlich nicht. Das ist doch nur dummes Geschwätz.« Lucifer stieß ihn mit solcher Kraft zwischen die Schulterblätter, dass Wallingford fast vornübergefallen wäre. »Schäm dich, alter Junge«, sagte er und drehte sich zu dem Pferd um.

»Sie hören sich ihre Geschichten nicht an, Signore?«, fragte Giacomo hinter ihm.

Wallingford kraulte Lucifer zwischen den Augen, genau in der Mitte der gezackten weißen Blesse.

»Großer Gott, nein. Ich höre Frauen grundsätzlich nicht zu.«

Giacomo seufzte tief.

»Das ist gut. Sie sind sehr klug, Signor Duca. Kein Wunder, Sie sind ein Herzog. Sehr klug, sehr gut, sehr … sehr *klug*.«

Wallingford schloss die Augen und drückte die Stirn an Lucifers langen Kopf. Der feste Kontakt mit der warmen Haut des Tieres half gegen das Prickeln im Nacken.

»Ja«, sagte er. »Das hat man mir schon öfter gesagt.«

Dann richtete er sich wieder auf und wandte sich um, um den Verwalter fortzuschicken, doch der Mann war bereits verschwunden.

»Wenn Sie diesen Raum wieder verlassen, Signorina, werde ich allen sagen, was ich vermute. *Allen*. Ich werde ihnen erzählen, dass es hier spukt, im Schloss und außerhalb.«

Signorina Morini, die gerade dabei war, mit schwingenden Röcken durch die Tür am anderen Ende der Küche zu verschwinden, hielt mitten in der Bewegung inne.

»Che cosa?«

»Sie haben mich genau verstanden. Sie sind des Englischen durchaus mächtig.« Abigail hatte keine Ahnung, wie man mit Geistern umgehen sollte, aber sie nahm an, dass es am besten war, selbstbewusst aufzutreten. Immerhin war *sie* ein Wesen aus Fleisch und Blut.

Obwohl dieses Fleisch zu ihrem Leidwesen im Moment ziemlich zitterte.

Als die Morini sich umdrehte, war Abigail etwas verunsichert. Die Farben der Haushälterin waren so lebhaft, ihr Kopftuch stach leuchtend rot aus den Schatten hervor, und die wenigen Haarsträhnen, die ihm entkommen waren, zeichneten sich glänzend schwarz auf ihrer blassen Haut ab.

»Also gut. Was … vermuten Sie?«

»Na, dass Sie ein Gespenst sind natürlich. Wenn das das richtige Wort ist.«

Die Morini schüttelte den Kopf.

»Ich bin kein Gespenst, Signorina.«

»Aber Sie sind auch kein richtiger Mensch. Kein … sterblicher Mensch.«

Die Morini schien leicht zusammenzuzucken. Dann wandte sie den Kopf und schaute in den großen Kamin mit dem schwelenden Feuer, den griffbereit liegenden Schürhaken und den langstieligen Küchenutensilien, die sorgfältig aufgereiht an der Seite hingen.

»Es tut mir leid. Ich weiß nicht, wie ich das erklären soll. Ich habe mich nie mit dem Übernatürlichen beschäftigt. Aber Tom Thomason unten im Pub ist ein echter Experte und sieht überall Geister, selbst im Klosett, was ein wenig abstoßend ist, wenn man bedenkt …«

»Warum erzählen Sie mir das, Signorina?«

»… und mehr als nur ein bisschen ungesund, obwohl ich annehme, dass man sich, wenn man zur Welt der Geister gehört, keine Gedanken mehr machen muss über Keime und …«

»Sie reden Unsinn, Signorina.«

»Ja, stimmt.« Abigail trat einen Schritt vor. »Bitte, Morini. Sagen Sie mir, was hier vorgeht. Ich weiß, dass etwas nicht stimmt, ich spüre es; ich habe es von Anfang an gespürt. Es gibt ein Geheimnis, da bin ich mir sicher.«

Signorina Morini stand immer noch auf der anderen Seite des Raumes, die Arme oberhalb der weißen Leinenschürze über dem schlichten Wollkleid gekreuzt. Unter den lockeren Ärmel hob und senkte ihre Brust sich leicht, aber deutlich.

Atmeten Gespenster wirklich? Oder ahmten sie die Menschen nur nach, einem halb vergessenen Reflex gehorchend?

War diese Frau lebendig oder nicht?

Dann löste sich etwas in Morinis Gesicht, und der Blick ihrer schwarzen Augen wurde sanfter; vielleicht hatte sie Mitleid oder sie gab auf. Seufzend warf sie die Arme in die Luft und ging zum Feuer.

»Möchten Sie etwas Tee, Signorina?«, fragte sie über die Schulter.

Abigail stieß den Atem aus, den sie unbewusst angehalten hatte, und ging unsicher zum groben Holztisch in der Mitte des Raumes, um sich auf einen Stuhl fallen zu lassen.

»Ja, Signorina. Ich glaube, eine Tasse Tee wäre sehr schön.«

»Es ist lange her«, sagte die Morini, während sie sich mit einem schwarzen Teekessel in der Hand am Feuer zu schaffen machte.

»Das ist immer so. Es war einmal und so weiter.« Abigail stützte die Ellbogen auf den Tisch und legte den Kopf in die Hände. Die schlanke Haushälterin bewegte sich so geschickt, als bereite sie schon – ja, wie lange? – englischen Tee für englische Besucher. »Wie lange denn?«, fragte Abigail.

Die Morini seufzte und sah sich zu ihr um.

»Sie werden mir nicht glauben, wenn ich es sage.«

»Oh, ich glaube Ihnen alles. Ich bin sehr offen, das kann ich Ihnen versichern. Überraschen Sie mich.«

»Es …« Die Morini zögerte und blickte zur Decke empor, als wäre die Zahl der Jahre auf den schweren Holzbalken vermerkt. »Es ist dreihundert Jahre her.«

Abigails Ellbogen gaben so plötzlich nach, dass ihr Kopf fast auf den Tisch geschlagen wäre.

»*Dreihundert* Jahre!«

»Ja, dreihundert. Es ist sehr lange her. Das Schloss war fast neu, gebaut von einem großen Herrn, dem Signor Monteverdi, der …«

»Signor Monteverdi? Aber das Schloss gehört doch einem Kerl namens Rosseti, oder?«

Die Haushälterin löffelte Teeblätter in die Kanne.

»Heute ist es anders. Damals gehörte das Schloss dem Signor Monteverdi. Er und ein Medici in Firenze, der große Prinz, sie sind Freunde und machen viel Gold zusammen. Der Vater des Signore fängt an zu bauen das Schloss, und der Signore macht es fertig. Dann er kommt mit seiner neuen Braut, der Tochter des Medici …«

»Eine Prinzessin!«

»Nein, keine Prinzessin. Sie ist die Tochter der Geliebten, der Mätresse, nicht der Frau. Aber sie ist … wie sagen Sie? Der Apfel seines Auges?«

»Sein Augapfel.«

»Sie ist sein Augapfel, sein Liebling, und er verheiratet sie mit Signor Monteverdi, seinem guten Freund, damit sie nicht ist so weit weg.« Der Teekessel pfiff, und die Morini nahm ein Tuch, wickelte es um den Griff und goss das Wasser in die bauchige blau-gelbe Kanne. »Sie ist wunderschön, charmant, freundlich und klug. Alle lieben die neue Signora. Und Signor Monteverdi, er ist verrückt nach ihr, völlig verrückt vor Liebe. Er betet an den Boden, auf dem sie geht. Und nach neun Monaten sie schenkt ihm einen wunderschönen kleinen Sohn.«

»Natürlich.«

Geschäftig ging die Morini hin und her und holte einen Krug mit frischer Milch, den Zucker, einen silbernen Löffel. Sie war die Seele dieser warmen, duftenden Küche mit den alten Mauern und Balken. In genau diesen Wänden hatte jener Signor Monteverdi mit seiner Gattin vor langer Zeit gelebt und an genau dieser Feuerstelle war auch ihr Essen zubereitet worden. Abigail legte eine Hand auf den Tisch und fuhr mit dem Finger über die Maserung.

»Der Signore ist sehr glücklich. Das Baby ist kräftig, die Mutter ist gesund. Er kauft ihr viele Juwelen und Kleider. Seine Liebe wird immer größer und größer. Sie füllt das Schloss und die Felder und das Dorf unten im Tal. Es dauert kein Jahr, und im Bauch der Signora wächst ein neues Baby.«

»Dieser Wüstling!«

Die Morini zuckte die Achseln und goss den Tee durch ein Sieb in Abigails Tasse.

»Er liebt seine Frau. Sie ist jung und schön. Das ist ganz natürlich. Ihr Bauch wächst bis zum Sommer. Dann kommt ihre Zeit und sie leidet und der Signore wartet die ganze Nacht in der Bibliothek.«

Als Abigail die Teetasse an die Lippen führte, begann ihre Hand zu zittern.

»Diese Geburt war also nicht so leicht?«

»Nein, Signorina. Sie war nicht leicht.« Die Stimme der Haushälterin war rauer geworden. »Die wunderschöne Signora, sie leidet viele Schmerzen und Qualen. Ihre Schreie hallen durch das ganze Schloss. Der Signore wartet und wartet in der Bibliothek und hört sie die ganze Nacht. Er schließt die Tür und lässt niemanden zu sich.«

»Wie furchtbar! Auch wenn er nur sich selbst die Schuld geben konnte, dieser hemmungslose Satyr.«

Die Haushälterin warf ihr einen tadelnden Blick zu.

»Am Morgen kommt ein winziges Baby zur Welt, ein kleines Mädchen, aber die Mutter … die liebe Signora …« Die Morini verstummte und schluckte.

»Ist wahrscheinlich verblutet. Die Ärmste.« Abigail senkte den Kopf. »Und ihre Kinder haben sie nicht einmal kennengelernt.«

»Sie wird nach Firenze gebracht, wo die Medici und der Signore sie bringen in eine Gruft im Duomo und lassen machen eine große …« Sie beschrieb es mit den Händen.

»Statue?«

»Ja! Eine Statue für ihr Grab. Sie ist sehr schön, sagt man. Und das kleine Mädchen …«

»Hat es überlebt?«

Die Morini ließ sich auf einem Stuhl gegenüber von Abigail nieder.

»Oh ja.«

»Ich nehme an, Signor Monteverdi hat sie dafür gehasst. Diese adligen Herren sind doch alle gleich, geben allen außer sich selbst die Schuld und beschweren sich womöglich noch hinterher. Als ob ein einfaches mea culpa sie umbringen würde …«

»Nein, er nicht hasst seine Tochter. Er liebt sie. All die Liebe, die er hatte für die Signora, er gibt sie nun ihr. Er sagt, in ihr lebt der Geist der Signora, in ihr ist die Signora wiedergeboren.«

Abigail legte die Stirn in Falten. »Das ist ein wenig … nun ja …« Sie ließ einen Finger ausdrucksvoll an der Stirn kreisen.

»Das Mädchen sieht genauso aus wie ihre Mutter, die Signora. Leonora nennt er sie, wie seine Braut. Sie ist wunderschön. Sie singt und lacht und füllt alle Tag mit Glück und Freude. Der Signore ist jede Minute bei ihr.«

»Wissen Sie, fast fürchte ich mich davor zu hören, was als Nächstes kommt«, sagte Abigail und trank ihren Tee.

Die Augen der Haushälterin richteten sich auf die Wand hinter Abigail, als könnte sie darauf von ferne die ehemaligen Bewohner des Schlosses sehen.

»Die Jahre, sie vergehen, und die Signorina Leonora wächst und wächst. Das schönste Mädchen in der ganzen Toskana. Als sie wird sechzehn, der Signore nimmt sie mit nach Firenze, wo sie wohnen bei seinem alten Freund, dem Medici.«

»Oh, haben die beiden sich im Laufe der Zeit nicht zerstritten und gegenseitig umgebracht?«, fragte Abigail trocken.

»Nein, sie sind immer noch Freunde, Gott sei Dank«, sagte die Morini ganz ernst. »Im Medici-Palazzo wohnt ein junger

Mann, ein junger Engländer auf Reisen. In England ist er ein großer Mann, sagt man. Ein Lord. Der Lord von … ich habe vergessen den Namen … Copperbridge?«

»Nie gehört.«

»Er ist ein vornehmer Herr, ein hübscher Mann, groß und stark und mutig. Er ist in Italien, um zu lernen, um zu studieren die Kunst.«

»Der perfekte Renaissance-Prinz. Wie schön für Leonora! Sicher haben sie sich auf den ersten Blick ineinander verliebt«, sagte Abigail.

Morinis leuchtender Blick richtete sich wieder auf sie.

»Oh, die Liebe! Sie war wie ein Blitz, so.« Sie schnippte mit den Fingern. »Sie verlieben sich, sie tanzen die ganze Nacht, sie können die Augen nicht lösen voneinander. Alle, die sie sehen, freuen sich. Alle bis auf …«

»Monteverdi vermutlich, der alte Lüstling.« Abigail seufzte. »Männer, also *wirklich*.«

Die Haushälterin zog eine Braue hoch.

»Was ist ein Lüstling?«

»Im Allgemeinen ein Mann, der … ach, nicht so wichtig. Fahren Sie fort. Ich vermute, Signor Monteverdi hat den armen Engländer weggeschickt, ihm verboten, seine Tochter zu sehen, und die süße Leonora in ein Kloster gesperrt …«

Morinis Augen wurden ganz rund.

»Kennen Sie die Geschichte schon?«

»Nennen Sie es Intuition.«

»Aber er sperrt sie nicht in ein Kloster«, erzählte die Morini weiter und lehnte sich auf ihrem Stuhl zurück. »Nur ins Schloss, in das Castel Sant'Agata, in diese Mauern.« Sie deutete auf die Wände. »Für Leonora sie sind ein Gefängnis. Sie geht nicht nach draußen, nicht aus ihrem Zimmer. Und der

Signore, er verschließt alle Türen, sitzt in der Bibliothek und trinkt Wein und Grappa …«

»Einen Moment mal.« Mit einem lauten Klappern stellte Abigail ihre Teetasse auf der Untertasse ab. »Hatte er nicht auch einen Sohn? Hat er sich denn gar nicht um den Jungen gekümmert?«

Die Morini schaute auf ihre Hände hinunter, die mit gespreizten Fingern auf dem abgenutzten Holztisch lagen.

»Der junge Monteverdi, er ist wie andere Jungen. Er ist stark und mutig und lernt bei seinen Lehrern, bis er wird geschickt nach Firenze. Er liebt seine Schwester sehr.«

»Dann muss er die Situation furchtbar gefunden haben.«

»Er redet nicht. Aber er versucht, mit dem Signore zu sprechen, damit er die Hochzeit erlaubt. Er ist ein Freund, ein großer Freund des Engländers.«

»Oh! Das wundert mich.«

»Aber es gibt keine Hoffnung. Die Signorina, sie ist eine Gefangene, und der junge englische Lord, er ist verrückt vor Liebe und verzweifelt. Er zieht in eine Haus im Dorf, er kleidet sich wie ein Bauer, er beobachtet das Schloss Tag und Nacht. Er wartet, bis die Zofe der Signorina aus dem Schloss kommt und bittet sie um Hilfe.« Die Morini griff nach der Teekanne und schenkte Abigail nach. »Die Zofe, sie verspricht zu helfen und bringt der Signorina eine Nachricht.«

»Tapfere Dienstmädchen! Heimliche Briefe! Einfach wunderbar«, freute sich Abigail. »Hat Leonora die Nachricht bekommen, oder hat der alte Monteverdi die Zofe vorher abgefangen?«

»Leonora bekommt die Nachricht. Sie ist so glücklich! Sie trocknet ihre Tränen und schreibt zurück an den englischen

Lord. Sie will mit der Zofe die Kleider tauschen und ihn treffen in der Nacht, wenn das Schloss schläft.«

»Um Himmels willen! Hören Sie auf, Morini. Das eignet sich sicher nicht für meine jungfräulichen Ohren.« Abigail zögerte. »Und? *Haben* sie sich getroffen? Wirklich?«

»*Si*, Signorina. Verliebte soll man nicht trennen. Den ganzen Frühling sie treffen sich und trösten sich gegenseitig, bis zum Juni, dann merkt die Signorina, die arme Leonora, dass ...« Die Morini unterbrach sich und schaute wieder auf ihre Hände herunter.

»Dass Copperbridge einer anderen den Hof macht? Dass er sich Nacht für Nacht im Dorfkrug betrinkt und sein Vermögen verspielt?«

»Dass sie schwanger ist«, flüsterte die Morini.

»Oh.« Abigail, die selten errötete, spürte, wie ihre Wangen ungewöhnlich warm wurden. »Ja natürlich. Das bringen nächtliche Treffen so mit sich.«

»Leonora will ihrem Geliebten nichts sagen von dem Baby«, fuhr die Morini fort, »doch die Zofe, sie macht sich große Sorgen und schreibt eine Nachricht. Der Engländer liest die Nachricht und sagt, es ist genug, nun muss Leonora mein werden. Er will mit ihr weglaufen. Er will kommen, um sie zu holen, um Mitternacht in der Mittsommernacht, wenn im Schloss und im Dorf die *festa* ist.«

»In der Mittsommernacht! Wie romantisch«, sagte Abigail. »Und haben sie es geschafft?«

Die Morini stand auf, nahm einen Schürhaken und fachte das Feuer an.

»Die Signorina, sie zieht sich an wie ein Dienstmädchen und setzt eine Maske auf. Die Zofe stiehlt den Schlüssel, wie sie es schon getan hat den ganzen Frühling, und lässt die

Signorina um Mitternacht aus ihrem Zimmer. Leonora, sie wartet im Hof auf ihren englischen Lord. Sie ist glücklich, aber auch traurig. Sie liebt den Engländer, doch sie verletzt ihren Vater, der sie so sehr liebt. Sie entehrt ihn. Ihr Herz ist ganz weich und sanft.«

»Bei Gott, sie ist viel anständiger als ich. Ich hätte ihm längst einen Dolch zwischen die Rippen gejagt«, sagte Abigail.

»Endlich kommt der Lord, um sie zu holen. Sie sagt ihm, warte, ich muss sagen auf Wiedersehen. Der Engländer will das nicht. Wenn du auf Wiedersehen sagst, wird dein Vater dich niemals gehen lassen. Dann kommt das Mädchen, die Zofe der Signorina, in den Hof gelaufen und sagt, sie sollen sich beeilen, weil der Herr kommt! *Schnell*, sagt sie zu ihnen. *Schnell!* Aber …« Die Morini legte den Schürhaken wieder fort und starrte in die Kohlen. »Es ist zu spät.«

»Natürlich. Nach dem ganzen Hin und Her. Was haben sie sich bloß dabei gedacht?«

»Der Signore kommt gelaufen und sieht das Paar. Er beleidigt den Engländer und nennt ihn einen Hund, einen Bastard. Er will die Wachen rufen und ihn ins Gefängnis bringen lassen. Und der Engländer sagt, er wird nicht wie ein Verbrecher ins Gefängnis gehen, denn er ist ein Mann von Ehre. Wenn der Signore möchte ein Duell, wird er sich mit ihm treffen.«

»Wie mittelalterlich.«

»Die Signorina Leonora, sie ruft, aber nein! Sie will nicht sehen ihren Geliebten in einem Duell mit ihrem Vater. Dann wendet Signor Monteverdi sich an seine Tochter und sagt schreckliche, schlimme Dinge. Da unterbricht ihn der englische Lord, er … er … oh, der gute Mann.« Die Morini schüttelte den Kopf. »Er erklärt Signor Monteverdi, dass Leonora ist rein wie ein Engel, dass er es ist, der hat gesündigt. Er zieht eine Pistole und sagt zum Signore, sehen Sie? Ich gebe Ihnen meine Pistole, tun Sie mit mir, was Sie wollen. Dann wirft er die Pistole auf den Boden.« Die Morini machte eine entsprechende Handbewegung. »Auf die Steine auf der Terrasse.«

»Nun, das war einfach dumm«, meinte Abigail. »Wie konnte er Leonora denn ohne Waffe eine Hilfe sein?«

»Er wollte sein ehrenhaft und sich opfern für die Lady. Und wissen Sie, was dann ist passiert?«

»Bestimmt etwas Schreckliches.«

»Die Pistole hat *gefeuert*. Sie fiel auf den Boden und traf den alten Signore mitten ins Herz.« Die Haushälterin streckte einen Finger aus und tat so, als schösse sie gegen die Wand.

»Was? Das ist unmöglich!«

»Nein, Signorina. Es ist möglich. Es ist geschehen. Signor Monteverdi, er fällt zu Boden und schreit, er ist ermordet worden. Er stirbt. Und mit dem letzten Atemzug er verflucht die arme Signorina, meine arme Leonora. Ihr Vater hat sie und ihren englischen Lord mit seinen letzten Worten verflucht. Er hat gesagt, sie soll nie wieder wahre Liebe erleben und nie wieder frei sein, bis sein Tod gerächt ist.«

Morinis Gesicht war gerötet, ihre Augen glänzten verdächtig, und ihre herabhängenden Hände waren zu Fäusten geballt. Das Feuer hinter ihr knackte mitfühlend.

»Oh, Morini«, stieß Abigail hervor. »Die arme Kleine.«

»Er sie hat verflucht«, flüsterte die Haushälterin. »Leonora und der englische Lord, sie rennen in die Nacht, und keiner hat je wieder gehört von ihnen. Der junge Signor Monteverdi, ihr Bruder, hat lange nach ihr gesucht. Und das Schloss …«

Abigail wischte sich über die Wangen.

»Was ist mit dem Schloss, Morini?«

»Das Schloss hält seitdem den Atem an. Es wartet und wartet auf das Ende des Fluches.«

»Was genau hat der Vater gesagt?« Fragend sah Abigail Signorina Morini an.

Dann setzte sie sich wieder auf den Stuhl gegenüber der Haushälterin, und diese schob eine Hand über den Tisch.

»Die Diener, sie gehen, und der Bruder, der junge Signore, kommt nie wieder. Nur wir beide bleiben und warten und warten, dass der Fluch wird gebrochen.«

»Ihr beide?« Auch Abigail streckte eine Hand aus und berührte Signorina Morinis Fingerspitzen. Sie waren ohne jeden Zweifel aus Fleisch und Blut. »Sie und Giacomo?«

»*Si*, Signorina«, sagte die Haushälterin. Ihre Augen waren immer noch feucht. »Ich und Giacomo. Ich im Haus und er draußen. Ich bei den Ladys, er bei den Gentlemen.«

»Warum?«

»Damit der Fluch wird gebrochen. Wenn die Schuld, die Blutschuld der jungen Liebenden wird bezahlt.«

»Aber wie? Wie soll das gehen?«

»Es ist unmöglich, Signorina. Fragen Sie nicht danach. Seit dreihundert Jahren versuchen wir es wieder und wieder. Wir warten und warten, aber es ist nicht möglich.«

Abigail beugte sich vor und ergriff die andere Hand der Haushälterin »Bitte, Morini. Sagen Sie's mir. Ich schwöre, dass ich alles tun werde, was in meiner Macht steht, um Ihnen zu helfen. Ich verspreche es.«

Die Morini streichelte Abigails Fingerspitzen und sah ihr in die Augen. Dann stieß sie einen Seufzer aus, der aus tiefster Seele zu kommen schien.

»Ein Engländer, Signorina«, sagte sie leise, »ein englischer Lord muss einer Dame aus dem Schloss wahre Liebe versprechen, ein Leben lang.«

Abigail spürte, wie ihr Herzschlag sich verlangsamte, so als ob die Zeit selbst ihm Einhalt geböte.

»*Welcher* englische Lord, Signorina Morini?«, fragte sie sanft.

Die Morini schloss die Augen und antwortete so leise, dass die Worte fast verflogen waren, ehe Abigail sie auffangen konnte.

»Wer weiß das, ehe die Tat ist vollbracht und der Fluch endlich gebrochen? Ich weiß nur, dass der englische Lord und seine Lady in treuer Liebe vereint sein müssen, ehe der Mittsommermond schwindet. Dann bekommen die Monteverdi das Leben zurück, das sie haben verloren.«

SIEBEN

In Gedanken versunken, kehrte Abigail von den Ställen zurück.

Seit sie die Küche verlassen hatte, war sie geistesabwesend; die Debatte, die sie gewöhnlich morgens mit Lilibet und Alexandra in dem Raum führte, den sie wohlwollend den Salon nannten, hatte sich als völlig unnütz erwiesen und war glücklicherweise von einer Ziege unterbrochen worden, die sich neugierig durch das Loch in der Wand gezwängt hatte.

Ein englischer Lord und seine Lady sollten sich in treuer Liebe vereinen, ehe der Mittsommermond schwand.

Abigail schaute an sich herunter, auf ihr Kleid, das mit allem befleckt war, was die Ziegen wahllos in sich hineinfutterten. Auf die Schuhe, an denen der Schmutz des Stallhofs klebte. Und auf ihre abgerissenen Fingernägel – unter dem am rechten Zeigefinger entdeckte sie sogar eine Spur Dreck.

Es ist unmöglich, hatte die Morini kopfschüttelnd in der warmen Schlossküche gesagt.

Eine Bewegung in der Nähe des Pfirsichgartens erregte Abigails Aufmerksamkeit. Am Anfang des Weges, der durch die Terrassen zum See hinunterführte, hatte sie etwas Blaues aufblitzen sehen. Sie legte eine Hand über die zusammengekniffenen Augen und hatte einen Moment lang den Eindruck, zwischen den Bäumen das unverkennbare Profil ihrer Schwester entdeckt zu haben.

Nun, vielleicht war es doch nicht unmöglich. War nicht Mr. Burkes Werkstatt da unten versteckt, zwischen den Olivenbäumen am See?

Und dann Lilibet. Selbst ein halbblinder Narr hätte die schmachtenden Blicke, die Lord Roland ihr zuwarf, nicht übersehen können, ebenso wenig wie die glühende Röte, die daraufhin auf den Wangen der Lady erschien.

Doch selbst wenn Mr. Burke sich in Alexandra verliebte, selbst wenn Lilibet und Lord Roland endlich einen Weg fanden, sich in die Arme zu sinken, wurde der Fluch womöglich nicht gebrochen. Man konnte nicht wissen, welchem englischen Lord es gegeben war, die unglücklichen Liebenden zu erlösen.

Blieb nur noch ein anderer englischer Lord im Castel Sant'Agata.

Könnte sie es tun?

Könnte *er* es?

Könnte sie sich *unsterblich* in Wallingford verlieben?

Und könnte Wallingford ein treuer Liebhaber sein?

Ganz zweifellos fühlte sie sich heftig zu ihm hingezogen. Nicht, dass sie es gern zugab, doch im Moment konnte sie kaum an etwas anderes denken. Aber körperliches Verlangen war wohl das flüchtigste Bindemittel. Alles, was sie gelesen und beobachtet hatte, alles, was ihr feinfühliger, scharfer Verstand sie gelehrt hatte, stützte diese These. Und selbst wenn sie sich wirklich in Wallingford verliebte, selbst wenn dieser überwältigende Drang, sich körperlich mit ihm zu vereinen, nur Ausdruck eines tieferen, liebevolleren Gefühls war, blieben seine eigene Neigungen zu berücksichtigen.

Denn Schürzenjäger änderten sich nicht.

Unvermittelt drehte Abigail sich wieder zum Schloss um und sah die Morini im Türrahmen stehen, den Kopf gesenkt wegen der prallen Sonne, die die Tränen auf ihren Wangen glitzern ließ. Als die Haushälterin bemerkte, dass Abigail sie beobachtete, drehte sie sich um und verschwand im dunklen Haus.

Abigail spürte ein seltsames Kribbeln im Nacken.

Voller Mitleid ging sie weiter, um Morini zu trösten, doch dann sah sie Francesca, das Küchenmädchen: hübsch herausgeputzt mit einem himmelblauen Kleid und einem weißen Kopftuch, das sich deutlich von den mattgelben Steinen des Schlosses abhob, rollte Francesca etwas, das wie ein großes Rad aussah, über den Hof zum Stall.

Abigail blinzelte.

»Um Himmels willen, was machst du, Francesca?«, fragte sie in Italienisch und legte eine Hand auf das Rad. Es fühlte sich fest und kühl an und roch sehr stark nach Käse.

Bei näherer Betrachtung stellte sich heraus, dass es tatsächlich Käse war.

Francesca richtete sich auf und schob ihr Kopftuch zurück.

»Ich bringe den *Käse*. Signorina Morini will aufräumen, sie sagt, wir sollen bringen den Käse in die Ställe, zum Reifen.«

»Was für eine undankbare Aufgabe. Brauchst du Hilfe?«

»Oh nein, Signorina. Maria hilft bei dem Käse. Aber …« Zögernd hielt Francesca inne und kniff geblendet die schwarzen Augen zusammen.

»Ja? Es würde mich freuen, wenn ich helfen könnte, ehrlich. Mit dem Studieren sind wir schon fertig.«

Francesca schaute zum Schloss zurück, dessen Dächer von der höher steigenden Sonne beschienen wurden. »Wir haben angefangen zu stopfen die Matratzen und Kissen. Aber wir sind nicht ganz fertig. Wir müssen noch machen die Zimmer von den Herren.«

»Oh, was für ein Spaß! Womit stopft man sie denn?«

»Man nimmt neue Federn, Gänsefedern. Sind schon oben, in den Schlafzimmern.«

Die Schlafzimmer. Die Zimmer, in denen einst die geheimnisvollen Monteverdis geschlafen hatten. Und die nun von den englischen Männern bewohnt wurden.

Eine große Neugier erfasste Abigail. Endlich konnte sie wieder etwas Unfug treiben.

»In den Schlafzimmern der Herren, meinst du?« Sie grinste. »Ich werde mich gleich darum kümmern.«

Francesca, die sich mit gerunzelten Brauen auf die Lippe biss, war ein Bild der Reue.

»Oh nein, Signorina! Das nicht ist Ihr Platz! Es gibt zu viel Durcheinander, zu viele Federn. Ich hätte das nicht sagen sollen.«

»Francesca«, sagte Abigail und legte eine Hand aufs Herz, »ich werde mir diesen Spaß auf gar keinen Fall entgehen lassen.«

In Mr. Burkes Zimmer begann Abigail, das Federnstopfen zu lernen. Übung macht den Meister, hatte ihre Mutter zur kleinen Abigail vor dem alten Piano im Studierzimmer gesagt, kurz bevor sie bei der Geburt eines Kindes gestorben war (worin sie ironischerweise sehr viel Übung gehabt hatte, obgleich Abigail und Alexandra die einzigen Überlebenden waren).

Wie sich herausstellte, erforderte das Vorhaben, Kissen und Ähnliches mit Gänsefedern zu füllen, eine Reihe ganz besonderer Fähigkeiten, verbunden mit einer großen Menge Kraft. In Ermangelung selbiger Fähigkeiten verließ Abigail sich einzig auf ihre Kraft, und das Ergebnis war ein flaumiges weißes Durcheinander apokalyptischen Ausmaßes, das alle ebenen Flächen in Mr. Burkes Zimmer bedeckte, und auch eine Anzahl unebener.

Doch wenigstens waren die Kissen gestopft.

Abigail sammelte jede einzelne Feder ein und ging weiter zu Lord Rolands Zimmer, wo sie das Bettzeug etwas schneller auffüllte, wenn auch mit einem ebenso verschwenderischen Überrest an Federn. Danach sah sie sich gründlich im Zimmer um und entdeckte in einer Truhe einen Reiseschreibtisch und hinter einer Schublade ein Geheimfach, in dem Kladden mit Aufschriften wie *Rechenheft* steckten, die jedoch offensichtlich in einem Code geschrieben waren, denn eine Ähnlichkeit mit irgendeiner ihr bekannten Form von Mathematik war nicht zu erkennen.

Interessant, dachte Abigail, aber wohl nicht besonders nützlich.

Jedenfalls war sie in erster Linie an anderen Dingen interessiert. Sie säuberte das Zimmer und marschierte mit dem Sack in der Hand über den Flur zu dem Zimmer, das dem Duke of Wallingford gehörte.

Es war natürlich abgeschlossen, doch Francesca hatte ihr den Generalschlüssel gegeben. Ein wunderbares Ding, dieser Generalschlüssel, aus irgendeiner guten alten Bronzelegierung gemacht und aufwendig graviert. Sie zog die Kette, an der er hing, über den Kopf und steckte das verschrammte Ende ins Türschloss.

Halb hatte sie damit gerechnet, dass der Herzog im Zimmer sitzen und mit finsterer Miene fragen würde, was zum Teufel sie vorhabe. Worauf sie natürlich keine bessere Antwort gehabt hätte als ein fröhliches »Das Zimmer zu durchsuchen, Durchlaucht! Treten Sie doch bitte beiseite, damit ich Ihre Schubladen öffnen kann.«

Doch zu ihrer großen Enttäuschung war das Zimmer nicht nur leer, sondern hatte mit seiner rustikalen Einrichtung und der schlichten grauen Bettdecke auch enttäuschend wenig Herrschaftliches an sich. Unter dem Fenster standen Seite an Seite zwei Reisekoffer, deren Messingschlösser im schrägen Schein der späten Morgensonne glänzten; auf der Kommode stapelten sich ein paar Bücher, und an der Schüssel auf dem Waschstand lehnte eine geschlossene Rasierkiste. Was für ein bescheidener und unglaublich menschlicher Zug des Herzogs, sich jeden Morgen ohne die Hilfe eines Dieners zu rasieren.

Obgleich sie Rolands Zimmer ohne Gewissensbisse durchsucht hatte und die Absicht hegte, in diesem Zimmer das Gleiche zu tun, verspürte Abigail, als sie die Hand nach einer Schublade der Kommode ausstreckte, ein seltsames Widerstreben. Das sie selbstverständlich ignorierte. Immerhin führten sie einen Krieg, an dem nur Wallingford schuld war, nicht sie, und im Krieg war alles erlaubt.

Die Schublade auf der linken Seite enthielt neben Bindern und Kragen, die von der eifrigen Francesca bretthart gestärkt worden waren, sehr viele schlichte weiße Taschentücher mit dem herzoglichen Wappen. Abigail nahm eins heraus und schnupperte daran. Es roch nach Wäscheseife und etwas Undefinierbarem, vielleicht dem alten Holz der Kommode selbst. Sie steckte das Taschentuch in die Tasche und öffnete das rechte Fach, das die herzogliche Unterwäsche enthielt und gleich wieder geschlossen wurde.

Immerhin gab es Grenzen.

Saubere weiße Hemden, Hosen, Strümpfe: Versteckte der Herzog in seiner Wäsche tatsächlich nichts Interessantes? Nein, sie war sich ganz sicher, dass er irgendwo irgendetwas verbarg. Die Behauptung, der Duke of Wallingford sei nach Italien gereist, um ein Jahr lang akademische Studien zu betreiben – verzichte mithin ein ganzes Jahr auf die gewohnten Annehmlichkeiten und Privilegien –, war schlicht nicht zu glauben.

Darüber hinaus war ein Mann, der nichts zu verbergen hatte, sicher äußerst langweilig und es kaum wert, dass man sich die Mühe machte, ihn zu verführen, geschweige denn, dass man das Opfer brachte, sich aufgrund eines geheimnisvollen und womöglich nicht existenten Fluches wider besseres Wissen unsterblich in ihn zu verlieben.

Schon bei dem Gedanken zog sich ihr Magen zusammen. Aber vielleicht war er nach dem üppigen Frühstück auch nur etwas verstimmt.

Abigail machte mit den beiden Koffern weiter und stellte fest, dass sie mit Büchern gefüllt waren: eher akademischen Büchern über Griechen und Römer nebst philosophischen Traktaten, die Abigail bereits von dem Tutor erläutert worden waren, den Alexandra für teures Geld angestellt hatte, damit ihre kleine Schwester während ihres Aufenthalts in London beschäftigt war.

Wallingfords Kleiderschrank enthielt die übliche Ausstattung eines englischen Gentleman: Morgenanzüge aus Tweed, gute Anzüge aus Wolle, feine schwarze Smokingjacken. Abigail durchsuchte die üblichen Taschen, fand jedoch kein einziges Billet-doux oder Hinweise auf eine heimliche Korrespondenz. Wieder zog sich ihr Magen zusammen: aus Enttäuschung oder Erleichterung?

Sie stellte sich mitten in den Raum und drehte sich mit gerunzelter Stirn um die eigene Achse.

Sicher hatte sie etwas übersehen.

Wenn sie in diesem Zimmer wohnen würde und etwas zu verbergen hätte, irgendeine geheime Leidenschaft, etwas, das es wert war, quer durch Europa zu reisen, damit es nicht entdeckt wurde, wo würde sie es verstecken?

Ihr Blick schweifte über den Boden, die Fenster und die Möbel. Die massiven Steinmauern mit dem rissigen alten Putz. Sie trat an eine Wand heran und fuhr mit den Fingern über die raue Oberfläche.

Ziemlich alt. Und kein Hinweis darauf, dass kürzlich irgendwo etwas aufgeschlagen und neu verputzt worden wäre. Wenn der Duke of Wallingford sich überhaupt auf so etwas verstand.

Schließlich wandte Abigail sich dem Waschstand zu, einem dunklen, altmodischen Ungetüm in der Nähe des Fensters, und hob mit einem Finger den Deckel der herzoglichen Rasierkiste an.

Bergamotte.

Einfach himmlisch.

Seufzend sank sie auf einem Stuhl neben dem Waschstand zusammen. Seine Rasierseife. Daher der Duft. Sie beugte sich vor, sog ihn noch einmal ein, lehnte sich wieder zurück und seufzte erneut. Mit einem Mal befand sie sich wieder im Stall des Gasthofs, der Regen trommelte auf die Dachziegel, Wallingford drückte seine samtenen Lippen auf ihre, die Mauer drückte gegen ihren Rücken und – oh, noch einmal schnuppern, wie schön – seine harte Brust gegen ihren Busen …

»Was in *Dreiteufelsnamen* machen Sie in meinem Zimmer?«

Erschrocken riss Abigail die halb geschlossenen Augen auf.

Der Herzog stand in der Tür. Er hatte die Arme vor der Brust gekreuzt, und seine breiten Schultern füllten den Rahmen beinahe vollständig aus. Seine Reitsachen und seine glänzenden Stiefel verliehen ihm eine gewisse Autorität. Abigail in ihrem Bergamotte-Rausch erschien er schön wie ein Gott: Kein Sterblicher hatte Wangenknochen mit einem so stolzen Schwung, und keine dunkle Locke kräuselte sich so allerliebst auf der Stirn zu einem Fragezeichen wie die des Herzogs. Das Sonnenlicht, das durch das Fenster fiel, ließ seine Augen funkeln, und zum ersten Mal bemerkte Abigail, dass sie nicht schwarz waren, sondern tief dunkelblau. Sie war ihm am helllichten Tag noch nie nahe genug gekommen, um das zu erkennen.

»Was für eine Frage«, sagte sie, indem sie aufstand und den Drang unterdrückte, sich in seine Arme zu werfen oder aber mit gespreizten Beinen auf den Boden zu legen, »wo es doch ganz offensichtlich ist, dass ich nur die Federn in Ihrem Bett wechsele.«

Zum Beweis deutete sie auf den Leinensack in der Mitte des Zimmers und die darum herum verstreuten Federn.

Mit nach wie vor gekreuzten Armen schaute Wallingford auf die Federn, dann auf Abigail und wieder auf die Federn.

»Um die Federn … in meinem Bett … zu wechseln?«, fragte er mit hochgezogenen Brauen ganz langsam, so als spräche er mit einer Person, die geistig etwas zurückgeblieben war.

»Das ist sehr harte Arbeit, obgleich ich nicht annehme, dass Sie sich das vorstellen können«, erwiderte Abigail. In dem frischen Luftzug, der durch die Tür wehte, begann der Bergamotte-Nebel in ihrem Hirn sich endlich zu lichten, auch wenn sie sich seltsamerweise nach wie vor danach sehnte, sich in Wallingfords Arme zu werfen. Stattdessen griff sie nach dem Sack mit den Gänsedaunen. »Ich habe mich nur kurz hingesetzt, um eine kleine Pause zu machen.«

Der Herzog trat einen Schritt vor und sah sich misstrauisch im Zimmer um.

»Gibt es für so etwas nicht Diener?«

»Die sind doch mit dem Käse beschäftigt.«

»Welchem Käse?«

»Das ist eine sehr lange und komplizierte Geschichte, und ich fürchte, Sie sind nicht der Typ Mensch, der Gefallen an solchen Geschichten findet. Würde es Ihnen etwas ausmachen, mir bei der Matratze zu helfen?« Ungerührt zog Abigail die Decken und Laken herunter.

»Was zum Teufel haben Sie vor?«, rief der Herzog.

»Ich werde Ihre Federn wechseln.«

»Es ist nicht nötig, dass meine Federn gewechselt werden, und schon gar nicht von Ihnen.«

Der Herzog fasste sie Arm. Seine Hand war so groß, dass sie mühelos um ihren Oberarm herum reichte. Gern hätte sie sich an seine Schulter gelehnt, doch mitten in einem Streit erschien ihr das etwas unpassend.

»Selbstverständlich müssen Ihre Federn gewechselt werden«, widersprach sie. »Ich wage zu behaupten, dass die hier noch vom letzten Besuch des Papstes stammen.«

»Ihre Anwesenheit in meinem Schlafzimmer ist eine offensichtliche Verletzung der Regeln, die wir uns nach der Wette gegeben haben.«

»Ist es nicht. Ich gehe nur ganz unschuldig meinen häuslichen Verpflichtungen nach. Sie sind derjenige, der eine Hand um meinen Arm gelegt hat, was meines Erachtens einem Verführungsversuch viel näher kommt.«

Abrupt ließ Wallingford sie wieder los.

»Ich muss Sie bitten zu gehen.«

»Und ich muss Sie bitten beiseitezutreten, während ich Ihr Bett stopfe.«

»Sie sind die Schwester einer Marquise. Sie sollten keine Betten mit Federn stopfen – oder Ziegen und Hühner füttern, wenn wir schon dabei sind.«

Abigail wandte sich ihm zu.

»Was zum Teufel meinen Sie damit? Was geht Sie das an? Meiner Ansicht nach würde es den meisten Marquisen guttun, gelegentlich Ziegen zu füttern. Und Herzögen ebenfalls, wenn ich es mir recht überlege.«

Finster sah Wallingford auf sie herab.

»Sie halten nichts von Etikette, oder?«

»Nein, gar nichts.« So entschlossen wie möglich starrte Abigail ihn an, denn auf Augenhöhe mit seinen muskulösen Schultern und angesichts seiner Breite und Größe kam sie sich mit einem Mal sehr klein und schwach vor. Natürlich hatte sie schon des Öfteren große Männer kennengelernt, doch dieser war anders. In diesem elegant gekleideten Mann schlummerte eine verborgene Kraft, ein unbändiger Wille. Sie spürte, dass es in ihm gärte, und dass trotz seines höflichen Benehmens die Gefahr bestand, dass die Kampflust jener Vorfahren durchbrach, die all die Titel angesammelt hatten, die er nun im Namen führte und die ihn für Frauen so unwiderstehlich machten.

All die rohe Kraft, die in dieser zivilisierten modernen Zeit nicht mehr losgelassen werden durfte.

Der Herzog starrte zurück, so nah an ihrem Gesicht, dass sein schneller Atem ihr Gesicht streifte und sie sehen konnte, wie seine nachtblauen Augen sich nachdenklich verengten. Dann hob er die riesigen Hände und legte sie auf ihre Schultern.

»Warum nicht, Abigail?«, fragte er.

»Wie?«, sagte sie ein wenig atemlos. Ein Hauch Bergamotte wehte zu ihr herüber, und irgendwo weit hinten in ihrem Hirn hörte sie immer wieder die Morini eine wirre Geschichte von Schicksalsschlägen, Flüchen, Schwüren und unsterblicher Liebe erzählen, die jedoch keinen rechten Sinn ergab.

»Warum halten Sie nichts von Etikette?«, fragte der Herzog mit einer Stimme, die zugleich tiefer und sanfter geworden war.

»Weil sie die Menschen hindert.«

»Woran?«

Abigail versuchte, ihre Gedanken zu ordnen.

»Daran, ein interessantes menschliches Wesen zu werden. Ein echter Mensch zu sein und nicht nur eine hübsch angezogene Puppe.«

»Niemand«, sagte der Duke of Wallingford, indem er die Hand hob und ihr mit dem Handrücken über die Wange strich, »niemand würde Sie jemals für eine Puppe halten, Miss Harewood.«

Ja, *genau*. Zum Teufel mit dem Bootshaus und dem Wein und den Kerzen. Zum Teufel mit der Geliebten, die womöglich im Dorf auf ihn wartete. Und zum Teufel mit Morinis dummen Flüchen. Das war perfekt. Das war der Moment: Sonnenschein flutete das Zimmer, und Wallingfords hübsches Gesicht schaute mit genau der richtigen Mischung aus Sehnsucht und Leidenschaft auf sie herab.

Ja, *genau.*

Abigail legte die Hände auf seine Brust und stieg auf die Zehenspitzen.

Seine Lippen streiften die ihren, sanft wie Gänsedaunen.

»Oh«, sagte sie, und als seine Hände sich um ihr Gesicht legten und sein Mund sie noch einmal federleicht küsste, etwas erstaunter »Oh!«.

»Abigail«, raunte er, während er sie noch einmal küsste.

Unsicher trat sie einen Schritt zurück, um sich zu sammeln, und stolperte über den Leinensack mit den Gänsefedern.

Wallingford fing sie auf, und irgendwie landeten sie auf dem steinharten Boden, doch das störte sie nicht im Geringsten, so heftig war die Leidenschaft, mit der sie sich küssten, so groß die Ungeduld, mit der sie an den Knöpfen des anderen zerrten.

»Oh, *Wallingford*«, hauchte Abigail.

»Um Himmels willen«, brummte er irgendwo weit hinten in der Kehle, während er sich an ihrem Mieder zu schaffen machte, »ich heiße Arthur.«

»Arthur?«

»Ja.« Endlich hatte er das Mieder geöffnet, und sein Atem streifte den üppigen Seidenbesatz des hervorlugenden Unterkleides.

»Aber ich kann doch nicht, von Leidenschaft überwältigt, *Oh, Arthur!* sagen.«

Wallingford schaute auf.

»Was zum Teufel weißt du schon über Leidenschaft.«

»Überhaupt nichts, nur dass man sich, wenn man es verhindern kann, nicht mit Männern namens Arthur in ihren Fängen winden sollte.« Mit etwas Mühe machte Abigail es sich unter ihm bequem und hob den Kopf, um einen Kuss zu bekommen. »Aber mach dir keine Sorgen. Ich denke mir etwas aus. Es stört dich doch nicht, wenn ich dir einen anderen Namen gebe, zum Beispiel Wolfgar oder Tristan oder … nun, selbst Roland ist recht nett bei leidenschaftlichen Umarmungen, aber das wäre ungünstig …«

Wallingford rollte sich von ihr herunter.

»Sogar *äußerst* ungünstig!«

»Nein, komm zurück. Hör nicht auf mich. Ich sage immer so unpassende Sachen. Ignorier mich einfach. Arthur ist gut – wirklich. Bestimmt habe ich mich ganz schnell daran gewöhnt.« Abigail griff nach seinem Jackett, knöpfte es hastig auf und schob es ihm über die Schultern.

Wallingford öffnete bereits den Mund, um zu protestieren, doch dann fiel sein Blick wieder auf ihren Busen, und er senkte den Kopf. Als er über den Seidenbesatz strich und ihn ein wenig herabzog, überlief ein erregender kleiner Schauer ihre Haut.

»Oh, Arthur«, sagte sie spielerisch und dann etwas überzeugender »Oh, *Arthur*!«.

»Du bist wunderschön, Abigail, wie eine Elfe, eine graziöse, wunderschöne Elfe. Ich wage es kaum, dich zu berühren«, raunte Wallingford und küsste sie wieder.

Oh, wie köstlich er schmeckte. Abigail küsste ihn zurück und fuhr mit den Händen über seine Schultern. »Arthur«, sagte sie noch einmal, entschlossen sich daran zu gewöhnen.

»Oh, Arthur. Ich glaube nicht, dass ich mich jemals so gefreut haben, eine Wette zu gewinnen.«

Wallingford erstarrte.

Abigail stieß ihn leicht gegen die Schultern.

»Arthur?«

Er hob den Kopf.

»Was hast du gerade gesagt?«

»Ich sagte, *Oh, Arthur!* Oder nicht?« Verwirrt dachte Abigail nach.

»Über die *Wette*. Du hast gesagt, du hättest die Wette gewonnen.«

Lächelnd berührte Abigail seine schön geschwungenen Lippen, die so weich und voll waren und so gar nicht zu seinem harten, finsteren Gesicht passten. Sie liebte Wallingfords Lippen.

»Oh ja. Ist das nicht wunderbar? Was für eine dumme Idee, diese Wette. Ich bin so froh, dass sie nun sozusagen vom Tisch ist.«

Wallingford sprang auf die Füße.

»Was zum Teufel geht hier vor?«

Abigail blinzelte. Dann setzte sie sich auf und ließ das Mieder schamlos bis zur Taille herabsinken. Ihr Haar hatte sich aus den Nadeln gelöst und fiel ihr über Schultern und Rücken. Sie kam sich herrlich verrucht vor.

»Ist das nicht offensichtlich?«, fragte sie glücklich. »Wir lieben uns. Endlich!«

Wallingford setzte seine finsterste Miene auf, und seine wunderschönen Lippen wurden ganz schmal. Dann nahm er sein Jackett.

»Du hast das absichtlich gemacht, nicht wahr? Wer hat dich dazu angestiftet? War es Lady Morley?«

»Nein, niemand. Niemand ahnt irgendetwas. Sie glauben, ich hasse dich.« Abigail strich sich das Haar aus dem Gesicht. »Was ist denn los? Warum ziehst du dein Jackett an?«

Doch Wallingford schloss bereits geschickt die Knöpfe.

»Ich habe bemerkt, dass ich zum Narren gehalten werde«, erwiderte er.

»Ach, mach dich doch nicht lächerlich.« Ihre Haut prickelte immer noch, und ihre Brustspitzen drückten beinahe schmerzhaft gegen das Unterkleid. Sie war voller Verlangen und Sehnsucht, und das unmögliche Objekt ihrer Begierde strich sich soeben sorgfältig den Kragen glatt und tilgte alle Hinweise auf den Mann, der ihr gerade noch erregt ins Ohr geflüstert und sie eine wunderschöne Elfe genannt hatte. Verzweifelt öffnete Abigail die Arme. »Komm wieder zurück. Ich habe dir doch gesagt, dass ich dazu neige, ungebührliche Kommentare abzugeben. Es ist doch nicht nötig …«

»Federn«, schnaubte er. »Anscheinend hältst du mich für einen Schwachkopf. Wahrscheinlich wolltest du uns so beschämen, dass wir das Schloss freiwillig verlassen.«

»Das stimmt nicht. Wenn du weggehst, sterbe ich.« Mühsam stand Abigail auf.

Wallingford musterte sie kalt. Dann griff er nach ihrem Mieder, und sie hielt die Luft an, weil sie dachte, er wollte es ihr vom Leib reißen und wieder von vorn anfangen, doch stattdessen zog er es nur wieder zusammen.

»Du siehst aus wie ein Flittchen«, sagte er und begann, die Knöpfe durch die Löcher zu schieben. Abigail war zu verblüfft, um ihn daran zu hindern. »Was für ein großmütiges Opfer du bringen wolltest. Hattest du vor, es zum Letzten kommen zu lassen, oder warten deine Freundinnen draußen, bereit, jederzeit hereinzustürmen und uns in flagranti zu erwischen?«

Den letzten Knopf schloss er mit einem so heftigen Ruck, dass Abigail einen Schritt zurücktrat, die Arme vor der Brust verschränkte und am ganzen Körper rot anlief, doch diesmal nicht vor Verlangen, sondern vor Ärger. Ein ungewohntes Gefühl, denn Abigail wurde nur sehr selten wütend. Zorn war ihrer Natur ebenso fremd wie Eifersucht. Sie hatte keine Erfahrung darin, wie man damit umging, daher konnte sie weder den roten Nebel kontrollieren, der ihr die Sicht nahm, noch die Worte, die aus ihrem Mund strömten.

»Ich hatte vor, dich zu meinem Liebhaber zu machen«, sagte sie. »Ich hatte vor, dir ein Geschenk zu machen – ein Geschenk, das man nur einmal machen kann, du Dummkopf –, nämlich das meiner Unschuld. Und ich habe gehofft, dass es dir ebenso viel bedeuten würde wie mir, dass dieser Augenblick für dich ebenso schön sein würde wie für mich, doch ich sehe, dass ich mich getäuscht habe. Ich sehe, dass du genau das bist, was man sagt – ein kaltherziger Verführer. Ich sehe, dass ich mich besser mit Mr. Burke eingelassen hätte, oder dem lieben alten Penhallow, nur dass ich das meinen Freundinnen niemals antun würde, und oh! Nun haben Sie mich zum Weinen gebracht haben, Sie fürchterlicher Angeber, und ich weine *nie*!« Sie griff nach dem Sack mit den Federn.

»Warte, Abigail …«

»Ich hoffe, Sie finden *niemals* irgendjemanden, der Sie liebt. Ich hoffe, Sie sterben allein und kinderlos und *elendig*!« Dann nahm sie den Sack und leerte ihn über ihm aus. »Sie haben es nicht besser verdient.«

Abigail nahm sich nicht die Zeit, ihr Werk zu bewundern. Sie machte auf dem Absatz kehrt und marschierte aus dem Schlafzimmer des Duke of Wallingford hinaus, ohne sich um seine von Gänsefedern gedämpften entschuldigenden Rufe zu kümmern, die ihr den Flur hinab folgten.

Die Federn hingen in den Wimpern, im Haar, am Jackett und im Mund, den er dummerweise gerade protestierend geöffnet hatte, als die Wolke aus Gänsedaunen auf ihn herabsank.

»Abigail!«, brüllte Wallingford so laut, wie es einem Mann möglich ist, der eine winzig kleine, kitzelnde Gänsefeder im Hals stecken hat. Er spuckte die Feder aus und versuchte es noch einmal. »Abigail!«, brüllte er, wie ein Herzog eben brüllte, wenn er feindliche Armeen oder aufmüpfige Pächter schlotternd in die Knie zwingen wollte. Selbst die Wände des Schlosses hätten sich der Macht dieses Rufes gehorsam gebeugt, doch Abigail Harewood war nicht aufzuhalten, wahrscheinlich hörte sie ihn nicht einmal.

Sie war spurlos in der flirrenden Frühlingsluft verschwunden – genau wie eine Elfe.

Natürlich hatte er sie nicht so nennen wollen. Wie alles andere an diesem Morgen war es ihm herausgerutscht, ohne dass er bewusst darüber nachgedacht hatte, so als wäre er nicht Herr seiner selbst. In den vergangenen Wochen hatte er sich krampfhaft bemüht, ihr aus dem Wege zu gehen, sie mit finsterem Blick zu betrachten, wenn eine Begegnung unvermeidlich war, und sich ansonsten jeden Gedanken an sie zu verbieten. Am Morgen im Hof war er gefährlich nah daran gewesen, sich zu vergessen, und er durfte nicht zulassen, dass das noch mal geschah.

Er durfte nicht ins Straucheln geraten. Er durfte nicht schwach werden.

Doch all diese guten Vorsätze hatten sich bei ihrem Anblick in Luft aufgelöst. Wie zart die Knochen ihres Schlüsselbeins waren, die gerade eben aus dem Kragen ihres gelben Kleides hervorgelugt hatten! Wie sie die schwarzen Wimpern über den unglaublich großen Augen gesenkt hatte! Und wie diese Augen ihn dann von unten her angeschaut hatten, mit einer so verlockenden Anziehungskraft, einer so wissenden Unschuld, dass er verloren gewesen war.

Oh, hatte sie gesagt und *Arthur*, und als er seinen Taufnamen aus ihrem Mund gehört hatte, war er geschmolzen wie Butter an der Sonne. Der Anblick ihrer zarten, glatten Haut, der vielversprechende Fülle ihres Dekolletés hatte ihn fast in den Wahnsinn getrieben. Dann hatte seine wunderschöne Elfe, seine engelsgleiche Abigail sich seufzend an ihn gedrückt, und er hatte alles zum Teufel gewünscht, die Wette, seinen Großvater und die ganze Welt, bis auf dieses eine Zimmer und diese eine unberechenbare Frau, die wie für ihn geschaffen war.

Und dann, nach weiterem Seufzen und Stöhnen, hatte sie gesagt: *Ich glaube nicht, dass ich mich jemals so gefreut habe, eine Wette zu gewinnen*.

Damit war alles dahin gewesen. Sein Stolz, das aufkeimende, undefinierbare Gefühl in seiner Brust, die Worte, die er gerade äußern wollte.

Sie hatte mit ihm gespielt, ihn in eine Falle gelockt, ihn benutzt.

Ihn, den Duke of Wallingford.

Der Herzog stand mitten im leeren Zimmer, und jedes Mal, wenn er schwer Atem holte, wirbelte er eine kleine Federwolke auf. Alles war ordentlich und an seinem Platz, bis auf das Bett und die Federn und sein verwirrtes Hirn.

Seine Miene wurde noch finsterer. Selbst die Zimmertür schien sich über ihn lustig zu machen, denn sie stand offen und zeigte ihm den breiten Flur, über den Abigail mit fliegenden gelben Röcken verschwunden war, und einen Fensterausschnitt, der einen Ausblick in das frühlingshaft grüne Tal bot.

Wallingford räusperte sich heftig. Mit zwei langen Schritten war er durch die Tür, knallte sie zu und verschloss sie. Dann lief er zur Treppe, sprang die Stufen hinab und stürmte aus dem Haus.

Schließlich waren Herzöge nicht zum Grübeln gemacht.

Abigail saß mit angewinkelten Beinen, die Arme um die Knie geschlungen, auf den Felsen und sah zu, wie Wallingfords lange weiße Arme durch den See pflügten.

Der Herzog war splitternackt. Gleich unter der Oberfläche konnte sie seinen sehnigen Rücken, seine strampelnden Füße und manchmal sogar kurz seinen Po sehen. Es war unfair, dass ein Mann, der schon durch seine Geburt so viele Vorteile hatte, noch dazu mit einer nahezu perfekten Figur gesegnet war und sich so elegant bewegte. Mit jeder Faser sehnte sie sich danach, ihr Kleid aufzuknöpfen und das schreckliche Mieder samt Unterkleid abzustreifen, all die Lagen zivilisierter Kleidung abzulegen, die sie von Wallingford trennten. Sie sehnte sich danach, ins Wasser zu springen und zu ihm zu schwimmen, sein Gesicht zu sehen und ihn dazu zu zwingen zuzugeben, wie es um sie beide stand.

Aber sie tat es nicht. Sie blieb einfach still sitzen im gefleckten Schatten der nahen Olivenbäume und ließ sich von den Sonnensprenkeln wärmen. In der Ferne hörte sie einige helle Rufe: Lilibet und Philip vermutlich, die mittags ein Picknick machten, um nicht von Lord Roland in Versuchung geführt zu werden.

Warum bedeuteten Wallingford seine dummen Versprechen so viel? Wogegen kämpfte er wirklich an?

Mit einem Mal wurde ihr klar, dass er *wirklich* kein großes Geheimnis hatte. Er hatte nichts zwischen seinen Kleidern versteckt und auch keine Mätresse im Dorf. Der Duke of Wallingford wollte sich einfach selbst auf die Probe stellen, und der Grund dafür war sehr persönlich.

Inzwischen war Wallingford beinahe am gegenüberliegenden Ufer angelangt, und sie konnte ihn nicht mehr in allen Einzelheiten sehen, nur noch seinen im Sonnenlicht schwarz glänzenden Haarschopf, doch seine Armschläge waren schnell und kräftig wie immer, so als könnte er den ganzen Tag im frischen kalten Wasser herumschwimmen. Zärtlich schaute sie dem ehrgeizigen Schwimmer nach, mit einem völlig ungewohnten Besitzerstolz und einer so großen Freude an seiner Kraft, als hätte er sie in ihre Dienste gestellt.

Sie waren alle ein wenig sonderbar, oder? Alle sechs nicht ganz gescheit.

Abigail stand auf und schüttelte ihren Rock aus, dann ging sie den Pfad hinauf, der über die Terrassen zum Schloss zurückführte. Am breiten Tisch in der Küche fand sie Signorina Morini, die gerade einen riesigen Berg Bohnen sortierte, aus denen eine Suppe für das Abendessen werden sollte.

Die Haushälterin mit dem leuchtend roten Kopftuch, das aus den gedämpften Farben der Küche hervorstach, schaute nicht auf, sondern blieb auf die Arbeit konzentriert.

Abigail setzte sich neben sie und zog eine Handvoll Bohnen zu sich heran.

»Also gut«, sagte sie. »Ich glaube Ihnen, Sagen Sie mir, wie ich helfen kann.«

ACHT

Was Pläne anbelangte, war der neue sicherlich vielversprechender als der, den sie einmal ausgeheckt hatte, um, als junger Mann verkleidet, die Aufnahmeprüfung am Merton College zu machen.

Damals hatte sie Paddington Station noch keine halbe Stunde hinter sich gehabt, als das nervöse Schwitzen zwischen ihren flachgedrückten Brüsten (wie ihre Schwester hatte sie die legendären Harewood'schen Brüste geerbt) zu einem so heftigen, juckenden Ausschlag führte, dass sie sich gezwungen sah, in Chiltern wieder auszusteigen und den nächsten Zug nach Hause zu nehmen. Die Hausmädchen (die ihr mit abgelegten Kleidungsstücken ihrer Brüder und Cousins ausgeholfen hatten) und die Köchin (die ihren Lunch so sorgfältig verpackt hatte) waren samt und sonders sehr enttäuscht gewesen über ihre schnelle Rückkehr.

Doch für den neuen Plan brauchte sie keine flachgedrückten Brüste und keine gestohlenen Hosen. Sie und Signorina Morini halfen nur dem normalen Lauf der Natur etwas nach, indem sie Damen und Herren zusammenbrachten, die sich bereits ineinander verliebt hatten.

Abigail schaute quer über den Tisch hinweg auf Lord Roland, den liebenswürdigen, attraktiven Bruder des Herzogs, dessen Haar ihm Kerzenschein golden glänzte und dessen ausdrucksvolle haselnussbraune Augen verträumt eine Schale mit Oliven betrachteten. Er verzehrte sich doch bereits nach Lilibet. Er würde *dankbar* sein für einen kleinen Anstoß durch eine helfende Hand.

Mit einem heftigen Schlag auf den Tisch, der die Teller klappern ließ, unterbrach Wallingford ihre Überlegungen.

»Sag mal, Burke. Bekommst du eigentlich gar nichts mehr mit?«

Abigail sah zu Phineas Burke hinüber. Sie konnte Alexandra wohl kaum dafür tadeln, von einem Genie fasziniert zu sein. Zudem war er ein hübscher Kerl; sehr groß, mit auffälligen Farben und einer perfekten Figur, vom Körperbau her fast eine Kopie des …

Abigail stellte ihr Weinglas ab und schaute sich Lord Roland noch einmal an, dann Wallingford und dann wieder Mr. Burke.

Großer Gott.

»Nein, leider nicht«, sagte Mr. Burke gerade. »Ich muss das Problem mit der Batterie lösen, und dein Getobe hilft mir kein bisschen. Penhallow, mein Lieber, könntest du mir bitte die Oliven reichen?«

Lord Roland fuhr zusammen.

»Äh, was? Was möchtest du?«

»Die Oliven. Zu Ihrer Linken, Sir. Ja, genau die. Guter Junge.«

Wieder schlug Wallingford herrisch mit der Faust auf den Tisch.

»Burke, du unerträglicher Mistkerl …«

»Also wirklich, Durchlaucht!«, rief Lilibet erwartungsgemäß schockiert.

»… Entschuldigen Sie, Mylady, aber der Mann hat es nicht

besser verdient. Ich versuche doch nur, seine erbärmliche Haut zu retten.«

Abigail sah zu, wie Wallingford seinen Wein trank und Mr. Burke einen wütenden Blick zuwarf. Wütend und doch auch besorgt; warum war ihr diese Fürsorglichkeit vorher nie aufgefallen?

»Mir droht keine Gefahr, das kannst du mir glauben«, erwiderte Mr. Burke.

Alexandra legte Messer und Gabel ab. Da ihre Schwester neben ihr saß, konnte Abigail ihr Gesicht zwar nicht sehen, sich aber vorstellen, wie es aussah: sehr ruhig, eine Braue hochgezogen und mit einem provozierenden Funkeln in den Augen. Dann sagte sie in ihrer aufreizenden Art zu Mr. Burke: »Der Herzog glaubt, ich wollte Sie verführen, um diese dumme Wette zu gewinnen.«

Abigail räusperte sich und griff ein.

»Aber das ist doch absurd. Wenn du Mr. Burke verführen würdest, mit Erfolg meine ich, wäre der Ausgang praktisch unentschieden, oder?«

Alle Köpfe wandten sich ihr zu, und alle sahen sie so überrascht an, als ob sie vergessen hätten, dass sie existierte, als ob sie etwas gesagt hätte, das allen bekannten Gesetzen der Physik widersprach. Sie schaute von einem zum andern. War das keinem Einzigen aufgefallen? Ihr schien es ganz offensichtlich zu sein.

Schließlich sagte Mr. Burke erstaunt: »Ja. Ja, ich glaube schon.«

Abigail wandte sich dem Herzog zu und musterte ihn mit einem vielsagenden Lächeln.

»Sehen Sie? Also brauchen Sie sich über das Thema »Verführung« keine Gedanken zu machen, Durchlaucht. Kein klar denkender Mensch würde auf so eine Idee kommen. Zwei Anzeigen in der *Times*! Wer will das schon.«

Wallingford erwiderte ihren Blick wutentbrannt und lief bis zu den markanten Wangenknochen dunkelrot an. Was er wohl tun würde, fragte sie sich, wenn sie aufstünde, um den Tisch herumginge und sein liebes, glühendes Gesicht mit beiden Händen umfasste, genau wie am Nachmittag?

»Um Himmels willen, Wallingford«, sagte Alexandra. »Sie müssen wirklich versuchen, sich zu mäßigen. Sonst trifft Sie am Ende noch der Schlag. Haben Sie vielleicht auch medizinische Kenntnisse, Mr. Burke?«

»Allenfalls rudimentäre, fürchte ich. Kaum genug, um seine Krawatte zu lösen.«

Wallingford fand seine Sprache wieder.

»Es freut mich, dass ich allerseits für so viel Erheiterung sorge. Aber du« – er wandte sich an Finn und zeigte mit seinem kräftigen Finger auf ihn – »und du« – wieder zeigte er mit dem Finger, diesmal auf Lord Roland –, »ihr beide habt doch keine Ahnung, was diese Frauen vorhaben. Vom Augenblick unserer Ankunft an haben sie uns belauert und bedrängt, um uns das Leben zur Hölle zu machen und uns von hier zu vertreiben, damit sie das Schloss für sich haben. Und beleidigen Sie mich nicht, indem Sie das abstreiten, Lady Morley.«

»Ich wäre sehr froh, Sie los zu sein, Wallingford«, sagte Alexandra. »Daraus mache ich gar keinen Hehl.«

Wallingfords Augen verengten sich zu Schlitzen, und Abigail hatte das ungute Gefühl, dass ihre Schwester soeben auf einen Schachzug hereingefallen war, den der Herzog gut vorbereitet hatte. Die Röte war aus seinem Gesicht gewichen, und sein Ausdruck war eisig starr.

»Sehr schön, meine Gute«, sagte er bedächtig. »Dann würde ich unsere Wette gern etwas erweitern. Sozusagen den Einsatz erhöhen.«

Den Einsatz erhöhen. Das klang spannend. Abigail beugte sich ein klein wenig vor: Störte Wallingfords Vorpreschen womöglich ihre eigenen sorgfältig geschmiedeten Pläne für den Abend?

»Ach du meine Güte«, sagte Mr. Burke. »Hast du nichts Besseres zu tun, Wallingford? Vielleicht ein paar Bücher aus dieser riesigen Sammlung in der Bibliothek zu lesen? Deswegen sind wir doch schließlich gekommen.«

Alexandra strich mit dem Finger über den Rand ihres Weinglases.

»Er kann gern an unseren literarischen Debatten im Salon teilnehmen«, bemerkte Lady Morley. »Es würde uns freuen, die Werke aus einem neuen Blickwinkel zu betrachten, auch wenn ich empfehlen würde, einen Schirm mitzubringen, falls das Wetter sich verschlechtert.«

»Nein, verdammt noch mal! Entschuldigen Sie, Lady Somerton.«

Lilibet seufzte so leise, dass Abigail es kaum hören konnte.

»Ungern, Durchlaucht.«

Wallingford beugte sich vor, sodass er durch seine breiten Schultern noch etwas mehr Autorität gewann. Dann sagte er mit geradezu theatralischer Stimme: »Also, ich schlage Folgendes vor: dass der Verlierer der Wette, zusätzlich zu Burkes exzellentem Vorschlag, eine Anzeige in der *Times* aufzugeben, zusammen mit seiner lästigen Entourage sofort aus diesem Schloss verschwindet.« Dann lehnte er sich mit dem Ausdruck tiefster Zufriedenheit auf seinem Stuhl zurück.

Die Tischgesellschaft schwieg so lange, dass Abigail schon glaubte, sie könnte das Flackern der Kerzen hören.

Endlich stieß Lord Roland einen leisen Pfiff aus.

»Das sind aber harte Bedingungen, mein Lieber. Bist du dir auch ganz sicher? Was ist denn, wenn am Ende *wir* es sind, die auf der Straße stehen?«

Wallingford lächelte herablassend.

»Du bist zugegebenermaßen das schwächste Glied in der Kette, aber ich glaube, dass ich mich, wenn schon nicht auf deine, so doch auf Lady Somertons Tugendhaftigkeit verlassen kann.«

»Ich muss schon sagen, Durchlaucht«, wisperte Lilibet.

»All dieses Gerede über Verschwörungen und so weiter ist mehr als absurd, Wallingford«, erwiderte Alexandra scharf. »Ich versichere Ihnen, dass ich keinerlei Interesse daran habe, den armen Burke zu verführen, und ich wage zu behaupten, dass er seinerseits kein Interesse daran hat, verführt zu werden. Sie tun das alles doch nur wegen dieser Geschichte mit den Federn heute Morgen, oder? Sie wollen sich bloß an uns rächen …«

»Wenn ich falschläge, Verehrteste, hätten Sie überhaupt keinen Grund, sich gegen eine Erhöhung des Wetteinsatzes zu sträuben.« Wallingford griff nach der Chianti-Flasche und schenkte sich nach. »Ist es nicht so?«

Alexandra schien innerlich zu beben. Abigail hätte ihr gerne gesagt, dass sie sich nicht zu sorgen brauchte, dass alles gut werden würde, dass niemand aus dem Schloss vertrieben werden würde und dass das alles nur aus der Reibung sechs eigenwilliger Charaktere entstand, die in dieser Konstellation ihren Platz suchten. Aber wie sollte sie das machen? Alexandra hatte im Moment große Sorgen – obgleich ihre Schwester nie ein Wort darüber verloren hatte, hatte Abigail es sich zur Aufgabe gemacht, so etwas zu wissen –, denn sie hatte ihr Geld schlecht investiert und wusste nicht wohin, hatte kein anderes Zuhause mehr als dieses zerfallene italienische Schloss. Und dann Lilibet! Bei ihr war es noch schlimmer, wenn man sie zwingen würde, den abgeschiedenen Rückzugsort zu verlassen: Der brutale Lord Somerton erwartete sie in London und schickte vermutlich in genau diesem Augenblick unzählige Häscher nach Europa, um seine geflüchtete Ehefrau und seinen Sohn zu suchen.

Kein Wunder, dass Alexandra zögerte, Wallingfords Vorschlag anzunehmen. Die Männer konnten das Castel Sant'Agata, von ihrem ziemlich lädierten Stolz einmal abgesehen, ohne größeren Schaden verlassen; für die Damen hingegen war der Einsatz (wie Wallingford ihn nannte) wesentlich höher.

Doch er hatte Alexandra geschickt in die Enge getrieben. Sie konnte kaum ablehnen, oder? Verstohlen warf Abigail einen weiteren Blick auf den Herzog, der kerzengerade am Tisch saß und sehr arrogant, hübsch und selbstzufrieden aussah.

»Selbstverständlich habe ich nichts dagegen«, erwiderte Alexandra endlich und umklammerte den Stiel ihres leeren Weinglases. »Nur dass es mir … völlig absurd vorkommt.«

Mr. Burke räusperte sich und eilte seiner Herzdame zu Hilfe.

»Wirklich, Wallingford. Das ist doch nicht nötig. Ich sehe keinen Grund, warum wir nicht so weiterwursteln können wie bisher. Ein Büschel Gänsefedern hier und da hat doch nicht viel zu bedeuten. Und ich bin ziemlich sicher, dass ich

Lady Morleys Charme widerstehen kann, so entschlossen ihre Angriffe auf meine Tugend auch sein werden.«

Der Herzog lehnte sich zurück und sah sich am Tisch um.

»Also hat keine von Ihnen, nicht eine, den Mumm, mein Angebot anzunehmen? Lady Morley? Was ist aus Ihrem Ehrgeiz geworden?«

»Sie waren immer schon ein Ekel, Durchlaucht.« Alexandra schüttelte den Kopf.

Ach, zum Teufel, dachte Abigail. Irgendjemand musste Stellung beziehen und die Sache klären, sonst würde dieses Abendessen niemals enden, und all ihre Pläne waren verdorben.

»Warum nicht?«, sagte sie in die Stille hinein.

Wieder wandten sich alle Köpfe überrascht ihr zu. Wahrlich, es machte großen Spaß, die Tischgesellschaft mit derartigen Äußerungen zu verblüffen. Sie wandte sich Wallingford zu und sah ihm direkt in die Augen.

»Warum nicht? Ich kann natürlich nicht für Ihre Seite sprechen, Durchlaucht, aber wir drei tun nur das, was wir uns vorgenommen haben, wir studieren und bilden uns weiter, so wie es geplant war. Wenn Sie Spaß daran finden, ein Spiel daraus zu machen und den Einsatz noch zu erhöhen, betrachten Sie die Wette als angenommen.« Unbekümmert zuckte sie mit den Achseln und wandte sich ihrer Schwester zu. »Uns ist das völlig egal. Nicht wahr, Alex?«

Alexandra blinzelte und holte tief Luft.

»Ja, stimmt. Natürlich. Also gut. Wir akzeptieren Ihren Vorschlag, Wallingford. Obwohl das kaum etwas ausmacht, da Ihre Verdächtigungen völlig falsch sind. Tatsächlich scheinen Sie *insgesamt* im Moment völlig falsch zu ticken, und ich schlage vor, dass Sie Ihre wilden Spekulationen beenden und Ihren Verstand lieber auf die Dinge konzentrieren, die Sie von Anfang an tun wollten. Wir sind gerade bei Aristophanes, den die liebe Abigail bereits zweimal im Original gelesen hat. Sicher hätte sie einige nützliche Anregungen für Sie. Vielleicht kann sie Ihnen ja sogar bei Ihrem Griechisch behilflich sein.«

Ihre Schwester war einfach ein Ass! Unter dem Tisch streckte Abigail die Hand aus und drückte Alexandra ermutigend den Arm.

»Mit meinem Griechisch ist alles in Ordnung, das können Sie mir glauben, Lady Morley.« Wallingford tupfte sich den Mund mit seiner Serviette ab und legte sie neben seinen Teller. Dann erhob er sich beschwingt und verneigte sich knapp. »Und nun, meine Damen, wenn Sie mir das Unverzeihliche verzeihen würden. Ich muss mich leider entschuldigen und Sie der weit angenehmeren Gesellschaft meiner Mitreisenden überlassen.«

Damit eilte er aus dem Zimmer und schloss die Tür so nachdrücklich hinter sich, dass die darauffolgende Stille umso auffälliger war.

Sehr schön, dachte Abigail, als sie ihre Serviette zusammenfaltete und auf das alte Leinentischtuch legte, *mögen die Spiele beginnen.*

Angesichts der riesigen Ausmaße der großen Halle im Castel Sant'Agata konnte der Duke of Wallingford, der sie schnellen Schrittes zielstrebig durchquerte, nicht damit rechnen, mit Abigail Harewoods Busen zusammenzustoßen.

Genau genommen war er natürlich mit ihrer rechten Schulter zusammengestoßen, doch als er eine Hand ausstreckte, um sie beide am Fallen zu hindern, war diese – ob zufällig oder rein instinktiv, wie eine heimkehrende Taube – mitten auf ihrer üppigen, seidenbedeckten Brust gelandet.

»Oh Gott, Wallingford!«, sagte sie erschrocken, ohne auch nur einen Zentimeter zurückzuweichen. »Was um alles in der Welt tun Sie hier zu dieser Stunde?«

Der Herzog konnte sich nicht mehr erinnern. Es hatte irgendetwas mit einem Buch zu tun. Und mit der Küche. Sein Blick hing an dem großen bronzefarbenen Schlüssel fest, der seltsamerweise zwischen den Brüsten baumelte.

»Was zum Teufel tun *Sie* hier um diese Stunde?«, fragte er barsch zurück, um Zeit zu gewinnen. Da der Mond nur einen dünnen, schrägen Lichtstrahl durch die fernen Fenster warf, konnte er sie gar nicht richtig sehen, doch er war sicher, dass es sich um Miss Harewood handelte. Diese fröhliche Stimme, dieser zarte, blumige Duft mit dem Hauch von Zitrone. Diese pralle Fülle, die kaum in seine große Hand passte …

Er zuckte zurück, als hätte er sich verbrannt.

»Ich habe gerade Philip ins Bett gebracht«, sagte Abigail ohne eine Spur von Verlegenheit. »Er hat mich mehrere Geschichten aus einem großen Buch über Kriegspferde lesen lassen, das er aus der Bibliothek stibitzt hat und das selbstverständlich zum Vorlesen vor dem Schlafengehen nicht besonders geeignet ist, aber was will man machen, wenn ein kleiner Junge sich etwas in den Kopf gesetzt hat, insbesondere wenn …«

Die Bibliothek.

Wallingfords Kopf wurde wieder klarer.

»Wie auch immer«, sagte er. »Können Sie mir sagen, wo ich die Haushälterin finden kann? In der Küche, nehme ich an. Die Tür zur Bibliothek ist verschlossen.« Er zögerte. »Ich vermute, dieser Junge hat es versehentlich getan, als er hinausgegangen ist. Und das Licht hat er auch brennen lassen; höchst gefährlich.«

»Genau genommen ist es Lilibets Junge.«

»Egal. Ich möchte sofort den Schlüssel haben.«

Eine längere Pause entstand. Wallingford hatte das Gefühl, dass Abigail im Dunkeln unruhig wurde.

»Nun«, sagte sie schließlich, »wenn das so ist, werde ich zu Signorina Morini gehen. Aber ich kann Ihnen keine großen Hoffnungen machen. Um diese Zeit ist sie vermutlich längst im Bett.«

»Es ist doch erst halb neun.«

»Wir sind hier auf dem Land.«

Ungeduldig trat Wallingford von einem Fuß auf den anderen.

»Dann müssen Sie sie eben aufwecken. Wir können die Lampen in der Bibliothek nicht die ganze Nacht brennen lassen. Erstens ist es gefährlich und zweitens brauche ich ein Buch.«

»Was für ein Buch? Ich hole es Ihnen.«

»Miss Harewood«, sagte der Herzog bewusst tadelnd, »ich muss Sie ja wohl nicht daran erinnern, dass die Bibliothek immer noch auf der Männerseite des Hauses liegt. Sie haben mir von dort keine Bücher zu holen.«

»Sie sind doch sicher daran gewöhnt, dass man Sie bedient«, entgegnete sie. »Bestimmt haben Sie sich seit Ihrer Kindheit kein Buch mehr selbst geholt, und vermutlich nicht einmal zu der Zeit.«

»Da täuschen Sie sich. Ich bin durchaus imstande, mir selbst ein Buch zu holen. Ich …« Wallingford hielt inne. In der silbern glänzenden Dunkelheit der Halle, umgeben von kühlen Steinen, regloser Luft und der schwachen Wärme, die von Abigails nahem, aber unsichtbarem Körper ausging, hatte er schon wieder das Gefühl, dass sie unruhig wurde. »Versuchen Sie etwa, mich abzulenken, Miss Harewood?«, fragte er ruhig.

»Natürlich nicht«, erwiderte sie viel zu hastig. »Ich plappere immer so viel. Ich habe mich noch nie auf ein einziges Thema beschränken können. Worüber haben wir gerade gesprochen? Schlüssel oder Bücher? Oder beides?«

»Eigentlich nur über den Schlüssel zur Bibliothek«, sagte Wallingford.

»Oh. Ja, das war Ihr Problem, genau.« Es hörte sich so an, als striche sie ihr Kleid glatt.

»Problem? Was für ein Problem? Die Bibliothek ist verschlossen, und deshalb müssen wir die Haushälterin finden, um den Schlüssel zu bekommen. Vielleicht wären Sie so freundlich, mir den Weg zu weisen, meine Teure«, verlangte der Herzog streng. Inzwischen war er sich ganz sicher, dass sie etwas vor ihm verbarg. Irgendetwas hing in der Luft. Miss Abigail Harewood mochte ja allen anderen etwas vormachen können, *er* jedoch wusste, wie listig sie war. Er kannte sie in- und auswendig. *Ihm* konnte sie kein einziges Schwanken ihrer Stimmung verbergen; nein, nicht ein einziges Zögern der Stimme und auch keine überflüssige Handbewegung.

»Nun, es ist so, Durchlaucht«, sagte sie, »aber vielleicht wissen Sie es ja bereits, wenn Sie sich in der fraglichen Bibliothek auskennen …«

»Ja, Miss Harewood?«

»Die Tür schließt von innen.«

Eine gute Idee.

Wallingford verschränkte die Arme. Seine Augen gewöhnten sich immer mehr an das geisterhafte Licht, und er glaubte, sehen zu können, wie Abigails Mund sich zu einem Lächeln verzog, das sie zu unterdrücken versuchte. Ihr Kleid raschelte leise, als die Unterröcke ihre schlanken Beine streiften. Ihm fiel auf, dass seine rechte Hand immer noch warm war von der zufälligen Begegnung mit ihrer Brust.

»Was wollen Sie damit sagen, Miss Harewood?«, fragte er. »Dass die Tür zur Bibliothek sich von selbst verschlossen hat?«

»Oh, nein. Natürlich nicht. Aber vielleicht hat sich Ihr Bruder dort eingeschlossen. Haben Sie mal geklopft?«

»Warum um Himmels willen sollte mein Bruder sich in der Bibliothek einschließen?«

»Nun, um ungestört zu sein, selbstverständlich. Damit er nicht unterbrochen wird.« Sie beugte sich vor, und ihr süßer Atem streifte warm seinen Kragen. »Zum Beispiel von Lady Somertons heimtückischen Verführungsversuchen.«

Machte sie sich etwa über ihn *lustig*?

»Lady Somerton ist viel zu tugendhaft«, erwiderte der Herzog bestimmt und beugte sich ebenfalls vor, so als wollte er sie einschüchtern, doch in Wahrheit wollte er nur etwas mehr von ihrem süßen Duft in die Nase bekommen und die Wärme ihrer Haut spüren. »Sie dagegen, Miss Harewood …«

»Ich … was soll das heißen? Dass ich heimtückisch bin?« Abigail lachte. »Ganz gewiss nicht. Ich bin so ehrlich, dass es fast schon an Dummheit grenzt. Ich bin ein lebendiges Beispiel für absolute Ehrlichkeit. Meine Schwester wäre sicherlich *hocherfreut*, wenn ich etwas weniger direkt wäre. *Du musst dich bemühen, einige Tricks zu lernen, Kleines,* sagt sie immer zu mir, *sonst findest du nie einen Ehemann.*

»Oh, Sie kennen genug Tricks«, hörte Wallingford sich mit dunkler Stimme sagen. Fast so ... großer Gott, das konnte nicht sein. Er wollte doch wohl nicht mit ihr *flirten,* oder? Am liebsten wäre er hastig zurückgetreten, doch seine Schuhe schienen an den Fliesen festgeklebt zu sein.

»Genug Tricks wofür, Euer Gnaden?«, fragte ihre heitere Stimme aus dem Dunkeln. »Um mir einen Mann zu angeln?«

»Um zu bekommen, was Sie wollen. Ist es nicht so, Miss Harewood?«

Abigail lachte.

»Sie haben wesentlich mehr Vertrauen in meine Fähigkeiten als ich, Durchlaucht. Wie kommt das?«

»Weil ich Sie beobachtet habe. Nun sagen Sie mir, Miss Harewood, in der schlichten, direkten Art, auf die Sie so stolz sind: Was *genau* geht in dieser *Bibliothek* in diesem Augenblick vor?« Der Herzog sprach sehr nachdrücklich und legte eine besondere Betonung auf die Worte *genau* und *Bibliothek,* dabei trat er so dicht an sie heran, dass zwischen ihnen kaum noch Platz blieb.

»Oh!«, sagte Abigail atemlos, »wie ich es liebe, wenn Sie diesen Ton anschlagen! Und sich wie ein Koloss vor mir aufbauen! Dann schaudert es mich immer so herrlich.«

»Beantworten Sie meine Frage, Miss Harewood!«, dröhnte der Herzog.

»Genau den Tonfall haben Sie heute beim Abendessen gehabt, und – aber das bleibt unter uns, Durchlaucht – ich konnte mich kaum davon abhalten, mich in Ihre Arme zu werfen und Sie anzuflehen, mich zu nehmen, gleich dort auf dem riesigen alten Tisch. Nun, natürlich erst, nachdem Sie alle anderen aus dem Raum geschickt hätten. *So* verdorben bin ich nun auch wieder nicht.«

Wallingford öffnete den Mund und stellte fest, dass es ihm die Sprache verschlagen hatte.

»Sagen Sie mir doch«, fuhr Abigail völlig unbeeindruckt fort, »was dieses ganze Theater um die Erhöhung der Einsätze sollte? Warum Sie uns mit Sack und Pack aus dem Schloss jagen wollen? Das scheint mir ziemlich übertrieben zu sein.«

Wallingfords Hirn, das immer noch wie betäubt war, lieferte keine Antwort.

»Und es kommt mir auch etwas scheinheilig vor, wenn ich das sagen darf. Denn genau genommen haben Sie und ich die größte Schuld auf uns geladen. Nicht?« Abigail legte eine Hand auf seinen Arm, so sanft, dass er es gar nicht bemerkt hätte, wenn nicht all seine verfügbaren Fähigkeiten auf sie konzentriert gewesen wären und jede Bewegung, jedes Wort und jeden Gesichtsausdruck genau registrierten.

Nicht, dass in diesem Moment viele seiner vielgepriesenen Fähigkeiten verfügbar gewesen wären. Seit er die Worte *mich zu nehmen, gleich dort auf dem riesigen alten Tisch* gehört hatte, sah er vor seinem geistigen Auge ein Bild von so lustvoller Verruchtheit, so unglaublicher Sinnlichkeit, so köstlicher Offenheit, dass er so hilflos war wie ein Neugeborenes.

»Schuld?«, murmelte er endlich, sich an einem Wort festhaltend. Gern wäre er ein paar Schritte zurückgetreten, um Abigails verführerischem, warmem Körper nicht mehr so nah zu sein. Vielleicht konnte er dann wieder klar denken.

»Große Schuld. Wenn ich in Ihrem Zimmer nicht diese dumme Bemerkung gemacht hätte – die mir ehrlich leidtut,

Wallingford, ich würde *niemals* so über unsere Liaison denken, *niemals* –, dann würde ich wohl jetzt nicht in diesem Zustand hier stehen.«

»In welchem Zustand?«

»Na, als Jungfrau natürlich. Sie hätten mich sicher entehrt, war mir sehr gefallen hätte, und deshalb wären wir in diesem Augenblick wohl immer noch oben und brächten mich dem Ruin ein kleines Stück näher. Oh, ist alles in Ordnung? Ich war doch nicht *zu* direkt für Sie, oder?«

»Miss Harewood«, erwiderte der Herzog schließlich ein wenig gepresst und sehr leise, »ich denke, Sie sollten mir besser sofort den Weg zur Bibliothek zeigen, dann versuche ich zu vergessen, dass diese Unterhaltung je stattgefunden hat.«

»Also *habe* ich Sie schockiert, ja?« Abigail seufzte. »Sehen Sie? Ich bin absolut ehrlich. Da sind Sie, ein berüchtigter Frauenverführer, und hier bin ich, durchaus willens verführt zu werden, und doch ist es irgendwie …«

»Miss Harewood«, unterbrach Wallingford sie, krampfhaft bemüht, die Bilder zu unterdrücken, die sein Hirn überschwemmten, »die *Bibliothek*!«

»Oh!« Endlich nahm Abigail die Hand von seinem Ärmel. »Die Bibliothek. Natürlich. Meinen Sie, es ist besser, wenn wir unten um die große Treppe herumgehen, oder sollten wir lieber …«

Entsetzt stellte Wallingford fest, dass er sie gleich küssen würde, und sei es nur, um ihr den Mund zu verschließen. Mit heldenhafter Anstrengung gelang es ihm, die Schuhe von den Fliesen zu lösen, geriet dabei aber, vom eigenen Schwung überrascht, ein wenig ins Straucheln.

»Vorsicht!«, rief Abigail freundlich.

Wallingford gab keine Antwort. Die schmalen gotischen

Fenster der großen Halle, durch die das Mondlicht fiel, waren so freundlich, ihm den Weg zum Korridor zu weisen, der in den Westflügel führte. Dort lag die Bibliothek, ein riesiger, zweistöckiger Raum, angefüllt mit alten Lederbänden, die etwas vernachlässigt vor sich hin moderten. Ein warmer Raum, trotz der hohen Decke, denn die Nachmittagssonne schien durch die Fenster (eigentlich keine günstige Lage für eine Bibliothek, doch vielleicht war der Erbauer des Schlosses kein Bücherfreund gewesen) und heizte ihn auf wie einen Ofen. Er hatte so manche Stunde darin verbracht; fest entschlossen, das vielversprechende Buch in seinem Schoß zu lesen, hatte er dort Platz genommen, nur um gleich darauf einzunicken.

Vielleicht war es Roland ebenso ergangen. Ein kluger Bursche, sein Bruder Roland, trotz seiner Faulheit, doch obwohl er als Kind sehr aufgeweckt gewesen war, schien er seither in einen intellektuellen Tiefschlaf gefallen zu sein, aus dem ihn nur Weniges reißen konnte.

Wallingford hörte, dass Abigails leichte Schritte ihm durch den steinernen Korridor folgten.

»Warten Sie, Durchlaucht!«, rief sie. »Auf ein Wort!«

Er durfte sie nicht ignorieren. Auch wenn er ein Ekel sein konnte – das gab er gerne zu –, waren bestimmte Verstöße gegen die Etikette selbst für ihn völlig unmöglich. Er blieb stehen und drehte sich misstrauisch um.

»Ja, Miss Harewood?«

Im Korridor, der praktisch fensterlos war, war es noch düsterer als in der großen Halle, nur ein fernes Licht an beiden Enden erhellte das Dunkel. Abigail keuchte ein wenig, denn sie hatte sich beeilen müssen, um ihn einzuholen, und Wallingfords erregte Fantasie wurde augenblicklich vom deutlich sichtbaren Auf und Ab ihrer Brüste unter dem Kleid gefesselt – oh Gott, diese Brüste, es kam ihm so vor, als berührte er sie immer noch.

»Sie haben meine Frage nicht beantwortet, Euer Gnaden. Warum wollen Sie die Einsätze erhöhen? Sind Sie so versessen darauf, uns loszuwerden?«

»Sie und Ihre Freundinnen, Miss Harewood, sind eine völlig unnötige Ablenkung«, erwiderte er, »die im krassen Gegensatz zu den Absichten unseres … *Verweilens* in Italien steht.« Das Wort *Verweilen* klang so hochtrabend, dass es ihn selbst schauderte, als er es aussprach. »Und darüber hinaus hege ich den Verdacht, dass Sie ebenfalls versuchen, uns zu vertreiben, nur mit subtileren Mitteln. Es ist nicht mehr als ein Akt der Selbstverteidigung.«

»Aber ich will gar nicht, dass Sie fortgehen. Das habe ich Ihnen doch gesagt.«

Wallingford zögerte.

»Mag sein, dass Sie es nicht wollen, Miss Harewood, aber Ihre Schwester schon. Und Lady Morley ist noch mehr daran gewöhnt, Ihren Willen zu bekommen, als Sie, nicht wahr?«

Eine verlegene Stille breitete sich zwischen ihnen aus, dann trat Abigail plötzlich näher, fasste ihn mit einer Hand am Ellbogen und sagte sanft: »Bitte, Euer Gnaden. Das alles – ist doch nicht nötig. Können wir nicht einfach versuchen, miteinander auszukommen? Müssen wir denn immer kämpfen und streiten?«

Ihre Stimme war sehr leise und freundlich und die Hand, die seinen Ellbogen hielt, zärtlich. Wenn sie so lieb und nett war, konnte er ihr nicht widerstehen. Er liebte ihre schlanke Figur mit den üppigen Kurven und ihre großzügige Wärme, die ihn einhüllte und aus seiner Starre löste. *Ja*, hätte er ihr gerne gesagt, *ich wäre todtraurig, wenn du gehen würdest, trauriger als jemals zuvor; ich würde sterben vor Kummer.*

Er trat einen Schritt näher und legte eine Hand an ihre Wange.

Mein lieber Junge, sagte die strenge Stimme des Duke of Olympia, *hat irgendetwas an deinem bisherigen Lebenswandel je darauf hingedeutet, dass du zu etwas anderem nützlich sein könntest?*

»Wallingford«, hauchte Abigail kaum hörbar.

Der Herzog erstarrte, in seinem Kopf dröhnte es. Abigails Gesicht lag im Dunkeln, und seinen Augen schien es nicht zu gelingen, die Dunkelheit zu durchdringen, dennoch wusste er genau, wie sie aussah, wie schräg ihre Augen waren, wie schön geschwungen das Ohr unter dem weichen kastanienbraunen Haar. Und die warme Haut unter seiner Hand fühlte sich an wie reine Seide.

Er führte seine Lippen an ihre andere Wange und flüsterte noch leiser als sie: »Die Bibliothek, Miss Harewood.«

Abigail ging so langsam wie möglich und tat, als sei sie verunsichert.

»Es ist so dunkel«, klagte sie. »Ich kann gar nichts sehen. Ich hoffe sehr, dass Philip kein Spielzeug auf dem Boden liegen gelassen hat, sonst sind wir erledigt.«

»Um Himmels willen, Miss Harewood«, grollte Wallingford hinter ihr, »beeilen Sie sich.«

Wie lange war es her, dass Lilibet sich nach unten geschlichen hatte, um Lord Roland in der Bibliothek zu treffen? Abigail wagte es nicht, auf ihre Uhr zu schauen, die sie im Dunkeln ohnehin nicht hätte lesen können. Eine halbe Stunde vielleicht? Eine ganze? Wie lange hatte sie mit Wallingford in der großen Halle und im Korridor gestanden und ihn hingehalten, während ihre Nerven bloß lagen und ihre Gedanken sich jagten? Lange genug, um dem armen, liebeskranken Lord Roland die Möglichkeit zu geben, die arme, liebeskranke Lilibet zu umgarnen?

Die Ironie bestand natürlich darin, dass Lilibet wahrhaftig *erwartete*, Abigail durch die Tür kommen zu sehen, um sie mit ihrem Liebhaber in der Bibliothek zu überraschen. Schließlich war das der Plan, den Abigail ihrer Cousine unterbreitet hatte: Sie sollte Penhallow verführen, dann würde Abigail sie in flagranti erwischen, und die Herren konnten aus dem Weg geschafft werden, ehe irgendjemand – zum Beispiel dieser widerwärtige Lord Somerton – auf das Castel Sant'Agata aufmerksam wurde.

Daher würde Lilibet sich nicht wundern, wenn Abigail und Wallingford an die Tür klopften und sie mit Lord Roland Penhallow auf dem Sofa der Bibliothek erwischten. Sie würde behaupten, dass Penhallow ihr aufgelauert habe, als sie nach einem Buch suchte, und Lord Roland – als der ehrbare Gentleman, der er war – würde sofort alle Schuld auf sich nehmen, und das war's dann.

Soweit der Plan.

Nur dass Abigail gar nicht vorgehabt hatte, die beiden zu erwischen. Sie hatte vorgehabt, in diesem Fall der Natur ihren Lauf zu lassen, so wäre wenigstens ein Liebespaar unter dem Dach des Castel Sant'Agata auf dem besten Wege gewesen, den uralten Fluch zu brechen.

Doch dann war der Duke of Wallingford auf der Bildfläche erschienen.

»Oh!« Abigail tat, als wäre sie gestolpert. »Oh, mein Knöchel!«

»Soll ich vielleicht vorangehen?«, fragte Wallingford mit tiefer Stimme mitleidslos.

»Nein … natürlich nicht.« Noch etwas langsamer als zuvor ging Abigail tapfer erhobenen Hauptes humpelnd weiter. »Ich schaffe das schon. Hoffe ich. Habe mir nur leicht die Bänder gezerrt. Morgen ist sicher wieder alles in bester Ordnung, auch wenn ich vielleicht beim Treppensteigen ein klein wenig Hilfe brauchen werde.«

Das Ende des Korridors kam näher. Gleich hinter der Ecke befand sich die Tür zur Bibliothek. Das große Fenster am Eingang zum Bibliotheksflügel, das das Mondlicht in einem perfekten Winkel einfing, warf Licht über die Bodenfliesen. Abigail stützte sich an der Wand ab und hob den Fuß wie ein verletzter Hund.

»Oh, wie das ziept!«, sagte sie.

»Soll ich Sie vielleicht tragen?« Die Stimme des Herzogs triefte vor Sarkasmus.

»Wie nett von Ihnen! Ja, das wäre schön. Soll ich einen Arm um Ihren Hals legen, so etwa? Oder geht es auch ohne?«

Der Herzog erschauerte, als ihre Finger sich oberhalb seines gestärkten Kragens um seinen Hals schlangen. Sanft zog er ihre Hand fort.

»Ach, ich habe mir nur einen Spaß erlaubt. Wir wissen doch beide, wie ungehörig es wäre, wenn ich Sie nächtens unbegleitet durch das Schloss tragen würde, Miss Harewood. Ein klarer Verstoß nicht nur gegen die Bedingungen der Wette, sondern auch gegen die Etikette an sich.«

»Ja, natürlich. Ich …« Abigail schluckte und schob eine Haarlocke, die sich aus den Nadeln gelöst hatte, hinters Ohr zurück. Durch die Berührung mit Wallingfords Haut rochen ihre Finger ganz leicht nach Bergamotte, was ihr fast die Sinne raubte. »Was wollte ich noch?«

»Wir wollten in die Bibliothek gehen, Miss Harewood, um meinen Bruder aus seiner akademischen Versunkenheit zu wecken.«

»Ja, natürlich. Obwohl ich, wenn ich es recht bedenke, zu der Ansicht neige, dass er nicht erfreut sein wird, von uns gestört zu werden. Er wird wohl eher ziemlich verärgert sein. *Ich* jedenfalls wäre es, wenn man mich unterbräche, während ich etwas lese, das mich besonders fesselt. Es ist wie ein Schlag ins Gesicht. Ich bin sicher, dass er sich aus genau diesem Grund dort eingeschlossen hat.«

»Ja, sicher.« Wieder dieser triefende Sarkasmus. »Kommen Sie schon. Meinen Sie nicht, es ist besser, sich seinem Ärger zu stellen, als das Unvermeidliche noch länger hinauszuzögern? Insbesondere, wenn man so *direkt* ist wie Sie?«

»Ja, natürlich«, sagte Abigail, die immer noch mit dem Rücken an der Wand lehnte und sich hilflos fühlte. »Ich steuere immer direkt aufs Ziel zu. Lassen Sie mich nur kurz … die dummen Haarsträhnen aufstecken, die sich aus den Nadeln gelöst haben …«

Seufzend drehte Wallingford sich um und ging mit einem einzigen langen Schritt um die Ecke.

»Warten Sie!«, rief Abigail und lief ihm nach, ohne an das Humpeln zu denken.

»Soso«, hörte sie ihn düster sagen.

Oh Gott.

Abigail bog um die Ecke. Die Türen der Bibliothek standen offen, und zartes Mondlicht erhellte das Dunkel. Vor den Flügeltüren stand Wallingford, in jeder Hand einen Knauf, die kräftigen Arme weit ausgestreckt.

Als er ihr den Kopf zudrehte, sah sie, dass sein Blick nicht finster und zornig war, wie befürchtet, sondern eher bewundernd. Beinahe … *belustigt*.

»Sieht so aus, als hätten wir uns beide geirrt, Miss Harewood«, sagte er. »Die Bibliothek ist leer.«

NEUN

Als der Duke of Wallingford im Alter von dreizehn Jahren den Hof des ehrwürdigen Eton College betreten hatte, war ihm Phineas Burke gleich aufgefallen. Ein so großer Junge mit so auffallendem rotem Haar, das in der Septembersonne golden leuchtete, war schließlich schwer zu übersehen. Unter seinem stockdünnen Arm hatte ein Ranzen geklemmt, links von ihm ging ein schwarz gekleideter Diener, der eine große Truhe mit einer Lederschnalle trug, und auf der anderen Seite eine blendend schöne Frau. Wallingford hatte seinen Kameraden in die Rippen gestoßen und ihn in jenem flapsigen Ton, in dem dreizehn Jahre alte Jungen etwas wirklich Wichtiges besprechen, die Frage gestellt:

»Wer zum Teufel ist dieser Rotschopf?«

Der andere Knabe – Erbe des Earl of Tamdown – hatte in die angedeutete Richtung geblickt und laut aufgelacht.

»Ja, weißt du das nicht, alter Junge? Das ist dein eigener Onkel.«

Selbstredend hatte Wallingford seinem Freund daraufhin einen ordentlichen Kinnhaken versetzt, wie es sich bei üblen Beleidigungen gehörte. Doch als er früh am nächsten Morgen einen Spaziergang machte, hatte er zu seiner Überraschung auf der Fußbrücke über die Themse, tief im Schatten von Windsor Castle, seinen Großvater, den vornehmen

Duke of Olympia gesehen, in ein offenbar sehr vertrautes, väterliches Gespräch mit dem schlaksigen, rothaarigen Neuankömmling vertieft.

Die Art von Gespräch, das zu führen Wallingfords eigener Vater nie für nötig befunden hatte.

An manchen Montagen, wenn das Wetter schlecht war, hatte Wallingford immer noch das Gefühl, die Galle zu schmecken, die ihm damals hochgekommen war.

Doch heute war Dienstag und das Wetter so schön, wie es nur an einem Frühlingsmorgen in Italien sein konnte, und er betrachtete Phineas Burke nun schon seit langem mit einer Mischung aus Verwunderung und Zuneigung und großer Sorge um seinen gesunden Menschenverstand.

Nicht, dass sein eigener gesunder Menschenverstand dieser Tage in bester Verfassung gewesen wäre. Wallingford strich über die geschwungenen Linien seines Sattels, nahm ein Tuch und begann, ihn in kleinen, meditativen Kreisen zu reiben. In Wahrheit hatte er keine Ahnung, ob das die richtige Art war, einen Sattel zu ölen. Er hatte nie zugesehen, wenn das geschah, und kaum gewusst, dass es nötig war. Doch er stellte sich vor, dass man es so ähnlich machte wie mit den Stiefeln, die ebenfalls aus Leder waren, und an das regelmäßige Ölen seiner Stiefel hatte er sich schon vor einigen Wochen gewöhnt. Wie bei allem anderen krempelte man einfach die Ärmel hoch und fing an.

Wenn ein Diener so etwas lernen konnte, sollte ein Herzog weiß Gott keine Schwierigkeiten damit haben.

Wallingford rieb etwas fester und sah mit Befriedigung, dass das Leder immer stärker glänzte und unter dem öligen Tuch und seinen noch öligeren Fingern butterweich und geschmeidig wurde. Das war doch wenigstens etwas. Nachdem er die ganze Nacht erotische Bilder vor sich gesehen hatte mit Miss Abigail Harewood im Kerzenschein auf dem riesigen Esstisch; nachdem er in der Dämmerung aufgewacht war und Lucifer gesattelt hatte, um zwanzig Meilen durch die Hügel zu reiten, und nachdem er stundenlang heftig geschwankt hatte zwischen der Lust, seiner wahnsinnigen Begierde zu folgen, und der Befriedigung, ihr widerstehen zu können, freute er sich über die sinnliche Erfahrung, das Leder weicher werden zu sehen. Und seine Nützlichkeit. Dass er auf seinen Sattel zeigen und sich sagen konnte: *Da, ich habe heute etwas Sinnvolles getan. Ich habe meinem Sattel seine alte Schönheit zurückgegeben.*

Er konnte sich beherrschen. Und er *würde* sich beherrschen.

Dennoch wäre ihm diese Selbstbeherrschung verdammt viel leichter gefallen, wenn es im Schloss keine graziöse, vollbusige Verführerin gäbe, die vergnügt und völlig unverhohlen seinen moralischen Untergang plante.

Die Sonne schien warm auf seinen Rücken. Er hatte den Sattel auf die oberste Zaunlatte gelegt, auf diese Weise konnte er nicht nur das schöne Wetter genießen, sondern sich auch die Arbeit erleichtern. Er rechnete damit, jeden Augenblick Abigail Harewoods fröhliche Stimme zu hören, die unverblümt ihre Kommentare abgab. Doch nichts geschah. Anstatt erleichtert darüber zu sein, war er beunruhigt.

Grimmig rieb Wallingford weiter, bis das Leder so hell glänzte, dass es blendete. Wieso war er so beunruhigt? Weil Abigail womöglich etwas ausheckte oder weil er sie in Wahrheit gern gesehen hätte? Sich wünschte, ihre Stimme zu hören, und sich danach sehnte, ihre Hand auf seinem Arm zu spüren?

Er trat einen Schritt zurück, um sein Werk zu bewundern, und wurde mit einer Anzahl sehr melodiöser italienischer Flüche belohnt, die von einer keifenden Männerstimme ausgestoßen wurden.

»Giacomo, mein Lieber«, sagte er im Umdrehen. »Du hättest dich vielleicht ankündigen sollen. Fast hätte ich dich verletzt.«

»Mein Fuß, er ist gebrochen, Signor Duca!« Den fraglichen Körperteil fest umklammert, hüpfte Giacomo taumelnd im Kreis herum.

Wallingford verschränkte die Arme.

»Oh Mann. Was für ein Pech! Aber wenn du wieder zu Atem gekommen bist, könntest du vielleicht so freundlich sein, mir zu erklären, warum du dich gerade in so verdächtiger Weise hinterrücks angeschlichen hast. Lass dir ruhig Zeit«, fügte er hinzu, während er ein drahtiges schwarzes Pferdehaar von seiner Tweedjacke pflückte. »Ich habe es nicht eilig.«

»*No*, ich mich nicht habe ... *angeschlichen*, Signore!«, keuchte Giacomo. Dann hörte er mit dem Gehüpfe auf und stellte den lädierten Fuß vorsichtig mit den Zehenspitzen ins Gras. »Ich bin nicht *verdächtig*.« Langsam setzte er den Fuß ganz auf und verlagerte das Gewicht nach und nach auf die schmerzenden Knochen, wobei er jedes Stadium seines Fortschritts mit einem gekränkten Seufzer begleitete.

»Lass dir so viel Zeit, wie du willst«, sagte Wallingford. »Aber vielleicht kann ich dir die Mühe auch ersparen, indem ich rate, warum du zu mir gekommen bist, Mann.« Mit einem Finger klopfte er sich ans Kinn. »Wenn ich eine Wette riskieren wollte – was ich in der Regel nicht tue, auch wenn ich bekanntermaßen gelegentlich die eine oder andere

Herausforderung annehme –, würde ich sagen, dass es etwas mit … lass mich kurz nachdenken …« Wallingford schnipste mit den Fingern … »Frauen zu tun hat.«

»Frauen«, sagte Giacomo so verächtlich, als spräche er von widerlichem Gewürm. Dann seufzte er leicht bedauernd. »Es nichts hat zu tun mit den Frauen.«

»Nicht? Das wundert mich.« Unwillkürlich fühlte Wallingford sich ein wenig erleichtert. Er verteidigte das weibliche Geschlecht wahrlich nicht besonders gern, doch Giacomos ewiges Klagen und Jammern über die Bewohnerinnen des Castel Sant'Agata hatten in ihm doch den Ritter geweckt. Schließlich sollte niemand außer ihm selbst das Recht haben, schlecht über Abigail Harewood zu reden.

Giacomo schüttelte den Kopf.

»*No*, Signor Duca. Die Frauen, sie heute putzen das Schloss. Der Priester kommt.«

»Der Priester kommt? Verdammt, was soll das?«

»Signor Duca!« Ängstlich bekreuzigte Giacomo sich. »*Si*, der Priester kommt, Signore. Um zu segnen das Haus, weil es ist … Frühling … und der Herr, er steht auf an…« Gereizt rieb der Verwalter die Finger aneinander.

»Ostern?«, schlug Wallingford vor. Großer Gott, war es schon Ostern?

»Ostern! *Si!* Die Frauen, sie haben zu tun heute, *grazie a Dio.* Aber Signor Burke …«

»Burke? Was zum Teufel hat Burke damit zu tun?«, fragte Wallingford, während in seinem Kopf schreckliche Bilder auftauchten: von Gasexplosionen, Motorbränden und Tee, der über einer Batterie verschüttet worden war. Alles war möglich, wenn man den ganzen Tag an Höllenmaschinen herumschraubte.

Giacomo legte eine Hand aufs Herz.

»Er braucht Hilfe, Signore. Bei den Drähten, der … Batterie …« Er beugte sich vor. »Und diese Signora Morley, diese Teufelin, sie kommt, ihn zu besuchen, zu *quälen* …«

»Aha! Es geht also *doch* um die Frauen!«

Giacomo zuckte die Achseln.

»Wer weiß, Signor Duca? Aber besser, man passt auf, *no*?«

Wallingford stellte sich Burkes sonnige Werkstatt vor, voll mit Ersatzteilen, dem maskulinen Duft von Öl, Metall und Leder und dem leisen, konzentrierten Grunzen und Brummen seines Freundes. Ein Ort, an dem zielstrebig an genialen Erfindungen gearbeitet wurde.

Aber auch ein günstiger, abgelegener Ort für Lady Morleys verführerische Tricks. Über dem Hin und Her der vergangenen Nacht hatte er fast vergessen, dass Burke seine eigenen Schwierigkeiten hatte; dieser kluge, treue Freund, dieser echte Prachtkerl, war leichte Beute für die Dowager Marchioness of Morley.

Und schließlich, was vielleicht am wichtigsten war, war die Werkstatt der letzte Ort auf der Welt, den Abigail Harewood an einem schönen Frühlingsmorgen aufsuchen würde.

Schwungvoll schob Wallingford einen Arm unter den Sattel.

»Spar dir den Atem, alter Junge. Ich gehe gleich hinunter, um ihm zur Seite zu stehen.«

Abigail legte den Kopf schief und musterte die Schale auf dem Esszimmertisch.

»Sind Sie auch ganz sicher?«, fragte sie.

»*Sì*, Signorina. Das ist Tradition. Der Pfarrer, er segnet die

Eier, damit sie bringen Leben ins Schloss.« Signorina Morini nickte mit dem Kopf – um den sie an diesem Tag ein weißes Tuch geschlungen hatte, vermutlich zu Ehren des wiederauferstandenen Herrn Jesus und eines seiner Diener auf Erden, der in nur wenigen Stunden im Castel Sant'Agata erwartet wurde – und fuhr mit einer Hand über die runden Köpfe des guten halben Dutzends Eier, die in einer überaus festlich geschmückten Schale lagen.

»Glauben Sie wirklich an solche Dinge?«

Mit vorwurfsvoll zusammengekniffenen Augen sah die Morini sie an.

»Oh Signorina, Sie glauben an den alten Fluch und nicht an die Eier?«

»Aber sie wirken so … unschuldig.« Wieder schaute Abigail auf die glatten weißen Schalen herab, die in der Tat alles andere als wundertätig aussahen. »Eigentlich ganz normal. Ich habe sie erst heute Morgen geholt, direkt aus dem Nest, sie sind genau wie alle anderen Eier.«

»So es ist *jetzt*«, erwiderte die Morini überzeugt, »aber *nach* dem Segen es ist anders.«

»Und Sie sind sich ganz sicher, dass dieser Geistliche weiß, was er tut? Vielleicht spricht er aus Versehen einen falschen Segen aus? Unsere Pläne sind auch so schon anfällig genug.« Nachdenklich trommelte Abigail mit den abgebrochenen Fingernägeln auf die Tischplatte. »Ich hatte gestern Nacht einige Schwierigkeiten mit dem Herzog; er ist offensichtlich wild entschlossen, es nicht zu irgendeiner Form von amourösen Aktivitäten kommen zu lassen, geschweige denn zu der überwältigenden, Flüchen trotzenden Liebe, die wir so dringend brauchen. Fast hätte er Lord Roland und Lilibet selbst in der Bibliothek erwischt, dann wäre alles vorbei gewesen!«

Lächelnd schüttelte die Morini den Kopf.

»Machen Sie sich keine Sorgen um den Herzog. Oder um den Pfarrer. Es ist Schicksal. Ich weiß es, seit ich Sie gesehen habe in der Halle. Diesmal ist das Schicksal mit uns.«

»Diesmal?« Abigail wandte sich ihr zu. »Waren denn vor uns schon andere da?«

»Aber natürlich, es sind andere gekommen. Wir versuchen es immer wieder, alle dreißig oder fünfzig Jahre. Mit den Ladys und Gentlemen von Ihrem Blut. Aber … pfft!«, machte die Morini abfällig. »Nichts ist passiert. Wir können nur warten und es versuchen noch mal.«

»Oh, das tut mir leid.« Abigail streckte einen Arm aus und tätschelte der Haushälterin die Hand. »Ich werde mein Bestes tun, ehrlich. Ich glaube, Alexandra ist gerade bei Mr. Burke in der Werkstatt, und wie könnte er ihr widerstehen? Zudem bin ich ganz sicher, dass zwischen Penhallow und Libet gestern Nacht irgendetwas vorgefallen ist. Als er heute Morgen in seiner umwerfenden Art durch die Tür kam, ist sie errötet wie eine … wie eine …« Abigail suchte nach dem richtigen Wort.

»Eine Rose?«

»Ja, eine Rose! Genau! Wie eine hübsche, rosarote Rose, einfach entzückend. Es wird nicht mehr lang dauern mit den beiden, da bin ich mir sicher.« Abigail seufzte verträumt und lehnte sich an den bröckelnden Putz an der Wand.

»Und Sie, Signorina? Was ist mit Ihnen und dem Herzog?«, fragte die Morini sanft.

Abigail schloss die Augen und drückte die Handflächen an den rauen Putz, an dem sie lehnte.

»Oh ja. Der Herzog. Darüber wollte ich mit Ihnen reden.«

»Ja, Signorina?«

»Nun, wie ich schon gesagt habe, glaube ich, dass die anderen Paare fast so weit sind. Sie sind sehr verliebt und werden wohl bald heiraten und sich ewige Liebe und Treue schwören. Alles gut und schön. Aber, wissen Sie, Morini …«

»Signorina?«

Abigail öffnete die Augen und sah die Morini ernst an.

»Bei Wallingford und mir ist es nicht ganz dasselbe. Natürlich gibt es zwischen uns eine starke körperliche Anziehungskraft, auch wenn Seine Gnaden nicht bereit zu sein scheint, sich von ihr hinreißen zu lassen, doch ich glaube nicht … ach, Morini, verstehen Sie doch, es ist nicht seine *Art.*«

»Seine Art, Signorina?«

»Ich meine, dass manche Männer sich einfach nicht *eignen* für die Ehe. Oder besser gesagt als treue Ehemänner; denn jeder ist fähig, in einer Ehe zu leben, wenn er nicht treu sein muss. Aber der Herzog … selbst wenn er sich in mich verlieben würde, Morini, was … nun, es ist schwer zu sagen, denn er ist nicht gerade gesprächig in dieser Hinsicht, doch selbst wenn er sich *wirklich* in mich verlieben würde …«

»Er liebt Sie, Signorina«, sagte die Morini ganz ruhig. »Es gibt keinen Zweifel.«

Irgendetwas bohrte sich schmerzhaft in Abigails Handflächen, und als sie an sich heruntersah, bemerkte sie, dass es ihre Fingernägel waren.

»Selbst wenn er mich liebte, könnte er mir nicht treu sein. Nach sechs Monaten, einem Jahr, hätte ich ihm nichts Neues mehr zu bieten, und irgendeine verführerische Witwe würde seine Aufmerksamkeit erregen …«

Die Haushälterin trat näher an Abigail heran und nahm ihre rechte Hand in beide Hände.

»Ich glaube, Sie sehen den Herzog nicht mit den richtigen Augen.«

Abigail riss sich zusammen.

»Sie sollten sich keine Hoffnungen machen. Selbst wenn Wallingford mich liebte, und zwar so sehr, dass er den Wunsch hätte, mich zu heiraten, wäre das nicht genug. Er eignet sich nicht zum Ehemann, und ich eigne mich ganz gewiss nicht zur Herzogin. Wir würden uns gegenseitig unglücklich machen. Jedenfalls können wir den Fluch nicht brechen.«

Ihre letzten Worte gingen im Lärm klappernder Schritte unter, die eilig durch die Halle kamen, und die Esszimmertür flog auf, ehe die Morini etwas erwidern konnte.

»Signorina!«, rief Maria mit funkelnden Augen aufgeregt in Italienisch, während sie die Schürze mit beiden Händen umklammerte. »Don Pietro ist da. Mit einem Ministranten. Oh Signorina, er ist der schönste junge Mann auf der Welt.«

»Großartig.« Mit einem tiefen Seufzer stieß Abigail sich von der Wand ab. »Genau das, was wir brauchen. *Noch* ein hübscher junger Mann, der Keuschheit gelobt hat.«

Die beiden schlichten weißen Tassen, die nah beieinander, die Griffe voneinander weggedreht, auf dem Arbeitstisch standen, sahen so aus, als wären sie in eine vertrauliche Unterhaltung vertieft. Und der bauchige Honigkrug gleich daneben wirkte wie eine wohlbeleibte Anstandsdame.

»*Zwei* Tassen Tee? Wie ungewöhnlich. Ich nehme an … dass ich noch eine wollte«, sagte Burke in Wallingfords Rücken als Antwort auf die Frage, die der Herzog ihm gerade gestellt hatte.

Wallingford trat vor und inspizierte die Tassen. Das Gefühl, seine schlimmsten Befürchtungen durch die Beweise vor Ort bestätigt zu sehen, erfüllte ihn mit Genugtuung.

»Sie sind halb voll, alle beide. Warum hast du nicht einfach die erste wieder aufgefüllt?«

Burke verdrehte die Augen.

»Um Himmels willen, alter Junge. Du führst dich auf wie ein Detektiv aus diesen blöden Sensationsromanen. Vermutlich habe ich die erste Tasse schlicht vergessen. Wenn man sich den ganzen Morgen mit Maschinen beschäftigt, neigt man dazu, etwas geistesabwesend zu sein.«

Sein Freund hatte sich schon wieder gefangen. Die Arme vor der Brust gekreuzt, einen Ausdruck gereizter Langeweile auf dem Gesicht, schien er kurz davor zu sein, mit dem rechten Fuß ungeduldig auf den abgenutzten Holzfußboden der Werkstatt zu klopfen.

Doch Wallingford ließ sich nicht täuschen, nicht einen Augenblick. Misstrauisch sah er sich um, bis sein Blick auf den großen Holzschrank an der gegenüberliegenden Wand fiel.

Er hatte genau die richtige Größe für eine Frau, die sich verstecken musste.

Eilig ging Wallingford an dem Automobil vorbei und fasste gespannt nach dem Türknauf. Bei Gott, inzwischen zitterten Lady Morley sicher bereits die Knie.

»Warte mal!«, rief Burke.

Wallingford riss die Tür auf und schrie: *»Aha!«*

Angesichts der gähnenden Leere im Schrank klang das erstaunte Quietschen der Türangeln unnatürlich laut. Ein von der Störung überraschter Farbtopf fiel vom obersten Brett herunter und landete mit einem lauten Knall auf dem Boden.

»Siehst du«, sagte Finn triumphierend. »Da ist nichts.«

Wallingford wirbelte herum.

»Oh, ich bin sicher, dass sie hier ist. Ich weiß es. Ich spüre, wie sie sich über uns amüsiert.« All seine Jagdinstinkte waren geweckt und suchten in Burkes sonniger, großer Werkstatt nach verräterischen Spuren, während er herumlief und jede Kiste, jeden Haufen Ersatz- und Maschinenteile kontrollierte. Sogar die schief aufgestapelten pneumatischen Reifen, von innen und von außen. Dann schaute er zu den Dachbalken empor, als könnte die Marquise an einem Schwanz herunterbaumeln.

Burke stand immer noch mit gekreuzten Armen neben dem Automobil, ohne sich jedoch an dem metallenen Rahmen der Tür anzulehnen.

»Wallingford, langsam wird es etwas langweilig. Kannst du nicht irgendwie lernen, diese … klinische Paranoia zu kontrollieren? Such dir doch eine andere sinnlose Beschäftigung. Nimm dein Gänsefeder-Techtelmechtel mit dieser jungen Wie-heißt-sie-noch wieder auf. Also *wirklich*. Die Marquise ist ganz sicher nicht in dem alten *Waschbecken*!«

Wallingford fuhr herum und schnüffelte. Irrte er sich, oder hatte er einen schwachen Duft aufgefangen?

Den von Lilien. Lady Morleys Lieblingsblumen.

Finster musterte der Herzog seinen Freund, der breitbeinig und mit gekreuzten Armen neben der Maschine mitten im Raum stand und die grünen Augen leicht zusammengekniffen hatte, weil ihn das Sonnenlicht blendete.

Die *Maschine*. Mitten im Raum.

Burkes metallenes Wunderwerk stand arglos aufgebockt ohne Räder und Sitze da und glänzte im Schein der Sonne. Es war lang und schnittig und schmal, ganz anders als alle

Automobile, die der Herzog mit seiner beschränkten Erfahrung jemals gesehen hatte, beinahe elegant, selbst wenn es im Moment keinerlei sichtbare Hinweise darauf gab, dass es sich überhaupt um ein Automobil handelte. Burke war unglaublich stolz auf dieses Fahrzeug. Erst vor drei Tagen hatte er beim Frühstück ohne eine Spur von Bescheidenheit gesagt, dass es die gesamte Entwicklung des Automobilbaus verändern würde, vorausgesetzt er konnte die verdammte elektrische Batterie zum Laufen bringen.

Diese Maschine war Burkes Ein und Alles.

»Ja. Ja natürlich«, murmelte Wallingford.

»Du bist wahnsinnig«, blaffte sein Freund und kam auf ihn zu.

Mit zwei langen Schritten hatte Wallingford die Entfernung zum Automobil überwunden, legte die Hände um den Metallrahmen, in den vermutlich die Tür gehörte, und beugte sich unbeeindruckt vor, um hineinzuschauen.

Der Boden der Karosserie, der so lange poliert worden war, bis er glänzte wie flüssiger Honig, warf sein Bild zurück. Keine Spur von einer versteckten Marquise.

Wallingford blickte hierhin und dorthin, selbst in die dunkelsten Ecken, nur um ganz sicher zu sein, dass sie nicht auf Nagetiergröße geschrumpft war und sich hinter der Lenksäule versteckte.

In einem Baum vor der stillen Werkstatt hatten Eichhörnchen angefangen zu keckern. Der Herzog spürte ein frustriertes Knurren in sich aufsteigen.

»Es ist leer«, sagte er und wandte sich wieder seinem Freund zu. Wie ein Jagdhund, dessen Beute im letzten Moment im Dickicht verschwunden ist, konnte er den Drang weiterzusuchen kaum unterdrücken. »Also, wo ist sie?«

Treuherzig streckte Finn ihm die leeren Hände entgegen. »Keinen blassen Schimmer. Vielleicht im Schloss?«

Die Lösung war irgendwo in diesem Raum. Die Dame konnte sich doch nicht in Luft aufgelöst haben. Ihr Tee da vorn in der Tasse war immer noch nicht ganz kalt. Wie hatte sie flüchten können? Sicher nicht durch die Vordertür.

Vielleicht durch die Kutschentore hinten?

Die Arme in die Hüften gestemmt, starrte Wallingford auf die alten Holztüren und ging im Geiste den Verlauf der Ereignisse durch, rief sich alles ins Gedächtnis, was seit seiner Ankunft geschehen war. Penhallow hatte sich freundlich mit Burke unterhalten. Eigentlich hatte er gerade gehen wollen, und von einer Marquise war weit und breit nichts zu sehen gewesen.

»Sie ist da raus, nicht wahr? Als Penhallow aufgetaucht ist.«

Burke warf die Hände in die Luft und stöhnte.

Wallingford marschierte auf das Kutschentor zu. Das Holz war verzogen, Schloss und Riegel staubbedeckt, und es sah so aus, als wäre es seit Jahrzehnten nicht geöffnet worden, aber wie konnte er das wissen? Er griff nach dem Riegel, zog ihn zurück und stieß den rechten Türflügel auf. Die plötzliche helle Mittagssonne schmerzte in den Augen.

Wallingford sah sich auf der kleinen Lichtung hinter der Werkstatt um.

»Die Frage ist, ob sie ins Schloss zurückgekehrt ist oder ob sie noch hier herumlungert und darauf wartet, dass ich wieder gehe.«

»Sieh doch nach«, sagte Burke hinter ihm.

Wallingford trat in den grellen Sonnenschein hinaus. Vom Obstgarten auf der Terrasse oberhalb der Werkstatt wehte der zarte, köstliche Duft der Apfelblüten herüber, und in dem weichen, neuen Gras sanken seine Stiefel etwas ein.

»Ich vermute, dass sie sich immer noch hier herumtreibt. Schließlich ist sie sehr hartnäckig. Geradezu stur.« Er sah sich nach Burke um. »Na, komm. Ich möchte dich im Auge behalten.«

»Ihr blöden Aristokraten. Ihr habt doch nicht die leiseste Ahnung, wie es ist, richtig zu arbeiten. Dass man sich dabei beispielsweise stundenlang ununterbrochen konzentrieren muss …«

»Nun komm schon.«

Wieder warf Burke die Arme in die Luft.

»Mein Gott, Wallingford.« Dennoch folgte er dem Herzog widerstrebend und lehnte sich schließlich an einen knorrigen, alten Olivenbaum. Zwischen den frisch begrünten Ästen war sein roter Schopf fast nicht zu sehen. »Ich warte hier«, sagte er missmutig.

Wallingford scherte sich nicht um die schlechte Laune seines Freundes. Schließlich hatten Herzöge es nicht nötig, anderen zu gefallen. Er wollte nur Lady Morley finden, wo immer sie sich auch verkrochen haben mochte, um abzuwarten, bis er wieder aus der Werkstatt verschwand. Dann würde er sie mitsamt ihren Begleiterinnen aus dem Schloss hinausjagen.

Sonst verlor sein Freund Burke am Ende noch den Verstand und er selbst ebenso.

Der Herzog hob den Kopf und schnupperte, um Lady Morleys verräterischen Lilienduft aufzufangen, roch aber, als er gemessenen Schrittes die ganze Lichtung erkundete, nur die süßen Blüten der Apfelbäume, vermischt mit einem schwachen Hauch Sonne und Gras. Was hatte Lady Morley am Morgen noch getragen? Etwas Blaues? Oder war es gelb gewesen? Er konnte sich nicht erinnern, wusste nicht einmal, ob er sie überhaupt gesehen hatte. Diese bauschigen Röcke waren doch sicherlich im Freien schwer zu verstecken.

Aber er sah nur das Braun der Stämme und Äste, das Grün der Blätter und das endlose frühlingsfrische Blau des Himmels über den Bäumen.

»Da, siehst du? Sie ist nicht hier. Also, wärst du jetzt so gut, dich vom Acker zu machen?«, rief Burke seinem Freund aus dem Geäst des Olivenbaums zu.

Langsam und methodisch zog Wallingford sich wieder zum Tor zurück, während sein Verstand, der seit frühester Jugend an das spannende Abenteuer der Jagd gewöhnt war, hastig die Möglichkeiten durchging. Sie war nicht auf der Lichtung, wahrscheinlich nie dort gewesen. Aber sie war auch nicht in der Werkstatt. Was hatte er übersehen?

Er schaute zu seinem Onkel hinüber, der mit grimmigem Gesicht reglos am Stamm des Olivenbaums lehnte.

»Sehr schön, Burke. Das hast du gut hingekriegt. Aber nächstes Mal komme ich dir auf die Schliche, das verspreche ich dir.«

»Auf welcher Seite bist du eigentlich, Mann?«

»Auf deiner, auch wenn du es nicht glauben willst.« Wallingford legte eine Hand auf den Griff des Tores.

Sofort kam Burke zu ihm gelaufen.

»Was soll das, Mann? Das verdammte Kutscherhaus hast du doch schon durchsucht!«

»Um Himmels willen, ich will doch nur meinen Hut holen.« Wallingford stieß die Tür auf und ging blinzelnd in die Werkstatt; nach dem hellen Sonnenschein draußen mussten seine Augen sich erst an das Dämmerlicht gewöhnen.

»Warte, ich hole ihn dir!«, rief Burke, der hinter ihm herkam.

Wallingford drehte sich um.

»Keine Aufregung …«

Burke stand mit dem Rücken zur Sonne und ballte immer wieder die herabhängenden Hände zu Fäusten. Sein Gesicht war nicht richtig zu erkennen, doch die vor Schreck weit aufgerissenen Augen und die angespannte Haltung seiner Schultern und Arme waren nicht zu übersehen.

Dieser *Verräter*.

Langsam breitete sich auf Wallingfords Gesicht ein zufriedenes Lächeln aus. Einen kurzen und recht erschreckenden Moment lang hatte er sich schon gefragt, ob seine Instinkte wohl durch die berauschende Wirkung der toskanischen Sonne und Miss Harewoods, wenn auch nicht unbedingt in dieser Reihenfolge, Schaden genommen hatten.

»Aha«, sagte er leise. »Sie ist doch hier, oder?«

Burke trat von einem Fuß auf den anderen.

»Sie ist niemals hier gewesen. Du und deine blöden Zwangsvorstellungen.«

Nachdenklich drehte Wallingford sich um die eigene Achse und ließ den Blick genau wie vorher durch die Werkstatt wandern, über den Schrank, die Kisten, die Ersatzteile und das Automobil in der Mitte. Was war ihm entgangen? Als könnte er die Antwort aus sich herauskitzeln, rieb er die Finger am Daumen.

»Also, wenn ich eine Dame wäre, die in flagranti erwischt wird …«

»In flagranti, so ein Quatsch.«

»… wohin würde ich mich verkriechen, um meine Schande zu verbergen? Immerhin reden wir von einer schlanken

Dame. Und einer mit einer Menge Mumm. Denn bange ist Lady Morley nicht, das muss man ihr lassen.«

Burke sagte nichts, stand nur sehr angespannt vor den Kutschentoren. Das Haar stand dem armen Kerl so stachlig vom Kopf ab, dass es aussah wie eine rote Distelkrone.

Wallingford hielt inne. Es war sinnlos, da zu suchen, wo er bereits gesucht hatte. Er hatte überall nachgesehen, in jeder Ecke, innen und außen. Nur an einer Stelle nicht …

Sein Blick wanderte über das leere Automobil und fiel auf den Boden.

»Bei Gott«, sagte er. »Das ist verdammt clever.«

»Du bist verrückt, Wallingford.«

Es war genau wie am Ende eines langen Jagdtages, wenn man nass, müde und schmutzig von der fröhlichen Fuchshatz durch die halbe Grafschaft, bei der ein Nieselregen einem den Mantel ruiniert und die blutrünstigen Hunde immer wieder die Spur verloren hatten, mit einem Mal sah, dass der alte, listige Fuchs, wie von der Hand eines gütigen Schöpfers gelenkt, endlich, *endlich* einen fatalen Fehler beging. Zu selbstsicher wurde und sich zeigte.

In aller Ruhe ging Wallingford zum aufgebockten Automobil hinüber. Schließlich gab es keinen Grund zur Eile. Ein so schöner Moment musste ausgekostet werden.

»Weißt du was, Burke«, sagte er, »ich hege fast so etwas wie Bewunderung für deine liebe Marquise. Man braucht ein gerüttelt Maß an Nervenstärke, um nicht zu sagen Kaltschnäuzigkeit, um sich so lange Zeit unter ein Automobil zu legen. Ich frage mich wirklich, ob sie am Ende nicht doch ernsthaft in dich verliebt ist.«

Kurz vor dem schnittigen Kasten aus Metall, in den Phineas Burke allergrößte Hoffnungen setzte, blieb der Herzog stehen. Irgendetwas regte sich in seiner Brust, ein ungewohntes Gefühl, das andere manchmal beschrieben … wie hieß es noch?

Mitleid.

»Sind Sie das, Lady Morley?«, fragte er leise. »Sind Sie in meinen Freund verliebt?«

Es kam keine Antwort. Natürlich, eine Harewood hätte doch niemals die Güte, auf eine direkte Frage eine direkte Antwort zu geben.

Geschmeidig ging Wallingford in die Hocke und stützte sich mit einer Hand auf den Boden. Seine Reitstiefel ächzten missbilligend.

»Obwohl ich glaube«, fuhr er fort, während er den Kopf unter die Maschine schob und ins Dunkle spähte, »dass diese Dame das Gefühl nicht erkennen würde, selbst wenn man es ihr unter ihre hübsche kleine Nase …«

Nichts. Da war nichts als Staub und … eine Spinne?

Der Herzog schlug mit der Faust auf den Boden.

»Verdammt noch mal. Sie ist weg!«

ZEHN

Wallingford hatte die erste Terrasse schon halb hinter sich, als ihm alles klar wurde.

Der Schrank.

Abrupt blieb er stehen und schlug sich mit der Hand auf den Oberschenkel.

Großer Gott. Natürlich. Sie war unter dem Automobil hervorgekommen, als er mit Burke nach draußen gegangen war, und hatte sich dann schnell im leeren Schrank versteckt, als die Kutschentore sich ächzend wieder geöffnet hatten, dieses Teufelsweib.

Wieder schlug der Herzog sich auf den Schenkel, diesmal mit der geschlossenen Faust. Selbst ein Kind hätte sich das zusammenreimen können. Wie die beiden sich in diesem Augenblick wohl über ihn amüsierten, sich krümmten vor Lachen über seine Dummheit. Es sei denn, sie waren schon wieder in einer leidenschaftlichen Umarmung gefangen.

Zwei Eichhörnchen flitzten über das zarte, zertrampelte Gras auf dem Fußweg, entweder sie zankten sich um eine gestohlene Köstlichkeit, oder sie waren heftig verliebt, denn eins jagte das andere eine turmhohe Zypresse hoch, in deren Geäst er sie aus den Augen verlor.

Weiter oben erhob sich das Schloss, die Dachziegel kupferrot vor dem blauen Himmel.

Eine Bewegung erregte seine Aufmerksamkeit: Unten zwischen den Bäumen blitzte immer wieder etwas Gelbes hervor, und über den sprießenden Blättern an den Sträuchern, dem sich entfaltenden Reichtum des Frühlings, tauchte gelegentlich ein goldbrauner Schopf auf.

Wenn das nicht Roland war. Roland mit Lady Somerton, tief in ein Gespräch versunken und offensichtlich blind für die Welt um sich herum.

Was zum Teufel ging hier eigentlich vor? Wurde die gesamte verdammte Toskana vor seinen Augen verrückt vor Liebe?

Seufzend blickte Wallingford in den wolkenlosen Himmel, von dem die Sonne herunterbrannte.

Was für einen erstaunlichen Blauton er hatte, dieser italienische Himmel. Strahlend, satt und unglaublich rein. Bei seiner Abreise aus England vor zwei Monaten hatte der Himmel undurchdringlich wie ein Bleivorhang herabgehangen. Er erinnerte sich noch, wie er an der Reling des Postschiffs nach Calais gestanden und auf die verschwindende Küstenlinie gestarrt hatte, bis sie ganz im Nieselregen verschwunden war und der gesamte Horizont, vom Himmel über den Strand bis zum Meer, wie eine riesige graue Fläche gewirkt hatte.

Wie fern ihm das alles erschien in dieser Landschaft mit dem blauen Himmel, den grünen Hügeln und den blühenden Bäumen.

Nach und nach entspannten sich die Finger seiner geballten Hand und begannen, leicht auf das Hosenbein zu trommeln, während die Mittagssonne ihm auf den Hinterkopf schien. Nach all dem Hin und Her hatte er seinen Hut in der verfluchten Werkstatt vergessen. Wenn er nie wieder einen Fuß hineinsetzen musste, würde er sich glücklich schätzen.

Glücklich.

Wallingford atmete tief aus und schloss die Augen. Ohne besonderen Grund musste er plötzlich daran denken, wie Phineas Burkes Augen sich vor Schreck geweitet hatten, als er ihn auf dieses schnittige Automobil zugehen sah.

Unwillkürlich lachte Wallingford leise auf.

Sind Sie das, Lady Morley? Sind Sie in meinen Freund Burke verliebt?

Der arme Kerl.

Wieder lachte der Herzog, und wieder. Dann begannen Schultern und Seiten zu zucken vom Lachen, das in ihm aufstieg und schließlich so heftig in die duftende Welt hinausplatzte, dass die Blätter erzitterten. Vornübergebeugt, die Hände auf die Knie gestützt, schüttete er sich aus vor Lachen.

»Signore?«

In der Annahme, Giacomos missbilligende Miene zu sehen, schaute der Herzog auf.

»Entschuldigen Sie bitte. Sie sind Engländer, oder? Zu Besuch im Schloss, ja?«

Wallingford richtete sich auf. Vor ihm stand nicht der Verwalter, sondern ein Mann mittlerer Größe in einem eleganten Sommeranzug mit einem Strohhut auf dem ordentlich geschnittenen Haar und ernsten, dunklen Augen. Der leichte Akzent seiner leisen Stimme war kaum zu bemerken.

»Ja, das bin ich«, stieß Wallingford hervor. Er schien mit dem Lachen nicht mehr aufhören zu können. »Kann ich Ihnen irgendwie helfen?«

»Gestatten Sie mir, dass ich mich vorstelle? Mein Name ist Delmonico, und ich bin ein Kollege Ihres Freundes, Mr.

Burke. Soweit ich weiß, ist seine Werkstatt dort unten?«, sagte der Mann und hob höflich fragend die Brauen. Unter einem Arm trug er eine kleine Tasche, eigentlich eher eine Mappe, die er unter den anderen Arm klemmte, ehe er seinen Hut mit einer nervösen Handbewegung geraderückte.

»Oh ja. Das ist richtig.« Wallingford wandte sich um und machte eine ausholende Armbewegung. Wieder stieg ein Lachen in ihm auf, das er mit großer Mühe unterdrücken konnte. »Geradewegs hier herunter, über die Lichtung. Ein kleines Gebäude, wohl ein altes Kutscherhaus. Sie können es nicht verfehlen. Aber darf ich Ihnen etwas raten, Signor Delmonico?«

Der Mann hatte sich bereits auf den Weg gemacht. Er drehte sich um und sah ihn fragend an.

»Ja?«

»Ich rate Ihnen, vorher zu klopfen, mein Lieber. Klopfen Sie laut und bestimmt.«

Der Pfarrer hatte gerade damit begonnen, die in der Schale präsentierten Eier mit seinen krummen Fingern zu segnen, als Wallingfords Hand nach Abigails Arm griff.

Sie wusste genau, dass es seine war. Hatte es bereits in dem Augenblick gewusst, bevor sie sich groß, warm und leicht um ihren Ellbogen legte. Sie hatte bemerkt, dass er sich an sie heranschlich, durch die Diener und Dörfler im Speisezimmer hindurch. Hatte die erregende Wärme seines Körpers und die knisternde Energie, die stets von ihm auszugehen schien und so typisch für ihn war, längst gespürt.

»Was ist hier los?«, fragte er an ihrem Ohr.

»Das ist der Pfarrer«, erwiderte Abigail leise, weil Alexandra auf ihrer anderen Seite stand und die Zeremonie wie gebannt verfolgte. Sogar so gebannt, dass sie Wallingfords Erscheinen nicht einmal bemerkt hatte.

»Er segnet die Eier.«

»Er segnet *was*?«

»Pst. Das ist eine sehr feierliche Zeremonie.«

Der Herzog war schwimmen gewesen, stellte Abigail fest. Er roch nach feuchten Kleidern, sauberem Wasser und frischer Luft und umfasste mit seiner Hand nach wie vor leicht und respektvoll ihren Ellbogen. Was zum Teufel machte er da? Hatten sie sich vergangene Nacht nicht in eisigster Form verabschiedet?

Don Pietro am Tisch griff nach dem Weihwasser, das ihm von seinem Ministranten auf einem Tablett gereicht wurde. Maria hatte recht gehabt: Der junge Mann mit dem goldenen Haar und den blauen Augen war schön wie ein Engel, der vom Himmel herabgestiegen war. Er war dem Pfarrer andächtig durch das ganze Schloss gefolgt und hatte das Wasser bereitgehalten, das freigiebig und ohne Rücksicht auf die offensichtlich andersgläubigen Menschen in der Prozession in die Zimmer gesprenkelt worden war. Maria, die ganz in der Nähe stand, unterbrach die Stille mit einem sehnsüchtigen Seufzer.

Die Eier schienen aneinanderzurücken, als sehnten sie sich nach Don Pietros segnenden – wenn auch ziemlich verknöcherten – Händen. Abigail sah zu, wie das Wasser von seinen Fingern tropfte und in zarten Rinnsalen die zerbrechlichen weißen Schalen hinunterrann. Der schwache Sonnenschein fing sich in den Tropfen und brachte sie zum Glitzern.

»Interessant«, murmelte Wallingford an ihrem Ohr.

»Ich habe sie heute Morgen selbst gesucht«, hörte Abigail

sich sagen, dann hätte sie sich fast mit der flachen Hand vor die Stirn geschlagen ob dieser dummen Bemerkung. Was war nur in sie gefahren?

»Kaum zu glauben.« Die wärmende Hand ließ ihren Ellbogen los, und dann war der Herzog fort und schob sich, alle überragend, das dunkle Haar noch feucht glänzend, durch die kleine Gruppe von Dorfbewohnern.

Fast wären Abigail die Knie weich geworden. Was um alles in der Welt hatte er damit gemeint? Was machte er überhaupt hier?

Don Pietro entfernte sich vom Tisch und trocknete die Hände an einem steifen weißen Leintuch, das sein Ministrant ihm reichte. Dann gab er das Leintuch zurück und drehte sich zu Alexandra und Abigail um.

»Ora abbiamo il pranzo«, sagte er feierlich, ehe er sich umwandte, um die Dorfbewohner zu begrüßen. Wallingford trat vor und verneigte sich kurz. Er hatte das höflich formelle Gesicht aufgesetzt, mit dem der Duke of Wallingford Ehrengäste begrüßte, und seine dunklen, tiefliegenden Augenbrauen zeichneten sich deutlich auf seiner Stirn ab.

»Was hat er gesagt?«, raunte Alexandra.

Einen Augenblick lang dachte Abigail, sie spräche von Wallingford.

Sie riss sich zusammen.

»Oh, er hat sich natürlich soeben selbst zum Essen eingeladen!« Sie betastete den Haarknoten unter ihrem züchtigen Kopftuch. »Ich hoffe nur, dass sein Assistent auch bei uns bleibt. Meinst du, dass ich deswegen in der Hölle schmoren werde?«

Doch am Ende blieben die ewigen Feuer verschont von der drohenden Ankunft Abigail Harewoods, denn als das Essen serviert war, konnte sie die Augen nicht mehr vom Herzog lösen.

Er saß am Kopfende des Tisches, Don Pietro zu seiner Rechten und der Messdiener zu seiner Linken. Der junge Mann, der so schön ausgesehen hatte, als er mit seinem hübschen Zinnkrug voll Weihwasser durchs Haus gegangen war, wirkte neben dem breitschultrigen, ernsten Duke of Wallingford farblos und kindlich. Denn obwohl der Herzog keinen Kammerdiener hatte, gelang es ihm, stets mit tadellos sitzendem Jackett und steifem Kragen zu erscheinen, das Halstuch unglaublich geschickt gebunden, sodass die gesamte Aufmerksamkeit im Raum sich irgendwie auf den Mann in dem gut geschnittenen Anzug konzentrierte. Jeder Zoll an ihm verriet den Schlossherrn. Er war einfach großartig.

Zum ersten Mal in ihrem Leben war Abigail so beeindruckt, dass sie kein Wort herausbrachte.

Nicht, dass der Herzog während des Mittagessens eisern geschwiegen hätte. Nein, trotz seiner Überlegenheit gab er den perfekten Gastgeber und plauderte mit dem Pfarrer, noch dazu in lateinischer Sprache, wobei sich zeigte, dass er die klassische Grammatik bestens beherrschte. Abigail hatte ihn noch nie Latein reden hören und angenommen, dass er nur über das übliche Schulwissen verfügte, daher registrierte sie seine Gewandtheit erstaunt und einigermaßen beschämt. Irgendwann wandte er sich Alexandra zu, die auf der anderen Seite des betagten Pfarrers saß, und bat sie um das Salz; dieser nahtlose Übergang ins Englische nötigte Abigail großen Respekt ab.

Alexandra lachte ihr höfliches kleines Lachen, sagte, *ja, natürlich, Euer Gnaden*, ganz so, als gerieten die beiden nicht ständig aneinander, und reichte ihm das Salz. Dann wandte sie sich gleich wieder dem Bürgermeister des Dorfes zu, der an ihrer anderen Seite saß, und nahm die stockende halb englische, halb italienische Unterhaltung mit ihm wieder auf, wobei sie ihre schmalen, eleganten Hände einsetzte, um das zu beschreiben, was die beiden mit ihrem beschränkten gemeinsamen Vokabular nicht ausdrücken konnten.

Abigail schaute auf ihren Teller hinab und betrachtete ihre Hände; die Finger, die Messer und Gabel hielten, hatten abgebrochene Nägel. Dann schnitt sie ihre Scheibe Lammbraten in kleine Stücke und schob sie langsam und bedächtig eins nach dem anderen in den Mund. Wer war dieser gut erzogene, höfliche Wallingford? War das sein wahrer Charakter? Oder war er nur ein guter Schauspieler, der sich über die Jahre glänzende Manieren angeeignet hatte?

Kannte sie ihn überhaupt?

»Signorina?«

Das leise geflüsterte Wort ließ sie zusammenfahren. Sie schaute über ihre rechte Schulter.

»Ja, Morini?«

»Nach dem Essen«, sagte die Haushälterin, »ich muss Sie sehen. Nach dem Essen. Es ist sehr wichtig. Wir haben Pläne für die Nacht.«

»Natürlich. Was für Pläne?«, fragte Abigail geistesabwesend.

Die Morini legte einen Finger auf die Lippen und zog sich wieder zurück.

»Entschuldigen Sie bitte«, sagte der Mann neben Abigail, irgendein ehrbarer Bürger aus dem Dorf. »Haben Sie mit mir geredet?«

Der Lammbraten war verspeist und die Artischockenblätter ordentlich auf dem Tellerrand gestapelt. Abigail hob ihr

Weinglas und lächelte den Mann über den Rand hinweg an.

»Nein, habe ich nicht«, sagte sie auf Italienisch. »Aber da wir nun miteinander reden, Verehrtester, könnten Sie mir vielleicht etwas über die Geschichte dieses Schlosses erzählen. Je mehr ich davon erfahre, desto mehr Fragen scheine ich zu haben.«

ELF

Der blühende Pfirsichgarten, der im Mondlicht silberweiß schimmerte, erinnerte den Duke of Wallingford in erster Linie an den bedrohlichen Londoner Nebel und ein wenig auch an den bissigen Pudel seiner Großtante Julia.

Er war eben nicht besonders romantisch, was er selbst freimütig zugab.

Aber er ging ja auch nicht zu einer romantischen Verabredung, ermahnte er sich streng, obgleich der Zettel, der ein Loch in seine Westentasche zu brennen schien, durchaus amouröse Erwartungen geweckt hatte. Es stand nicht mehr darauf als *Zehn Uhr, im Pfirsichgarten*, was alles bedeuten und von jedem kommen konnte. Womöglich von Burke, der ihm, weit entfernt von den vielen Lauschern im Castel Sant'Agata, irgendetwas mitteilen wollte.

Oh, gewiss. Das war nicht sehr wahrscheinlich. Doch genauso wenig hatte er Grund zu der Annahme, dass die Nachricht von Miss Harewood stammen könnte. Einerseits, weil die Schrift sehr maskulin wirkte, und andererseits …

Einen anderen Grund fand er nicht.

Er *wollte* auch keinen anderen Grund finden. Denn zugegebenermaßen wünschte sich sein nüchternes, unromantisches Hirn nichts mehr, als dass Abigail Harewood im Pfirsichgarten auf ihn wartete, silbern überhaucht vom Schein des Mondes. Schon am Nachmittag, nach seinem peinlichen

Auftritt in Phineas Burkes Werkstatt, hatte er sich nach einem erfrischenden Hauch Abigail gesehnt. Er wollte so sein wie Roland und Finn und die vermaledeiten italienischen Eichhörnchen und mit seiner Liebsten im Weinberg herumspazieren, sie neben einer Kanne Batteriesäure küssen oder sie eine verdammte Zypresse hochjagen. Als er Abigail im Speisezimmer gesehen hatte, wie sie völlig fasziniert die Schale mit den Eiern betrachtete, das glänzende kastanienbraune Haar fast völlig unter einem züchtigen Kopftuch verborgen, hatte er sich kaum davon abhalten können, sie auf die Arme zu nehmen und die Treppe hinaufzutragen. Einfach nur ihren Ellbogen in der Hand zu halten hatte er so genossen wie früher einen alten Port.

Natürlich waren solche Sehnsüchte sowohl unpraktisch als auch unerfüllbar. Selbst *falls* Abigail im Pfirsichgarten auf ihn wartete, führte sie vermutlich etwas im Schilde. Vielleicht hatte sie vor, ihn in eine verfängliche Situation zu bringen, oder sie kam gar nicht erst. Vielleicht beobachtete sie ihn in genau diesem Augenblick von ihrem Fenster aus und kicherte vor Freude über den Erfolg ihrer kleinen List.

Ich glaube nicht, dass es mir jemals so viel Spaß gemacht hat, eine Wette zu gewinnen.

In seiner Brust zog sich ein bislang unbekannter Muskel schmerzhaft zusammen.

Vielleicht war er wirklich ein Narr.

Als das schwache Licht aus den Fenstern des Schlosses die Nacht nicht mehr durchdrang, begann Dunkelheit ihn zu umfangen. Er hatte nun die Wiese erreicht und ging, geleitet von den im Mondschein schimmernden Pfirsichblüten, mit langen, zielstrebigen Schritten über das feuchter werdende Gras. Der Schmerz in der Brust hatte ihn beunruhigt, daher baute er bei jedem Schritt innerlich eine Schutzmauer auf. Er würde nicht auf Abigails Erscheinen hoffen. Und falls sie *wirklich* erschien, würde er sich keine Blöße geben, so wie im Speisezimmer. Er würde zurückhaltend sein, sich fest an seine Versprechen halten und jedem Wort, das sie sagte, misstrauen.

Glücklicherweise waren die Bäume im Pfirsichgarten fast über die ganze Breite der Terrasse in langen Reihen gepflanzt worden. Lange bevor Wallingford den ersten braunen Stamm, den ersten schwer beladenen Ast erreichte, konnte er in der klaren Nachtluft die Blüten riechen. Der schwere, süße Duft lockte ihn weiter, bis er von leise raschelnden Zweigen umgeben war und zarte Blütenblätter seine Wange streiften. Wo in dieser übernatürlichen Stille war Abigail?

Schließlich blieb Wallingford stehen. Die Blüten fingen das Mondlicht auf, sodass er um sich herum nur Schatten wahrnehmen konnte.

»Ich weiß, dass du da bist«, sagte er so dröhnend laut, als wollte er die Bäume zum Zittern bringen. »Also kannst du genauso gut rauskommen.«

Seine Stimme verklang in der Nacht. Aus einem fernen Baum drang der leise Ruf einer Nachtschwalbe.

Zu herrisch. Sein Ton war zu herrisch gewesen: Den Fehler machte er immer, wenn er unsicher war. Er zwang sich, sanfter weiterzureden.

»Ich habe deine Nachricht bekommen«, fuhr er fort. »Du brauchst dich nicht zu verstecken. Oder dir weitere Tricks auszudenken.«

Tricks. Er hatte es schon wieder falsch gemacht. Mit Worten wie *Tricks* war Abigail wohl schwerlich aus der Deckung zu locken. Sie mochte zwar raffiniert sein, doch fatalerweise fühlte sie sich auch zu ihm hingezogen und sehnte sich ehrlich nach seiner Nähe, wenn auch längst nicht so sehr wie er sich nach ihrer. Immerhin war er an Frauen gewöhnt, die darauf aus waren, mit einem Herzog ins Bett zu gehen, insbesondere wenn er einigermaßen gut aussah. Und er wusste, wie er diesen Wunsch zu seinem Vorteil nutzen konnte.

Er senkte die Stimme und ließ sie lockend und verführerisch klingen.

»Nun komm schon. Du hast mich gebeten, mich heute Abend mit dir zu treffen. Also hab keine Angst, mein tapferes Mädchen.«

Zweige knackten.

Hastig wandte Wallingford sich um.

Ein Schatten, unter dessen Füßen die heruntergefallenen Zweige zerbrochen waren, kam aus den Bäumen und wurde vom schwachen Mondlicht erfasst.

Gespannt hielt Wallingford den Atem an.

Noch ein Schritt und der Schatten erreichte eine überraschende Lücke zwischen den Bäumen, sodass das Mondlicht auf ein von einem schlichten weißen Kopftuch gerahmtes Gesicht fiel.

Schwer enttäuscht atmete Wallingford endlich aus, und seine Schutzmauer fiel in sich zusammen.

Doch das alles geschah innerlich. Äußerlich bewahrte er natürlich Haltung.

»Lady Morley. Was für eine reizende Überraschung.« Er behielt seine Stimme fest unter Kontrolle: Nicht das leiseste Schwanken war zu bemerken. Er kreuzte die Arme und musterte ihre elegante Erscheinung anerkennend, so wie es von einem Herzog erwartet wurde.

Was zum Teufel machte sie hier? War das Zufall oder Absicht? Kam die Nachricht von ihr? Oder war ihr Auftauchen nur außergewöhnliches Pech?

Lady Morley verriet es ihm nicht.

»Euer Gnaden, wie schön, Sie zu sehen. Wollen Sie Ihre Studien neuerdings im Schein des Mondes betreiben? Oder haben Sie womöglich ein Stelldichein mit einem Mädchen aus dem Dorf?«, sagte sie mit sehr klarer und ruhiger Stimme.

»Das Gleiche könnte ich Sie fragen, meine Liebe.«

Die Marquise lachte trocken.

»Ich verkehre gemeinhin nicht mit Mädchen aus dem Dorf.«

»Oh, wie bedauerlich. Dann ist es also die Liebe zur Natur, die Sie in diesen Garten führt?«

»Ich gehe jeden Abend hier spazieren«, erwiderte Lady Morley. »Die kühle Luft ist herrlich erfrischend vor dem Zubettgehen. Darf ich davon ausgehen, dass Sie dieselbe Gewohnheit annehmen wollen? Sie werden feststellen, dass man danach wunderbar einschlafen kann.«

Bei Gott, sie hatte eine spitze Zunge.

»Wie kommt es nur, dass ich Schwierigkeiten habe, diese hübsche Geschichte zu glauben?«, sagte der Herzog.

»Wahrscheinlich weil Sie ein so hinterhältiger Mensch sind«, erwiderte Lady Morley ohne eine Spur von Missbilligung, so als wäre Hinterhältigkeit ein bewundernswerter Zug oder zumindest bei einem Mann seines Ranges zu erwarten. »Sie sind so verschlagen, dass Sie sich gar nicht vorstellen können, dass andere nicht so durchtrieben sind wie Sie. Sie denken sicher, ich wollte mich hier mit Mr. Burke treffen, nicht?«

Der Gedanke war Wallingford trotz all seiner Überlegungen noch nicht gekommen. Sofort sträubten seine Nackenhaare sich misstrauisch.

»Wenn Sie mich so fragen, ja. Das tue ich.«

»Erst verraten *Sie mir*, wen Sie hier treffen wollten.«

Wallingford hob eine Hand und betrachtete angelegentlich seine Fingernägel.

»Vielleicht bin ich nur gekommen, um Sie zu ertappen.«

»Das kaufe ich Ihnen nicht ab«, sagte Lady Morley mit einem neuerlichen trockenen Lachen. »Selbst wenn ich mich hier mit Mr. Burke hätte treffen wollen, wäre ich nicht so dumm gewesen, es irgendjemandem zu verraten. Nein, es ist genau andersherum. Ich habe *Sie* ertappt. Die Frage ist nur: mit wem?«

»Die Frage stellt sich nicht, da ich keine Verabredung habe.«

»Mein Guter, ich würde niemals so taktlos sein, die Ehrlichkeit meines Gegenübers anzuzweifeln …«

»Das will ich doch hoffen«, erwiderte der Herzog.

»Wenngleich man es bei Herzensangelegenheiten natürlich nicht so genau nehmen sollte. Schließlich wäre es wesentlich schäbiger, seine Liebste zu blamieren, als eine Notlüge zu erzählen. Nicht wahr?«

Ein Wortgefecht mit Lady Morley war das Letzte, was er sich von diesem Abend im Obstgarten versprochen hatte. Es wurde Zeit, das Gespräch zu beenden. Wallingford holte tief Luft und sagte:

»Wir scheinen ein wenig vom Thema abgekommen zu sein, Teuerste. Sind Sie nun heute Abend hier mit Mr. Burke verabredet?«

»Ich bin in keinster Weise verpflichtet, Ihnen darauf zu antworten. Warum fragen Sie ihn nicht selbst?«

»Weil er momentan nicht da ist.«

»Wie bitte?« Die Marquise schaute sich um. »Aber ich dachte, Sie hätten gesagt, dass ich mich hier mit ihm treffe! Du meine Güte. Was für ein schreckliches Durcheinander. Vielleicht habe ich mich mit der Zeit vertan. Oder es war der siebte Baum in der zwölften Reihe statt der zwölfte Baum in der siebten Reihe. Ich habe seine Nachricht nämlich sofort im Kaminfeuer verbrannt.«

Wallingford betrachtete Lady Morleys verschwommene Silhouette und ihr im Schatten liegendes Gesicht, dessen Ausdruck im Mondlicht nicht zu erkennen war.

»Ein sehr schöner Auftritt, Madam. Ich werde Sie weiterempfehlen. Und ich muss zugeben, dass mein Freund Burke außergewöhnliches Glück hat.«

»Mr. Burke ist zigmal so viel wert wie Sie, Euer Gnaden.«

Die Worte trafen ihn wie ein Schlag vor die Brust. Wallingford klappte den Mund auf, bekam jedoch nicht genug Luft, um auch nur einen Laut hervorzubringen. Er meinte jedes einzelne Wort zu hören, das der Duke of Olympia, sein eigener Großvater, mit vor Verachtung triefender Stimme in London zu ihm gesagt hatte.

Hat irgendetwas an deinem bisherigen Lebenswandel je darauf hingedeutet, dass du zu etwas anderem nützlich sein könntest?

Wieder rief die einsame Nachtschwalbe laut in die raschelnde Dämmerung hinein.

»Hört, hört«, sagte der Herzog schließlich. »Und was nun, Lady Morley? Sieht nach einer Hängepartie aus. Sollen wir zusammen darauf warten, dass er auftaucht?«

»Tun Sie, was Sie wollen, Wallingford. Ich für meinen Teil werde meinen Spaziergang fortsetzen.« Die Marquise machte sich wieder auf den Weg.

Wallingford konnte nicht sagen, was zum Teufel ihn dazu bewogen hatte, die Hand auszustrecken und sie am Arm festzuhalten, als sie an ihm vorüberrauschte. Er betrachtete die vom Mond beschienenen Züge des Gesichts, das nun vom achtbaren und ehrenwerten Phineas Burke geliebt wurde, dem leiblichen Sohn seines Großvaters.

»Was für eine Schande, einen so schönen Abend zu vergeuden«, sagte er leise, ohne echtes Begehren; im Moment mochte er sie nicht einmal, und sich selbst noch weniger.

Lady Morley schüttelte seine Hand ab.

»Ich habe nicht die Absicht, Durchlaucht. Guten Abend.« Sie ging ein paar Schritte weiter, blieb dann aber noch einmal stehen und drehte sich wieder um. »Sagen Sie mal, Wallingford, warum mischen Sie sich eigentlich andauernd überall ein? Können Sie die Menschen nicht nach ihrer Fasson glücklich werden lassen? Können Sie sich nicht einfach um Ihre eigenen Angelegenheiten kümmern?«

Der Herzog starrte auf ihre Silhouette unter dem Blütenmeer.

»Nein, anscheinend kann ich das nicht.«

Wortlos drehte Lady Morley sich um und verschwand in der Nacht.

Wallingford blieb still stehen und lauschte den leisen Geräuschen um sich herum, dem Rascheln der Tiere und dem sanften Rauschen des Windes in den Bäumen. Die bereits kalt gewordene Nachtluft kühlte seine brennenden Wangen und drang durch sein wollenes Jackett und seine Weste.

Er fuhr sich mit der Hand durchs Haar. Er hätte einen Hut aufsetzen sollen.

Endlich machte er kehrt und ging durch die Bäume, die Terrassen hinunter an den Apfelbäumen und den Rebstöcken vorbei. Im Gehen nahm er den zusammengefalteten Zettel aus seiner Westentasche und riss ihn fein säuberlich in Stücke, die er in der leichten Brise davonflattern ließ.

Eine Viertelstunde später, als die Luft endlich rein war, kletterte Abigail Harewood, keine zwei Meter von der Stelle entfernt, an der der Duke of Wallingford sich mit den Fingern durch das glatte Haar gefahren war, Ast für Ast von ihrem Platz zwischen den Blüten herunter.

Ihre Gliedmaßen zitterten, und das nicht nur von der Anstrengung, weit über eine halbe Stunde reglos und voller Angst, Atem zu holen, in einem Pfirsichbaum zu hocken, während die Luft feucht und kühl wurde und nach und nach alle Bewohner des Castel Sant'Agata kamen, um sich im Schutz der Bäume miteinander zu treffen.

Sie müssen in den Obstgarten gehen!, hatte die Morini sie gedrängt, als Abigail sie am Abend endlich aufgesucht hatte. Durch die ständige Beschäftigung mit Wallingford war Abigail so zerstreut, dass ihr die Nachricht, die die Haushälterin ihr während des Mittagessens zugeraunt hatte, völlig entfallen war. *Alles ist durcheinander! Sie werden alle zusammenstoßen in der Nacht! Signor Penhallow, er ist zu früh gegangen, und dieser elende Giacomo, dieser gemeine Schuft, er hat …*

Das reicht, hatte Abigail der Morini gesagt und war sofort losgegangen; die Aussicht auf ein heimliches Treffen im Pfirsichgarten hatte ihre Lebensgeister wieder geweckt.

Doch kaum hatte sie die Äste erklommen und es sich bequem gemacht, hatte Phineas Burke sich an den Stamm genau des Baums gelehnt, in dem sie hockte.

Sie saß in der Falle wie eine … nun, wie eine Katze auf einem Baum.

Dann war Lord Roland herangeschlendert, Gedichte vor sich hin murmelnd, während er anscheinend auf Lilibet wartete. Als schließlich auch noch Wallingford mit seinem achtlosen, herrischen Schritt in den Garten einmarschiert war, hatten die beiden sich hastig versteckt.

Danach war Alexandra erschienen.

Am Ende war Wallingford den Berg hinunter verschwunden. Natürlich konnte er überall sein, doch tief im Herzen wusste Abigail, dass er zum See gegangen war, um zu schwimmen.

Der Mond war noch nicht voll, doch das, was von ihm bereits zu sehen war, schien hell und klar auf die Terrassen am Hang. Abigail stieg eine nach der anderen hinab, fand mithilfe des Mondlichts und ihres Instinkts die Stufen in der Mauer und erreichte schließlich den Saum aus Olivenbäumen und Zypressen, der den See umgab wie ein borstiger Gürtel. Durch die Zweige hörte sie leises Wasserplatschen, das sich mit den Rufen der Nachtvögel mischte.

In der Nähe des ordentlichen Kleiderhaufens auf den Felsen in der Nähe des Bootshauses setzte sie sich auf einen Stein, um auf den Herzog zu warten. Vor ihrem geistigen Auge sah sie immer wieder, wie Wallingford bei Alexandras Worten zusammengezuckt war.

Mr. Burke ist zwanzigmal so viel wert wie Sie, Euer Gnaden.

Abigail bezweifelte, dass ihre Schwester das Zusammenzucken bemerkt hatte. Es war ja auch nur sehr leicht und kaum zu erkennen gewesen. Doch auf Abigail hatte es wie ein Erdbeben gewirkt.

Der Herzog war verletzlich. Und man hatte ihm wehgetan.

Bei der Erinnerung ballte sie die Hände im Schoß.

Sie war reglos im Baum sitzengeblieben, hatte sich in den Arm gebissen, um ruhig zu bleiben. Ihre Haut war so nass geworden von Tränen, dass sie schon befürchtet hatte, eine würde herunterfallen und sie verraten.

Oh, wo blieb er nur? Wollte er die ganze Nacht schwimmen?

Sie zog die Knie unters Kinn und schlang die Arme darum. Die Kälte des Steines, auf dem sie saß, ließ nach und nach Rücken und Beine taub werden. Der Abend war kühl geworden, und die Brise vom See her war sogar noch kühler. Er würde sich den Tod holen, wenn er nicht aufpasste.

Geisterhaft zog eine einzelne Wolke vor dem zunehmenden Mond vorüber.

Das Wasser platschte lauter und deutlicher. Regelmäßig, wie ein Metronom. Das musste er sein.

Sie konnte den erleichterten Seufzer, der ihr entfuhr, als er aus dem Wasser stieg, einfach nicht unterdrücken. Zuerst bemerkte er sie nicht. Das sanfte Mondlicht verlieh seinem athletischen Körper und selbst dem dunklen nassen Haar, das er mit einer schnellen Handbewegung auswrang, einen silbernen Glanz.

Er war so wunderschön, so perfekt gebaut wie eine Statue, und überall auf seinen breiten Schultern und den muskulösen Beinen glitzerten Wassertropfen. Er griff nach seinem Hemd, das im Mondschein weiß leuchtete, und trocknete sich damit ab; dann zog er seine Unterhose an und band sie zu, während Abigail etwa zwei Meter entfernt sein großartiges Profil bewunderte.

Schließlich bückte er sich, um seine Hose vom Felsen zu nehmen.

Und erstarrte.

Ein leichter Windstoß strich über Abigails Haut und ließ sie erschauern.

»Miss Harewood«, sagte Wallingford leise, »sind Sie das?«

Sie räusperte sich.

»Äh, ja.«

»Ah.« Er steckte erst das eine, dann das andere Bein in die Hose. »Und ich nehme an, Sie sitzen schon eine ganze Weile hier?«

»Ja, eine ziemlich lange Weile.«

Die Augen auf die Felsen vor ihm gerichtet, zog er weder langsam noch hastig die Hose hoch und knöpfte sie zu.

»Sind Sie mir vom Obstgarten aus gefolgt?«

»Nicht sofort.« Wieder räusperte sie sich. »Mr. Burke war noch da, wissen Sie, und auch Penhallow …«

»Penhallow?«

»Ja, es war alles fast … fast wie in einer Komödie …« Sie brach ab. »Ich bin heruntergeklettert, sobald ich konnte. Ich wusste, dass Sie hier sein würden.«

»Woher?« Wallingford zog das Hemd über die glänzenden Schultern und begann, es zuzuknöpfen.

»Ich habe Ihnen schon öfter beim Schwimmen zugeschaut.«

»Natürlich. Das hätte ich mir denken können.« Er stopfte das Hemd unter den Bund seiner Hose und hob seine Weste auf. Sich in einer windigen Nacht ein kaltes, nasses Hemd überzustreifen schien ihm nichts auszumachen. »Ich gehe davon aus, dass Ihnen klar ist, dass dies ein offensichtlicher Verstoß gegen unsere Abmachungen ist. Ich könnte die Damen unverzüglich auffordern, ihre Niederlage einzugestehen.«

»Gewiss«, erwiderte Abigail. »Doch das war ja von Anfang an der Fehler bei der Wette, nicht? Wir haben die Regeln nie wirklich festgelegt. Daher wissen wir nicht, welche Form von Kontakt erlaubt ist und welche nicht.«

»Mir beim Anziehen zuzusehen ist Ihres Erachtens demnach erlaubt?«

»Im entscheidenden Moment habe ich die Augen geschlossen«, log Abigail.

Inzwischen hatte Wallingford sein Jackett übergestreift und zog die Ärmel gerade. Dann wandte er sich ihr zu.

Wieder stiegen Abigail die Tränen in die Augen. Selbst in der Dunkelheit konnte sie erkennen, wie ernst sein Gesicht war, wie kühl und abweisend seine Stimmung.

»Sie sind wunderschön«, brach es aus ihr heraus.

»Und Sie sind wahnsinnig.«

»Bitte, Wallingford.« Mit steifen Beinen stand Abigail auf und streckte die Hände aus. »Ich wollte Sie nicht verletzen. Ich hoffe, ich habe Sie nicht gekränkt.«

»Gekränkt? Wie meinen Sie das?«

Oh, wie frostig er klang. Abigail stieg von ihrem Stein herunter und ging ungelenk auf ihn zu.

»Ist alles in Ordnung mit Ihnen?«, fragte er plötzlich.

»Ja, ich bin nur etwas steif.«

»Wie lange haben Sie da gesessen?«

»Nicht lange, aber auf dem Baum …«

»Welchem Baum?«

Abigail lächelte und blieb ein paar Schritte vor ihm stehen. Dass er nicht vor ihr zurückwich, verzeichnete sie als Sieg.

»Dem Baum über Ihnen, im Pfirsichgarten.«

Ein seltsamer Ausdruck glitt über sein Gesicht: Es wurde sanfter, und die Muskeln an Kinn und Augen entspannten sich.

»Dann kam die Nachricht als doch von *Ihnen*?«

Nachricht? Welche Nachricht?

Niemand hatte Abigail Harewood je als begriffsstutzig bezeichnet. Sie zögerte nur einen Moment, ehe sie antwortete.

»Ja. Ja, sie kam von mir«, sagte sie und streckte wieder die Hände aus.

Wallingford ergriff sie.

»Gott sei Dank«, sagte er und schaute auf ihre Finger.

»Ich wollte Sie treffen, ohne dass jemand dabei ist«, fuhr Abigail fort, während sie inständig hoffte, dass sie keinen Fehler machte, »aber dann tauchten auch all die anderen auf, und ich wollte Sie nicht in Verlegenheit bringen …«

»Oh Gott, Abigail.« Wallingford zog ihre rechte Hand an die Lippen und küsste sie. »Ich dachte … ich hielt das alles für eine Falle …«

»Ich würde dich doch nicht in eine Falle locken. Das musst du mir glauben, bitte. Bitte, Wallingford. Sieh mich an.«

»Nein, ich kann nicht.«

»Aber du glaubst mir. Sag es.«

Er seufzte.

»Ich weiß nicht. Ich denke schon. Mein Gott, deine Hände sind ja eiskalt.«

»Mit geht's gut.«

»Aber du zitterst. Du hast keinen Schal mitgebracht, du dummes Kind, nichts, was dich wärmen könnte.« Er ließ ihre Hände los und zog sein Jackett wieder aus. »Wir müssen dich zurückbringen.«

»Nein! Nein, noch nicht.« In dem Jackett, das sich warm und schwer um ihre Schultern legte, kam Abigail sich wie eine Zwergin vor. Sie zitterte vor Kälte und Aufregung. Wallingford ließ seine Hände auf dem Kragen des Jacketts liegen und zog sie einen Schritt nach dem anderen näher an sich heran.

Schon strich sein Atem über ihren Scheitel, dann berührte sein Kinn ihr Haar. Ihr Gesicht befand sich auf der gleichen Höhe wie der warme Halsbogen unter seinem Kinn, und seine glatte, feuchte Haut, die nach nichts anderem als frischem Süßwasser roch, war ihrer Nase und ihren Lippen ganz nah.

Abigail legte die Unterarme und Hände auf seine Weste.

»Wenn ich dir eine persönliche Frage stellen würde, eine sehr impertinente Frage, wirst du sie mir ehrlich beantworten?«

»Wann haben Sie jemals andere Fragen gestellt, Miss Harewood?«

Abigail lachte seinen Hals an. Sie umarmten sich nicht wirklich; Wallingfords Hände lagen nach wie vor auf dem Kragen des Jacketts und hielten sie zwischen seinen Armen gefangen, ohne dass er sie um sie legte. Dennoch fühlte sie sich in dieser trauten Nähe wunderbar geborgen, fast wie ein Teil von ihm. Sein Herz klopfte unter ihren Händen, und sein Atem wärmte ihr Haar. Sie hatte das Gefühl, ihm alles sagen zu können, tun zu können, was immer sie wollte; sie war seine Gefangene und dennoch freier, als sie es jemals gewesen war.

»Du bist mit Mr. Burke verwandt, nicht?«

»Hmm.«

»Das ist mir gestern beim Essen aufgefallen. Ich weiß nicht, warum ich es nicht schon früher bemerkt habe. Die Farbgebung ist natürlich ganz anders, aber ihr seid beide sehr groß und schlank …«

»Ich bin nicht ganz so groß und schlank wie er.«

»Nein.« Abigail lachte. »Es ist, als ob er deinen Körper genommen und in die Länge gezogen hätte. Selbst eure Gesichter sind gleich, auch Penhallows, dieselben Wangen, dasselbe Kinn, und die tiefsitzenden Brauen …«

»Du hast ja ganz genau hingesehen.«

Abigail stupste ihn vor die Brust.

»Sag mir die Wahrheit.«

Der Herzog seufzte so tief, dass ihre Arme sich hoben und senkten.

»Burkes Vater ist der Duke of Olympia, der Vater meiner Mutter.«

»Oh«, staunte Abigail. Diese Auskunft war aufregend, gewiss, doch noch aufregender war, dass er sie ihr überhaupt gegeben hatte. Auch wenn so etwas in gewissen Kreisen allgemein bekannt sein mochte und unter Aristokraten wortlos akzeptiert wurde, blieb es doch ein heikles Familiengeheimnis, das man nicht jedem anvertraute. »Dann ist er … er ist dein …«

»Mein Onkel, ja.« Wallingfords Ton war trocken und nicht sonderlich amüsiert.

Abigail prustete los.

»Dein Onkel!« Wieder kicherte sie, dass ihr Rücken bebte und Wallingfords Hände sich endlich um ihre Schultern schlangen, sie an seinen großen Körper zogen und festhielten. »Dein Onkel«, keuchte sie, und diesmal spürte sie, wie er mitlachte.

Sie legte den Kopf an seine Schulter.

»Das muss ziemlich schlimm für dich gewesen sein.«

»Nein, gar nicht. Er ist ein feiner Kerl. Und ich bin stolz auf ihn. Jede Familie braucht ein Genie und … nun, wie du weißt, ist er ein berühmter Mann. Eine Kapazität auf seinem Gebiet.«

Abigail dachte an Wallingfords leichtes Zusammenzucken im Pfirsichgarten.

»Natürlich ist er ein lieber Kerl. Aber ich glaube, *du* gefällst mir am besten.«

Täuschte sie sich, oder schloss er daraufhin die Arme ein klein wenig fester um sie? Wallingford senkte den Kopf und drückte seine Wange an ihr Haar.

»Dann hast du den Verstand verloren, so wie ich es bereits befürchtet habe«, sagte er.

»Ich habe mehr Verstand, als man gemeinhin meint.«

»Und was ist mit dem charmanten Adonis, der mein Bruder ist? Kommt der für dich nicht in Betracht?«

»Er ist ebenfalls ein feiner Kerl, ich bete Penhallow geradezu an, aber … nun ja … irgendetwas fehlt …«

»Ein Herzogtum vielleicht?«

Abigail schnalzte mit den Fingern.

»Oh ja, natürlich! Das ist es.« Die weichen, stoffbezogenen Knöpfe von Wallingfords Weste lagen unter ihrer Hand. Sanft berührte sie einen und umkreiste ihn mit einem Finger. »Außerdem ist er mit Herz und Seele meiner Cousine Lilibet verfallen.«

»Ich fürchte, da hast du recht.«

Das Wasser schwappte ans nahe Ufer. Außerhalb ihrer Umarmung frischte die kühle, rastlose Brise weiter auf. Es war spät, mindestens Mitternacht, doch Abigail rührte sich nicht, wollte nicht einen Millimeter von diesem Ort und diesem Mann weichen.

Sie atmete tief ein.

»Wallingford, ich möchte, dass du diese Wette vergisst.«

Er regte sich nicht. Abwartend hielt Abigail die Luft an.

»Hmm«, sagte er schließlich.

Sie lehnte sich zurück und versuchte, zu ihm aufzuschauen, doch er ließ sie nicht los, und so stieß sie nur mit der Nase gegen sein Kinn.

»Ich meine es ernst. Sie ist sinnlos, verstehst du das nicht? Keiner von uns möchte das Schloss verlassen, und es gibt genug Platz für alle. Was kann es denn schon schaden, wenn die Menschen sich verlieben? Das soll doch so sein.«

In dem Augenblick, in dem sie das gesagt hatte, errötete sie so heftig, dass ihre Wangen brannten vor Verlegenheit. *Sag etwas*, dachte sie enerviert, während das Wort *Liebe* im Takt mit Wallingfords ruhigem, langsamen Herzschlag wie ein Pendel zwischen ihnen hin- und herschwang.

Nun«, sagte er wie ein Richter, der ein Urteil verkündet, »falls wir die Angelegenheit unter den Tisch fallen lassen, ohne etwas davon zu sagen …«

Sie warf die Arme um seinen Hals.

»Oh, ich danke dir! Danke. Denk nur, wie viel *Spaß* wir haben werden, wenn dieses schreckliche Damoklesschwert nicht mehr über uns hängt. Wenn wir alle *Freunde* sein können.«

Wallingford griff nach ihren Händen und legte sie wieder auf seine Brust.

»Freunde, Abigail?« Nun sah er ihr in die Augen, mit sanftem, aber ernstem Gesicht, und das Mondlicht glitzerte in den winzigen Tropfen, die noch in seinen Wimpern hingen.

Abigail war froh, dass es dunkel war, so konnte er nicht sehen, wie rot sie geworden war. Rot! *Sie!* Dabei passierte ihr das so gut wie nie, aber nun stand sie so verschämt und unsicher vor ihm wie eine dumme Debütantin in einem Londoner Ballsaal, genau wie die Art von Mädchen, die sie erklärtermaßen nie hatte werden wollen. Dennoch war die Erfahrung nicht ganz unangenehm. Sie fühlte sich ziemlich … erregt. So als ob ein Pferd, auf das sie gesetzt hatte, nachdem es dem Feld hoffnungslos hinterhergelaufen war, sich plötzlich besonnen und einen überraschenden Spurt hingelegt hätte, der es an allen anderen vorbei ins Ziel getragen hätte.

Diese Art von schwindelerregender Euphorie, nur besser. Als ob sie selbst das Pferd wäre.

»Ja, Freunde«, plapperte sie weiter. »Männer und Frauen können Freunde sein. Dann könnten wir jeden Nachmittag miteinander debattieren. Dein Latein ist tadellos; das habe ich beim Mittagessen bemerkt. Wir arbeiten uns durch …«

»Abigail.« Mit einem äußerst sanften Kuss verschloss er ihr den Mund. »Lass uns nichts überstürzen. Nur weil man sich einmal in einem Stall leidenschaftlich umarmt hat, muss man sich doch nicht gleich anfreunden.«

Abigails Augen wurden rund vor Staunen. Völlig ernst, beinahe streng, sah der Herzog auf sie herab, nur an seinem Mundwinkel zuckte ein winziger Muskel.

»Oh!«, stieß sie hervor. »Oh! Wie ich dich liebe!« Lachend warf Abigail ihm die Arme wieder um den Hals und spürte voll Freude, dass seine Brust ebenfalls bebte vor Lachen. Dann hob er sie hoch, und irgendetwas drückte sich in ihr Haar; da wusste sie, dass er sie geküsst hatte.

»Hör zu«, sagte er schließlich, »wir müssen zurückgehen. Es ist spät und du frierst und alle werden sich fragen …«

»Glaub mir, das interessiert niemanden. Sie denken bestimmt, ich sei in meinem Zimmer.«

»Abigail.« Wallingford strich ihr eine verirrte Locke aus dem Gesicht. »Wir werden das nicht tun, hast du mich verstanden? Ich mag ja ein Grobian und ein Schuft sein, aber ich pflege keine Jungfrauen zu verführen, nicht einmal eine, für die ich …«

»Ja?«

Er küsste sie auf die Stirn.

»Vergiss es. Komm mit.«

Doch er machte keine Anstalten, die Umarmung zu lösen, und Abigail auch nicht.

»Ich möchte nicht gehen«, widersprach sie. »Bitte. Lass uns noch ein wenig bleiben. Ich möchte den Moment auskosten.«

Wallingford zögerte.

»Dir wird kalt werden.«

Seine Stimme klang unglaublich sanft, als käme sie von einem völlig anderen Wallingford, dem wahren, verborgenen, von dem sie so gern etwas eingefangen hätte, so ähnlich wie Mr. Burke vermutlich mit seinen wissenschaftlichen Geräten Luftproben einfing.

Sie trat einen Schritt zurück.

»Warte einen Augenblick hier«, sagte sie und rannte über die feuchten Steine zum Bootshaus.

Als sie wiederkam, die Arme mit Decken beladen, stand Wallingford immer noch barfuß mit gekreuzten Armen auf den Felsen.

»Was zum Teufel?«, fragte er und zog die Brauen hoch.

»Ich habe sie ins Bootshaus gelegt, falls wir mal ein Picknick machen wollen«, erwiderte Abigail leichthin. Dann legte sie ihm eine Decke über die Schultern und wickelte sich in eine andere ein.

»Ein Picknick.« Wallingford zog sie an sich. »Du bist verrückt.« Er küsste sie aufs Haar. »Völlig verrückt.«

Abigail zog ihn zu einem Felsen und lehnte sich davor auf den Boden.

»Nur für ein paar Minuten.« Unschlüssig ließ Wallingford seine Hand in ihrer; sie schüttelte sie leicht. »Nun komm schon. Der Skandal wird deinem Ruf sicher nicht schaden.«

»Da unten sieht's aber verflixt ungemütlich aus.«

»Du kannst deinen Kopf in meinen Schoß legen.«

»Gott steh uns bei.« Mit einem ergebenen Seufzer, der jedem Schauspieler Ehre gemacht hätte, ließ der Herzog sich neben Abigail nieder, legte beinahe behutsam einen Arm um sie und bettete ihren Kopf auf die Decke über seiner Schulter. »Ist es so warm genug?«

»Hmm.« Abigail schloss die Augen. »Du bist weder ein Grobian noch ein Schuft. Warum tust du nur immer so, Wallingford?«

Er streichelte ihren Arm.

»Ich tu nicht so. Ich bin so. Du bist diejenige, die die Wahrheit nicht sehen will.«

»Was für ein Unsinn. Wir haben doch alle niedere Instinkte. Manchmal vielleicht sogar Lilibet.«

»Ja, aber ich gebe ihnen viel zu oft nach. Mein Großvater hat mir das häufig vorgehalten. Er glaubt, das liegt daran, dass ich ein überaus privilegiertes Leben geführt habe und mir vom Augenblick meiner Geburt an nie etwas verwehrt worden ist.«

Staunend saß Abigail da und genoss sein Streicheln, seine Wärme und das erstaunlich intime Gespräch. Wahrscheinlich hatte er noch nie einem Menschen so viel über sich verraten. Warum ihr? Sie schmiegte sich enger an ihn.

»Bist du deshalb hier? Um zu beweisen, dass du ohne dein Herzogtum auskommen kannst?«

Wallingford wurde ganz still. Selbst sein Herzschlag schien für einen Moment auszusetzen.

»Sie sind einfach verrückt, Miss Harewood.«

»Du musst dich endlich entscheiden, wie du mich nennen willst, Wallingford. Entweder Abigail oder Miss Harewood.«

»Dann lieber Abigail.« Er küsste sie auf den Scheitel, der unter seinem Kinn ruhte. »Wenn du mir diese Gunst gewährst.«

Abigail saß still da und lauschte dem Klatschen der Wellen, dem Rascheln der Blätter und Wallingfords Atem, der über ihr Haar strich.

»Wenn du wirklich ein Schuft wärst, würdest du mich jetzt entehren.«

»Vielleicht hast du mich völlig verändert.«

»Nein. Ich glaube nicht, dass Menschen verändert werden können, nicht im Wesentlichen. Du bist, wie du bist; die Frage ist nur, wie du damit umgehen willst.«

»Ich habe einen freien Willen?«

»Ja, ich glaube schon. Wenn du es so nennen willst?« Abigail betrachtete ihre Hände, die sich unter Wallingfords Decke wieder auf die weichen Knöpfe seiner Weste gelegt hatten. Was er wohl tun würde, wenn sie sie aufknöpfte? »Schau dich doch an. In dir steckt so viel Gutes, aber du willst es niemandem zeigen, du verbirgst dein mitfühlendes Herz.«

»Mein *Herz?*«, wiederholte der Herzog, so als besäße er gar keins.

Abigail tätschelte seine Brust.

»Das mitfühlendste Herz auf der Welt. Nur dass es mächtigen Herzögen nicht erlaubt ist, so etwas zu haben, oder?«

»Davon wird im Allgemeinen abgeraten.«

Umfangen von Wallingfords Armen, wurde ihr ganz warm. Sie dachte nicht mehr an Flüche, treue Liebe und untreue Lords; sie genoss einfach diesen Zustand reinen Glücks, losgelöst von allem anderen.

Der Mond schien auf die beiden Menschen herab, die endlich friedlich vereint aneinandergeschmiegt am Seeufer saßen und sich an ihrem Zusammensein freuten. Dann verzog Abigails Mund sich zu einem riesigen Gähnen.

»Nun, vor mir brauchst du es nicht zu verbergen. Ich werde sehr gut darauf aufpassen.«

»Wirklich?«

»Ich verspreche es.«

Der Kopf wurde ihr schwer, und sie ließ ihn an Wallingfords Brust sinken. Dann zog sie unter den Decken die Knie an und legte ihre Beine über seine. Sein kräftiger Arm hielt sie aufrecht, so sicher wie … wie ein … wie einer von diesen … diesen …

Abigail schlug die Augen auf, denn sie fuhr in einer Kutsche. Aber einer, die ganz anders war als alle, die sie kannte. Denn erstens war sie komfortabel und zweitens warm und ziemlich muskulös, und sie hatte einen deutlichen Herzschlag, der wie eine Basstrommel in ihren Ohren dröhnte.

»Wohin bringst du mich?«, murmelte sie.

»In dein Zimmer.«

»Oh! Hört sich gut an.«

Wallingford lachte leise. Sie waren irgendwo draußen; sie glaubte, wieder die Pfirsichblüten zu riechen.

»Nur *du* gehst in dein Zimmer, Liebling. Um zu schlafen.«

Bei dem Wort *schlafen* war sie anscheinend wieder eingenickt, denn als sie das nächste Mal wach wurde, legte Wallingford sie gerade aufs Bett. Dann streifte er ihr das Kleid ab und löste das Mieder.

»Herunter damit«, sagte sie leise. »Weg mit all diesen furchtbaren Sachen.«

»Ich wage es nicht.« Doch er tat es trotzdem, mit peinlichem Geschick zog er ihr auch den Unterrock aus. Dann steckte er sie in Hemd und Unterhose unter die Decke.

»Wallingford«, flüsterte Abigail, gerade als er sich zurückziehen wollte, »was ist geschehen? Warum gerade jetzt?«

Er legte eine Hand an ihre Wange: »Ich weiß es nicht. Ich nehme an … Ich schätze, ihr habt mich zermürbt, ihr alle, indem ihr immer gegen mich gewesen seid. *Insbesondere* eine gewisse Miss Abigail Harewood, die niemals aufzugeben scheint.«

»Niemals.« Sie legte eine Hand auf seine. »Also, was machen wir morgen?«

»Wer weiß. Gute Nacht, Abigail.«

»Gute Nacht, Wallingford.«

Er küsste sie auf die Stirn und verschwand in der Dunkelheit.

ZWÖLF

Mittsommernacht

Der Duke of Wallingford streckte ein Bein aus und stieß mit dem Stiefel gegen Abigails Hüfte.

»Du bist schon wieder eingeschlafen«, sagte er.

Abigail schrak ganz reizend zusammen, wobei ihr das Haar, das sich aus den Nadeln gelöst hatte, über die Wange fiel.

»Nein, bin ich nicht. Wir waren doch gerade dabei … äh …« Sie schob das Haar hinters Ohr und blätterte eine Seite in dem Buch von Plutarch um, das in ihrem Schoß lag.

»Mach dir nichts draus.«

»Ich hab's gleich. Einen Moment.« Sie griff nach dem Brot auf der Decke neben ihr und riss geistesabwesend einen Bissen ab.

»Warum zum Teufel bist du heute Morgen so müde? Hast du dir vielleicht einen Geliebten zugelegt?«

Sie legte den Kopf schief und sah ihn mit ihren schrägen Elfenaugen von der Seite her an.

»Und wenn es so wäre?«

»Würde ich ihn natürlich zusammenschlagen.« Wallingford nahm ihr das Brot aus der Hand und riss ein Stück für sich selbst ab. Sie saßen im Schatten, geschützt vor der Sonne, nur ein einziger Strahl des Morgenlichts, nicht größer als eine Münze, fiel auf ihr kastanienbraunes Haar und ließ es goldrot aufleuchten.

Als sie den Kopf wieder über ihr Buch beugte, war das Schauspiel vorüber.

»Du hast kein Recht dazu«, sagte sie. »Du küsst mich so gut wie nie, eigentlich nur, wenn ich richtig ungezogen war. Kein Wunder, dass ich mir jemand anderen gesucht habe. Du hast mich in seine Arme getrieben.«

Wallingford lächelte nachsichtig. Nichts konnte ihn an diesem Morgen um seine gute Laune bringen. Er war früher als üblich aufgewacht, und als er die Augen aufgeschlagen und den goldenen Sonnenaufgang gesehen hatte, war er zu dem Schluss gekommen, dass er Abigail Harewood bitten würde, ihn zu heiraten.

Vielleicht sogar an diesem Tag.

Die Idee hatte natürlich schon seit einiger Zeit in seinem Hinterkopf herumgespukt, ohne dass er es zugegeben, geschweige denn ausgesprochen hätte. Seit er zum Mann herangereift war, hatte er, wenn er überhaupt ans Heiraten dachte, die Angelegenheit unter dem Punkt *Weitere Pflichten* eingeordnet und sich vage vorgestellt, dass er, wenn es nicht länger zu vermeiden war, eine passende Braut suchen, ein paar Kinder zeugen und dann den Rest seines Lebens mehr oder weniger genauso weiterleben würde wie zuvor, wenn auch etwas diskreter. Doch eine Frau lieb zu gewinnen und sie dann zu bitten, ihn zu heiraten, ihr Treue zu schwören und derlei Unfug? Das war schrecklich *bourgeois*.

Und da war er nun, auf dem besten Weg, sich zu verlieben, wenn er es nicht längst getan hatte, denn seit dem Augenblick, in dem Abigail ihn im regenüberströmten Stall des Gasthauses geküsst hatte, war er verloren. Und Abigail Harewood unter *Weitere Pflichten* einzuordnen war ein Frevel. Er konnte sich einfach nicht vorstellen, dass er sie in einer Wolke aus weißem Tüll in sein Haus am Belgrave Square trug und ihr dann regelmäßig einmal die Woche beiwohnte, während sie ihr Leben damit verbrachte, abends zu Wohltätigkeitsveranstaltungen und nachmittags zu Besuchen zu gehen, und er seines damit, abends im Club zu essen und nachmittags seine Mätresse zu besuchen. Nein, er wollte hier mit ihr leben, in diesem zauberhaften italienischen Schloss, und sie im Sonnenschein und unter dem Silbermond lieben.

Nur dass es noch nie so weit gekommen war. Er hatte sie kaum je geküsst, und auch das nur, wie sie gesagt hatte, wenn sie besonders ungezogen gewesen war und ihn – *ihn!* – zum Narren gehalten hatte.

Er hatte nicht mit ihr geschlafen, weil sie unschuldig war und er nicht.

Er hatte nicht mit ihr geschlafen, weil er sich zuerst dieses Privilegs würdig erweisen musste.

Er hatte nicht mit ihr geschlafen, weil er sich sicher sein wollte. Er hatte darauf gewartet, eines Morgens aufzuwachen, einen goldenen Sonnenaufgang zu sehen und zu wissen, dass Abigail zu heiraten das Richtige war, das einzig Richtige, und dass der Rest – das Haus am Belgrave Square und die *Weiteren Pflichten* – nicht darunter leiden würde.

Vorausgesetzt, sie wollte ihn haben.

Ein Hauch von Sorge überschattete seine unerschütterliche gute Laune. Immerhin hegte Abigail gegenüber der Institution Ehe und insbesondere gegenüber der mit einem Aristokraten gewisse Vorbehalte. Selbst wenn es ihm am Ende gelänge, sie im Hinblick auf den Belgrave Square und die *Weiteren Pflichten* zu beruhigen. Während andere Mädchen die Chance, Duchess of Wallingford zu werden (das hörte sich doch ganz nett an, dachte er liebevoll, während er Abigails weiche Wange betrachtete), mit beiden Händen ergreifen würden, wollte seine verrückte kleine Elfe vermutlich lieber mit einem furchtbar ausgemergelten Poeten durchbrennen und in eine möglichst verkommene, nach Norden ausgerichtete Mansarde in Paris ziehen.

»Jedenfalls«, fuhr Abigail fort, während sie sich demonstrativ wieder ihrem Plutarch zuwandte und eine weitere Seite umblätterte, »ist er wesentlich aufmerksamer, als du es heute Morgen bist.«

Bei Gott, er würde sie zu seiner Herzogin machen. Und mit ihr in eine Mansarde in Paris ziehen, wenn er musste, wo sie ihre seltsamen Nachbarn nächtens durch das Quietschen der Bettfedern wachhalten würden.

»Unsinn«, sagte er. »Ich tue alles, was du willst. Ich gehe jeden Tag picknicken und debattiere in Latein. Und jeden Abend unternehmen wir einen Spaziergang im Mondschein.«

»Es sei denn, es gibt keinen Mond.«

»Und vor Mitternacht bringe ich dich, wie es sich gehört, bis vor deine Zimmertür. Ein Gentleman durch und durch.«

»Ich habe mich nicht mit dir eingelassen, weil du ein Gentleman bist. Ganz im Gegenteil.«

Gott, sie war einfach perfekt. Warum hatte er diese Entscheidung nicht schon eher gefällt? Die Lösung war nicht nur richtig, sondern auch elegant.

Denn auch wenn dieser Grund ganz unten auf seiner Liste rangierte, war es eine schöne Vorstellung, dass er durch eine Heirat mit Abigail die Pläne seines Großvaters lässig durchkreuzen würde.

Von der eigenen Begeisterung angesteckt, legte er entschlossen die Hände auf Abigails Hüften.

»Was um Himmels willen soll das?«, begann sie. Schnell drückte er seine Lippen auf ihren Mund und machte ihrer Verwirrung ein Ende. Sofort nahm sie sein Gesicht in beide Hände und küsste ihn so leidenschaftlich zurück, dass ihm brennend heiß wurde vor Verlangen.

Abigail ließ sich zusammen mit ihm an den Baumstamm sinken, und er fuhr ihr mit der Zunge über die Lippen, bis sie sie seufzend öffnete und ihn einließ, ihm erlaubte, ihre süße, samtene Zunge zu kosten, während er eine Hand vorsichtig um ihre Taille legte. Irgendwann gegen Ende des heißen Mais hatte Abigail alle Unterröcke bis auf einen abgelegt, und nun war ihre warme Haut so verlockend nah, dass er trotz der Behinderung durch Kleid, Mieder und Unterhemd die Rundungen ihres Körpers ertasten konnte.

»Sag mal«, fragte sie an seinen Lippen, »welchem Umstand verdanke ich das Vergnügen dieses völlig unangemessenen Benehmens?« Ihre Daumen streichelten seine Wangen; ihre Finger sein Haar.

Wallingford küsste sich von ihrem Mund zum Ohr hinauf.

»Ich kann das Feld ja nicht gänzlich meinem Rivalen überlassen.«

»Hmm. Ja, er ist sehr erfahren. Du wirst wohl häufiger üben müssen.«

»Ich stehe stets zu Diensten.«

Abigail zog den Kopf zurück. Die Augen in ihrem zarten Gesicht waren sehr groß geworden.

»Wirklich, Wallingford? Stimmt das?«

»Bis zu einer gewissen Grenze.« Er fuhr mit dem Finger an ihrem Ohr entlang.

»Oh! Du machst dich wohl wieder nur über mich lustig. Warum diese sinnlose Selbstverleugnung, wenn selbst eine unerfahrene Jungfrau wie ich bemerken kann, dass du es kaum erwarten kannst, mich zu nehmen.«

Wallingford setzte sich wieder auf.

»Herrgott noch mal, Abigail.«

»Du meine Güte. Wirst du etwa *rot*? Glaubst du, mir würde nicht auffallen, dass du körperlich erregt bist? Du solltest wissen, dass ich mit den Funktionen der männlichen Anatomie durchaus vertraut bin.«

»Ja, offensichtlich.« Der Herzog widerstand dem Drang, an sich herunterzusehen. Er wusste nur zu gut, dass der fragliche Teil der männlichen Anatomie verzweifelt versuchte, der einengenden Hose zu entkommen, genau wie Abigail gesagt hatte.

»Du wirst ja *tatsächlich* rot! Wie hübsch das bei dir aussieht. Es macht dein Gesicht so lebendig.«

»Was es vorher deines Erachtens nicht war?«

Abigail seufzte enttäuscht.

»Sag, müssen wir damit weitermachen, kluge Bemerkungen auszutauschen? Ich würde viel lieber geküsst werden.«

Wallingford beugte sich vor, um ihrem Wunsch zu entsprechen, doch bevor er ihre Lippen erreichte, schnappte sie erschrocken nach Luft und stieß ihn fort.

»Warte einen Moment. Wie lange habe ich geschlafen? Wie spät ist es?«

Wallingford stöhnte und zog seine Uhr.

»Neun Uhr dreiundzwanzig.«

»Oh Gott. So spät schon? Es tut mir schrecklich leid, Liebling, aber ich muss sofort gehen. Ich habe der Morini versprochen, ihr bei den Masken für das Mittsommerfest zu helfen. Wir sind ziemlich im Verzug, obwohl ich die halbe Nacht wachgeblieben bin, um daran zu arbeiten …« Abigail war bereits aufgestanden, sammelte wahllos die Reste des Picknicks ein und warf sie in den Weidenkorb, in dem es bedenklich klirrte. Die Sonnenstrahlen, die durch die Blätter fielen, tanzten auf ihrem Haar.

»Masken für das Mittsommerfest?«, wiederholte Wallingford verständnislos, völlig fasziniert vom Anblick ihres Busens, der sich vor seinen Augen auf und nieder bewegte.

»Ja, für die Feier heute Abend. Du *hast* doch eine Maske, oder?«

»Natürlich habe ich eine Maske.«

Abigail hielt inne und drehte sich, eine Wasserflasche in der Hand, zu ihm um.

»Du hast es völlig vergessen, nicht wahr?«

»Natürlich nicht. Ich … meine Maske ist … bereits fertig. Schon … lange, wirklich. Sie hat eine« – er machte eine hilflose Geste mit dem Finger – »eine Feder, hier, an der Seite. Und an der anderen auch. Gänsefedern, um genau zu sein. Die mag ich so gern.« Treuherzig lächelte er sie an.

Abigail ließ die Flasche in den Korb fallen und applaudierte.

»Gut gespielt. Fast hätte ich dir geglaubt, bis du *Gänsefedern* gesagt hast.« Sie griff nach dem Korb. »Würdest du mir bitte bei der Decke helfen?«

Wallingford nahm ihr den Korb ab und stellte ihn ins Gras, dann hob er die Decke vom Boden auf und faltete sie zusammen. So heftig erregt, wie er im Moment war, war es wohl das Beste, sich nützlich zu machen. In den vergangenen Monaten hatte er gelernt, wie er das ständig schwelende Verlangen beherrschen, die sexuelle Erregung mit körperlicher Betätigung bekämpfen und seine Triebe steuern konnte. Eigentlich war es fast so wie mitten im See zu sein und zu wissen, dass er nichts anderes tun konnte, als weiterzuschwimmen, ganz egal, was er lieber getan hätte. Er hatte gelernt, das Aufflammen der Leidenschaft einfach zu genießen und nicht an einer hastigen Vereinigung, sondern an der Vorfreude Gefallen zu finden, an Berührungen und Blicken, an Abigail selbst.

Sie jedoch war ihm keine Hilfe dabei. Sie verstand ihn einfach nicht.

»Ich verstehe dich nicht, Wallingford«, sagte sie, während sie an seiner Seite durch die Bäume spazierte. Sie waren, wie meistens, zur anderen Seite des Sees gegangen, wo sie sicherer sein konnten, nicht entdeckt zu werden. »Schließlich sind wir weit entfernt von den Londoner Anstandsregeln. Ich bin willig und du offenbar auch. Worauf wartest du, um Himmels willen?«

Wallingford lächelte in sich hinein.

»Hast du noch nie von der Tugend der Selbstbeherrschung gehört?«

»Was weißt du schon davon? Du hast dich sicherlich nie darin geübt.«

»Du klingst verärgert, meine Liebe.«

»Ich *bin* verärgert.« Abigail blieb stehen und wandte sich ihm zu. »Du bist mit Dutzenden von Frauen im Bett gewesen. Warum nicht mit mir, Wallingford?«

Was konnte er darauf sagen? Er hängte den Korb über den Arm und berührte ihr Haar.

»Du kennst die Antwort.«

Abigail schlug seine Hand fort.

»Ja, du hast eine lästige und lächerliche Abneigung dagegen, Jungfrauen zu verführen, oder eher Jungfrauen aus gutem Hause: denn bei denen ohne Stammbaum habt ihr Herren sicher nicht solche Skrupel.«

»Das stimmt nicht. Ich habe niemals …« Er runzelte die Stirn. »Jedenfalls hat es nichts mit Skrupeln zu tun, sondern mit …«

Abigail wandte sich ab und ging weiter.

»Konventionen? Zweifeln?«

»Herrgott, nein. Damit … dass ich mich ändern will.« Die letzten Worte sagte er sehr leise, fast zu sich selbst.

»In welcher Weise?«

»Ich möchte genauso schrecklich sentimental sein, wie du es nicht ausstehen kannst. Erzähl mir mehr über diese Mittsommerfeier.« Er nahm den Korb wieder in die Hand.

»Oh, das wird großartig! Du musst einfach kommen, ich meine es ernst, Wallingford. Wir maskieren uns und tanzen zusammen mit den Dorfbewohnern im Hof. Lilibet und Alexandra und ich werden uns als Dienstmädchen verkleiden …«

»Dienstmädchen?«

»Laut Morini ist es Tradition, dass die Damen des Schlosses sich in der Mittsommernacht als Mägde verkleiden. Natürlich müssen wir es auch richtig machen und …«

Sie plauderte weiter über Anchovispaste und die örtliche Musikkapelle; doch Wallingfords Hirn hatte aufgehört zu funktionieren, denn der Satz mit den *Dienstmädchen* hatte ein Bild heraufbeschworen: Abigail in irgendeinem tief ausgeschnittenen Kleid, mit Brüsten, die fast aus dem Mieder quollen, und vielleicht sogar (oh, gütiger Gott!) mit einer Schürze um die schwingenden Hüften, wie sie ihm Leckereien auf einem Tablett darbot. Worte wie *Oliven* und *Füllung* und *Tuba* rauschten an ihm vorbei, während er sich im Geiste an ihrem Mieder zu schaffen machte, doch nichts ergab einen Sinn, bis er plötzlich heftig in die Rippen gestoßen wurde und eine empörte Stimme seine Träumereien unterbrach: »Sag, hörst du mir eigentlich zu, Wallingford?«

»Oh ja. Du hast von Tubas erzählt. Sehr lustig. Ich kann es gar nicht erwarten.« Wie bald, fragte er sich, würden diese schrecklichen Tubas im Schloss erscheinen? Ob es wohl möglich war, Abigail vorher beiseitezunehmen, natürlich in ihrem Kostüm, damit sie ihm diese Oliven eine nach der anderen in den Mund schieben konnte, ohne dass jemand dabei zusah?

Ob sie dabei auch eine Maske tragen würde?

Der Herzog schluckte schwer.

»Tubas, *also wirklich*. Du hörst mir gar nicht zu. Ich habe von der Bedeutung der Mittsommernacht gesprochen.«

»Mittsommer, natürlich. Der längste Tag des Jahres. Ein Grund zum Feiern, gewiss.«

»Die Bedeutung der Mittsommernacht für das *Schloss*. Es ist eine magische Nacht, die Nacht der Liebenden, sagt man. Und die Morini und ich haben alles sehr sorgfältig vorbereitet. Diesmal wird sicher nichts schiefgehen.«

Gerade als der Ausdruck *die Nacht der Liebenden* begann, die gleiche verstörende Wirkung auf Wallingfords Hirn zu haben wie der Satz mit den *Dienstmädchen*, fiel ihm etwas anderes auf.

Er legte den Kopf schief, schüttelte ihn leicht und fragte: »Was hast du gerade gesagt?«

»Dass wir alles sorgfältig vorbereitet haben. Du kannst dir nicht vorstellen …«

»Du hast *diesmal* gesagt. Als hätte es schon andere Male gegeben. Das heißt, andere Nächte.«

»Hab ich das? Du weißt doch, dass ich zu dummen Bemerkungen neige. Das hat nichts zu bedeuten.« Abigail beschleunigte ihre Schritte und ließ ihn etwas hinter sich, sodass er den Saum ihres einzigen Unterrocks hervorlugen sehen konnte und gelegentlich auch einen Blick auf ihre hübschen Fesseln erhaschte …

Genug.

Wieder schüttelte er den Kopf.

»Nein. Deine dummen Bemerkungen sind meistens sehr aufschlussreich, meine Liebe.« Mit großen Schritten holte er sie ein. »Heraus damit. Was hast du vor?«

»Gar nichts. Das ist doch absurd. Glaubst du, Philip braucht eine Maske? Ich bin nicht sicher, ob ich Zeit genug habe …«

»Abigail«, grollte der Herzog und fasste sie am Arm.

In ihrem Vorwärtsdrang aufgehalten, geriet sie ins Wanken. Wallingford fing sie gerade noch rechtzeitig auf, und zwar so geschickt, dass sie in seinen Armen landete. Hastig ließ er den Korb fallen und errötete erneut, vielleicht weil er so schnell gegangen war.

Oder nicht?

»Erzähl mir von der Mittsommernacht«, sagte er mit samtweicher Stimme.

Abigail schlug die Augen nieder und betrachtete das Stück Gras zwischen ihnen. Trotz der Morgenstunde war es bereits warm, und das zunehmende Flirren in der Luft versprach einen heißen Nachmittag. Auf Abigails Oberlippe glänzten bereits einige winzige Schweißperlen.

»Ich habe es dir doch schon gesagt«, meinte sie. »Es ist

eine magische Nacht, die Nacht der Liebenden. Ich hatte gehofft …« Sie hob eine Hand, legte sie auf sein Jackett und schaute beim Weiterreden auf ihre Fingerspitzen. »Dass du und ich … ach, lass mich doch nicht darum bitten …«

»Abigail.«

»Ich weiß, warum du mich nicht angerührt hast. Ich weiß, dass du versuchst, dich wie ein Ehrenmann zu benehmen, um zu beweisen, dass du dich beherrschen kannst. Und ich respektiere das, ehrlich. Aber …« Endlich schaute sie zu ihm auf, und er sah das pure Verlangen in ihrem Gesicht. »Du brauchst nicht so weiterzumachen. Ich bin keine Debütantin, kein Mädchen, das wie alle anderen nur heiraten will; das habe ich nie gewollt. Und das weißt du. Ich will keine Versprechungen und keine Verlobung. Ich bete dich an, mehr als je zuvor, auch das weißt du, und ich würde so gerne … ich glaube, du würdest es auch gerne tun, weil du mich magst… ich möchte … es dir gern *zeigen*, Wallingford. Ich möchte dich *kennenlernen*, alles an dir. Ohne Einschränkungen oder Verpflichtungen, einfach wie zwei Menschen, die … sich mögen, und die …« Sie stampfte mit dem Fuß auf. »Oh, lass mich doch nicht so weiterreden. *Sag* irgendetwas.«

Aber Wallingford fehlten die Worte. Er murmelte irgendetwas Nettes und küsste sie auf die Stirn. So war er wenigstens sicher vor ihrem durchdringenden Blick und ihren flehenden Augen.

»Du weißt, dass ich unberührt bin. Und ich wünsche mir von ganzem Herzen, dass du der erste Mann bist, der bei mir liegt. Kannst du mir den Wunsch nicht erfüllen?«, fragte Abigail leise.

Als der Herzog endlich wieder sprechen konnte, war seine Stimme heiser.

»Nicht der erste Mann, Abigail.« Wieder küsste er sie. »Der einzige.«

»Sag das nicht.«

»Ich sage, was ich will, verdammt noch mal. Ich habe mir nicht all diese Monate das Vergnügen versagt, in deinem Bett zu liegen, nur um am Ende eines ausufernden Dorffests über dich herzufallen …«

»Wann wäre es dir denn lieber?«

»In unserer Hochzeitsnacht natürlich«, blaffte der Herzog.

»*Wie bitte?*« Abigail schrak zurück.

»In unserer Hochzeitsnacht! Schau doch nicht so überrascht. Du kannst mir nicht weismachen, dass dir diese Möglichkeit nie durch den Kopf gegangen ist.« Noch während er das sagte, vermeldete eine überhebliche leise Stimme in seinem Hinterkopf, dass er soeben vermutlich den absolut ungeschicktesten Heiratsantrag in der gesamten Geschichte der romantischen Liebe gemacht hatte.

Was natürlich nur Abigails Schuld war. Diese Frau konnte selbst einen Heiligen zu Schandtaten hinreißen.

»Niemals! Nicht einen Augenblick! Was in aller Welt hältst du von mir, mein Lieber? Ich würde die schlechteste Herzogin der Welt sein und dich jeden Abend blamieren. Ich würde die ganze blödsinnige Aristokratie noch vor Weihnachten zu Fall bringen!«

»Um Himmels willen, Abigail, ich habe dir gerade die *Ehe* angeboten!«

»Und ich dir meine *Unschuld*!«

»Das sollte doch immer so sein!«

»Von *meiner* Seite aus schon! Aber bei dir ist das etwas ganz anderes, nicht?«

Wallingford warf die Hände in die Luft.

»Ich dachte, mein schändlicher Ruf als Lebemann wäre in deinen Augen ein Vorteil! Je mehr Erfahrung, desto besser, hast du gesagt!«

»Stimmt! Es ist mir egal, mit wie vielen Frauen du geschlafen hast. Aber *du* musst eine Jungfrau heiraten, oder? Und wenn ich keine mehr wäre, wenn dieses kleine Häutchen, das euch Narren so schrecklich viel bedeutet, nicht intakt wäre, hättest du niemals an Heirat gedacht. Du hättest mich längst ins Bett gezerrt und wahrscheinlich schon wieder vergessen.«

Zorn verschleierte Wallingfords Blick und ließ Abigails erhitztes Gesicht mit dem verletzten Ausdruck darin vor seinen Augen verschwimmen.

»Wie könnte ich dich denn vergessen, meine Liebe«, stieß er zwischen zusammengebissenen Zähnen hervor, »wenn du und deine verfluchten Freundinnen euch *weigert wegzugehen*?«

Eine tiefe, unüberbrückbare Stille breitete sich zwischen ihnen aus. Im Weinberg über ihnen war eine leise italienische Stimme zu hören, die etwas durch die Rebstöcke rief. Irgendjemand antwortete lachend.

»Oh!«, sagte Abigail schließlich. Dann stampfte sie mit dem Fuß auf und öffnete den Mund, um genauso schlagfertig zu antworten wie immer, doch ihr fiel nichts ein. »Oh!«, sagte sie noch einmal fassungslos und ging drei wütende Schritte auf das Schloss zu.

Dann blieb sie stehen, machte auf dem Absatz kehrt, kam vor den entsetzten Augen des Herzogs wütend zurückgestapft, trat den Picknickkorb um und marschierte mit empört hochgerecktem Kinn den Berg hinauf.

»Er ist ein Esel, Morini! Ein unglaublicher Esel, genau wie ich gesagt habe.« Mit einer Angriffslust, die üblicherweise dafür aufgespart wurde, das Vaterland vor barbarischen Attacken zu bewahren, klebte Abigail eine weitere Feder an ihre Maske.

»Was heißt Esel, Signorina?«, fragte die Haushälterin ruhig.

»Ach, Morini. Das ist so etwas wie ein Maultier. *Un asino.*«

»Signor Duca ist ein Esel?« Die Haushälterin wirkte erstaunt.

»Ja, könnte man sagen. Schließlich hat er sich so benommen. Wie ein dickköpfiger« – zornig klebte Abigail eine weitere Feder an – »dummer« – und drückte sie mit einem Faustschlag fest – »schlecht erzogener Esel.«

»Hat er Sie beleidigt?«

»*Ja*, das hat er! Er hat mir angeboten, mich zu *heiraten*!«, sagte Abigail, als hätte er ihr schimmligen Käse verkaufen wollen.

Die Morini schlug ihre bemehlten Hände so fest aneinander, dass die Dienstmädchen zu husten begannen.

»Aber das ist eine wundervolle Nachricht! Wundervoll! Endlich es ist aus mit dem Fluch!«

Abigail legte die fertige Maske zum Trocknen beiseite und griff nach einer anderen. Sie saß am Küchentisch und versuchte sich an der unmöglichen Aufgabe, vor Beginn der Feier um acht die restlichen Masken zu schmücken, während die Morini und die Dienstmädchen das Essen vorbereiteten.

»Wir brechen den Fluch nicht«, erwiderte sie, während sie die neue Maske betrachtete. Pailletten, dachte sie. Federn fingen an, sie zu langweilen. »Wie ich dir beinahe täglich, *täg-*

lich, Morini, gesagt habe, hat dieser Fluch mit der … Freundschaft zwischen Wallingford und mir nichts zu tun. Die kann uns nicht helfen. Wir müssen uns auf die anderen konzentrieren, die glücklicherweise so furchtbar verliebt sind, dass sie sogar tausend verfluchte Engländer erlösen könnten. Ich schätze, das Fest heute Abend wird endlich seinen Zweck erfüllen.«

»Aber Sie und der Herzog, Signorina! Es ist so romantisch. Er liebt Sie so.« Die Augen verträumt geschlossen, knetete die Morini den Brotteig.

»Ich versichere Ihnen, meine Liebe, und das, glaube ich, nicht zum ersten Mal, dass Wallingford der letzte Mann auf der Welt ist, von dem man ewige Liebe erwarten kann. Natürlich habe ich ihn schrecklich gern, und ich wünschte bei Gott, dass er diesen lächerlichen Keuschheitsschwur zumindest für *eine* Nacht vergessen würde …«

Francesca seufzte tief auf, und Abigail warf ihr einen scharfen Blick zu. Offensichtlich beherrschte die junge Frau das Englische immer besser.

»… und ich glaube wirklich, dass er sehr viel Gutes in sich hat, auf jeden Fall gute Absichten, aber ich …« Abigail versagte die Stimme, und die Pailletten verschwammen vor ihren Augen zu einem glitzernden Durcheinander. Wieder kam ihr diese magische Nacht in den Sinn, die Nacht im Pfirsichgarten, als sie ihn endlich durchschaut und einen Blick auf seine kostbare Seele erhascht hatte. In den Stunden am Seeufer, eingehüllt in Decken und Mondlicht, waren sie sich unglaublich nah gewesen, und obwohl sie seither jeden Nachmittag und oft auch morgens miteinander geredet, gelernt und gelacht hatten, war es ihnen nie gelungen, dieses Gefühl des Zusammengehörens, des Verschmelzens zweier

Körper zu einem einzigen, wunderschönen Ganzen wieder zu erleben. Oh Gott! Wie sehr sie sich nach ihm sehnte! Jede Nacht lag sie in ihrem Bett und weinte vor Verlangen. Nicht nur nach der sexuellen Vereinigung, von der sie bislang nur ziemlich vage und unrealistische Vorstellungen hatte, sondern nach seiner Nähe, nach dem Eins-Sein mit ihm. Er würde ihr niemals treu sein. Dafür war er genauso wenig gemacht wie ein Deckhengst, doch wenigstens diesen Moment völliger Übereinstimmung wollte sie noch einmal erleben.

Wenn Wallingford es nur zulassen würde.

»Er liebt Sie so sehr«, sagte die Morini wieder, während sie auf den Teig einschlug.

Abigail stand auf.

»Das sind viel zu viele Masken. Das schaffe ich nicht allein«, sagte sie. »Ich glaube, ich sollte die anderen suchen und sie um Hilfe bitten.«

»Signorina! Sie vergessen nicht die Pläne für heute Abend?«, rief die Haushälterin ihr nach.

»Bestimmt nicht, Morini«, versprach Abigail, die Hand an der Küchentür, »ich bin auch weiterhin Ihre treue Verbündete. Was die anderen angeht, wohlgemerkt, und nicht in eigener Sache.«

»Natürlich, Signorina.« Die Morini wandte sich wieder ihrem Teig zu. »Denken wir an die anderen.«

DREIZEHN

Er war ein Esel.

»Ich bin ein Esel, Lucifer«, sagte der Herzog laut.

Das Pferd war so höflich, nicht zustimmend zu schnauben. Während es leichtfüßig den Weg zum Dorf hinuntertrabte, schien es eher ein gewisses männliches Mitgefühl an den Tag zu legen, so als hätte es gern gesagt, *Mach dir keine Sorgen, Junge, bei Frauen benehmen wir uns alle wie Esel.*

Aber vielleicht bildete er sich das auch nur ein, dachte Wallingford. Immerhin waren dem Hengst im zarten Alter von dreizehn Monaten die Hoden entfernt worden.

Einen kurzen verrückten Augenblick lang beneidete der Herzog ihn fast.

»Aber verflucht noch mal! Sie hat wirklich ziemlich unvernünftig reagiert. Dabei habe ich ihr die Heirat angetragen. Ihr allen Ernstes angeboten, sie zur Duchess of Wallingford zu machen! Einer Herzogin von Großbritannien, was schließlich wesentlich bedeutender ist als diese wertlosen Titel in Europa, wo die gottlosen Adligen keine Ahnung vom Ältestenrecht haben und genauso viele Prinzen und Herzöge auf den Straßen herumlaufen wie Ladenbesitzer.«

Ein Mann kam ihnen entgegen, er hatte eine Ziege an der Leine, deren Hufe auf der festgetretenen Erde laut klapperten. Wallingford straffte die Schultern, wie es sich für einen

Herzog von Großbritannien gehörte, und nickte Mann und Tier würdevoll zu.

»Buon giorno«, fügte er im letzten Moment noch hinzu.

»Buon giorno, Signor Duca«, sagte der Mann und tippte sich an den Hut.

Mäh machte die Ziege.

»Ich nehme an, ich werde mich entschuldigen müssen mit allem Drum und Dran«, fuhr Wallingford fort, als der Mann wieder außer Hörweite war. »Soweit ich weiß, erwarten Frauen so etwas. Mein Gott! Weißt du, Lucifer, ich glaube nicht, dass ich mich bisher jemals bei einer Frau entschuldigt habe, es sei denn für eine unangemessene Ausdrucksweise, was nicht mitzählt. Vielleicht ist das ja schon immer mein Problem gewesen.«

Der Herzog wusste natürlich, dass das nur die Spitze eines ganzen Berges von Problemen war, den er mit sich herumtrug: eines großen Berges aus Arroganz und Anspruchsdenken, den es Stück für Stück abzutragen galt, wenn er zu einem liebenswerten Menschen werden wollte.

»Aus genau diesem Grund kann ich es mir nicht leisten, sie zu verjagen«, sagte er laut. »Sie ist die Einzige, die bereit ist, sich die nötige Mühe zu geben und die Aufgabe zu übernehmen.«

Die Straße machte eine Kehrtwende, und zwei Hasen flüchteten erschrocken ins Gebüsch, als sie Lucifer erblickten. Unter Wallingfords Hut bildete sich ein Schweißtropfen und rann am Ohr entlang zum Kinn herunter.

»Unter anderem werde ich lernen müssen, meine Zunge besser im Zaum zu halten«, sagte er. »Ich hätte das nicht sagen dürfen. Bei Gott, wenn die Frauen *wirklich* abreisen würden, wenn ich nicht jeden Morgen beim Aufwachen wüsste, dass Abigail in der Nähe ist, würde ich … würde ich … na, ich wäre nicht mehr derselbe. Sie raubt mir den Atem, alter Knabe. *Dir* das zu sagen macht mir nichts aus. Sie raubt mir manchmal den Atem mit ihrer Unschuld, mein Gott. Und damit meine ich nicht ihre Jungfräulichkeit; ich meine die Art, wie sie die Welt sieht. Wie sie *mich* sieht.« Der Herzog zögerte und fügte fast verwundert leise hinzu, »ihre Ehrlichkeit.«

Kleinlaut schüttelte er den Kopf, als seine Worte vom Wind davongetragen wurden. Was für banale Gefühle, und das bei ihm! Dem Duke of Wallingford! Aber so war es nun mal. Er nahm an, dass es ihm recht geschah, nachdem er im Laufe der Jahre so viele Frauen unglücklich gemacht hatte. Eine wohlverdiente Strafe nannte man das.

Im Dorf angekommen, begab er sich ohne Umwege zum Haus seines Bevollmächtigten, des einzigen Bediensteten, dem er es erlaubt hatte, ihm nach Italien zu folgen. Zu Beginn ihres Aufenthalts hatte Wallingford ihn beinahe täglich aufgesucht; seine gesamte geschäftliche Korrespondenz wurde an den Mann geschickt, denn der Herzog zog es sogar in seiner Abwesenheit vor, gut über den Besitz zu wachen, für den er so hart gearbeitet hatte, damit er sich von der Misswirtschaft und den Fehlentscheidungen seines Vaters erholte. Als er durch die Tür marschierte, war er überrascht über den erstaunten Ausdruck auf dem Gesicht seines Bediensteten.

»Euer Gnaden!«, rief der Mann und erhob sich von seinem Schreibtisch.

»Behalten Sie Platz«, sagte Wallingford und wedelte abwehrend mit der Hand. »Ich schaue nur rein zufällig vorbei. Gibt es etwas, das ich wissen sollte?«

»Äh, nein, Euer Gnaden. Alles in Ordnung. Ich habe die

Papiere, die Sie zurückgeschickt haben, gestern bekommen. Haben Sie noch weitere Instruktionen für mich?«

»Ja, Beveridge, in der Tat.« Wallingford nahm den Hut ab und legte ihn zusammen mit seinen Handschuhen auf eine Ecke des Schreibtisches. »Ich habe eine junge Dame gebeten, mich zu heiraten, und ich hätte gern, dass pro forma alle nötigen Verträge aufgesetzt werden, um das glückliche Ereignis so schnell wie möglich zu feiern, falls mir die Dame die Gunst und Ehre gewährt, meinen Antrag anzunehmen.«

Beveridge fiel fast die Kinnlade herunter.

»Natürlich, sofort, Euer Gnaden.«

Eine Stunde später, nachdem der Herzog die wesentlichen Unterschiede zwischen dem britischen und dem italienischen Eherecht einigermaßen verstanden hatte und er sich, höchst zufrieden mit den generösen Zugeständnissen, die er in seiner unendlichen Güte seiner widerspenstigen Elfe machen wollte, wieder auf den Heimweg gemacht hatte, wäre er an der erste Serpentine beinah mit seinem Bruder zusammengestoßen.

»Hoppla!«, sagte Lord Roland Penhallow und lenkte sein Pferd hastig nach rechts.

»Herrgott!«, rief Wallingford und wich nach links aus.

Den Pferden, die umsichtiger waren, gelang es, sich ohne Verletzungen wieder voneinander zu lösen. Der Herzog jedoch war verärgert.

»Du hättest nach links reiten sollen«, beschwerte er sich.

»Falls es dir noch nicht aufgefallen sein sollte, alter Knabe, wir sind auf dem *Kontinent.*«

»Nur weil man sich in einer unzivilisierten Ecke der Welt befindet, muss man doch keine unvernünftigen Sitten annehmen.«

»Nein, natürlich nicht, es sei denn, man möchte es vermeiden, auf der Straße zusammenzustoßen. In dem Fall ist es leider nötig.« Lord Roland schlug mit der Reitgerte nach einem vorüberfliegenden Insekt.

»Nur wenn man auf derselben Straße zufällig seinem törichten Bruder begegnet. Was mich gleich zu der Frage führt: Was zum Teufel tust du hier? Hast du etwas im Dorf zu erledigen?«

Die Zügel in einer Hand, die andere behandschuhte Hand auf dem Oberschenkel schaute Lord Roland zum Himmel empor, als wollte er nach dem Wetter sehen, während das Pferd unter ihm tänzelte.

»Du wirst es mir zwar nicht glauben, alter Junge, aber ich war auf der Suche nach dir.«

»Nach mir?« Beunruhigt zog Wallingfords Magen sich zusammen. »Es ist doch nichts passiert, oder?«

»Passiert? Im Castel Sant'Agata? Du musst dich im Jahrhundert vertan haben, Bruder.« Roland lachte sein berühmtes Lachen und wendete sein Pferd, um den Weg wieder hinaufzureiten. »Wenn du nichts dagegen hast, begleite ich dich.«

»Nur zu.«

Die Sonne schien so erbarmungslos auf Wallingford herab, dass das Haar unter der Reitkappe heiß wurde. Nicht ein Lufthauch wehte den Hügel herab, so als ob das gesamte breite Tal in Erwartung der Sonnenwende die Luft anhielte. Wallingford schaute wie sein Bruder zum Himmel empor und lachte.

»Was erheitert dich so?«

»Ich habe nur nachgedacht«, sagte der Herzog.

»Oh Gott, alter Knabe. Mach mir keine Angst. Einen Au-

genblick dachte ich schon, du hättest gesagt, du *denkst nach.*«
Gefährlich nah an Wallingfords linker Hand schlug Roland nach einem weiteren Insekt.

»Sehr witzig. Was ich sagen wollte, ist: Das letzte Mal, als wir so nebeneinanderher geritten sind, war es März, und wir wollten durch den Nieselregen und den Matsch zu diesem verfluchten Schloss, dann haben wir die gestrandeten Damen aufgelesen, und nun das.« Mit einem zufriedenen Blick in die Runde verwies Wallingford auf die veränderten Umstände, vom Wetter über die Landschaft bis zu den Damen.

»Eine große Verbesserung, findest du nicht?«

»Ich würde eher sagen, wir haben eine Sorte von Problemen gegen eine andere eingetauscht.«

Als die Brüder um die nächste Haarnadelkurve bogen, kam das Schloss mit den gelbgrauen Steinen vor dem strahlend blauen Himmel in Sicht.

»Wenigstens warst du so vernünftig, diese dumme Wette zu vergessen.«

»Ich habe sie nicht vergessen«, erwiderte Wallingford. »Ich … warte nur ab.«

Roland lachte.

»Du wartest ab? Nennt man das jetzt so?«

»Hör mal, mein Lieber. Anders als du in deiner haltlosen Art, habe *ich* so tugendhaft gelebt wie ein Mönch.«

»Ach, wir wissen doch alle, was in diesen mittelalterlichen Klöstern vorgegangen ist.«

Wallingford spürte, wie er ganz ohne Grund vor Zorn rot anlief.

»Wenigstens kann ich mit absoluter Sicherheit behaupten, dass ich Miss Harewood nicht angerührt habe. Hast du dich bei der Dame deines Herzens auch so zurückgehalten?«

Trotz der lauen Sommerluft war die Atmosphäre plötzlich sehr angespannt.

Roland stieß einen leisen Pfiff aus.

»Ich muss schon sagen.«

»Verzeihung, das war wirklich …«

»Sei still. Ich kann dich verstehen.« Roland zögerte. »Ist das wahr? Dann muss ich dich loben.«

Nun errötete Wallingford aus einem völlig anderen Grund. Er schaute auf seine Hände herunter und sagte leise: »Du scheinst schockiert zu sein.«

»Schockiert? Nein, beeindruckt trifft es eher. Ich wusste nicht, dass du dazu fähig bist.«

»Ich kann mich genauso gut beherrschen wie jeder andere, wenn …« Der Herzog ließ den Satz in der Luft hängen.

»Wenn du vorhast, das betreffende Mädchen zu heiraten?«, fragte Roland unglaublich sanft.

Wallingford riss sich zusammen.

»Das geht dich nichts an.«

»Oh doch, lieber Bruder. Schließlich stößt du mich damit als Erbe einige Sprossen der Leiter hinunter. Dabei habe ich das Herzogtum schon als meins betrachtet.«

»Gib die Hoffnung nicht auf, mein Lieber«, sagte Wallingford düster.

Ein langes Stück Weg war nichts zu hören außer dem rhythmischen Klacken der Hufe, die munter über Stock und Stein trabten. Das Schloss wurde immer größer, und an den langen, nun üppig bewachsenen Reihen der Rebstöcke wurden nach und nach die Blätter und Weintrauben sichtbar. Auf dem hinteren Hof liefen Menschen herum, die Tische und Bänke aufstellten. Wallingford sah zu seinem Bruder hinüber, der dem geschäftigen Treiben nachdenklich zusah: das goldene Haar, das unter seinem Hut hervorschaute, glänzte im Sonnenschein.

»Wolltest du mir nicht etwas sagen?«, fragte er.

Roland wandte sich ihm zu.

»Wie? Ach ja. Etwas verflixt Merkwürdiges. Gerade habe ich wieder darüber nachgedacht. Und mich gefragt, wie das alles zusammenhängt.«

»Was soll zusammenhängen?«

»Heute Nachmittag habe ich in der Bibliothek ein paar alte Geschäftsbücher durchgeblättert …«

»Wie bitte? Die Geschäftsbücher des *Schlosses*?«

»Ja, aus reiner Neugier«, sagte Roland mit einer viel zu lässigen Handbewegung, aus der der Herzog schloss, dass wohl eher die kindliche Neugier des kleinen Philip dazu geführt hatte. Da Abigail Harewood die Nachmittage inzwischen mit dem Herzog verbrachte, hatte Roland an ihrer Stelle den Unterricht des Jungen übernommen, ein überaus listiger Schachzug, den Wallingford nur loben konnte. Welche Mutter brachte es schon fertig, einem Mann zu widerstehen, der so viel Interesse an ihrem Sohn zeigte?

»Erzähl weiter«, sagte er.

»Nun, das war natürlich faszinierend, denn sie reichten bis zu den Medicis zurück, wie ich schon immer vermutet habe, und alles war in doppelter Buchführung, es ist kaum zu glauben! Ich war wirklich sprachlos, als ich das gesehen habe. Du würdest nicht glauben, wie viel damals für Silber …«

»Um Himmels willen, Roland. Kommst du bald zur Sache?«

»Tu ich doch, du ungeduldiger alter Griesgram. Jedenfalls führte eins zum andern, bis ich auf die alten Besitzurkunden stieß, und weißt du, was ich da entdeckt habe?«

»Offensichtlich nicht. Sonst würde ich deinen langweiligen Ausführungen längst nicht mehr zuhören.«

»Ich habe etwas ziemlich Seltsames entdeckt«, sagte Roland mit dramatischer Betonung. »Nämlich dass dieser Rosseti, wer immer das sein mag, gar nicht der Besitzer dieses alten Gemäuers ist.«

»Nicht?« Wallingfords Gedanken kehrten zurück zu dem schrecklichen Augenblick, in dem er mit zwei völlig identischen Mietverträgen in den behandschuhten Händen im Nieselregen vor dem Schloss gestanden hatte. »Aber in den Verträgen stand klar und deutlich …«

Roland schüttelte den Kopf.

»Es gehört ihm nicht. Ich habe die Besitzurkunde mit eigenen Augen gesehen.«

»Na so was.« Wallingford drückte das Rückgrat durch, denn sie näherten sich der Hügelkuppe, und der Pferdestall war nur noch eine Viertelmeile entfernt. Lucifer beschleunigte den Schritt und zerrte ungeduldig an den Zügeln, die der Herzog straff hielt.

»Willst du mich denn nicht fragen, wem das Schloss *in Wahrheit* gehört?«, fragte Roland nach einer kurzen Pause.

»Ist das wichtig? Wahrscheinlich ist dieser Rosseti so etwas wie ein Vermittler, obwohl ich mir beim besten Willen nicht vorstellen kann, wie das legal …«

»Oh, es ist wichtig. Sehr wichtig sogar.«

Mit gerunzelter Stirn sah Wallingford ihn an.

»Und warum?«

»Weil«, Roland strich sich mit dem Daumen über den Mundwinkel, »das Schloss im Jahre 1591 in den Besitz des Earl of Copperbridge übergegangen ist.«

Wallingford gefror das Blut in den Adern.

»Copperbridge! Aber das ist doch …«

»Ja genau. Ein Höflichkeitstitel, den wir beide nur zu gut kennen.« Roland stieß einen tiefen Seufzer aus und schüttelte den Kopf. »Die schreckliche Wahrheit, lieber Bruder, ist leider, dass der Besitzer des Castel Sant'Agata niemand anderer ist als …«

Wallingfords Faust landete mitten auf seinem Oberschenkel. Dann schaute er zum Himmel empor und schrie in die gleißende Sonne: »Der verfluchte Duke of *Olympia.*«

Abigail Harewood schaute an sich herunter und rückte ein letztes Mal ihr Mieder zurecht, ehe sie sich um Lilibet kümmerte.

»So«, sagte sie, während sie den Ausschnitt ihrer Cousine einen strategisch wichtigen Zentimeter nach unten zog, sodass das seidene Unterkleid aus dem eng geschnürten Mieder hervorlugte. »Du siehst großartig aus. Morinis Küche ist dir so gut bekommen, dass man dich kaum wiedererkennt.«

Lilibet sah sie einen langen Moment forschend an, dann richtete sie den Blick nach unten und betrachtete die kaum zu bändigende Fülle ihres Busens, der in der Tat wesentlich fülliger war als der, mit dem sie vor über drei Monaten ins Schloss gekommen war. Welche Wirkung eine gut ausgebildete Köchin doch auf die Reize einer Frau haben konnte! Ehrfürchtig schüttelte Abigail den Kopf.

Verunsichert zupfte Lilibet an dem Hauch Seide, der ihre Brustspitzen vor allgemeiner öffentlicher Bewunderung bewahrte.

»Meinst du nicht, ich bin etwas zu dick geworden?«

»Lord Roland scheint es jedenfalls nichts auszumachen.« Abigail zog Lilibets Schürzenbänder ein letztes Mal fest zusammen, um die Rundungen von Taille und Hüfte zu betonen. Nicht, dass man bei ihrer Figur viel hätte nachhelfen müssen oder dass Penhallow noch Ermunterung bräuchte. Aber sie und die Morini hatten sich geschworen, nichts dem Zufall zu überlassen. »Wie er dich anschaut! Manchmal könntest du ruhig etwas Mitleid mit ihm haben, weißt du?«

»Woher willst du wissen, dass ich mich nicht hin und wieder seiner erbarme?«, fragte Lilibet ein wenig spitz und schob Abigails Hände weg.

»Dein Zimmer liegt direkt neben meinem, meine Süße. Wenn ich hören kann, dass Mr. Burke jeden Morgen in aller Herrgottsfrühe Alexandra zurückbringt, wäre mir so etwas sicher auch nicht entgangen.« Abigail drehte sich um sich selbst. »Wie sehe ich aus?«

»Einfach hinreißend. Du wirst dich von Wallingford fernhalten müssen.«

»Ich bezweifle, dass der Herzog uns mit seiner Anwesenheit beehrt«, erwiderte Abigail so lässig wie möglich. Sie war dankbar für die Maske, die es ihr erlaubte, unbeobachtet Grimassen zu schneiden, auch wenn das Ding juckte wie der Teufel. Den ganzen Nachmittag hatte sie nach Wallingford Ausschau gehalten: erst mit stolzer Verachtung, sicher, dass er reumütig zu ihr zurückkehren würde; dann, als der Abend näher rückte, leicht besorgt; und nun mit fatalistischer Resignation und jämmerlichem Selbstmitleid. Sie hatte sich wie ein kleines Kind benommen; großer Gott, ihn so anzufahren und dann auch noch den Picknickkorb umzutreten! Dabei hatte er ihr die Ehe angeboten – die *Ehe*! Der eisernste Junggeselle Englands! –, was völlig unnötig und noch dazu unerwünscht war, aber immerhin eine sehr schöne Geste, die eine erfreuliche Zuneigung zu ihr zeigte und ihn vermutlich große Mühe gekostet hatte. Und was hatte sie getan? Sie hatte abgelehnt, natürlich! Sicher war sein armes mitfühlendes Herz gebrochen, genau wie die Picknickteller in dem umgeworfenen Korb, die einige sehr seltsame Geräusche gemacht hatten.

Er hatte das Recht zu schmollen. Das gestand sie ihm zu. Wenn er es nur nicht an diesem Tag täte, ausgerechnet an diesem Abend.

In der Mittsommernacht.

»Signorina, alles ist fertig«, sagte die Morini neben ihr.

Abigail wandte sich um. An einem Ende des Küchentisches standen Tabletts mit gefüllten Oliven, und in der riesigen Feuerstelle schmorten mehrere Braten. Die Hitze war beinahe unerträglich, obgleich die offenen Fenster die Nachtluft hereinließen, die sich in der Abenddämmerung endlich abkühlte. Sie nahm ein Tablett mit Oliven und reichte es Lilibet.

»Na los! Ich hole Alexandra. Wir kommen gleich nach.«

»Aber ich …«

»Oder soll ich Francesca mit den Oliven rausschicken? Ich glaube, Penhallow ist schon auf dem Hof …«

Hastig drehte Lilibet sich um und marschierte aus der Küche. Durch das Fenster drang das Fideln der Geigen und das tiefe Dröhnen der sich einstimmenden Tuba.

Abigail wandte sich der Haushälterin zu.

»So, es hat begonnen. Ich hoffe nur, dass Sie wissen, was Sie tun.«

Die Morini lächelte weise.

»Vertrauen Sie mir, Signorina. Heute Nacht kommt alles zusammen. Es ist Mittsommer, eine magische Nacht. Es …«

In dem Augenblick kam die Dowager Marchioness of Morley durch die Tür gerauscht, blieb vor ihnen stehen und zupfte mit ihren langen Fingern am Schnürband ihres Mieders, das unter der ausladenden Oberweite des bloß gelegten Harewood'schen Dekolletés kaum zu sehen war.

»Das ist schlichtweg unanständig«, sagte sie.

Um zehn Uhr hatte der Duke of Wallingford sich immer noch nicht blicken lassen.

Das Beste war, sich zu beschäftigen, dachte Abigail, und drängte jeden Gedanken an den Herzog entschlossen beiseite, indem sie sich so eifrig beschäftigte, dass ihre Arme schwer wurden von der Anstrengung, endlose Tabletts voll Essen und Trinken zwischen der Küche und dem Hof hin- und herzutragen, und ihre Füße trotz der robusten Lederschuhe zu schmerzen begannen.

»Sie müssen sich ausruhen, Signorina. Setzen Sie sich«, sagte die Morini, die auf den Hof heraustrat und sich die Hände an der Schürze abwischte. Das Dessert war bereits serviert, und die Musikkapelle stimmte unter dem zunehmenden Mond eine schwungvolle Polka an.

»Ausruhen? Mich setzen? An einem so wunderschönen Abend?« Abigail atmete tief ein, so als wollte sie die festliche Stimmung in sich aufnehmen, die in der Tat zauberhaft war: Eine sanfte kühle Brise strich über den Hang, und aus der Küche drang der süße Duft von Makronen, *Panettone* und frisch gebackenem Brot. Die Dorfbewohner begannen bereits, die Tische beiseitezuschieben, und sich, die schwermütige toskanische Nüchternheit abwerfend, die Männer lachend, die Frauen kichernd, in Reihen auf dem Hof zum Tanz aufzustellen.

Nur eine Gestalt war am Tisch sitzen geblieben. Ihre weiße Maske schimmerte golden im Fackelschein, und ihre Brüste ragten bedenklich weit aus dem Mieder heraus. Das feste Kinn in die schmale Hand gestützt, glitt ihr Blick sehnsüchtig über das bunte Kaleidoskop der Tänzer.

»Alexandra, meine Liebe.« Sanft legte Abigail eine Hand auf die Schulter ihrer Schwester. »Warum tanzt du nicht?«

»Oh.« Alexandra schien sich zu sammeln. »Ich trau mich nicht. Wenn ich noch einen einzigen Schritt mache, rutscht mir womöglich alles aus dem Ausschnitt, und ich glaube nicht, dass diese toskanischen Männer sich jemals davon erholen würden.«

»Unsinn. Zum einen schützt dich noch mindestens ein Zentimeter vor dieser Schmach, und zum anderen sind all diese toskanischen Männer so betrunken, dass sie sich an nichts mehr erinnern werden.«

Alexandra lachte und legte eine Hand auf die ihrer Schwester.

»Falls du dich nach einem gewissen rothaarigen Wissenschaftler aus unserer Bekanntschaft sehnen solltest«, sagte Abigail, »möchte ich dich darauf hinweisen, dass diese Form von Melancholie angeblich am besten kuriert wird, indem man sich aufrafft und sich trotzdem amüsiert.«

»Ich sehne mich nach niemandem. Und abgesehen davon, wüsste ich nicht, mit wem ich tanzen sollte.«

Abigail strich ihr über den Arm und nahm sie bei der Hand.

»Komm mit, du Feigling.«

Alexandra auf die Tanzfläche zu zerren war in etwa vergleichbar mit dem Versuch, Parzival, den Ziegenbock, in sein Gehege zu bringen, doch seit ihrer Ankunft im Castel

Sant'Agata meisterte Abigail diese Herausforderung beinah jeden Morgen, und am Ende siegte die Erfahrung.

»Ich glaube nicht, dass man die Schritte kennen muss«, rief sie über das gnadenlose *Umpta* der Tuba und das schrille Wimmern der Geigen hinweg. »Die anderen kennen sie auch nicht.«

»Fast wie in London«, rief Alexandra zurück.

Die Fackeln flackerten und die Musikkapelle spielte und der letzte Schein der Sonne verschwand hinter den Hügeln im Osten. Alexandras Wangen röteten sich von der Anstrengung beim Tanz, bei dem sie von einem Partner zum anderen weitergereicht wurde. Als endlich ein Lächeln auf ihren Lippen erschien und ihre Augen vor Vergnügen funkelten, entfernte Abigail sich heimlich von der Menge und ging zu Morini in die Küche.

»Alexandra ist auf der Tanzfläche«, sagte sie. »Ich glaube, sie ist so weit. Aber ich weiß nicht, wo zum Teufel Finn ist, und ich kann …«

Die Morini sah auf. Sie saß am Tisch vor einem Tablett mit sechs kleinen Gläsern, die sie aufmerksam betrachtete. Jedes Glas war genau zu drei Vierteln mit einer klaren Flüssigkeit gefüllt, und ringsherum standen und lagen verschiedene Flaschen und Kräuter.

»Morini«, sagte Abigail düster, »warum haben Sie *sechs* Gläser vor sich?«

»Hören Sie, Signorina …«

»Ich habe Ihnen – obwohl Sie mir anscheinend überhaupt nicht zuhören – bei zahlreichen Gelegenheiten gesagt, dass Wallingford mit den Plänen für diese Nacht *nichts* zu tun hat. Und mit anderen Plänen übrigens auch nicht.«

»Was macht das schon für einen Unterschied, Signorina? Es ist nicht schlimm, der Natur zu geben einen kleinen Stoß.« Die Haushälterin machte eine knappe Handbewegung, die diese freundliche Unterstützung illustrierte.

»Nicht schlimm? Es wäre *nicht schlimm*? Wenn ich beim Aufwachen feststellen sollte, dass ich an den berüchtigtsten Frauenheld der ganzen britischen Inseln gekettet bin?« Das war vielleicht nicht ganz fair, nicht einmal sachlich korrekt, doch Abigail sah keinen Grund, sich von einer so nichtigen Kleinigkeit wie der Wahrheit aus dem Konzept bringen zu lassen, wenn sie im Wesentlichen recht hatte.

»Der Herzog liebt Sie. Er ist kein Frauenheld.«

Anklagend deutete Abigail mit dem Finger auf das Tablett mit den Gläsern.

»Wenn Sie das wirklich glauben, haben Sie wohl selbst von dem Zeug da getrunken! Nein, ich will keinen Liebestrank haben, der meine Gedanken verwirrt und Gott weiß was mit meinem gesunden Menschenverstand anstellt.«

Die Morini stand auf und nahm zwei Gläser.

»Sie hören nicht zu, Signorina. Sie möchten eine Nacht mit dem hübschen Herzog verbringen, ja?«

Abigail musterte die beiden Gläser und sagte: »Wenn die Gelegenheit sich ergäbe, würde ich nicht nein sagen.«

Die Morini hielt ihr die Gläser hin.

»Das ist Ihre Gelegenheit, Signorina. Der Herzog ist stolz, und er denkt an Ehre, er wird nicht versuchen, Sie zu verführen. *Das* hier, Signorina. *Das* wird dafür sorgen, dass er vergisst diese Sachen. Das bringt Ihren hübschen Herzog dazu, seine Arme zu öffnen.«

Die Lampe auf dem Tisch neben dem Tablett flackerte und verlieh der Flüssigkeit einen öligen, beinah schillernden Glanz. Die Morini ließ sie leicht in den Gläsern kreisen.

Abigail kreuzte die Arme.

»Was ist das?«

»Ein bisschen Limoncello und ein paar andere Sachen.«

»Was genau?« Mit schmalen Augen musterte Abigail die Flaschen auf dem Tisch.

»Das ist ein Geheimnis, Signorina. Keine Angst.« Verführerisch schwenkte sie ein Glas vor Abigails Augen.

Abigail schaute auf das glitzernde Getränk. Dann fuhr sie sich mit der Zunge über den Gaumen, der seltsam trocken geworden war. Unsicher nahm sie der Haushälterin das Glas aus der Hand und hielt es in die Höhe.

»Ist es wirklich harmlos? Sind Sie auch sicher?«

»Ganz sicher, Signorina. Es bringt nur reine Liebe.«

»Ich gehe davon aus«, sagte Abigail gedehnt, »dass kein Priester in der Nähe ist, falls mein Verstand mich verlassen sollte.«

»Nein, Signorina. Es geht nur um die Liebe.«

»Und die Nacht ist so wunderschön, so perfekt, die Nacht der …«

»… Liebenden«, beendete Morini den Satz für sie.

Abigail drehte das Glas hierhin und dorthin und bewunderte die Klarheit und den Glanz des Trankes, der von innen heraus zu leuchten schien und einen schwachen Zitronenduft verströmte. Dann führte sie es näher an die Nase heran und atmete tief ein. Ja, er roch nach Zitrone und etwas anderem, Wunderschönem, und sofort wurde sie von einem Gefühl des Friedens, einer köstlichen, sehnsüchtigen Vorfreude ergriffen.

»Sehen Sie, Signorina? Es ist harmlos. Überlassen Sie sich dem Schicksal.«

»Dem Schicksal. Ja. Ich bringe das Glas gleich zum Herzog.« Abigail drehte sich auf dem Absatz um.

»Warten Sie, Signorina! Es geht nicht, wenn Sie nehmen nur eins.« Die Morini hielt ein anderes Glas hoch und wackelte vorsichtig damit. »Es müssen zwei sein. Eins für den Herrn und eins für die Dame.«

Trotz des köstlichen Nebels in ihrem Hirn überlief Abigail ein warnender Schauer, der aber gleich wieder vorüber war.

»Eins für die Dame?«

»*Si*. Es müssen immer zwei sein, Signorina. Ein Glas für jeden.«

Das schien Sinn zu ergeben. Alles schien im Moment Sinn zu ergeben und absolut richtig zu sein, ganz egal, was es war. Abigail nahm der Haushälterin das Glas aus der Hand.

»Also gut. Wenn es sein muss.«

»Ja, Signorina. Nun Sie gehen zu Ihrem hübschen Duke. Und erfüllen ihm seinen Herzenswunsch.«

»Das werde ich, Morini! Das werde ich!«, rief Abigail und lief, in jeder Hand ein kostbares Getränk, wie auf Wolken zur Küche hinaus.

Einen Augenblick später steckte sie den Kopf wieder durch die Tür.

»Ach, Morini. Mir fehlt eine winzige … kleine Information. Sie wissen wohl nicht … nein, woher *sollten* Sie … jedenfalls habe ich mich gefragt …«

Die Morini schickte sich gerade an, das Tablett vom Tisch zu nehmen. Ohne sich umzudrehen, sagte sie: »Er ist in der Bibliothek, Signorina. Der Herzog ist in der Bibliothek, den ganzen Abend schon.«

VIERZEHN

Die verdammte Tuba blies immer und immer wieder die gleichen zwei Töne durchs offene Fenster der Bibliothek, bis der Duke of Wallingford schließlich mit Vergnügen eins seiner kleineren Güter für die Gelegenheit geopfert hätte, einen ausgewachsenen Fasan samt Federkleid in ihren Schalltrichter stopfen zu können.

Zuerst hatte er das Fenster geschlossen, doch das alte Glas hielt den Lärm kaum ab, filterte nur die mildernde Wirkung der anderen Instrumente heraus. Zudem war ihm bald klar geworden, dass es die einzige Frischluftquelle in dem stickigen, büchergefüllten Raum gewesen war, der fast den ganzen Nachmittag in der Sonne geschmort hatte.

Ersticken oder langsam den Verstand verlieren? Er konnte es sich aussuchen.

Am Ende öffnete er das Fenster wieder, da er meinte, auf dem unvermeidlichen Weg in den Wahnsinn schon so weit fortgeschritten zu sein, dass er den Rest der Reise auch stilvoll hinter sich bringen konnte.

Dann ging er an den Tisch zurück, zog sein Jackett aus und hängte es über die Stuhllehne. Doch kaum hatte er seine Manschetten geradegezogen und sich wieder hingesetzt, ging die Tür auf, und Abigail Harewood schwebte herein.

Jedenfalls schien sie es zu sein. Eine weiße Federmaske verdeckte ihr Gesicht, und ihr Kleid – wenn man das bisschen Stoff so nennen konnte – war oben so tief ausgeschnitten und unten so kurz, dass er sich nicht auf irgendwelche anderen unverkennbaren Merkmale konzentrieren konnte.

»Oh, hallo«, sagte sie. »Da bist du ja. Darf ich hereinkommen?«

Hastig schlug Wallingford die Augen nieder, um sich vor dem Anblick ihres ausladenden Dekolletés zu schützen, doch es war schon zu spät: Das Bild hatte sich in tadelloser fotografischer Schärfe in sein Hirn eingebrannt.

»Besser nicht«, sagte er.

»Habe ich dich beim Lesen gestört, ja? Tut mir leid.«

Sie hörte sich alles andere als zerknirscht an. Wallingford sah wieder auf. Abigail hielt zwei kleine Gläser in der Hand und betrachtete ihn mit einem Lächeln, das er als schüchtern bezeichnet hätte, wüsste er es nicht aus leidvoller Erfahrung besser.

Erwartungsvoll sah sie ihn an, da fiel ihm ein, dass er nicht geantwortet hatte.

»Ja, das hast du. Was zum Teufel machst du hier? Solltest du den Dörflern nicht Oliven servieren?«

»Oh, die Oliven sind schon lange gegessen. Jetzt tanzen sie. Die Dorfbewohner, meine ich, nicht die Oliven. Was liest du da?« Langsam kam sie auf ihn zu. Sie wirkte … verunsichert. Abigail Harewood? Gewiss nicht.

Wallingford steckte das Bündel Papiere auf dem Tisch in die Ledermappe zurück.

»Nichts Besonderes.«

Abigail lachte.

»Warum in aller Welt liest du etwas, das nicht besonders interessant ist?«

»Du hast mich missverstanden. Was ich lese, ist nicht besonders interessant für eine gewisse Miss Harewood.« Wallingford lehnte sich zurück und legte die Fingerspitzen aneinander wie einer seiner eitlen Lehrer in Oxford. »Für mich dagegen sehr.«

Mit den Gläsern in der Hand blieb Abigail ein paar Schritte vor ihm stehen. Das Lampenlicht umgab ihr kastanienbraunes Haar mit einem Strahlenkranz.

»Ich verstehe. Du bist immer noch böse auf mich.«

Wallingford saß auf seinem Stuhl, sah sie an und versuchte, das verführerische Bild zu ignorieren, das sie mit ihrer Maske und ihrem provozierenden Kostüm abgab, und alles beiseitezuschieben, was er von ihr wusste und für sie fühlte. Die Anstrengung war so gewaltig, als wollte er einen Felsen verrücken.

»Sagen Sie, Miss Harewood«, begann er leise.

»Nein, nicht. Nenn mich nicht Miss Harewood, nicht in diesem Ton, so schrecklich distanziert. Du hörst dich an wie einer von diesen hochnäsigen Aristokraten.«

»Ich bin einer von diesen hochnäsigen Aristokraten.«

Abigail kam noch etwas näher, stellte die Gläser nacheinander auf dem Tisch ab und stützte sich auf die Kante.

»Du weißt, was ich meine.«

Um zu vermeiden, dass sein Blick sich in gefährliche Tiefen verirrte, heftete Wallingford ihn fest auf ihr Gesicht.

»Sagen Sie, Miss Harewood, wie lange kennen Sie meinen Großvater, den Duke of Olympia, schon?«

Abigails Überraschung war so groß und deutlich, dass der Herzog vor Erleichterung fast in sich zusammengesackt wäre.

»Deinen Großvater? Ich verstehe nicht ganz. Kenne ich ihn überhaupt?«

»Sag du es mir.«

»Ich … weiß nicht. Ich glaube nicht, aber Alexandra stellt mich bei Dinnerpartys immer wieder irgendwelchen Männern vor, und ich kann sie nie auseinanderhalten. Wie sieht dein Großvater aus?«

Gern hätte Wallingford die Ellbogen auf den Tisch gelegt und sich vorgebeugt, doch da Abigails Busen zufällig genau auf seiner Augenhöhe aus dem Mieder quoll, zwang er sich stillzuhalten.

»Hellgraues Haar, ziemlich groß und überheblich.«

»Also ungefähr so wie du in fünfzig Jahren.«

Wallingfords Mundwinkel zuckten.

»Der Apfel fällt nicht weit vom Stamm.«

»Nun, ich kann es nicht mit Sicherheit sagen. Dieser Beschreibung nach könnte die Hälfte der Jungs aus dem Pub dein Großvater sein, die andere Hälfte ist einfach zu klein. Kleidet er sich gut?«

»Außergewöhnlich gut.«

»Dann fallen wohl noch ein paar mehr weg. Aber falls ich ihm allen Ernstes begegnet sein sollte, kann ich mich nicht an sein Gesicht erinnern, geschweige denn an eine Unterhaltung. Warum um alles in der Welt fragst du mich das, Wallingford?«

Weil ich vermute, dass mein Großvater mich zum Narren gehalten hat.

»Bist du sicher?«, fragte er.

»Habe ich nicht gerade gesagt, dass ich *nicht* sicher bin? Worauf willst du hinaus?« Die Augen hinter der Maske schienen sich zu verengen.

Wallingford presste die Fingerspitzen so fest aneinander, dass sie weiß wurden, und fragte höflich: »Du hast ihn nicht etwa im Winter getroffen und einen Plan mit ihm geschmiedet, der dir eine Herzogskrone einbringt und dem lasterhaften Treiben seines nichtsnutzigen Enkels endlich ein Ende setzt?«

In dem Moment, in dem er die Worte äußerte, erkannte er, wie absurd sie waren. Er legte eine Hand auf die Ledermappe, so als wollte er sich der Echtheit der Papiere versichern, die er den ganzen Nachmittag und Abend studiert hatte. Ohne einen Bissen zu essen, wie ihn sein Magen mit einem äußerst peinlichen Grummeln erinnerte.

Abigail lachte derweil hemmungslos.

»Eine Herzogskrone? Das kann nicht dein Ernst sein. Ich soll mich mit deinem *Großvater* zusammengetan haben?« Hilflos brach sie auf dem nächsten Stuhl zusammen. »Bist du verrückt geworden, oder machst du dich nur über mich lustig?«

»Ich habe gewisse Dinge erfahren …«

»Und das, nachdem ich dich heute Morgen so ungnädig abgewiesen habe. Ehrlich, Wallingford!«

»Keine echte Lady nimmt den ersten Antrag an.«

Abigails Lachen erstarb. Sie stützte die Ellbogen auf die Knie und verschränkte die Hände.

»Es *ist* dein Ernst. Du *meinst*, was du sagst.«

Irgendetwas an ihrem bestürzten Ton ließ Wallingford fast wieder in sich zusammensacken, als wäre in ihm eine Mauer eingestürzt.

»Ich dachte nur …«

»Liegt es an dem, was ich heute Morgen gesagt habe? Es tut mir *wirklich* leid. Ich hatte nicht vor, so schroff zu sein. Du hast mich überrascht, das ist alles. Sonst hätte ich dich nie so gekränkt.«

»Gekränkt?«

Graziös wie eine Elfe erhob Abigail sich, eilte zu ihm und sank neben seinem Stuhl auf die Knie.

»Ja, mein Lieber. Du benimmst dich manchmal so furchtbar, dass ich vergesse, wie verletzlich du bist. Bitte verzeih mir.« Sie legte gleich über dem Knie eine Hand auf sein Bein. »Du weißt doch, dass ich dich anbete.«

Wallingfords Mund war trocken geworden vor Schreck, und Unentschlossenheit lähmte ihn: Sollte er sie umarmen oder lieber weglaufen? »Du bist verrückt«, brachte er schließlich heraus.

»Ja, das bin ich. Ich bin verrückt. Denn ich möchte *dir* gehören. Nur dass es mit der Ehe bei uns nicht klappen würde. Es ist viel besser so, wie es ist.«

»So wie es ist? *Jetzt?*« Ungläubig machte Wallingford eine Armbewegung, die die Bibliothek, das Schloss und das *Umpta* der Tuba vor dem Fenster einschloss.

»Ganz genau.« Abigail nahm seine Hand von der Armlehne und küsste sie. »Glaub nur nicht, dass ich mich nicht geehrt fühle, furchtbar geehrt sogar. Du bist der Duke of Wallingford; es steht in deiner Macht, ein außergewöhnliches Geschenk zu machen und eine glückliche junge Dame in den Hochadel zu erheben, und du hast es *mir* angeboten, du lieber, dummer Mann.« Wieder küsste sie seine Hand. »Das ist großartig, und bestimmt gibt es in diesem Augenblick irgendwo in England ein hübsches Mädchen, eine süße, perfekte englische Rose, die sich über dieses Geschenk freuen und liebend gern Herzogin werden würde. Und dazu auch viel besser geeignet wäre als ich.« Abigail legte seine Hand an ihre Wange. »Aber mein *Herz* gehört dir. Das musst du mir glauben, Liebling.«

Der Herzog klappte den Mund auf, um etwas zu sagen, doch sie legte einen Finger auf seine Lippen.

»Sei still. Du brauchst dir keinen sentimentalen Unsinn auszudenken. Das strengt dich so an.« Anmutig erhob sie sich und nahm die zwei Gläser vom Tisch. »Ich habe dich heute Abend vermisst. Ich hatte mich so darauf gefreut, dir Essen zu servieren.«

»Abigail, ich …«

»Nun musst du wenigstens das mit mir teilen. Das ist Tradition.«

Wallingford nahm ein Glas und betrachtete es mit gerunzelter Stirn.

»Was ist das?«

»Ach, ich weiß nicht genau. Irgend so ein Gebräu, eine spezielle Mischung der Haushälterin. Limoncello, glaube ich, und ein paar andere Sachen.« Abigail hob ihr Glas. »Tu mir den Gefallen, Liebling. Sei wieder gut. Auf … überlegen wir mal. Auf die freie Liebe. Ein Hoch auf die Liebe.«

Der Zitronenduft, der aus dem Glas stieg, benebelte Wallingfords Sinne.

»Auf die freie Liebe«, hörte er sich sagen, dann stieß er mit Abigail an und leerte sein Glas.

Sanft rann die Flüssigkeit durch die Kehle in den Bauch und erfüllte ihn bis in die Fingerspitzen mit ihrer belebenden Wärme. Als er aufschaute, stellte er fest, dass Abigail ihn durch die weiße Federmaske mit leuchtenden Augen bewundernd ansah, da schien die Welt um ihn herum mit einem Seufzen zum Stillstand zu kommen.

»Oh, das schmeckt sehr gut«, sagte er.

»Es ist wunderbar, nicht? Besser als ich es mir vorgestellt habe.«

»Ich möchte dich küssen, Abigail. Darf ich?«

Sie nahm ihm das Glas aus der Hand und stellte es zusammen mit ihrem auf den Tisch zurück. Dann drehte sie sich wieder zu ihm um und legte ihre schmalen Hände auf seine Wangen, sodass sie sein Gesicht rahmten, als wäre es ein Gemälde.

»Ich wünsche es mir mehr als alles andere auf der Welt.«

Ihre Lippen schmeckten verlockend nach Zitrone. Gern hätte er sich endlos an ihnen geweidet, doch er küsste sie nur ganz sanft und vorsichtig, erfreute sich einfach an dem zärtlichen Austausch. Dann hob er sie mit einem Arm hoch und setzte sie auf seinen Schoss.

»Oh, das ist himmlisch«, flüsterte sie, während sie sich an ihn schmiegte und die Arme um seinen Hals schlang. Mit allen Sinnen genoss er es, seine Abigail, seine ätherische Elfe, endlich in den Armen zu halten. Ihre Federn kitzelten seine Nase, ihr Haar streifte seine Wange, und als er es zwischen den Fingern rieb, kam es ihm so vor, als könne keine Seide feiner, weicher und vollkommener sein als diese kastanienbraune Fülle.

Ich liebe dich.

Abigail ließ seinen Hals los, und einen Augenblick fürchtete Wallingford, die Worte laut gesagt zu haben, doch dann – da die Welt um ihn herum zu einem so schönen, freundlichen Ort geworden war – war er *froh*, sie endlich ausgesprochen zu haben.

Doch falls dem so war, zeigte Abigail keinerlei Reaktion. Sie streichelte nur seine Wange und sagte: »Lass uns zum See hinuntergehen. Der Abend ist so wunderschön.«

»Zum See?« Er hatte eher an das Sofa in der Bibliothek gedacht, das mit Sicherheit breit und robust genug war, um einer leidenschaftlichen Umarmung standzuhalten, auch wenn die Polster den Missbrauch übelnehmen mochten.

»Ach bitte!« Abigail nahm den Kopf von seiner Schulter und zog ihn an den Händen. »Im Hof sind so viele Menschen, und ich möchte allein mit dir sein, ganz allein. Du etwa nicht?«

In dem Moment unternahm die Tuba den ehrgeizigen Versuch, gebrochene Dreiklänge zu produzieren, und gab eine besonders flotte Tonfolge von sich, die die alten Fenster aufgestört scheppern ließ.

Mit einer einzigen mühelosen Bewegung stand Wallingford mit Abigail im Arm auf.

»Lass uns gehen«, sagte er.

Hoch oben am samtenen Himmel hing die leuchtende Sichel des Mondes.

»Ich glaube, ich könnte alle Sterne zählen«, sagte Abigail. »Schau sie dir an, sie glitzern wie Diamanten! Liebst du den italienischen Sternenhimmel nicht auch?«

Wallingford sprang die Terrassenmauer herunter und streckte die Arme nach ihr aus.

»Jeden einzelnen von ihnen«, sagte er und setzte sie auf dem Boden ab. Das Blut rauschte singend durch seine Adern. Er senkte den Kopf und küsste sie – er konnte nicht widerstehen –, und als sie lachte und die Arme um ihn warf, hob er sie hoch und wirbelte sie so wild im Kreis herum, dass sie lachend ins Wanken gerieten und beinah ins Gras gefallen wären.

Dann nahm er sie bei der Hand und zog sie wie ein törichter, verliebter Jüngling im Laufschritt durch die Weinrebenreihen. Die Musik und das Gelächter hinter ihnen wurden immer leiser, und schließlich waren nur noch ihre eigenen leisen Schritte und Stimmen und das Rascheln der warmen Brise in den Bäumen zu hören.

Am Ende des Weinbergs angekommen, fragte Wallingford: »Wohin? Hoffentlich nicht zu den Felsen?«

»Zum Bootshaus«, sagte Abigail.

»Zum Bootshaus?«

»Ich habe eine Überraschung für dich.«

Er wunderte sich nicht darüber. Er wunderte sich über gar nichts mehr. Sie hätte eine Ballonfahrt nach China vorschlagen können, und es wäre ihm wie die normalste Sache der Welt vorgekommen. Das Bewusstsein, dass sie die Richtige für ihn war und dass er in dieser Nacht mit dieser Frau genau das Richtige tun würde, verlieh ihm Sicherheit.

Er küsste erst ihre linke und dann ihre rechte Hand.

»Dann auf zum Bootshaus.«

Als er, Abigails warme Hand in seiner, durch die mondbeschienenen Bäume lief, fühlte Wallingford sich, als wäre er wieder fünfzehn. Vor ihnen lag schimmernd der See, und sie erreichten das Ufer genau an der Stelle, an der er im April, ohne es zu wissen, vor Abigails Augen aus dem Wasser gestiegen war. Er erlaubte sich einen Blick auf den besonderen Stein, vor dem sie sich an ihn geschmiegt und in ihrer Unschuld an seiner Schulter eingeschlafen war. Abigail, *seine* Abigail, die sich für so mutig und unabhängig hielt, hatte den Kopf an einen so zügellosen, treulosen und unzuverlässigen Mann wie ihn gelehnt und geschlafen wie ein Kind.

Sie hatte ihm vertraut.

Zwischen den Bäumen ragte dunkel das Bootshaus auf. Wallingford drehte sich zu Abigail um, legte, berauscht von dem köstlichen zitronigen Getränk, das ihm ins Blut gegangen war, eine Hand an ihre Wange und hörte sich fragen: »Bist du auch sicher, Liebling?«

Abigail schaute zu ihm auf, und als er sah, wie die Augen unter der weißen Federmaske im Mondlicht glänzten, hielt er den Atem an.

»Großer Gott. Meinst du, ich wäre eins von den Mädchen, die nicht wissen, was sie wollen?«

Wallingford nahm sie so eilig auf den Arm, dass sie sich überrascht an seiner Weste festhielt. Dann trug er sie zum Bootshaus, trat die Tür auf und stapfte in den dunklen Raum hinein.

»Oh!« Abigail glitt an ihm herunter und zog seinen Kopf herab, um ihn zu küssen. Im schwachen Lichtschein, der durch die offene Tür fiel, war ihr Gesicht kaum zu erkennen. »Das war großartig! Schließ die Augen!«

»Warum? Was soll das?«

Mit einem Finger berührte Abigail seine Augenlider, und er schlug sie folgsam herab.

»Nicht bewegen«, sagte sie.

Wallingford stand mit geschlossenen Augen da und grinste wie ein Idiot. Es roch stickig, nach altem Staub und warmem Holz, und er hörte Abigail im Raum herumlaufen. Leises Knarzen, ein paar dumpfe Schläge, Abigails angestrengtes Atmen.

»Was zum Teufel machst du da?«, fragte er.

»Augen auf.«

Wallingford gehorchte und hielt die Luft an.

Ein provisorisches Bett aus Wolldecken lag vor ihm, mit Kissen rundherum. Daneben stand Abigail mit ihrer Maske und ihrem unmöglichen Kleid, von etwa einem halben Dutzend Kerzen beschienen, die auf dem Boden, dem Arbeitstisch und einem Hocker verteilt waren und ihre Haut in lebendiges Gold verwandelten.

»Na, was sagst du?«, fragte sie.

»Du hast das geplant.«

»Nicht unbedingt für diese Nacht«, sagte sie, »aber ich habe gehofft, dass wir irgendwann … wenn ich dich irgendwie dazu bringen könnte …«

Sie wirkte sehr schüchtern, beinahe scheu, und hielt das maskierte Gesicht auf höchst untypische Weise tief gesenkt. Mit der rechten Hand zupfte sie an ihrer Schürze, die linke hielt sie hinter dem Rücken versteckt.

»Oh, Abigail.« Er war innen ganz weich, äußerlich hart wie Stein. Und seine Finger zitterten, so sehr begehrte er sie.

»Gefällt es dir?« Das Licht der Kerzen warf Schatten auf ihre Wangen und verlieh ihr eine überirdische, zauberhafte Schönheit. »Um ehrlich zu sein, weiß ich nicht viel über Verführung und was dazu nötig ist.«

Der Raum war nicht groß. Mit drei langen Schritten war Wallingford bei ihr, streckte die Hände aus und nahm ihr die Maske ab. Ihre Augen waren feucht und ihre Wangen und die Spitze ihrer niedlichen Nase leicht gerötet.

»Abigail, mein Liebling«, sagte er. »Ich glaube, du weißt alles, was man über Verführung wissen muss.«

»Du darfst mich nicht noch einmal abweisen, mein Lieber. Das würde mich umbringen.«

»*Dich* umbringen?« Er küsste sie auf die Wangen, die Nase. Sie duftete nach Küche, nach Rauch und Gebäck und Zitrone. Er band ihre Schürze los und ließ sie zu Boden fallen. Er wollte ihr etwas sagen, etwas Liebevolles, wollte ihr alles ins Ohr flüstern, was eine Frau wie Abigail in einer Nacht wie dieser hören sollte; doch ihm fiel einfach nichts ein. Stattdessen küsste er sie gründlich und ausdauernd, bis sie unter seinen Lippen aufstöhnte und nach den Knöpfen seiner Weste griff.

»Zeig dich«, sagte sie. »Ich möchte dich sehen.«

»Du hast mich doch schon gesehen.«

Sie lachte.

»Ich möchte dich anfassen.« Ungeduldig zerrte sie an seinen Knöpfen, schob sie durch die Löcher und küsste ihn so stürmisch, dass ihm siedend heiß wurde. Er langte in ihren Nacken, löste ihr Haar, und es fiel in unglaublich üppigen Wellen herab.

All die langen Wochen des Wartens waren vergessen.

»Oh Gott, Abigail«, sagte Wallingford und zog an ihren Ärmeln, bis ihre Schultern bloß lagen. Hastig suchten seine Finger nach den Knöpfen am Rücken, doch es gab keine. »Was zum Teufel? Sind das Haken?«, fragte er, während er an den Verschlüssen herumfummelte. Ihre schimmernden Brüste vor Augen, die Spitzen kaum verborgen durch den Stoff des Mieders, konnte er kaum denken vor Lust.

»Warte.« Abigail schälte ihn aus seiner Weste und schob ihm die Hosenträger über die Schultern.

»Ich kann nicht warten. Du ahnst ja nicht, wie sehr ich dich begehre.«

Sie lachte und zog ihm das Hemd aus der Hose.

»Nein, du zuerst. Wie geht das auf?«

Wallingford schob ihre Hände beiseite, öffnete seine Hose und ließ sie ohne jede Scham zu Boden gleiten. Dann stieß er sie mit dem Fuß beiseite und riss sich Strümpfe und Unterhose herunter. Sein erregtes Glied ließ sein weites Leinenhemd abstehen.

»Oh.« Abigail trat einen Schritt zurück und sah ihn mit großen, runden Augen an.

»Ja.« Er fasste sie fest an den Schultern. Sein Glied fühlte sich an, als würde es gleich platzen, und seine Hoden prickelten vor Verlangen. Wenn er nicht in zwei Minuten in Abigail Harewood war, würde er sich womöglich blamieren. Nach vier Monaten Enthaltsamkeit konnte er dem Druck nicht länger standhalten, nicht einmal einen Augenblick.

»Dreh dich um.« Anscheinend hatte er seinen Befehlston benutzt, denn Abigail gehorchte auf der Stelle und hob ihre unglaublich schwere Haarmähne an. Im Kerzenschein konnte er ihren verlockend geneigten Hals sehen, und die winzigen Härchen ganz oben. Mit einem Finger fuhr er von ihrem Haaransatz bis zum Ansatz des Kleides hinunter, fand die Haken und Ösen und riss verzweifelt daran, um all die Kleidungsschichten freizulegen, die er entfernen musste, ehe er seine Elfe bekommen konnte.

Endlich gab das Kleid nach. Hastig streifte er ihr die Unterröcke ab und befreite sie von ihrem Mieder. Dann sank sie, nur im zarten Unterhemd, an seine Brust.

»Oh Gott, Abigail.« Ehrfürchtig legte er von hinten die Hände um ihre Brüste. »Oh Gott«, raunte er wieder, überwältigt von der prallen Fülle. Dann fuhr er mit den Daumen über die Spitzen und spürte durch den Stoff hindurch, dass sie hart waren und sich wie kleine Knöpfe anfühlten.

»Wallingford!« Auch ihr Kopf sank an seine Schulter. »Oh! Das fühlt sich … mein Gott … oh …«

Er zog ihren Ausschnitt ein wenig herunter, sodass die rosafarbenen Spitzen zum Vorschein kamen. Als sie zwischen seinen gebräunten Fingern hervorlugten, begann es in seinem Glied gefährlich zu pochen.

Abigails Brüste. Ihr Körper in seinen Armen. Ihr Rücken an seinem erregten Glied.

Er drehte sie um, und sie begann, an seinen Hemdknöpfen zu nesteln. Er versuchte, ihre Hände wegzuschieben, denn er konnte nicht länger warten, doch sie sagte »Bitte!«, also zog er sich das Hemd, sobald es lose genug war, über den Kopf. Dann stand er so nackt vor ihr, wie er seit seiner Kindheit nicht mehr vor einer Frau gestanden hatte, und als er den bewundernden Ausdruck in ihrem Gesicht sah, den von Verlangen verschleierten Blick, hatte er das Gefühl, mitten durchzubrechen.

»Du bist wunderschön, Wallingford, wie eine Statue, nur warm und lebendig ... und...« Sie strich über seine schwer atmende Brust, die Schultern, den Rücken.

»Berühr mich.« Seine Stimme klang unmenschlich, wie ein Knurren. Dieses zärtliche Streicheln machte ihn zum Tier, zu einem gierigen Tier. »Fass mich an, Abigail. Siehst du nicht, wie sehr ich dich begehre?«

»Doch.« Ihre Hände glitten über seine Pobacken zu seinem Glied und berührten es vorsichtig. Wallingford stöhnte laut. Sie sah ihn an. »Habe ich dir wehgetan?«

»Großer Gott, nein«, stieß er mit geschlossenen Augen zwischen den Zähnen hervor. Er konnte seinen Pulsschlag hören und zählte langsam mit, um sich zu beruhigen, während Abigail ihn liebkoste und dann federleicht seine angespannten Hoden berührte.

Schnell hielt er ihre Hände fest.

»Entschuldige«, sagte sie, aber er hatte sie schon hochgehoben und legte sie auf die Decken. Dann schob er ihr das Unterhemd über die Hüften und enthüllte ihre Strümpfe und die seidenen Strumpfhalter. Abigail schnappte nach Luft und legte eine Hand auf ihre Scham, doch zu spät, er hatte bereits einen Blick auf die kurzen braunen Locken, das aufreizende Dreieck zwischen ihren eng geschlossenen Beinen erhascht.

»Versteck dich nicht vor mir.« Er zog ihre Hand weg und berührte ihre Schenkel. »Öffne dich für mich, meine Süße. Hilf mir.«

Abigail spreizte die Beine. Wallingford kniete sich über sie und sah sie an. Ihr Gesichtsausdruck war angespannt und sehnsüchtig, verlangend und unsicher zugleich. Ihre Unschuld schüchterte ihn ein. Er beugte sich herab und küsste sie.

»Bist du bereit?«, fragte er.

Sie nickte und schlang die Hände um seinen Hinterkopf.

Wie liebte man eine Jungfrau? Wallingford hatte keine Ahnung. Auf die übliche Weise, nahm er an, nur dass sie sehr eng und vielleicht ängstlich sein würde, und am Anfang vermutlich blutete. Er musste zärtlich zu ihr sein und sie wissen lassen, dass er auf sie achten würde und sie keine Angst zu haben brauchte. All diese Gedanken versuchten, den lüsternen Nebel in seinem Hirn zu durchdringen, doch dann bewegte sie die Hüften, öffnete die Beine tapfer noch etwas weiter, und die Spitze seines erregten Gliedes schwebte direkt vor den Locken, die den Eingang zum Paradies bewachten.

»Oh Gott«, sagte Wallingford, denn in diesem Augenblick vergaß er alles außer dem Drang, in ihr sein zu müssen, sie unmissverständlich zu seiner Frau zu machen.

Er griff nach unten und führte seinen Penis vorsichtig in sie ein.

»Oh!«, sagte sie überrascht.

»Alles ist gut, Liebling. Lass mich ein. Öffne dich für mich.«

Abigail versuchte, sich zu entspannen, versteifte sich dann aber wieder. So sanft, wie es ihm möglich war, bewegte Wallingford die Hüften, doch er kam nicht in sie hinein, fand nicht den richtigen Weg.

»Oh!«, sagte sie wieder und hielt sich mit einer Hand an seinem Arm fest. Das Blut dröhnte in seinen Ohren, als er den Winkel änderte und noch einmal zustieß, etwas härter diesmal. Ihre feuchte Bereitschaft zu spüren machte ihn ganz wild. Gleich würde er ejakulieren, ob er in ihr war oder nicht. Er stützte sich über ihrem üppigen, kerzenbeschienenen Körper mit den Armen ab und schaute auf ihr erregtes Gesicht hinunter. »Oh!«, keuchte sie.

Oder vielleicht auch *»Au!«*. Er konnte es nicht genau sagen.

Dann stieß er konzentriert mit aller Kraft zu und hörte sie leise aufschreien, spürte, wie sie nachgab, wie es um seinen Penis herum eng und wieder breiter wurde, dann glitt er weiter, sank in sie hinein und ließ sich der Länge nach von ihrem unberührten Fleisch umfangen.

Das Beben, das in seinen Hoden begann, war mächtig und unaufhaltsam. Mit gesenktem Kopf stieß er noch einmal zu, dann wurde er von einer donnernden Woge mitgerissen, die ihn endlich erlöste und auf höchst willkommene Weise in seinen Lenden verebbte. Wieder und wieder rollte sie über ihn hinweg, während er sich verströmte und all seiner Sünden und Fehler entledigte, so als könne er, einfach indem er sich Abigail rückhaltlos hingab, irgendwie neu geboren werden.

Schließlich brach er auf ihr zusammen und lauschte dem

Rauschen des Blutes in seinen Ohren und dem eigenen atemlosen Keuchen.

»Abigail«, flüsterte er, als sein Puls langsamer wurde, und sie antwortete mit einem unterdrückten Schluchzen. Seine Hände hatten sich in ihrem Haar verfangen wie in einem Spinnennetz, doch er hatte nicht das Verlangen, sich davon zu befreien.

Einige lange Augenblicke lag er auf ihr und genoss es, ihre Nähe, ihren warmen, weichen Leib und ihre feuchte Haut an seiner zu spüren. Sein Hirn konnte die Großartigkeit dessen, was gerade geschehen war, kaum fassen. Nie hatte er sich vorgestellt, sich so mit einer Frau vereinen zu können; eine solche Befriedigung nie für möglich gehalten. Er wandte den Kopf und küsste sie auf die Wange, den Hals; dann stützte er sich auf die Ellbogen und küsste ihre Brüste. Sein Glied war immer noch hart und immer noch in ihr. Bei Gott, er konnte noch einmal.

Wieder küsste er sie.

Ihre Augen waren geschlossen, und sie rührte sich nicht. Wahrscheinlich völlig entrückt.

»Abigail, Liebling.« Er küsste sie auf die Lippen. »Geht es dir gut, meine Süße. Bist du glücklich?«

Langsam schlug sie die Augen auf. Er küsste sie zart auf die Lider. Das Geschenk, das sie ihm soeben gemacht hatte, erfüllte ihn mit Liebe und Zärtlichkeit.

Und er würde es ihr sagen, bei Gott. Frauen mochten so etwas.

»Abigail, meine Liebe, nie im Leben habe ich ein so tiefes Glück empfunden. Du …«

Endlich bewegte sie sich und legte die Hände auf seine Schultern.

»Würde es dir etwas ausmachen, von mir herunterzugehen, bitte?«, fragte sie ruhig. »Du bist ziemlich schwer.«

»Tut mir leid.«

Sie schob ihn von sich. Widerwillig glitt Wallingford aus ihr heraus und rollte zur Seite. Dann befreite er seine Hände aus ihrem Haar und versuchte, sie an sich zu ziehen.

»Liebling«, fing er wieder an. Doch sie hatte sich bereits aufgesetzt, sie wirkte etwas verstört. »Leg dich wieder hin, Liebling. Es ist noch zu früh; wir haben die ganze Nacht. Du …«

Sie stieß seinen Arm weg und wandte sich ihm zu.

»Was sagst du? Zu *früh*?«

In Wallingfords verzücktem, umnebeltem Hirn begann eine Alarmglocke zu läuten. Mühsam richtete er sich auf.

»Was ist denn los, Liebling? War ich zu rau? Tut mir leid, ich habe versucht, sanft zu sein, aber ich habe nicht gewusst, wie …«

»Sanft? Du warst wie ein *Rammbock*!«

»Nun«, sagte er bescheiden, »so weit würde ich nicht gehen.«

»Das war kein *Kompliment*! Du warst wie ein *Tier*! Es hat mir überhaupt keinen Spaß gemacht! Und ich sollte *begeistert* sein! Du hättest … das hätte *wunderschön* sein sollen!«

»Du hast keinen Spaß gehabt?« Erstaunt starrte Wallingford sie an. Das heruntergezogene Hemd, das ihr über die Schulter gerutscht war, entblößte ihre Brust, und das Haar hing ihr wirr ins erhitzte Gesicht. Sie sah aus wie das Inbild einer befriedigten Frau.

»Überhaupt keinen?«

»Nein!«

»Aber *irgendetwas* musst du doch gespürt haben!«

»Ja, einen Rammbock!« Sie stand auf, hielt inne und sah an sich herunter. »Schau mich an! Ich bin völlig derangiert.«

»Oh ja. Tut mir leid. Armes Mädchen. Ich glaube, ich habe ein Taschentuch. Hier.« Er tastete auf dem Boden nach seiner Weste.

Abigail riss ihm das Taschentuch aus der Hand und drehte ihm den Rücken zu.

»Dabei habe ich dich *vor allem* wegen deiner Erfahrung ausgesucht! *Vor allem* weil ich dachte, du wüsstest, wie man einer Frau Lust bereitet!«

»Aber das *tu* ich doch auch!« Wallingford stand ebenfalls auf.

Abigail warf das Taschentuch auf den Boden und hob ihr Mieder auf.

»Und woher weißt du das?«

Mechanisch half er ihr, das Mieder zu schließen, so wie er es in ähnlichen Momenten schon so oft getan hatte.

»Schließlich hat sich noch nie jemand bei mir beschwert.«

»Natürlich nicht! Du bist der großartige Duke of Wallingford! Wer würde es schon wagen, sich über deine Leistung im Bett zu beschweren?«

»*Du* offensichtlich!«

»Du hast keinen blassen Schimmer davon, wie man eine Frau zum Höhepunkt bringt, nicht? Ich nehme an, du tust einfach, was du willst, und gehst davon aus, dass es deiner Partnerin gefällt.«

»Tu ich nicht!«

Oder?

Das Mieder war geschlossen. Abigail ließ ihn stehen und suchte nach ihrem Kleid.

»Ich wette, du weißt nicht einmal, wo man eine Frau berühren muss, um ihr Lust zu bereiten.«

»Natürlich weiß ich das!«

Sie drehte sich zu ihm um. Ihre Augen blitzten im Kerzenlicht.

»Wo denn?«

»Na … an den Brüsten natürlich und … äh … zwischen den Beinen …« Er stammelte wie ein Schuljunge und wurde rot bis in die Haarspitzen. Dann machte er eine vage beschreibende Geste.

»*Wo* zwischen den Beinen?«

»Nun, das ist doch offensichtlich. Da … wo das männliche Organ … hm … in die weibliche …« Er suchte nach einem höflichen Ausdruck.

»Falsch!«, sagte Abigail.

»Falsch?«

»Falsch, falsch, falsch! Du weißt es wirklich nicht, oder? Du hast keine Ahnung! Nun gut, mein lieber Herzog und vorgeblicher Experte in der Kunst der Liebe, ich gebe Ihnen einen Hinweis. Das Lustzentrum der Frau ist nicht ihre *Vagina.*« Ohne eine Spur von Verlegenheit warf sie ihm das Wort an den Kopf und streifte sich das Kleid über.

»Großer Gott, Abigail!«, rief der Herzog so laut, dass die Kerzen erschrocken aufflackerten. Dann wurde ihm bewusst, dass er im Gegensatz zu ihr vollkommen nackt war, und kreuzte die Arme vor der Brust. »Also, wo ist es?«, fragte er widerwillig.

»Das werde ich Ihnen nicht verraten. Es ist nicht *meine* Aufgabe, Ihnen das beizubringen.«

»Was zum Teufel soll das heißen?«

Abigail kämpfte mit den Haken in ihrem Nacken.

»Das heißt, Euer Gnaden, dass Sie sicher sein können, dass ich keine Wiederholung dieser Vorstellung wünsche. Vergnügen Sie sich nur anderweitig.«

»Ich *will* mich aber nicht anderweitig vergnügen!«, brüllte Wallingford und ließ die Arme wieder sinken.

»Dann werden Sie es bedauerlicherweise wohl ganz lassen müssen.« Abigail hob ihre Maske auf und band sie entschlossen wieder um.

»*Was*?«, brüllte der Herzog noch lauter, doch sie war bereits auf dem Weg zu Tür, riss sie auf und rannte in die Nacht hinaus.

»Abigail!« Das alte Gebälk erzitterte vor seiner gebieterischen Stimme. »Komm sofort zurück!«

Das stille Mondlicht fiel weiterhin ungestört durch die offene Tür.

Ungläubig starrte Wallingford auf die flackernden Kerzen, die zerwühlten Decken und Kissen und Abigails vergessene Schürze. Auf seine eigenen Sachen, die zerstreut und zerknittert auf dem Boden lagen.

Und das Taschentuch vor seinen Füßen, an dem ihr Blut und sein Samen klebten.

Dann werden Sie es bedauerlicherweise wohl ganz lassen müssen.

Laut fluchend löschte er die Kerzen, schnappte seine Sachen und stürmte nach draußen.

FÜNFZEHN

In jüngeren Jahren hatte Abigail oft davon geträumt, den Armen eines geheimnisvollen, gut aussehenden Liebhabers zu entfliehen und in die mondbeschienene Nacht hinauszulaufen.

In Wahrheit war das nicht besonders romantisch. Die Federn an der Maske kitzelten schrecklich, die Schuhe stießen gegen die feuchten Kiesel am Seeufer, und das Kleid ging hinten immer weiter auf. Sie war weder leichtfüßig noch graziös noch entflammt, und zu allem Unglück lief ihr auch noch die Nase.

»Verdammt noch mal, Abigail!«, rief Wallingford hinter ihr her.

Wallingford, dieses Tier, dieser brünstige Stier. Er hatte sie nicht einmal vollständig entkleidet, oder? Ihr einfach nur das Unterhemd hochgeschoben und sich auf sie gelegt, ohne Vorspiel und ohne jedes liebevolle Streicheln. Zwei Stöße, zwei Zuckungen seines massigen Körpers, und schon hat er erleichtert aufgestöhnt, während ihr geschundenes Fleisch schmerzhaft brannte und ihr Körper nach mehr verlangte.

Mehr. Einfach … *mehr*. Mehr von diesem schönen Gefühl des Zerschmelzens, das sie erfüllt hatte, als er ihr das Kleid ausgezogen und ihre Brüste in seine warmen Hände genommen hatte. Mehr von dieser Erregung, die sie ergriffen hatte, als er sie hochgehoben, auf die Decken gelegt und mit hungrigem Blick gemustert hatte, während sein steifes Glied sich an ihre zarte Haut presste. Mehr von diesen mächtigen Stößen, von dem unglaublichen Druck, der sie trotz des überraschenden Schmerzes dazu gebracht hatte, die Hüften zu heben und ihm entgegenzukommen.

»Abigail! Herrgott noch mal! Bleib sofort stehen!«

Nein! Bloß nicht *noch* mehr. Was hatte sie sich nur dabei gedacht? Nie, nie wieder. Schluss mit den romantischen Vorstellungen, den Träumen von einer wunderbaren sexuellen Vereinigung und diesem Herzog, der mit verkrampften Muskeln und verzerrtem Gesicht auf ihr lag. Ihre Träume waren zerbrochen, die Schuppen von den Augen gefallen, die … die …

Der Schmerz zwischen den Beinen war höllisch.

Der Kiesstrand ging in das Gras zwischen den Olivenbäumen über, und der sanfte Aufstieg zum Schloss begann. Abigail verlangsamte den Schritt und versuchte, im Schatten den Weg zu erkennen. Irgendwo weiter vorn lag Mr. Burkes Werkstatt, an der sie sich gewöhnlich orientierte; sie suchte zwischen den Bäumen nach den dunklen Umrissen. Hinter ihr war immer noch, wenn auch etwas leiser, Wallingfords Stimme zu hören. Vielleicht hatte er sie im Dunkeln verloren.

Da war sie! Eine große, dunkle Masse aus Steinen, auf denen das Mondlicht glänzte. Der Weg sollte gleich links davon sein.

Abigail lief los, hielt aber nach ein paar Schritten verwundert inne.

In der Werkstatt brannte ein flackerndes Licht. An sich nichts Ungewöhnliches, denn Mr. Burke bastelte oft noch spätnachts mit Alexandra an der Seite an seiner Maschine herum.

Doch an diesem Abend sollte die Werkstatt dunkel sein. An diesem Abend sollte Mr. Burke, von Morinis zitronigem Trank berauscht, Alexandra umschlungen halten und ihr ewige Liebe und Treue schwören, um den uralten Fluch zu brechen.

Und was war das für ein merkwürdiger Geruch? So chemisch. Fast wie …

Gas.

Abigail wollte näher herangehen, doch kaum hatte sie einen Schritt gemacht, erschütterte ein lauter Knall die Luft. Gleich danach zuckte ein greller Blitz auf, und sie wurde zu Boden geschleudert.

Einen Moment lag sie benommen im Gras. Abgesehen von dem Schmerz zwischen den Beinen und dem Dröhnen in den Ohren war sie unverletzt, doch sie schien sich nicht bewegen zu können.

»Abigail!«, schrie Wallingford erschrocken und ängstlich. Er packte sie an den Schultern und schüttelte sie. »Abigail!«

»Mir geht's gut!«, keuchte sie. »Keine Angst! Zur Werkstatt! Schnell!«

Er sah sich um.

»Verdammt noch mal!«

Zusammen rappelten sie sich auf. Flammen schlugen aus dem Fenster der Werkstatt; die Mauersteine darum herum waren bereits schwarz von Ruß, und draußen auf dem Gras lagen Glasscherben.

»Deine Schuhe!«, sagte Abigail. »Zieh deine Schuhe an!«

Sie wartete nicht so lange, sondern lief zur Wasserpumpe, die sich gottlob neben dem Gebäude befand. Darauf, dass darunter immer ein Eimer stand, hatte Mr. Burke bei all den

Chemikalien und Batterien, mit denen er experimentierte, stets geachtet. Sie packte den Schwengel und pumpte mit aller Kraft, und als der Eimer voll war, erschien Wallingford in Hose und Schuhen und riss ihn ihr aus der Hand.

»Such mehr Eimer!«, rief er ihr im Laufen über die Schulter zu und schüttete das Wasser auf die Flammen.

Eimer. Eimer. An der Hintertür vielleicht? Abigail lief um die Werkstatt herum und entdeckte zwei Eimer neben den Kutschentoren. Sie nahm sie und rannte zurück zur Pumpe, die Wallingford bereits mit kräftigen Schwüngen betätigte, die Schultern feucht glänzend im Mondlicht.

»Ich pumpe und du löschst!«, schrie Abigail.

Er nahm den vollen Eimer und rannte los, und sie stellte den nächsten Eimer unter den Strahl und pumpte, und gerade als der Eimer randvoll war, griff ein neues Händepaar nach dem Henkel.

Alexandra.

»Was zum Teufel …«, murmelte Abigail, doch ihre Schwester war bereits mit dem Eimer verschwunden, und Abigail zog einen anderen heran. Dann schaute sie kurz auf und sah, dass Mr. Burke ebenfalls da war und mit einem heftigen Schulterstoß die Tür aufbrach. Der nächste Eimer, mitgenommen von Alexandra, weitergereicht an Wallingford, und Burke kam mit einem Stapel Decken heraus, den er ihr vor die Füße warf. Dann rannte er mit Wallingford wieder zurück.

»Ein wirklich cleveres Bürschchen!« Abigail nahm eine Decke und tränkte sie tüchtig, dann verlor sie den Überblick: Eimer und Decken; die Männer und Alexandra, die hin- und herliefen; Alexandra, die ihren Platz einnahm, als ihre Arme müde wurden.

Sie nahm eine nasse Decke und lief zur Werkstatt. Alles war feucht und rußig und heiß. Wallingford reichte ihr einen leeren Eimer und nahm ihr die Decke ab.

»Du gehst da nicht rein!«, rief er ihr zu. Sein Gesicht war schwarz und glänzend wie das eines Schornsteinfegers und seine Stimme heiser vom Rauch.

»Oh Gott. Geht es dir gut?«

»Aber ja. Hol mehr Wasser!« Er drehte sich um und lief ins Haus. Durch das Fenster sah sie ihn neben Burke stehen, Seite an Seite schlugen die zwei die Flammen aus. Der Anblick schnürte ihr die Kehle zu.

Sie rannte zur Pumpe zurück, holte sich einen vollen Eimer von Alexandra und stolperte damit zur Werkstatt zurück. Die Flammen waren beinahe gelöscht, doch der Rauch quoll immer noch durch Fenster und Dach. Irgendjemand nahm ihr den Eimer ab und gab ihr einen leeren.

Hin und her, immer wieder, bis sich die Anspannung plötzlich legte. Das Feuer war aus und die Werkstatt stand noch, auch wenn die Mauern rußgeschwärzt waren und nach Rauch stanken. Ein Eimer lag umgekippt neben der Tür. Abigail sammelte ihn und einen weiteren ein. Der dritte stand noch unter der Pumpe. Dann stapelte sie die Eimer ordentlich ineinander und richtete sich auf.

Die Fensterscheibe war geborsten. Durch den leeren Rahmen konnte sie Alexandra und Mr. Burke kaum sichtbar im Qualm stehen sehen. Sie unterhielten sich leise. Burke ließ den Kopf hängen. Dunkelheit, Nässe und Ruß hatten seinem roten Haar die Farbe genommen. Während Abigail wie gebannt zusah, schlang ihre Schwester ihre weißen Arme um seine Taille, und er fasste nach ihren Händen.

Sie liebt ihn, dachte Abigail verwundert, und inmitten von

Schutt, Schmutz und Wasserpfützen überkam sie eine seltsame Ruhe.

Dann zog sich plötzlich ihr Magen zusammen, und sie wandte sich ab und übergab sich heftig.

Früh an einem schönen, knackig frischen Oktobermorgen vor vielen Jahren, als Wallingford wegen eines Ehrenhandels zum Sportplatz von Eton unterwegs gewesen war, war er ausgerechnet dem rothaarigen Bastard des Duke of Olympia begegnet, und wieder war ihm die Galle hochgekommen.

»Aus dem Weg, du verdammter Hurensohn«, hatte er gesagt – so wie man das machte –, und der junge Burke hatte sofort wegen Beleidigung Satisfaktion gefordert, woraufhin Wallingford ihm geradeheraus gesagt hatte, dass das keine Beleidigung sei, da Burkes Mutter als Belohnung für die Erfüllung fleischlicher Gelüste Geld und Geschenke annehme und der Duke of Olympia zum Zeitpunkt der Geburt seines Kindes nicht mit ihr verheiratet gewesen sei, folglich sage er, Wallingford, nur die Wahrheit.

So war Burkes rechte Faust reflexartig auf seinem Auge gelandet, und noch ehe Wallingford rückwärts umfallen konnte, hatte er sich auch einen harten linken Haken ans Kinn eingefangen. Blutend und mit einem blauen Auge hatte er Burke dann die Hand geschüttelt, ihn einen guten Sportsmann genannt und an Michaeli mit nach Hause genommen, zum Belgrave Square, wo er Wallingfords peinlich berührten Vater kennengelernt hatte.

Seitdem waren die beiden miteinander durch dick und dünn gegangen, ohne sich einen Deut um die Meinung der feinen Gesellschaft zu scheren. Als Wallingford in Oxford einmal von einem Gastwirt, der Wetten annahm, geschröpft worden war, war Burke ihm zu Hilfe gekommen, indem er dem dort ausgeschenkten Bier ein starkes Abführmittel beigemischt hatte.

Daher hatte Wallingford sich, als Burkes Werkstatt mitten in der Nacht Feuer fing und alles, woran er sein Leben lang gearbeitet hatte, auf dem Spiel stand, einen Eimer gegriffen und war in die Flammen gelaufen.

Gott sei Dank war die Werkstatt aus Stein gebaut und das Feuer früh entdeckt worden. Er hatte Burke geholfen, das Automobil durch die Kutschentore in Sicherheit zu bringen, und Lady Morley und Abigail hatten unermüdlich Wasser geschöpft und Eimer geschleppt.

In einer halben Stunde waren die Flammen gelöscht gewesen. Nun stand Burke vor den Überresten dessen, was einmal der lange Arbeitstisch neben dem Schrank gewesen war, in dem Lady Morley sich vor einigen Monaten versteckt hatte. Ein großes schwarzes Loch am Fenster hatte die hölzerne Tischplatte in zwei Teile gespalten.

»Es war der Gaskocher«, sagte Burke leise. »Ich muss ihn angelassen haben.«

»Unsinn. Das hättest du nie getan«, widersprach der Herzog. Dann sah er sich um und schüttelte den Kopf. Der größte Teil des Raumes war verschont geblieben, doch die Ecke, in der sich das Feuer entzündet hatte, war schwarz und verkohlt, und alles, was sich dort befunden hatte, war unwiederbringlich verloren. Er räusperte sich.

»Ich fege draußen die Glasscherben zusammen. Sonst verletzt sich noch jemand.«

Burke reagierte nicht. Wallingford fand einen Besen und ging nach draußen, wo Lady Morley immer noch hektisch Wasser in einen Eimer pumpte. Ihr Haar hing lose herab, und ihr schwarz beschmiertes Kleid war durchnässt. »Das war's«, rief er ihr zu, doch sie schien ihn nicht zu hören, denn sie pumpte einfach weiter.

Er ging zu ihr und packte sie am Arm.

»Alexandra, es ist aus. Sie können jetzt aufhören.«

Sie sah ihn verständnislos an. Ihre Augen hatten den glasigen Blick eines Preisboxers, der am Ende einer Runde nicht sicher ist, wer gewonnen hat.

»Es ist aus«, sagte Wallingford noch einmal.

Alexandra drehte sich zur Werkstatt um und starrte auf das zerbrochene Fenster und das große Loch im Dach. Dann schob sie sich eine Haarsträhne hinters Ohr.

»Wo ist er?«, fragte sie rau.

»Drinnen. Es tut mir schrecklich leid, Alexandra. Wir haben unser Bestes getan.«

»Danke.« Sie tätschelte seine Hand und eilte in die Werkstatt.

Wallingford schaute auf seine nackte Brust herunter und ging zu der Stelle, an der Abigail gestürzt war, um sein Hemd und seine Weste zu holen. Rasch zog er sich beides über und schloss die Augen, als er sich wieder an den lauten Knall, den grellen Blitz und Abigails Sturz erinnerte. An das pure Entsetzen, das ihm in die Glieder gefahren war, ehe sie den Kopf gehoben und ihn angesehen hatte.

Er hob den Besen wieder auf und ging zur Werkstatt zurück. Plötzlich sah er Abigail, die nicht weit weg vornübergebeugt an der Pumpe stand, an der sie sich mit einer Hand festhielt; offenbar ging es ihr hundeelend.

Sofort war er an ihrer Seite.

»Mein Gott! Geht es dir gut?« Er hielt sie an den Schultern fest.

»Ja, ja … mir ist nur …« Sie richtete sich auf und klopfte sich ab, als suche sie nach einem Taschentuch.

Sein eigenes konnte er ihr leider nicht mehr reichen, daher riss er ein Stück vom Saum seines Hemds ab.

»Hier.«

»Danke.« Sie befeuchtete den Stofflappen unter der Pumpe und wischte sich, ohne ihn anzusehen, das Gesicht.

»Ich nehme das«, sagte er und schob den dreckigen Fetzen in seine Hosentasche.

»Ich wollte nur die Eimer zusammenstellen, aber dann … der ganze Rauch und die Aufregung waren wohl …«

»Abigail, ich …«

»Aber jetzt geht es mir wieder gut. Gott sei Dank haben wir das Feuer rechtzeitig entdeckt. Hat Mr. Burke sein Automobil retten können?«

Ihre Stimme klang bemüht fröhlich und ihre Augen, die fest auf die Mauern der Werkstatt gerichtet waren, vermieden es, ihn anzusehen. Wallingford schluckte schwer. Hatte er wirklich vor noch nicht einmal einer Stunde bei dieser Frau gelegen? Hatte er sie wirklich im Arm gehalten, geküsst und ihr die Unschuld geraubt? Sie redete mit ihm, als hätte sie in einem Ballsaal einen entfernten Bekannten getroffen.

»Ja«, sagte er. »Es ist uns gelungen, es durch die Kutschentore nach draußen zu schieben.«

»Oh, gut.« Sie schaute auf den Besen in seinen Händen. »Soll ich das Glas auffegen?«

»Nein, das mache ich. Setz dich hin und ruh dich aus.«

»Aber ich …«

»Du musst dich ausruhen, Abigail.« Er legte eine Hand an ihre Wange, doch sie wandte schnell das Gesicht ab.

Die Splitter zusammenzufegen dauerte nicht lang. Als

Wallingford wieder zu Abigail zurückkam, saß sie auf dem Eimerstapel und starrte auf ihre Hände.

»Komm«, sagte er. »Ich bringe dich zu deinem Zimmer.«

Sie erhob sich.

»Zuerst müssen wir uns verabschieden.«

Burke und Alexandra standen eng beisammen in der dunklen Werkstatt und hielten sich in den Armen.

»Ich habe die Eimer gestapelt und die Glasscherben sind zusammengefegt«, sagte Abigail. »Wie sieht es hier drin aus?«

Alexandra löste sich von Burke.

»Alles ruiniert, aber wir schaffen das. Dem Automobil ist jedenfalls nichts passiert.«

Burke stand einfach da und ließ die Arme hängen. Der Schrank hinter ihm war ein verkohlter Trümmerhaufen, der lange Arbeitstisch fast völlig zerstört. Doch der Rest des Raumes wirkte weitgehend unversehrt. Abigail konnte nicht sehen, ob das, was schwarz war, Rußflecken oder Schatten waren, doch die Möbel schienen intakt zu sein und die Maschinenteile und Reifen unbeschädigt.

»Burke, alter Junge«, sagte Wallingford. »Was für ein Mist. Bist du in Ordnung? Kann ich noch was tun?«

Burke ging durch die Wasserlachen und Trümmer hindurch zu ihm und streckte eine Hand aus.

»Du hast mehr als genug getan, mein Freund. Ich weiß nicht, wie ich dir danken soll.«

»Du weißt verdammt gut, dass das nicht nötig ist.« Wallingford nahm seine Hand und sah ihm in die Augen. Burkes Blick war ruhig und klar; keine Anzeichen von Schock, dem Himmel sei Dank.

»Ich werde noch etwas aufräumen«, erwiderte sein Freund knapp. »Ihr geht zurück ins Haus und sagt den Stallknechten

Bescheid. Ich brauche ein paar Karren, um den Schutt wegzufahren, und was sonst noch dazugehört.«

»In Ordnung. Lady Morley?«

Alexandra hob das Kinn und schenkte ihm ein Lächeln, das ihr recht gut stand.

»Ich bleibe und helfe ihm. Aber ich wäre Ihnen sehr dankbar, wenn Sie meine Schwester sicher ins Schloss zurückbringen würden.«

Abigail schnaubte leise.

»Obwohl ich ohne seine Begleitung wesentlich sicherer wäre.«

»Mein Gott«, knurrte Wallingford. Dann packte er sie fest am Ellbogen und führte sie hinaus.

»Das ist nicht nötig.« Abigail entzog ihm ihren Arm und beschleunigte den Schritt.

»Abigail! Du wirst nicht noch einmal vor mir davonlaufen!«

Sie blieb stehen und drehte sich um. Im Schatten der Bäume konnte Wallingford ihr Gesicht nicht sehen und nicht erkennen, ob sie ärgerlich oder müde oder traurig war. Er hätte sie gern berührt, doch ihre gereizte Stimmung verriet, dass sie nicht angefasst werden wollte.

»Ich laufe nicht davon«, sagte sie.

»Oh doch.«

»Ich gehe einfach zum Schloss zurück, um zu schlafen. Es ist spät, es war ein anstrengender Tag und ich möchte ins Bett.«

»Aber gewiss. Und ich werde dich dorthin bringen. Das ist nicht nur meine Pflicht, sondern auch mein gutes Recht.«

Empört hob Abigail das Kinn.

»Es ist *weder* deine Pflicht *noch* dein gutes Recht.«

»Tu doch nicht so, meine Liebe, als wäre zwischen uns nichts passiert.«

»Tu doch nicht so, *mein Lieber*, als ob das, was zwischen uns passiert ist, dir irgendein Recht oder irgendeine Macht über mich gäbe.«

»Aber so ist es, mein Gott!«

»Es war kurz und unangenehm, und am liebsten würde ich einfach vergessen, dass es überhaupt passiert ist.«

In Wallingfords Ohren begann es seltsam zu klingen. Schnell ballte er die Hände, um zu verhindern, dass sie sich um Abigails Schultern legten und sie festhielten, damit sie ihn nie mehr verlassen konnte.

»Aber es *ist* passiert, Abigail. Wir haben beieinander gelegen, du und ich, und das *hat* etwas zu bedeuten. Etwas sehr Wichtiges. Ich bin eine moralische Verpflichtung eingegangen, auch wenn es kein echtes Verlöbnis war.«

Abigail kreuzte die Arme.

»Tatsächlich? Dann müsstest du inzwischen ja eine ganze Reihe von Bräuten angesammelt haben. Damit könntest du deinen eigenen Harem aufmachen, so wie diese sagenhaften Sultane.«

»Tu nicht so, als würdest du mich nicht verstehen. Ein Gentleman raubt einer jungen Dame nicht die Unschuld, ohne …«

Abigail drehte sich um und marschierte den Weg hinauf.

»Ach, erzähl mir doch nicht so einen Unsinn! Du weißt, dass ich einen Liebhaber gesucht habe, keinen Ehemann. Das habe ich von Anfang an klar gesagt. Du hast keine Verpflichtungen irgendwelcher Art.«

»Aber vielleicht haben wir ein Kind gezeugt. Hast du daran schon gedacht?«

»Sicher hast du inzwischen schon ein halbes Dutzend Kinder. Eins mehr macht da auch keinen Unterschied.«

»Zufällig habe ich nicht ein einziges.«

Abigail lief zwischen den Bäumen hindurch und redete im Gehen weiter.

»Wer's glaubt. Ich weiß, wie das ist mit den Bienchen und den Blümchen, und ich versichere dir, dass du deinen Samen nicht so freizügig verstreut haben kannst, ohne dass der ein oder andere sozusagen aufgegangen ist, es sei denn du bist unfähig, Kinder zu zeugen.«

Wallingford holte tief Luft, um sich zu beruhigen. Die Luft roch nach Rauch, alles roch nach Rauch: seine Kleidung, sein Haar, seine Haut. Was für ein Anblick er sein musste. Kein Wunder, dass sie ihn nicht anschauen wollte.

»Vielleicht bin ich zeugungsunfähig, vielleicht aber auch nicht«, sagte er. »Das wird sich wohl irgendwann zeigen. Aber ich habe meinen Samen nicht verstreut, um deine deutlichen Worte zu wiederholen. Bis heute Nacht habe ich äußerst sorgfältig darauf geachtet, es nicht zu tun.«

Abigail ging immer weiter.

»Das glaube ich dir nicht. Weswegen solltest du das tun?«

»Einfach so.« Der Herzog zögerte, dann sagte er leise: »Vor langer Zeit habe ich etwas versprochen.«

Abigail antwortete nicht. Das Mondlicht wies ihr den Weg zu den Stufen in der Terrassenmauer vor ihr, und sie stieg sie hinauf. Wallingford, der hinter ihr herlief, bewunderte ihr wallendes Haar, das ihr offen über die Schultern fiel und bis zu ihrem hübschen Po herunterreichte, und spürte erneut dieses schmerzliche, abgrundtiefe Verlangen nach ihr.

Sie hatten die erste Rebstockreihe bereits halb hinter sich, ehe sie wieder etwas sagte.

»Deinem Freund Burke vermutlich. Du hast es Burke versprochen, weil er ein illegitimes Kind ist und weiß, was das heißt.«

»Das ist richtig.« Wallingford fragte sich, ob Abigail bewusst war, dass er ihr gerade ein kleines Stück seiner Seele offenbart hatte.

Stumm stiegen sie nebeneinander die Terrassen hoch und gingen durch die Reben. Das Gras unter ihren Füßen war weich und zart und wurde in der Nachtluft allmählich feucht. Wallingford atmete den schweren Duft der reifenden Früchte ein, der den Rauchgestank langsam verdrängte, und dachte daran, wie sehr es ihm gefallen würde, seine Geliebte in dieser zauberhaften italienischen Nacht an diesem verwunschenen Ort zu Boden zu ziehen und ihre schimmernde Haut zu betrachten, während der Mond über den Himmel zog.

Im Hof war es still, die Tische standen noch da, doch die Musikkapelle und die Dorfbewohner waren fort. Ohne hinzusehen, ging Abigail quer über die Terrasse zur Tür.

»Warte«, sagte Wallingford, und sie drehte sich, die rußverschmierten Finger auf der Klinke, zu ihm um. »Ich muss zum Stall gehen und Giacomo sagen, was passiert ist. Darf ich dich zuerst zu deinem Zimmer bringen?«

»Natürlich nicht. Wenn ich mich an einem Auktionstag bei Tattersalls zurechtfinde, werde ich ja wohl den Weg in mein eigenes Bett finden. Gute Nacht.«

Wallingford versuchte es noch einmal.

»Bitte, Abigail. Geht es dir auch wirklich gut? Lass mich doch …irgendetwas für dich tun. Dir warmes Wasser bringen oder … oder einen Tee vielleicht …« Er hatte keine Ahnung, wie man Tee zubereitete, doch es konnte nicht allzu schwer sein, wenn Küchenmädchen es fertigbrachten.

Abigail verdrehte die Augen.

»Keine Sorge. Du hast mir ganz sicher keinen nachhaltigen Schaden zugefügt.«

Wallingford stützte sich mit einer Hand am Türpfosten ab. Er fühlte sich, als hätte irgendjemand mit einem Vorschlaghammer auf ihn eingeprügelt und alles in ihm zerstört.

»Verzeih mir, Abigail. Ich war zu unbeherrscht. Das lange Warten hat mich verrückt gemacht. Ich würde dir *gern* Lust bereiten, wenn du mir noch eine Chance gibst. Wenn du mir *zeigst*, was ich tun soll.«

»Das sollte nicht *nötig* sein. Darum ging es doch.«

Wallingford schloss die Augen.

»Um Himmels willen, ich bin doch auch nur ein Mann.«

Etwas Warmes und Sanftes landete auf seiner Wange, und ihm wurde klar, dass es Abigails Hand war. Er wollte sie festhalten, doch sie war bereits wieder verschwunden.

»Ja, Sie sind nur ein Mann, Euer Gnaden«, sagte sie. »Ich habe einfach zu viel von Ihnen erwartet.«

SECHZEHN

Zwei Wochen später

Mit einem vernehmlichen Scheppern stellte Abigail die Kannen mit der Ziegenmilch auf dem Küchentisch ab.

»Wir haben Gäste«, rief sie.

Die Morini kam aus der Spülküche und trocknete sich die Hände an der Schürze ab.

»Che cosa?«

»Wir haben Gäste. Vielleicht auch nur *einen*. Ich kann es nicht genau sagen, es gab so viel Staub. Alexandra wird sie in der Bibliothek empfangen, sobald sie die Ziegenköttel von den Schuhen gewischt hat. Ich schätze, sie wird Tee haben wollen.« Abigail schickte sich an, die Küche zu verlassen.

»Warten Sie, Signorina!«

»Ich habe keine Zeit.«

»Bitte, Signorina«, rief die Haushälterin leise hinter ihr her.

Mit der Hand an der Tür blieb Abigail stehen.

»Beeilen Sie sich, Morini. Ich habe wirklich furchtbar viel zu tun.«

»Das ist nicht wahr, Signorina. Sie tun nur so. Sie tun so viel, damit Sie nicht müssen denken.«

Abigail wandte sich um und verschränkte die Arme.

»Ich weiß nicht, was Sie meinen. Ich denke sehr viel nach, und zwar über sehr tiefschürfende Dinge.«

Die Haushälterin stand reglos am offenen Fenster, nur die kleinen schwarzen Härchen an ihrer Schläfe bewegten sich in der warmen Morgenluft.

»Reden Sie mit mir, Signorina. Sagen Sie mir, was ist geschehen in der Mittsommernacht. Warum Sie und der Signor Duca laufen herum mit so traurige Augen.«

»Ich bin überrascht, dass Sie mich das fragen müssen, meine Liebe. Ich dachte, Sie würden alles sehen und wissen. Jedenfalls gibt es nichts zu erzählen. Wir haben festgestellt, dass wir nicht zueinander passen, wie ich Ihnen ja schon gesagt habe. Das alles war nur eine große Verschwendung von Limoncello.«

»Hören Sie, Signorina. Ich habe einen Plan …«

Abwehrend hob Abigail eine Hand.

»Ich will nichts mehr von Ihren Plänen und Ihren dummen Flüchen hören. Es war ein schönes Techtelmechtel und so weiter, und alles hat großen Spaß gemacht, aber Sie sehen ja, wie es am Ende ausgegangen ist. Nichts als Unglück, wohin man schaut. Mr. Burke ist Hals über Kopf zu seiner Automobilausstellung in Rom gefahren, ohne der armen Alexandra ein Wort zu sagen. Nur der Himmel weiß, wohin Penhallow und Lilibet so eilig verschwunden sind, aber ich schätze, es hat etwas mit diesem widerlichen Somerton zu tun, das heißt, es geht mindestens um ein Duell im Morgengrauen. Und davon abgesehen haben wir keine Zeit mehr, oder? Mittsommer ist vorbei.«

»Noch nicht ganz, Signorina.«

»Aber bald.«

»Sie haben nicht viel Hoffnung«, sagte die Morini.

»Was sollte ich mir denn erhoffen? Das kommt davon, wenn man sich in unerklärliche Dinge oder Liebesaffären einmischt, was in etwa dasselbe ist.«

Die Haushälterin schüttelte den Kopf.

»Ich habe nicht gedacht, dass Sie sagen solche Worte. Ihre Schwester vielleicht. Aber Sie … Sie sind so frisch, Signorina. So lustig. Warum lachen Sie nicht mehr?«

»Ja warum?«, fragte Abigail leise.

»Oh, Signorina.« Mit schwingenden Röcken trat die Morini vor und legte die Hände auf Abigails Schultern. Sie roch nach frischem Brot, jenem Duft, den sie immer mitbrachte aus der heimeligen, warmen Küche mit dem lodernden Feuer, dem alten Holztisch und den abgetretenen Fliesen. »Sie sind so jung und Sie sind verliebt. Der Duke sehnt sich nach Ihnen, er reitet herum mit seinem großen schwarzen Pferd und sitzt in der Bibliothek über den Büchern, mit dem Kopf in der Hand.«

Wie gewöhnlich zog sich bei dem Wort *Duke* unwillkürlich Abigails Herz zusammen. Dieses dumme Ding hatte in den vergangenen Wochen einen seltsamen und höchst unnatürlichen Hang zur Sentimentalität entwickelt. Wenn sie daran dachte, wie Wallingford mit seinem rußverschmierten Gesicht in der Mittsommernacht im Hof gestanden hatte, oder wenn sie ihn im Schloss oder beim Ausritt sah, tat es geradezu *weh*. Sie redete sich ein, das käme von ihrem schlechten Gewissen, denn in jener Nacht war sie *wahrhaftig* recht hart und abweisend zu ihm gewesen. Dabei hatte er sie gar nicht enttäuschen wollen. Er war einfach so selbstsüchtig wie immer gewesen, und wenn ihr Verlangen und Morinis Gerede von Schicksal, ewiger Liebe und ähnlichem Unfug sie nicht so verblendet hätten, wäre sie darauf vorbereitet gewesen. Wie konnte sie ihm einen Vorwurf machen, weil er sich so verhalten hatte, wie es seine Natur war? Sie war selbst schuld, dass sie völlig unberechtigt so zärtliche Gefühle für den Mann entwickelt und so viel von ihm erwartet hatte.

Doch sie würde sich bald erholen, und er ebenso. Schließlich waren nur ihre kindischen Träume und sein männlicher Stolz angekratzt worden. Wenn sie ihm weiterhin aus dem Weg ging und er sich weiterhin in der Bibliothek einschloss und jede Begegnung vermied, sollten sie sich in ein oder zwei Wochen gegenseitig gleichgültig geworden sein.

Ja, er würde ihr völlig gleichgültig werden.

Wenn das Leben ohne ihn nicht so verflixt leer wäre.

Abigail klopfte sich auf die Brust, um ihr Herz an seine Pflichten zu erinnern, und warf den Kopf lässig zurück, damit man sah, wie gleichgültig ihr der Mann bereits geworden war.

»Er *studiert*, Signorina. Das ist erstaunlich, ich weiß, aber genau *deshalb* sind wir hergekommen, falls Sie es nicht wissen sollten. Um zu studieren. Und, ungestört von Ablenkungen durch das andere Geschlecht, unsere kleinen grauen Zellen anzustrengen. Ich gebe zu, dass wir, berauscht vom Frühling, wie im Fieber gewesen sind, doch nun sind wir Gott sei Dank alle wieder zu Verstand gekommen.«

»Zu Verstand, Signorina?«

»Ja. Das ist etwas Wunderbares. Ich bin entzückt, wahrlich *entzückt* zu hören, dass Seine Gnaden sich endlich doch noch mit Livius beschäftigt. Das wird seinem Kopf sicher guttun.«

»Er beschäftigt sich nicht mit Livius, Signorina.«

»Nun, was er auch liest, ich bin sicher, es ist sehr lehrreich. Sehr … erbaulich.«

»*Lehrreich.*« Die Haushälterin probierte das Wort aus. »*Si*. Ist sehr lehrreich.«

Abigail kniff die Augen zusammen.

»Sie haben mich *angezwinkert*. Sie brauen wieder etwas zusammen, Morini. Ich sehe es Ihnen an.«

»*Si*, ich braue.« Die Haushälterin nahm die Hände von Abigails Schultern und deutete auf das Feuer. »Ich braue den Tee für Signora Morley und ihren Gast.«

Verwundert schaute Abigail auf den Teekessel, der über den brennenden Holzscheiten hing.

»Jetzt schon? Woher wussten Sie …? Ach, einerlei. Was geht es mich an. Jedenfalls meine ich damit nicht *echtes* Brauen. Ich meine, dass Sie immer noch glauben, dass es Hoffnung für uns alle gibt, dass Sie denken, Sie bräuchten nur mit Ihren gespenstischen Fingern zu schnippen, und schon würden wir wie hirnlose Trottel übereinander herfallen.«

»Ich bin kein Gespenst«, sagte die Morini pikiert.

»Sie wissen schon, was ich meine, auch wenn ich es nicht richtig benennen kann.« Abigail deutete mit dem Finger auf sie. »Jedenfalls könnten Sie Ihre verrückten Ideen von nun an für sich behalten.«

»Hören Sie einfach zu, Signorina. Der Besucher, er …«

Abigail presste die Hände auf die Ohren.

»Nein, ich höre nicht zu!«

»Aber Signorina!«

»Ich hör nicht zu. Ich hör nicht zu. Sie können so viel planen, wie Sie wollen, aber *ich*« – würdevoll oder zumindest so würdevoll, wie es möglich war, wenn man nach Ziegenstall roch und sich die Ohren zuhielt, warf Abigail sich in die Brust – »werde mich jetzt umkleiden.«

»Ist gut!«, rief die Morini. »Sie kleiden sich um! Und wenn

Sie sind in Ihrem Zimmer, Sie möchten vielleicht herausstellen den Koffer, für *Roma.*«

Abigail steckte den Kopf wieder durch die Tür, durch die sie soeben verschwunden war.

»Wieso sollte ich einen Koffer für Rom herausstellen?«

Lächelnd strich die Morini über ihre Schürze und ging zum Kamin, um sich um den pfeifenden Teekessel zu kümmern.

»Nur so, Signorina. Ich glaube, es könnte sein, dass Sie und die Signora vielleicht dorthin fahren.«

»Aber warum um alles in der Welt?«

»Wer weiß.« Die Morini goss das heiße Wasser in die Teekanne und schaute, immer noch lächelnd, wieder auf. »Wie heißt *Roma* noch? Die ewige Stadt.«

Am nächsten Tag

»Sag mal, Giacomo, alter Knabe«, rief der Duke of Wallingford, als er sich vom Pferd schwang und auf den ausgedörrten Boden des Stallhofs sprang, »die Gänse scheinen frei auf dem Gelände herumzulaufen. Hast du eine Ahnung …«

»Signore!«

Giacomo fasste ihn an den Händen und tanzte um ihn herum. Lucifer schnaubte erstaunt.

»Großer Gott.« Der Herzog befreite sich mit einiger Mühe und wischte über die Ärmel seiner Reitjacke. Dann schaute er Giacomo zu, der, unbeeindruckt vom Verlust seines Tanzpartners, weiter wie eine betrunkene Marionette über den Hof hüpfte. »Du solltest etwas Würde bewahren, Mann.«

»Es ist ein Wunder, Signore. Ein Wunder!«

Lucifer schien unruhig zu werden. Wallingford griff nach den Zügeln.

»Ein Wunder? Was für ein Wunder? Tropft neuerdings Wein statt Wasser durch das Loch im Stalldach?«

Giacomo fiel auf die Knie und schaute zum Himmel empor.

»Sag mal, bis du noch ganz richtig im Kopf, Alter?« Besorgt ging Wallingford einen Schritt auf ihn zu.

Der Verwalter hob die Hände und drehte die Handflächen nach oben.

»An diesem Tag ich sage danke. Auf den Knien vor dem Thron unseres Herrn, der uns endlich erfüllt einen großen Wunsch.«

»Haben die Ziegen gelernt, sich selbst zu melken? Oder hat eine von den Gänsen womöglich ein goldenes Ei gelegt?«

»Nein, Signore.«

Wallingford überlegte.

»*Zwei* goldene Eier?«

»Signore. Ich danke den *Frauen*!«

Wallingford lockerte Lucifers Sattelgurt und führte den Rappen zum Zaun.

»Den Frauen? *Das* ist alles? Ich dachte, du magst sie nicht. Eigentlich fand ich es ganz lustig, wie sehr du sie hasst.«

»Das ist nicht lustig, Signore. Ich hasse die Frauen wirklich. Sie bringen nur Ärger«, sagte Giacomo, der dem Herzog hinterherlief. »Deshalb ich bin so glücklich heute.« Er küsste seine Finger.

»Die Damen sind also den ganzen Morgen im Haus geblieben und haben die Ziegen deiner freundlichen Fürsorge überlassen?«

»Nein, Signore. Es ist noch besser.« Begeistert streckte Giacomo seinem Schöpfer erneut die Hände entgegen. »Sie sind gegangen!«

Wallingford, der gerade dabei war, den Sattel von Lucifers breitem schwarzem Rücken zu ziehen, erstarrte zu Stein.

»Was?«, stieß er schließlich mühsam hervor.

»Sie sind gegangen, Signore! Ein Wagen aus dem Dorf hat sie geholt, bei Sonnenaufgang, mit ihren Koffern und Hüten. Sie sind weg! Endlich weg!« Giacomo nahm sich selbst in den Arm und tanzte herum wie eine krummbeinige, bejahrte Ballerina.

»Bist du sicher?« Der Sattel lag schwer in Wallingfords Armen. Lucifer schnaufte besorgt.

»Ich habe es selbst gesehen, Signor Duca. Ich habe gewinkt zum Abschied.« Erklärend wedelte Giacomo mit der Hand und wackelte dazu voller Übermut kokett mit den Fingern.

»Alle beide?«

»Ja, die diabolischen Schwestern. Alle beide.«

»Sie sind nicht diabolisch, nur sehr temperamentvoll.«

»Signore«, sagte Giacomo vorwurfsvoll. »Sie kennen die Frauen. Sie haben erlebt den Ärger. Ihr Herz ist leicht jetzt, *no*? Es hat verloren eine schwere Last.« Er seufzte und legte eine Hand auf die Brust. »Mein Herz ist voll Gas.«

»Gas?«

»Das um uns herum.« Giacomo schöpfte tief Atem. »Ah. So leicht.«

»Du meinst *Luft*, mein Guter. Dein Herz ist leichter als Luft, sagt man, glaube ich, im Englischen.« Ungewöhnlich unachtsam – zumindest ungewöhnlich, seit er angefangen hatte, sich selbst um die Lederpflege zu kümmern – warf

Wallingford den Sattel über die oberste Zaunlatte. Lucifer stieß ihn sanft mit der Schnauze in den Rücken.

»Aha! Sehen Sie! Sie fühlen sie auch, die Luft in Ihrem Herzen.«

Wallingford drehte sich zu Giacomo um.

»Was ich fühle, guter Mann, ist ein starker Drang, mein Pferd zu versorgen und dann zum Essen zu gehen. Wenn du mich nun in Ruhe lassen würdest.«

Wieder legte Giacomo eine Hand aufs Herz und verneigte sich fröhlich.

»Gern, Signor Duca. Ich gehe jetzt und lasse Sie in Frieden, damit Sie können sich freuen in Ruhe.«

»Sehr schön«, sagte Wallingford und griff nach einer Bürste. »Nimm dir nur den Rest des Tages frei, um zu feiern. Ich kann dich ja wohl kaum davon abhalten, da du nicht bei mir in Lohn und Brot stehst.«

Mit langen, ruhigen Strichen bürstete der Herzog das Fell seines Pferdes und entfernte alle Spuren von Sattel und Gurt. Dann sah er nach, ob Steine in den Hufen waren, nahm Lucifer das Zaumzeug ab, legte ihm ein Halfter um und führte ihn durch das Tor auf die Koppel. Einen Augenblick blieb er noch am Zaun stehen und sah zu, wie der Rappe, der vor Lebensfreude mehrmals nach hinten austrat, zum Ende der Weide und zurück galoppierte.

Abigail war fort.

Die Sonne stand direkt über seinem Kopf und brannte sich mit all der Kraft, die sie in einem italienischen Sommer entwickelte, durch seine Kappe. Auf einem Wagen auf der holprigen Straße nach Florenz, wo es die nächste Bahnstation gab, würde es sehr heiß sein. Hoffentlich hatten die Damen an Schirme und Wasser gedacht.

Wallingford nahm Sattel und Zaumzeug und brachte seine Ausrüstung an ihren Platz im Stall zurück.

Obwohl er Bauchschmerzen hatte vor Hunger, ging er nicht in das leere Speisezimmer mit dem riesigen alten Tisch, auf dem üblicherweise gegen Mittag ein kalter Lunch angerichtet war, sondern in die Bibliothek, in der er während der vergangenen zwei Wochen viele Stunden verbracht hatte. Ohne Roland und Burke und verfolgt von der Erinnerung an Abigails abweisenden, kalten Blick hatte er dort Gesellschaft und Ablenkung gefunden.

Zuerst hatte er die alten Papiere durchgesehen, Rechnungsbücher und Besitzurkunden, und sich bei Bedarf sorgfältige Notizen gemacht. Als er das Gefühl gehabt hatte, die Fakten zu kennen und über die juristische und finanzielle Geschichte des Schlosses gut im Bilde zu sein, hatte er sich dem Sex zugewandt.

Genauer, der weiblichen Anatomie; noch genauer, der Frage, wo die Quelle der weiblichen Lust zu finden war. Mit diesem einen und ziemlich willkürlichen Ziel hatte er begonnen – nur um seine Neugier zu befriedigen, wie er sich einredete –, doch nachdem er sich mit den korrekten lateinischen Begriffen, den anatomischen Beschreibungen und den möglichen natürlichen Abweichungen vertraut gemacht hatte, war sein Interesse geweckt gewesen. Eins führte zum andern, und mit einem Mal hatte sich vor seinen wissbegierigen Augen eine faszinierende neue Welt aufgetan: noch dazu eine, die von den Eigentümern des Castel Sant'Agata gründlich studiert und katalogisiert worden war.

Fast so, als hätten sie vorausgesehen, was er benötigen würde.

Als er schließlich alle anatomischen Studien, die erotische

Literatur des Abendlandes und die Liebeslehrbücher des Morgenlandes durchgelesen hatte, hatte sich, neben Leben in anderen Körperregionen, in seiner Brust ein Fünkchen Hoffnung geregt.

Nur dass es im Moment wieder erloschen zu sein schien.

Er ging über den abgetretenen Teppich zum Schreibtisch, über dem ihm Abigail in der Mittsommernacht so erfolgreich ihr verführerisches Dekolleté gezeigt hatte, und ließ sich auf den Stuhl fallen, der davorstand. Auf dem grünen Tischüberzug, der nach Tinte und altem Papier roch, lag ein aufgeschlagenes Buch, in dem Bilder zu sehen waren, die, wäre es wie durch Zauberhand um halb fünf am Nachmittag in einem Londoner Salon aufgetaucht, umgehend eine enorme Nachfrage nach Riechsalz ausgelöst hätten. Er schaute kurz auf die ineinander verschlungenen Paare und die hilfreichen lateinischen Beschriftungen unter den Kupferstichen, dann streckte er seine große Hand aus und schloss das Buch.

Just an diesem Morgen hatte er sich mit seinem Bevollmächtigten im Dorf getroffen. Just an diesem Morgen hatte der Mann gesagt, *Die Eheverträge sind aufgesetzt und warten auf Ihre Zustimmung, Durchlaucht. Möchten Sie sie einsehen und kommentieren?*

Die Uhr hatte einige Sekunden leise weitergetickt, ehe Wallingford geantwortet hatte. *Vielleicht ein andermal. Heute habe ich zu viel zu tun.*

Doch als er durch den heißen Morgen den Hügel wieder hinaufgeritten war und hinter der Serpentine das sonnenüberflutete Schloss in Sicht gekommen war, hatte er sich einen verdammten Feigling gescholten. Seit zwei Wochen versteckte er sich vor Abigail Harewood. Seit zwei Wochen hatte er die furchtbare Erinnerung an ihre letzten Worte immer und immer wieder heraufbeschworen und sich davon lähmen lassen. Hatte zugesehen, wie sie ihrer Arbeit nachging mit ihrem leichten Schritt und ihrem zarten Elfengesicht: dem Gesicht, das er so wunderschön fand, dass ihm das Herz schwer wurde, wann immer sie am Fenster der Bibliothek vorüberkam.

Es war Zeit, mit dem Versteckspiel aufzuhören, hatte er dann beschlossen. Es war Zeit, damit aufzuhören, sich wie ein einfacher Mann zu benehmen. Damit hatte er nicht das Geringste erreicht.

Es war Zeit, endlich wieder wie der mächtige Duke of Wallingford zu handeln.

Nun hockte er in der schläfrigen Wärme der Bibliothek und starrte auf den schlichten braunen Ledereinband mit der langweiligen Prägung. Nicht einmal der Titel deutete auf mehr als eine trockene wissenschaftliche Abhandlung über die menschliche Biologie hin.

Wallingford erhob sich und ging aus dem Zimmer.

Dann stieg er, zwei Stufen auf einmal nehmend, so entschlossen die Treppe hinauf, dass das Klappern seiner Reitstiefel von den nackten Steinwänden widerhallte, ging geradewegs in den Damenflügel und probierte die Türen. Sie waren allesamt unverschlossen und ließen sich auf gut geölten Angeln leicht öffnen. Im ersten Zimmer stand ein Ausziehbett. Offenbar hatte dort der kleine Philip mit Lady Somerton geschlafen. Das zweite war ein wenig kleiner, sehr ordentlich und abgeschirmt von der Mittagssonne. Er ging zum Schrank und sah hinein: fast leer, bis auf ein blaues Kleid, das er gelegentlich an Lady Morley gesehen hatte.

Schwungvoll öffnete er die Tür zum dritten Zimmer, das

er gleich wiedererkannte. Es kam ihm so vor, als wäre Abigail noch da, als könnte sie wie im Märchen plötzlich vor ihm erscheinen. Vielleicht lag es auch an den Büchern, die alle verfügbaren Flächen bedeckten, selbst das Fußende des schmalen Bettes. Abigails Bett mit dem kühlen Leinenkissen, auf dem sie jede Nacht geschlafen und geträumt hatte. Wovon wohl?

Und was trug sie im Bett?

Ein Waschtisch stand neben der Kommode vor der Wand. Wallingford ging darauf zu. Krug und Schüssel waren leer, doch nahe der Kante lag noch ein kleines Stück Seife. Er hielt es sich an die Nase und schnupperte. Es roch nach Zitronen und Blumen, ein Duft, der ihm den Atem raubte und ihm das Herz zerriss. Er sank auf einen Stuhl und stützte den Kopf in die Hände.

Der Herzog war nie in der Schlossküche gewesen und hatte auch nur eine sehr vage Vorstellung davon, wo sie sich befinden mochte: irgendwo weiter hinten im Flur, der zum Speisezimmer führte, nahm er an.

Am Ende ließ er sich von seiner Nase leiten, die vom Duft frisch gebackenen Brotes quer durch die Halle zu einer halb offenen Tür gelockt wurde. Der Raum war leer, doch ein Kessel hing über dem Feuer, und ein Laib Brot lag zum Auskühlen auf dem großen Tisch in der Mitte. Eine leichte, heiße Brise wehte durch das offene Fenster.

Wallingford ging noch ein paar Schritte, blieb dann stehen und drehte sich langsam um die eigene Achse.

»Sie sind hier, nicht wahr?«, fragte er mit leiser Stimme. »Signorina Morini, ja? Die Haushälterin. Ich habe Sie nie gesehen, so wie Abigail anscheinend nicht imstande ist, Giacomo zu sehen, Gott weiß warum. Aber Sie sind da. Ich spüre es. Es ist wie ein Kribbeln im Nacken.«

In der Küche war es so still, dass er sein eigenes Atmen hören konnte.

»Sie wissen, wohin sie gegangen ist, nicht? Ich vermute, Sie wissen alles.«

Mit scharrenden Stiefeln drehte er sich noch einmal im Kreis.

»Ich wünschte ... ich frage mich, ob Sie mir sagen könnten, wohin sie gegangen ist. Plötzlich bin ich ganz allein hier, und auch wenn ich annehme, dass das gewissermaßen ein Sieg ist, als Letzter übrig geblieben zu sein und so weiter, kann ich nicht umhin zu gestehen, dass ...«

Der Herzog verstummte. Vor dem Fenster kreischten entrüstet die Gänse, und einen Augenblick später stieß Giacomo eine Reihe wortreicher italienischer Flüche aus.

»Die Sache ist die, ich liebe sie. Ich liebe sie so sehr, dass ich nicht mehr denken oder schlafen kann. Sie wissen ja, wie sie ist: Wie eine Elfe, unmöglich zu fangen, und dennoch muss ich es versuchen, ich *muss*, denn ohne sie kann ich nicht mehr leben.« Er holte tief Luft und fuhr dann etwas ruhiger fort. »Wenn Sie wissen, wohin sie gegangen ist, gute Frau, wer immer Sie sind, müssen Sie es mir sagen. Finden Sie einen Weg, es mir zu sagen. Ich werde für sie sorgen, das schwöre ich. Ich werde alles tun, um sie glücklich zu machen, denn ...«

Die Brise frischte auf und brachte den Teekessel über dem Feuer mit rhythmischem Quietschen zum Schwingen.

»Denn sie ist meine letzte Hoffnung.«

Leise hallte das Echo seiner Worte von den Wänden wider. Der Duft des frisch gebackenen Brotes reizte seinen hungrigen Magen und erinnerte ihn daran, dass das Mittagessen schon seit einer Stunde auf ihn wartete, während er wie ein Verrückter in einem leeren Raum sentimentalen Unsinn redete.

Wallingford machte auf dem Absatz kehrt, verließ die Küche und ging durch die steinerne Halle zum Speisezimmer mit dem riesigen Tisch, der für eine Person gedeckt war.

Der Herzog hatte sich gerade eine exzellente Artischockentarte und ein Glas Wein einverleibt, als die Tür aufging und ein Mädchen ins Zimmer kam, das nervös an seinem Kopftuch zupfte und es nicht wagte, ihn anzusehen.

»Sie sind Maria, nicht?«, fragte der Herzog dankbar für jede noch so kurze Begegnung mit einem Menschen.

»*Si*, Signor Duca.« Das Mädchen knickste leicht und streckte ihm eine Hand hin. »Eine Nachricht, Signore.«

Aufgeregt schlug Wallingfords Herz gegen die Rippen.

»Danke, Maria.«

Langsam entfaltete der Herzog den Zettel. Er wollte nicht, dass Maria, die still neben der Tür stand, als warte sie auf eine Antwort, das Zittern seiner Finger bemerkte.

Langsam las er die Nachricht, denn die Handschrift war schwer zu entziffern, und die Worte folgten einer seltsamen Syntax, so als sei Englisch nicht die Muttersprache des Verfassers.

Dann faltete er den Zettel langsam wieder zusammen, denn er wusste, dass er ihn noch einmal genauer lesen musste, und schob ihn in seine Westentasche.

»Vielen Dank, Maria.« Er legte seine Serviette zusammen und erhob sich vom Tisch. »Es sieht so aus, als würde ich das Schloss noch in dieser Stunde verlassen. Würden Sie bitte im

Stall Bescheid geben, dass mein Pferd gesattelt werden soll? Und Maria?«

»*Si*, Signore?« Das Mädchen wirkte ein wenig irritiert, so als hätte es nicht jedes Wort verstanden.

»Bestellen Sie Signorina Morini beste Grüße und versichern Sie ihr, dass der Duke of Wallingford sich bemühen wird, sie nicht zu enttäuschen.«

SIEBZEHN

Park der Villa Borghese, Rom

Abigail reichte ihrer Schwester die große Schutzbrille und half ihr, sie über dem dünnen weißen Schal um den Kopf zu binden.

»Das ist furchtbar aufregend«, sagte sie, als sie das Lederband durch die Schnalle zog. »Du solltest wissen, dass ich bei dem Buchmacher im Hotelcafé zwanzig Lire auf dich gesetzt habe.«

»Wo zum Teufel hast du zwanzig Lire her? Ehrlich, Finn«, sagte Alexandra zu der Gestalt, die sich über die Motorhaube ihres Automobils beugte, »das reicht jetzt. Diese Männer sind wirklich äußerst kompetent. Du solltest dich lieber um dein eigenes Fahrzeug kümmern.«

Finn richtete sich auf. Mit dem langen Staubmantel, der seinen hoch aufgeschossenen Körper umwehte, und der Schlägerkappe auf der gerunzelten Stirn sah er sehr verwegen aus, fand Abigail. Seine Schutzbrille baumelte ihm um den Hals, und auf seinen Schläfen lag ein leichter Schweißfilm. Zum Teil sicher wegen der drückenden Hitze, zum Teil aber auch, weil er sich sorgte. Denn anscheinend war Mr. Burke nicht besonders glücklich darüber, dass seine geliebte Alexandra in einem Motorrennen gegen ihn und sein ebenso heiß geliebtes Automobil antrat.

Abigail schaute zu Mr. Hartley hinüber. Dem Neffen des verstorbenen Lord Morley gehörte Alexandras Automobil. Er lehnte, den Bauch gemütlich ans glänzende Blech gedrückt, seitlich am Wagen und war einen Fuß kleiner und dicker als sein rothaariger Rivale.

Die beiden waren einfach nicht zu vergleichen.

»Bist du auch sicher, dass du die Strecke kennst?«, fragte Mr. Burke in genau demselben missbilligenden Ton, den Abigail von seinem Neffen kannte.

»Ganz sicher«, erwiderte Alexandra. »Durch den Park, zum Colosseum und wieder zurück in den Park. Ich bin sie gestern noch abgegangen. Und außerdem ist sie ausgeschildert.«

Mr. Burke sah ihre Schwester noch ein oder zwei Sekunden an, und Abigail hatte das Gefühl, die Schwingungen zwischen den beiden zu spüren.

»Pass gut auf dich auf«, sagte er schließlich.

»Du auch«, flüsterte Alexandra.

Dann drehte Mr. Burke sich um, ging zu seinem Automobil und umkreiste es aufmerksam. Gerührt sah Abigail ihm dabei zu und dachte, wie sehr sein ernstes Profil sie an den Herzog erinnerte, so sehr sogar, dass sie sich nicht im Geringsten wunderte, plötzlich Wallingfords Stimme zu hören.

»Guten Tag, Lady Morley.«

Ein Schatten fiel auf Alexandras hochglanzpolierten Dampfwagen.

Hastig drehte Abigail sich um.

»Großer Gott!«

»Wallingford!«, rief Alexandra. »Was um alles auf der Welt führt Sie denn hierher?«

Aus seiner großen Höhe sah der Herzog finster auf Abigail

herab: Er war es, ganz unverkennbar; mitten an diesem heißen römischen Morgen tauchte er in einem leichten grauen Anzug, einen Strohhut auf dem Kopf, einfach neben ihr auf. Die Sonne, die in seine dunklen Augen schien, zeigte, wie tiefblau sie waren, und Abigails Herz machte einen Satz, als wäre es von einer unsichtbaren Last befreit worden. Sie öffnete den Mund, brachte aber kein Wort heraus.

»Ihr hättet mir doch sagen können, wo ihr hinwolltet, ihr dummen Weiber«, grummelte er.

»Und warum hätten wir das tun sollen?«, fragte Alexandra.

Wallingford sah sie an.

»Weil ich vor vier Tagen aufgewacht bin und feststellen musste, dass ich der Einzige war, der noch in diesem verfluchten Schloss gewohnt hat, und dass in dem ganzen alten Gemäuer Totenstille herrschte, dass niemand eine Nachricht geschickt hatte, und …«

Endlich fand Abigail ihre Stimme wieder.

»Das tut mir schrecklich leid. Wie geht es den Ziegen?«

Der Herzog richtete den Blick wieder auf sie und stieß zwischen zusammengebissenen Zähnen hervor: »Die Ziegen interessieren mich einen Dreck.«

»Was für eine Ausdrucksweise, Euer Gnaden!«, protestierte Alexandra. »Und noch dazu vor Miss Harewood! Ich bin schockiert. Schockiert und betrübt. Überdies muss ich ein Rennen fahren, das in« – sie sah auf ihre Uhr – »fünf Minuten beginnt, und deshalb bitte ich um Nachsicht, wenn ich darauf hinweise, dass Ihr Erscheinen eine höchst unwillkommene Störung darstellt.«

Wallingford zuckte zusammen.

»Sie *fahren*? Beim *Rennen*?«

»Jawohl.«

Die Augen weit aufgerissen vor Entsetzen, schaute er Abigail an.

»Aber Sie können Ihre Schwester doch nicht in einer Menge von … *Italienern* zurücklassen!«

»Natürlich nicht. Mr. Hartley wird Sie vor allen Übeln bewahren.«

Wieder sah Abigail zu Mr. Hartley hinüber, der nun, nur wenige Meter entfernt, stand und sich, den Hut in der Hand, am Ohr kratzte, während die Mechaniker um ihn herumlungerten. Er schien seinen Namen gehört zu haben, denn er schaute in ihre Richtung, setzte den Hut wieder auf und mahlte mit den Kiefern.

Wallingford musterte ihn flüchtig und wandte sich dann wieder an Alexandra.

»Das ist nicht Ihr Ernst.«

»Na dann achten Sie eben selbst auf Abigail. Auch wenn ich mir weiß Gott größere Sorgen um die armen Römer mache, die es wagen sollten, sie zu behelligen. Mr. Hartley!«

Ihr Neffe drückte das Rückgrat durch.

»Ja, Eure Ladyschaft?«

»Ich glaube, es ist Zeit. Haben wir genug Dampf?«

»Ja, Ma'am, volle Kraft«, antwortete ein Mechaniker. »Sie ist startklar.«

In dem Moment ertönte ein lauter Knall, der wie ein Schuss klang, und Abigail wurde ins Gras gestoßen und von Wallingfords schwerem Körper bedeckt.

»Oh!«, sagte sie matt. »War das ein Anschlag?«

Der Herzog lag Wange an Wange mit ihr und wäre nur zu gern so liegen geblieben, hob aber dennoch den Kopf. Das

Erste, was er sah, waren die harten Gummireifen des Automobils direkt vor seiner Nase, und danach, etwas weiter oben, Lady Morleys interessiertes Gesicht.

»Nein«, erwiderte Ihre Ladyschaft fröhlich. »Das war wohl nur eine kleine Explosion. Diese verflixten Benzinautos.«

Abigail regte sich immer noch nicht. Wallingford musterte ihren zerdrückten Hut und das kastanienbraune Haar, das ihr Gesicht verhüllte.

»Alles in Ordnung?«, fragte er ängstlich.

Doch als sie sich schließlich bewegte, gab er sie nur sehr widerstrebend frei. Obwohl einige tausend Menschen um sie herum waren und weitere gefährliche Motorexplosionen drohten, hatte er es sehr genossen, ihren warmen Körper wieder unter sich zu spüren.

»Wie bitte, eine Explosion? Wo?«

»Da drüben, glaube ich«, sagte Alexandra und deutete auf das betroffene Fahrzeug. »Das Auto mit der blutverschmierten Motorhaube. Der arme Kerl.«

Wallingford schaute in die angezeigte Richtung. Er hielt sich für einen Mann mit einem robusten Magen und ausgeprägter britischer Gelassenheit, doch beim Anblick der Unglücksstelle – auf der es bereits von Ärzten, Helfern und Tragen wimmelte – wurde ihm seltsam übel. Schnell stützte er sich mit einer Hand an Alexandras Automobil ab und musterte einige Minuten schwitzend seine Finger. Bildete er sich das nur ein, oder war seine Haut ziemlich grün geworden?

»Oh, mein Gott. Ein schrecklicher Anblick«, bemerkte Abigail gerade. »Hast du gesehen, wie sein Arm herumbaumelt?«

»Diese fiesen Kurbeln an den Benzinwagen«, erwiderte

Alexandra mit einem wissenden Kopfschütteln. »Diese Benzinautos sind eine Plage, allesamt.«

Burke kam wieder zu ihnen herüber. Das leuchtend rote Haar lugte unter seiner Kappe hervor.

»Seid ihr verletzt?« Als er Wallingford sah, fragte er erstaunt: »Was zum Teufel machst du denn hier, alter Knabe?«

»Dasselbe wie du, nehme ich an.« Mit dem Kopf deutete Wallingford auf die Schwestern, deren weiße Kleider im römischen Sonnenschein blendend hell leuchteten. »Bist du sicher, dass das alles seine Richtigkeit hat?«

»Wallingford, mein Lieber«, entgegnete Burke, »wenn du einen Weg findest, die beiden aufzuhalten, gebe ich mich gern geschlagen.«

Die Ärzte kamen mit einer Trage vorüber. Der komplizierte Bruch und das ausgerenkte Kinn waren mit überraschender Schnelligkeit verbunden worden und das Blut bereits von der Haube gewischt. Wallingford versuchte, näher an Abigail heranzukommen, doch die beiden Schwestern hatten die Köpfe zusammengesteckt und schienen eins dieser überaus einschüchternden Frauengespräche zu führen, deshalb ließ er sich von Burke beiseiteziehen und in ein Gespräch über den Grund der Explosion und die Überlegenheit des Elektromotors in Bezug auf Sicherheit, Leistung und Geruchsbelästigung verwickeln.

Dann betrachtete Wallingford wieder die spannende Szene; die mindestens zehn Automobile, die an der Startlinie aufgereiht standen, Lady Morley mit der Schutzbrille über dem weißen Schal und schließlich Phineas Burke.

»Sag mal. Dir wird doch nichts passieren, oder? Das scheint mir ein ziemlich gefährliches Geschäft zu sein.«

»Ich schaff das schon.« Burke schaute zu Lady Morley hinüber. »Aber eins sage ich dir, Wallingford, ich wünschte mir, die nächste Stunde wäre bereits vorüber.«

»Hmm.«

Burke schaute auf seine Uhr und fing wieder an, seine Maschine zu umkreisen.

»Wie auch immer, es sieht so aus, als wären alle Unfallspuren beseitigt. Dann werden wir wohl bald starten.«

Als Burke in sein Automobil stieg, folgte Wallingford ihm und lehnte sich an den Türrahmen.

»Kann ich irgendetwas für dich tun, alter Freund?«

»Halt nur die Augen auf, ja? Falls etwas passiert, falls sie in Schwierigkeiten gerät …« Burke schaute auf die Lenkstange hinunter, als überprüfe er sie.

»Versprochen«, sagte Wallingford. Die Zuschauer jubelten dem Verletzten zu, der durch die Menge getragen wurde. »Du willst sie heiraten, nicht?«, frage der Herzog leise.

»Wenn sie mich haben will.« Burke starrte stur geradeaus, beide Hände auf der Lenkstange, die Lederhandschuhe matt glänzend im Sonnenschein. »Und was ist mit dir?«

»Wenn sie mich haben will.«

Burke lachte und schüttelte den Kopf.

»Bei Gott, das ist das letzte Mal, dass ich auf eine Zeitungsannonce geantwortet habe.«

Die Fahrer kletterten wieder auf ihre Sitze, und die Benzinmotoren wurden angekurbelt. Wallingford trat einen Schritt zurück.

»Viel Glück, alter Freund.«

»Wünsch ich dir auch, bei Gott. Wirklich.«

Wallingford ging hinten um Burkes Maschine herum zurück zu Abigail und legte einen Arm fest um ihre Taille. Überrascht sah sie zu ihm auf.

»*Sie*, Miss Harewood«, sagte er in dem gebieterischen Ton, den sie so gern mochte, »kommen mit mir.«

»Oh! Wohin denn?« Ihre Augen funkelten, als erwarte sie, dass er sagte *in mein Zimmer* oder *ins nächste Freudenhaus.*

»Dahin, wo es sicher ist«, knurrte er.

Erstaunlich fügsam ließ Abigail sich von ihm in die Zuschauermenge zurückführen. Der schwüle Geruch der Benzinabgase begann, die Luft zu erfüllen. Die vielen Lippen hatten aufgehört, sich zu bewegen, und alle Augen waren auf den Mann gerichtet, der am Ende der Startlinie stand und mit erhobener Pistole auf seine Uhr sah.

»Das ist aber eine hübsche Pistole«, sagte Abigail leise. »Glaubst du, sie ist wirklich geladen?«

Der Mann schaute an der Linie entlang. Es war vollkommen still geworden. Nur der Lärm der Motoren war zu hören, und außer dem Starter, der den Kopf hin- und herdrehte und die Automobile wachsam im Blick behielt, regte sich nichts mehr. Abigail schob ihre behandschuhte Hand in Wallingfords, und er merkte, dass sie unter all den Schichten eleganten weißen Chiffons vor Aufregung bebte.

Ein Rauchwölkchen kam aus der Pistole des Starters, und einen Augenblick später zerriss ein lauter Knall die Stille.

Alexandras Wagen machte einen Satz nach vorn, blieb ein oder zwei Sekunden mit Burkes Wagen gleichauf und überholte ihn dann. Die Enden ihres weißen Schals flatterten im Fahrtwind, und das Letzte, was Wallingford von ihr sah, war das breite Lächeln, das ihr Gesicht in zwei Teile teilte.

»Sie ist vorn! Oh, heb mich hoch, damit ich sehen kann!«

Wie hätte er sich weigern können? Wallingford legte die Hände um Abigails schmale Taille und stemmte sie hoch.

»Ah, da sind sie! Alexandra ist vorn, sie fährt um die Ecke und Mr. Burke verfolgt sie, und oh! *Oh!*«

»Was ist?« Wallingford sah nichts als weißen Chiffon.

»Ein Fahrer hat seine Lenkstange verloren! Großer Gott! Oh, Achtung!« Abigail erschauerte leicht und glitt an ihm herunter. »Er ist direkt in einen Obststand gefahren. Mit Bananen, glaube ich.«

Bananen. Wallingford schloss die Augen und atmete entzückt Abigails süßen Duft ein, doch schon trat sie lachend einen Schritt zurück.

»Nun, das war's wohl! Wann werden sie am Ziel erwartet?«

Er zog seine Uhr hervor, als könnte sie ihm die Antwort verraten.

»Burke hat irgendetwas von einer Stunde gesagt.« Er fühlte sich seltsam benommen. Die alte Abigail war zurück, fröhlich und sorglos hatte sie sich seinen Händen anvertraut, als hätte es die Nacht im Bootshaus nie gegeben. So einfach konnte es doch nicht sein?

Oder?

Er fasste sie an den Schultern, damit sie ihn ansah.

»Abigail, ich …«

»Da sind Sie ja, Miss Harewood!« Ein beleibter Herr drängte sich zu ihnen durch und trat ein gutes Stück zu nah an Abigail heran: derselbe Gentleman, der vor dem Start in der Nähe von Lady Morleys Auto herumgelungert hatte. Gut gelaunt hakte der Mann die Daumen in die Westentaschen. »Lady Morley hat mich gebeten, während des Rennens ein Auge auf Sie zu haben.«

»Oh, das wird nicht nötig sein«, erwiderte Abigail ebenso gut gelaunt. »Ich habe ganz unerwartet einen lieben Freund getroffen.« Sie tätschelte Wallingfords Arm. »Er ist ein großartiger Anstandswauwau, überaus wachsam. Manchmal erinnert er mich sogar an einen besonders hartnäckigen Bluthund.«

Mit hochgezogenen Brauen musterte der Mann Wallingford. Dann schob er lässig seinen Hut zurück.

»Wirklich, an einen Bluthund? Sagen Sie, mein Lieber, Sie kommen mir so bekannt vor. Kennen wir uns vielleicht?«

Hochnäsig schaute Wallingford auf ihn herab.

»Ich bin der Duke of Wallingford, *mein Lieber.* Und wer zum Teufel sind Sie?«

Der Gentleman wurde kreidebleich. Dann wandte er sich Abigail zu, als könne sie ihm in dieser Angelegenheit weiterhelfen.

»Oh, entschuldigen Sie! Wallingford, das ist William Hartley, der Neffe meiner Schwester. Angeheiratet natürlich. Ihm gehört das Automobil, das sie fährt.«

Der Herzog ließ Mr. Hartleys rundes Gesicht nicht aus den Augen.

»Wenn das so ist, warum fährt er die Maschine nicht selbst?«

»Weil ihm dabei schlecht wird, glaube ich. Ist es nicht so, Mr. Hartley?«

»Genau.« Hartley tupfte sich mit einem Taschentuch die Schweißperlen von der Stirn. »Ganz genau.«

»Verstehe«, sagte Wallingford.

»Mr. Hartley hat uns auf dem Weg nach Rom im Schloss einen Besuch abgestattet«, fuhr Abigail fort. »Ich glaube, er hat Alexandra zu diesem Ausflug überredet. Nicht wahr, Mr. Hartley?«

»Ich … ich hoffe, die Ehre gebührt mir«, stieß Hartley kurzatmig hervor.

Die wuselnde Menschenmenge geriet in Bewegung.

»Oh, was ist?« Abigail verrenkte sich den Hals. »Gibt es Streit? Oh sag, dass es einen Kampf gibt. Ich bin nun schon fast fünf Monate in Italien, ohne dass ich einen Streit erlebt habe.«

Irgendjemand schrie etwas, und eine wütende Stimme schimpfte lauthals. Schützend stellte Wallingford sich vor Abigail.

»Haben Sie keine Angst, Miss Harewood«, sagte Mr. Hartley. »Meine Mechaniker werden Sie vor allem Schlimmen bewahren.«

Abigail klammerte sich an Wallingfords Arm und stellte sich auf die Zehenspitzen.

»Wenn es *wirklich* einen Kampf gibt, musst du mich sofort auf die Schultern nehmen. Ich möchte keine Sekunde verpassen.«

Wallingford war mindestens einen halben Kopf größer als alle, die um ihn herumstanden. Er hob das Kinn, um einer besonders lästigen Straußenfeder auszuweichen, und schaute über das wogende Meer aus Hüten.

»Das ist kein Streit«, sagte er endlich und entspannte sich wieder. »Da läuft nur ein Mann mit einer Lenkstange herum.«

Sechs Stunden später

»Da stand ich nun, Miss Harewood, alles hing von mir ab, und ich war gezwungen, mich im Bruchteil einer Sekunde zwischen einem Dreieinviertel-Zoll-Zylinder und einem Dreidreiachtel-Zoll-Zylinder zu entscheiden, und wissen Sie, was ich getan habe?« Mr. Hartley streckte den Mittelfinger aus und schob sich eine fettige Haarlocke aus der Stirn.

Abigail schnappte nach Luft und legte die Finger an die Lippen.

»Sie haben sich für den Dreieinviertel entschieden?«

»Nein, hab ich nicht.«

»Den Dreidreiachtel?«

»Nein, nein, Miss Harewood.« Mr. Hartleys Lächeln wurde immer breiter und selbstgefälliger.

»Oh, wie spannend, Mr. Hartley! Bitte sagen Sie es mir doch. Ich halte das nicht länger aus.«

Mr. Hartley tippte sich an die Schläfe.

»Ich habe natürlich den Ingenieur kommen lassen!«

»Nein, wirklich?«

»Oh ja. Ein echter Anführer weiß immer, wann er seine Aufgaben delegieren muss.« Mr. Hartley hielt inne und schob die Locke, die ihm wie ein erschöpfter Wurm immer wieder in die Stirn fiel, erneut beiseite. »Fühlen Sie sich nicht wohl, Miss Harewood? In den letzten zehn Minuten haben Sie sich die ganze Zeit so nervös umgesehen.«

»Oh, mir geht es gut, bestimmt, Mr. Hartley. Sogar ganz großartig. Aber es sieht so aus, als hätte ich in diesem Gedränge meine Schwester verloren.« Mit einer Kopfbewegung deutete Abigail auf das besagte Gedränge; die Menge der Motorsportbegeisterten nämlich, die sich in der Villa Borghese versammelt hatten, um den Sieger zu feiern. Oder ihn zumindest gefeiert hätten, wenn er nicht im Gefängnis in einer Einzelzelle säße. Dennoch war es ein Fest gewesen, wie üblich mit Alexandra als Mittelpunkt, und Abigail – die an diesem Tag früh aufgestanden war – sehnte sich nun nur noch nach Ruhe in ihrem himmlischem Hotelbett.

Die Tatsache, dass der Duke of Wallingford irgendwann während des Desserts verschwunden war, hatte, wie sie sich fest einredete, nichts mit diesem Wunsch zu tun.

»Oh, Lady Morley ist bereits vor einer halben Stunde gegangen.« Mr. Hartley klopfte seine Westentaschen ab. »Hat Sie Ihnen nicht Bescheid gesagt?«

»Nein, hat sie nicht.« Abigail sank das Herz.

»Ich habe ihr selbst eine Droschke gerufen. Vor einer guten halben Stunde.«

»Hm ja, das ist recht merkwürdig«, sagte Abigail. »In dem Fall sollte ich wohl ins Hotel zurückkehren.«

»Ich werde Sie natürlich begleiten.«

»Das ist nicht nötig, bestimmt nicht.«

»Miss Harewood!«, stieß Hartley schockiert hervor. »Eine junge Dame allein auf den Straßen von Rom! Das geht nicht.«

»Ich nehme eine Droschke, die mich von Tür zu Tür bringt. Das geht sehr wohl!«

»Nein, nein.« Mr. Hartley nahm ihren Ellbogen. »Ich fahre mit Ihnen zurück. Immerhin ist es schon schrecklich spät. Ich bin vollkommen« – er unterdrückte ein theatralisches Gähnen – »erschöpft.«

»Mr. Hartley, ich bin durchaus imstande …«

Doch Hartley bahnte sich bereits einen Weg durch die Menge, und Abigail blieb nichts anderes übrig, als ihm mit einem zunehmenden Gefühl der Verzweiflung zu folgen. Wie konnte ein Abend, der so vielversprechend begonnen hatte, so traurig enden? Sie hatte beim Essen neben Wallingford gesessen, und er war ganz der Alte gewesen. Hatte sie mit seinem trockenen Humor und seinen klugen Bemerkungen unterhalten und das Weinglas mit der gezügelten Kraft seiner großen Hände ergriffen, die es ebenso gut hätten zerbrechen können. Neben dem trägen, gut genährten Mr. Hartley hatte er wie ein geschmeidiges Raubtier gewirkt.

Doch nun war er fort und Alexandra ebenso, und selbst Mr. Burke war schon vor längerer Zeit verschwunden, um nach seiner Maschine zu sehen. So blieb nur noch William Hartley übrig, um sie zum Hotel Majestic zurückzubringen. Was für ein Skandal das gewesen wäre, zu Hause in London. Die in der Villa Borghese versammelten Wissenschaftler und Ingenieure jedoch schienen keinen Anstoß daran zu nehmen.

Hartley erreichte die Tür und trat beiseite, um sie vorausgehen zu lassen. Der Portier maß sie mit einem wissenden Blick.

»Hören Sie, Mr. Hartley«, sagte Abigail, entschlossen, es noch einmal zu versuchen. »Ich bin mir nicht sicher, ob das richtig ist. Vielleicht können wir herausfinden, wohin meine Schwester gegangen ist und …«

»Nein, nein. Wir sind doch praktisch verwandt, Miss Harewood. Taxi!« Mr. Hartley winkte einer Droschke, die auf der Straße aufgetaucht war und schnell auf sie zukam.

Abigail verdrehte die Augen.

»Wir sind nicht einmal entfernt miteinander verwandt, Mr. Hartley, und …«

Hartley trat vor, um die Droschke aufzuhalten. Das Pferd steuerte auf sie zu und wurde langsamer.

»Sehen Sie, Miss Harewood? Kein Problem. Und das Beste daran ist, dass ich unterwegs Zeit haben werde, die Geschichte mit den Zylindern zu Ende zu erzählen.«

»Wollen Sie damit sagen, sie war noch nicht zu Ende?«, fragte Abigail matt.

»Nein, ganz und gar nicht!« Die Droschke hielt. Zufrieden trat Hartley zurück. »Sie ist sehr lang. Sie wissen ja noch gar nicht, was der Ingenieur gesagt hat. Ihr Wagen, meine Liebe.«

Mit einer leichten Verbeugung öffnete Hartley die Tür der Droschke, und der Duke of Wallingford sprang heraus.

»Wallingford!« Vor Erleichterung hätte Abigail sich fast in seine Arme geworfen.

»Oh, Miss Harewood! Mr. Hartley!« Wallingford wandte sich Hartley zu und hob seine Augenbrauen auf diese fürchterlich herablassende Art. »Wollten Sie irgendwohin?«

»Mr. Hartley hat freundlicherweise angeboten, mich zu meinem Hotel zu begleiten, obwohl ich darauf *bestanden* habe, dass das nicht nötig ist.« Abigail legte eine leichte Betonung auf das Wort *bestanden*.

»Wie galant von Ihnen«, sagte der Herzog. »Doch Sie brauchen sich nicht weiter zu bemühen. Ehe sie ging, hat Lady Morley mich gebeten, mich um Miss Harewood zu kümmern, deshalb hole ich sie mit meiner Kutsche ab.«

»Ihrer Kutsche?«, fragte Hartley ungläubig.

»Ich habe sie für eine Woche gemietet, mitsamt Fahrer. Das ist so viel angenehmer, als auf eine Droschke zu warten. Wollen wir, Miss Harewood?«

»Hören Sie«, protestierte Mr. Hartley, »das ist höchst unangemessen. Immerhin gehöre ich zur Familie!«

Traurig schüttelte Abigail den Kopf.

»Das stimmt, Wallingford. Er ist der Neffe des verstorbenen Marquis of Morley, und somit ist Alexandra seine angeheiratete Tante. Er ist fast wie ein Bruder für sie.«

»Das ist ja alles ganz gut und schön, aber, wie gesagt, habe ich nicht nur eine direkte Order von Lady Morley, sondern auch eine wartende Kutsche. Miss Harewood?«

Während Mr. Hartley noch die Kinnlade herunterhing, schob der Herzog Abigail in den Wagen. Dann stieß er ans Dach und rief dem Kutscher zu: »Zum Hotel Majestic bitte.«

Als sie aufgehört hatte zu lachen, stellte Abigail fest, dass sie nicht wusste, was sie sagen sollte. Wallingford in seinem schwarzen Abendanzug und dem leuchtend weißen Hemd saß so ernst und raumfüllend neben ihr, dass ihr, obgleich sie sich bei der Feier ganz locker mit ihm unterhalten hatte, in der Enge der geschlossenen Kabine die Worte fehlten.

Er seinerseits machte keine Anstalten, eine Unterhaltung anzufangen. Er saß ganz still, schaute müßig durchs Fenster und regte nicht einen Finger.

Die Fahrt zum Hotel Majestic dauerte nicht lang. Kaum fünf peinliche Minuten waren verstrichen, als die Droschke langsamer wurde, Licht durchs Fenster fiel und Wallingford ausstieg, um ihr die Hand zu reichen.

»Ich bringe dich zu deinem Zimmer«, sagte er in einem Ton, der keinen Widerspruch duldete.

So fuhren sie mit dem modernen mechanischen Lift nach oben, während der Liftboy zwischen ihnen stand wie eine ernste rot gekleidete Statue. Was der Junge wohl dachte, überlegte Abigail innerlich schmunzelnd. Wirklich, es war schrecklich leichtsinnig von Alexandra, sie abends in Wallingfords Obhut zu geben. Das Stelldichein mit Mr. Burke – denn etwas anderes konnte sie ja nicht dazu bewogen haben – musste äußerst dringlich sein.

Mit metallischem Klappern kam der Aufzug zum Stillstand, und der Liftboy öffnete das Gitter. Wallingford ließ Abigail den Vortritt und schritt dann an ihrer Seite wortlos über den Flur.

»Da sind wir«, sagte Abigail und zog den Schlüssel aus der Tasche. Die andere Hand streckte sie aus. »Vielen Dank, dass du mich vor diesem Hartley gerettet hast. Wenn nur jede Dame in Not so leicht aus den Fängen der Langeweile befreit werden könnte.«

»Abigail.« Mit glänzenden Augen sah Wallingford sie an. »Ich muss mit dir reden.«

Ihr Herz begann, heftig zu klopfen.

»Oh nein. Das wäre höchst unanständig. Ich habe keine Ahnung, was Alexandra dir gesagt hat, aber ganz sicher nicht, mich im Hotel ins Bett zu bringen.«

Wallingford stützte sich neben ihrem Ohr mit einer Hand am Türpfosten ab.

»Und ich bin genauso sicher, dass Miss Abigail Harewood sich keinen Deut um die Meinung anderer schert.«

Abigail befeuchtete ihre trocken gewordenen Lippen.

»Oh, da irrst du dich. Ich hasse es, ertappt zu werden. Das ist höchst irritierend. Und ich ...«

Auf der Treppe waren laute Schritte zu hören.

»Du solltest dich schnell entscheiden«, sagte Wallingford.

Abigail schluckte, drehte sich um, steckte den Schlüssel ins Schloss und stieß die Tür auf.

Das Zimmer war dunkel. Hastig betätigte Abigail den Schalter für das elektrische Licht, dann fiel ein schwacher gelber Schein auf die Möbel.

Wallingford zog die Handschuhe aus und legte sie zusammen mit seinem Hut neben die Lampe auf dem Tisch.

»Ah, moderner Komfort.«

»Ja, das Hotel ist erst vergangenes Jahr gebaut worden.« Abigail stellte sich hinter einen Stuhl. »Es hat sogar fließendes Wasser. Wohnst du auch hier?«

»Natürlich.«

»Ich nehme an, dein Zimmer ist doppelt so groß. Sicher hast du die königliche Suite.«

»Etwas in der Art, ja. Möchtest du sie sehen?« Er wandte sich ihr zu.

Abigail umklammerte die Lehne des Stuhles. Das Zimmer war klein, und die beiden schmalen Betten schienen gefährlich nah zu sein.

»Ähm, ich hoffe, du hast meine heutige Freundlichkeit nicht falsch verstanden und glaubst, ich hegte den Wunsch, unsere … unsere …«

»Nein, natürlich nicht.«

Abigails Schultern sackten herab. Ob vor Erleichterung oder Enttäuschung konnte sie selbst nicht sagen.

»Nun, das wäre es dann. Ich wünsche dir eine gute Nacht.«

»Ich habe gar nichts *falsch* verstanden, meine Liebe.« Wallingford lehnte sich mit der Schulter an die Wand und sah sie abwartend an. »Ich weiß ganz genau, was du fühlst. Denn ich fühle dasselbe.«

»Und zwar?«

»Dass wir zusammengehören. Dass dieses lächerliche, zweiwöchige Versteckspiel sofort aufhören muss, ehe wir beide verrückt werden.«

»Sieh an!«

»Ich werde dich nicht aufgeben, Abigail. Ich werde es nicht zulassen, dass deine irrigen Vorstellungen von Unabhängigkeit und Freiheit uns daran hindern, zusammen glücklich zu werden.«

»Du lieber Himmel! Ist das nicht etwas selbstherrlich?«

Wallingford lächelte.

»Du magst meine Selbstherrlichkeit.«

»Ich finde sie interessant und erheiternd, genau wie Mr. Burkes Motorwagen. Aber ich möchte weder mit dem einen noch mit dem anderen täglich zu tun haben.« Ihren Liebsten nur so wenige Schritte entfernt an ihrer Zimmerwand lehnen zu sehen, das Gesicht golden überhaucht vom Licht der modernen elektrischen Glühlampe, machte sie ein wenig nervös.

»Abigail«, sagte er sanft. »Liebling. Wovor fürchtest du dich? Glaubst du, ich wollte dir die Flügel stutzen? Ich liebe deine Flügel. Ich liebe alles an dir. Ich würde mir eher einen Arm abhacken, als dich zu zwingen, in einen Londoner Salon voller schnatternder Gänse zu gehen.«

Abigail schloss die Augen.

»Das hört sich alles sehr schön an, Wallingford, aber ich glaube, im Bootshaus hat sich gezeigt, dass wir nicht zueinander passen. Auf der … körperlichen Ebene, die ich für … wesentlich halte …« Abigail verlor den Faden, denn in ihrem Kopf hallten unaufhörlich seine Worte wider: *Ich liebe deine Flügel. Ich liebe alles an dir.*

Sie hörte, wie er über den neuen, dicken Teppich leise auf sie zukam.

»Ich möchte mich noch einmal für mein unbeherrschtes Benehmen in jener Nacht entschuldigen, Liebling. Das war unverzeihlich.«

»Und furchtbar enttäuschend.«

»Das nächste Mal, wenn wir zusammen ins Bett gehen, werde ich mir Mühe geben, es wiedergutzumachen.«

»Es wird kein nächstes Mal geben.«

»Doch, wird es. Öffne die Augen, Abigail.«

Sie schlug die Augen auf und schnappte nach Luft. Er

stand keinen halben Meter entfernt vor ihr, riesengroß in seinem schwarzen Anzug, eine Hand neben ihrer auf der Stuhllehne, und sah sie mit seinen dunkelblauen Augen liebevoll an. Sie konnte sogar die Wärme seines Körpers spüren. Dann legte er seine Hand auf ihre.

»Auch wenn ich anders wirke, habe ich mich stets für einen aufgeschlossenen Mann gehalten. Einen, der nicht zu stolz ist, um aus seinen Fehlern zu lernen.«

»Ich gestehe, dass mich das erstaunt.«

»Und diese Aufgeschlossenheit hat mich dazu bewogen, während unserer Entfremdung ein paar Dinge zu lernen.« Er beugte sich vor und flüsterte ihr ins Ohr. »Zum Beispiel habe ich gelernt, wo sich die Quelle der weiblichen Lust befindet.«

»Oh.« Abigail klopfte das Herz bis zum Hals, und ihr Inneres schien fatalerweise weich wie Pudding zu werden.

»Außerdem kenne ich nun die 26 Stellungen, in denen sie am besten stimuliert wird.« Mit einem Finger zeichnete er ihre Kinnlinie nach.

»Wie überaus … gründlich.«

»Und schließlich, Abigail, kenne ich den wichtigsten Bestandteil von allen. Die eine Zutat, die garantiert dazu führt, dass alle Gefühle verstärkt werden und die Frau die größte Lust empfindet, die ein Sterblicher ihr bereiten kann. Kennst du diese Zutat, Liebste?«

Sein Mund hielt eine Haaresbreite vor ihrem inne. Abigail öffnete die Lippen und berauschte sich an seinem Atem, seinem Duft, seiner glühenden Hitze, nahm alles an ihm mit jeder Pore in sich auf.

»Bergamotte?«, fragte sie atemlos.

Wallingford legte eine Fingerspitze auf ihre Lippen.

»Vorfreude.«

Er trat so abrupt zurück, dass sie vornübergefallen wäre, wenn sie sich nicht an der Stuhllehne festgehalten hätte.

»Warte!«, rief sie, doch er hatte sich bereits der Tür zugewandt.

In dem Augenblick rüttelte jemand am Knauf.

»Abigail! Abigail, Schatz!«, rief Alexandra von draußen. »Ich glaube, ich habe meinen Schlüssel vergessen.«

Der Herzog blieb stocksteif stehen.

»Abigail, bist du da?« Wieder rüttelte Alexandra am Knauf. »Oh, da ist er ja. In der anderen Tasche. Wie dumm von mir.«

Eilig verschwand der Herzog unter einem Bett.

Der Knauf drehte sich und Alexandra stürzte ins Zimmer.

»Oh, da bist du ja! Warum hast du mir nicht geantwortet?«

»Ich war … ich war … am Telefon, um die Hotelzofe zu bestellen, damit sie mir beim Entkleiden hilft.«

»Schon gut. Ich habe großartige Neuigkeiten, Schwester. Ich werde heiraten!« Alexandra schlang die Arme um Abigails Taille und wirbelte sie im Kreis herum. »Ist das nicht wundervoll?«

»Ja, einfach wundervoll! Und der Auserwählte ist Mr. Burke, nehme ich an.«

»Ja, wer denn sonst? Oh, ich bin so froh, wie trunken vor Glück.« Sie warf sich rücklings aufs Bett und lachte. »Denk nur! Mrs. Phineas Burke! Hört sich das nicht fabelhaft an?«

Abigail starrte auf ihre Schwester, deren Schuhe, nur Zentimeter von Wallingfords Nase entfernt, vom Bett herabbaumelten.

»Ja, fabelhaft!«, sagte sie gepresst.

Alexandra setzte sich auf.

»Du wirst natürlich meine Brautjungfer sein. Die Hochzeit ist so bald wie möglich, in ein paar Tagen, wenn uns das gelingt, was nicht weiter schwierig sein dürfte. Wolltest du gerade ins Bett?«

»Nein! Ich meine, ja.« Abigail zögerte. »Und du?«

»Ich kann mich nicht entschließen. Ich habe nicht übel Lust, sofort mit dem Hotelmanager zu reden, ihn zu fragen, ob wir so kurzfristig noch einen Raum für die Zeremonie bekommen können, und die Details mit ihm zu besprechen.«

»Ja, tu das! Was du heute kannst besorgen, das verschiebe nicht auf morgen.«

»Andererseits bin ich schrecklich müde.« Alexandra legte eine Hand auf den Mund. »Das war ein außergewöhnlich interessanter Tag. Vielleicht sollten wir doch einfach die Zofe kommen lassen.«

»Nein, nein. Wirklich, ich bin so aufgeregt! Ich glaube, ich könnte kein Auge zumachen. Lass uns nach unten gehen und eine Flasche Champagner bestellen, ja?«

Schockiert sah Alexandra sie an.

»Mein Gott, Abigail! In einem öffentlichen Hotel? Was denkst du dir bloß? Aber wir könnten uns eine heraufbringen lassen. Dann ziehen wir uns bis aufs Unterkleid aus und tanzen durchs Zimmer wie damals, als wir klein waren.«

»Ich glaube«, sagte Abigail recht bestürzt, »ich bin doch etwas müder, als ich dachte.«

»Das überrascht mich nicht. Für dich war es sicher auch ein langer Tag. Hat Wallingford dich nach Hause gebracht? So wie ich ihn gebeten hatte?«

»Ja, das hat er. Und zudem gerade noch rechtzeitig. Ich war kurz davor, von Mr. Hartley entführt zu werden.«

»Er ist so ein Gentleman, dieser Wallingford!«

»Ja, das ist er. Ein richtiger Gentleman. Auch wenn die ganze Episode verheerend für meine Nerven war. Ich schätze, du kannst nicht nach unten gehen und fragen, ob sie irgendein … Heilmittel haben, oder?«

»Verheerend für deine Nerven?«, fragte Alexandra lachend. »Seit wann hast du *Nerven*, meine Liebe?«

Abigail legte eine Hand aufs Herz.

»Ich meine es ernst, Alexandra!«

Ihre Schwester lachte immer noch.

»Warum greifst du nicht zum Telefon und fragst selber nach?«

»Es …« Abigail schaute zum Telefon hinüber. »Es funktioniert nicht.«

»Unsinn. Hast du es nicht vorhin benutzt, um die Zofe zu rufen?« Alexandra stand auf und ging zu der hölzernen Kiste auf dem Tisch.

»Nein, fass es nicht an! Es … es hat mir einen elektrischen Schlag versetzt … es muss falsch verkabelt sein.« Verzweifelt schaute Abigail zum Bett hinüber.

Alexandra wich zurück.

»Oh, mein Gott!«

»Ja! Es ist wirklich gefährlich! Du solltest gleich nach unten gehen und verlangen, dass es repariert wird, ehe wir in unseren Betten geröstet werden. Ich würde ja selbst gehen, aber mir schwirrt der Kopf.«

»Oh, mein armes Schwesterlein! Natürlich laufe ich gleich nach unten. Ich werde einfach darauf *bestehen*, dass man uns ein anderes Zimmer gibt. Möchtest du ein feuchtes Tuch?«

»Nein! Nein, danke. Wenn du nur bitte …« Ungeduldig wedelte Abigail mit der Hand.

»Na gut. Ich bin gleich wieder da.« Mit rauschenden Röcken ging Alexandra zur Tür.

»Und vergiss deinen Schlüssel nicht«, rief Abigail ihr nach.

»Ist in meiner Tasche!«, flötete Alexandra und zog die Tür hinter sich zu. Doch in letzter Sekunde steckte sie den Kopf noch einmal ins Zimmer. »Ach, Abigail, meine Liebe?«

»Ja, Schatz?«

»Sag Wallingford doch bitte, er soll Hut und Handschuhe nicht vergessen, wenn er geht.«

ACHTZEHN

Drei Tage später

Am Ende fand Wallingford sie im Hotelcafé, wo sie mit ihrem Buchmacher stritt. Sie war noch so angezogen wie beim Hochzeitsfrühstück, das eigentlich gar kein Frühstück gewesen war, da es erst um fünf Uhr nachmittags begonnen hatte. Ihre Schultern waren fast nackt und glänzten im Lampenschein, und ihr Haar war zu einer kunstvollen Frisur aufgesteckt, die von einer Feder gekrönt wurde. Wenn er der Buchmacher gewesen wäre, hätte er ihr alles gegeben, was sie wollte.

»Was zum Teufel geht hier vor?« Er trat an ihre Seite und legte eine Hand auf ihren Rücken.

Sie wandte sich ihm zu.

»Ich kann diesen Kerl nicht dazu bringen, mir die zwanzig Lire zurückzugeben, die ich auf Alexandra gesetzt habe, obwohl das Rennen offensichtlich manipuliert war. Er behauptet, da Alexandras Wagen nicht ins Ziel gekommen sei, hätte ich das Geld verloren, der Schuft.«

»Und das ist alles?« Wallingford wandte sich an den Mann, der, eine winzige Tasse mit starkem schwarzem Kaffee vor sich, unbeeindruckt an seinem Tisch saß. »Geben Sie der Lady ihr Geld zurück, Sir, oder ich sehe mich gezwungen, Sie hinter Ihrem Tisch hervorzuzerren und dem nächsten

Richter vorzuführen.« Er legte beide Hände auf die Tischplatte, beugte sich vor und fuhr etwas leiser fort: »Und zwar an den Ohrläppchen.«

»Das war großartig«, sagte Abigail ein paar Minuten später, während sie die Banknoten in ihren Ausschnitt steckte. »Wie machst du das bloß?«

»Das wurde mir in die Wiege gelegt. Ist oben alles bereit?«

»Oh ja. Ich habe dem Mädchen geholfen, Alexandras Sachen in Burkes Suite zu bringen, während alle anderen Kuchen gegessen haben. Dann haben wir überall Blumen hingestellt und eine Flasche Champagner. Glaubst du, er hat sie über die Schwelle getragen?«

»Burke? Das nehme ich doch an. Der Mann ist furchtbar romantisch.«

»Wie schön! Das war's dann.«

»Ja, das war's.«

Abigail schaute auf ihre Fußspitzen. Sie standen in der Hotelhalle, gleich vor dem imposanten Ballsaal, wo irgendeine Feier in vollem Gange war. Lachen und laute, fröhliche Stimmen drangen durch die Tür, und ein ausgezeichnetes Orchester spielte einen Walzer.

Wallingford streckte die Arme aus.

»Möchtest du tanzen?«

»Hier? In der Halle?«

»Wo immer du willst.«

Lächelnd reichte sie ihm ihre Hand, und er tanzte langsam mit ihr durch die große, hellmarmorne Halle mit der reich verzierten Gewölbedecke. Sie fühlte sich zart und kräftig zugleich an. Instinktiv folgte sie dem Rhythmus, überließ sich ganz seiner Führung und lächelte ihn an, während sie sich wiegten und drehten. Ein kicherndes Pärchen ging an ihnen vorüber, ohne sie überhaupt wahrzunehmen.

»Alexandra ist verheiratet«, sagte Abigail. »Ich kann es gar nicht glauben. Die beiden schienen im siebten Himmel zu schweben. Ich habe meine Schwester noch nie so glücklich gesehen.«

»Und ich habe Burke noch nie so glücklich gesehen. Der Junge hat gestrahlt wie ein Honigkuchenpferd, als ich sie ihm zugeführt habe. Über Geschmack lässt sich wirklich nicht streiten.«

Abigail klopfte ihm auf den Arm.

»*Ich* finde, er kann sich glücklich schätzen.«

Das Orchester brachte den Walzer schwungvoll zu Ende. Wallingford blieb stehen und nahm Abigails behandschuhte Hände in seine. Ihr Händedruck war warm und fest und ihr zartes Gesicht leicht gerötet. Er wagte es nicht, weiter nach unten zu sehen, wo ihre Brüste verführerisch aus dem tief ausgeschnittenen Kleid herausragten.

»Komm mit«, sagte er.

»Wallingford, ich …«

Er küsste ihre Hände und führte sie durch den breiten Flur zur Treppe. Sie sagte nichts, doch an der Hand, die er in seiner behalten hatte, merkte er, dass sie zitterte. Stumm stiegen sie die Treppe empor, Stockwerk um Stockwerk, ohne irgendjemandem zu begegnen, bis Abigail schließlich unter dem Gewicht ihrer Über- und Unterkleider ermattete und er sie auf den Armen den letzten Treppenbogen hinauftrug.

»Aber Wallingford, mein Zimmer … meine Sachen …«

»Schsch.« Er fischte seinen Schlüssel aus der Jackentasche und öffnete die Tür.

»Du wirst mich verführen, nicht?« Verträumt seufzte sie tief auf.

»Ja, und zwar ganz langsam.« Er küsste sie auf den Nacken und schloss die Tür mit dem Fuß. »Schließlich ist Vorfreude für beide Seiten gut.«

Sanft setzte er sie ab, drehte sie so, dass sie mit dem Rücken an seiner Brust lehnte, und weidete sich an ihrer Überraschung.

»Was ist das?«

»Für dich.«

Langsam ließ Abigail den Blick über den üppigen Blumenschmuck, den Champagner im Kühler und den kleinen Tisch mit Früchten und Süßigkeiten schweifen. Durch die Tür zum Schlafzimmer fiel ein einladender schwacher Lichtschein.

»Wesentlich bequemer als ein Bootshaus, findest du nicht?«, raunte er in ihr Haar.

»Oh, Wallingford.« Abigail drehte sich und nahm sein Gesicht in beide Hände. Ihre Augen waren feucht. »Ich hatte ja keine Ahnung. Wann hast du das gemacht?«

»Als die anderen Kuchen gegessen haben. Und du mit Burkes Zimmer beschäftigt warst.«

»Oh.« Sie legte die Hände um seine Taille und schmiegte das Gesicht an seine Brust. »Was soll ich nur mit dir machen?«

»Was immer du willst, Abigail. Ich bin dein ergebener Diener.« Er küsste sie aufs Haar. »Unter einer Bedingung.«

»Und die wäre?«

Er wartete, bis sie ihn ansah. Die Haut unter ihren Augen glänzte feucht.

»Niemand verlässt dieses Zimmer vor morgen früh. Du

läufst nicht mehr vor mir davon, Abigail. Du kannst mich tadeln, so viel du willst, mich einen Rohling schimpfen und jede Bedingung stellen, die du möchtest, aber du wirst mich nicht mehr *verlassen.*«

Sie lachte unter Tränen.

»Das werde ich nicht. Ich verspreche es.«

Ihre vollen, rosafarbenen Lippen waren ein klein wenig geöffnet, sodass ihre weißen Zähne zu sehen waren. Wallingford neigte den Kopf und küsste sie möglichst sanft, zügelte sein Verlangen und kostete jede Berührung, jeden Moment, jede Kleinigkeit aus. Sie schmeckte nach dem goldenen Hochzeits-Champagner, süß und prickelnd, und er stillte einfach seinen endlosen Durst nach dieser herzerfrischenden Frau.

Es lag am Champagner, dachte Abigail. Sie hätte beim letzten Toast das Glas nicht leeren sollen. Andererseits, was sollte man machen, wenn der Pfarrer ständig nach neuen Flaschen verlangte?

Aber vielleicht lag es auch einfach an Wallingford, der sie mit unerschütterlicher Geduld küsste, als würde er niemals genug bekommen; einem erstaunlich einfühlsamen Wallingford, der nur aus warmer Haut und sanfter Zunge zu bestehen schien. Er war so groß und nah, dass sie den Kopf in den Nacken legen musste, um ihren Mund auf seinen zu drücken, doch er stützte sie mit beiden Händen: eine lag auf ihrem Rücken, die andere um ihren Hinterkopf. Unter seinen geduldigen Lippen, im Schutz seiner starken Arme, entspannte sie sich allmählich und überließ sich seiner Führung.

Was für ein köstliches Gefühl, so sicher gehalten zu werden, ohne Angst vorm Fallen haben zu müssen.

Sie konnte ihm nicht widerstehen, und sie wollte es auch gar nicht. All die Tage, in denen sie mit Alexandra und Finn durch Rom gestreift waren, hatte sie ihr Verlangen nach ihm unterdrückt; eigentlich sogar schon all die Wochen im Castel Sant'Agata, in denen sie ihn mit jeder Faser ihres Herzens begehrt hatte. War es noch wichtig, ob sie die ersehnte welterschütternde Glückseligkeit erlebte? Irgendwie schien es darauf nicht mehr anzukommen; sie wollte nur noch *ihn*; Haut an Haut, ihn spüren, sich mit ihm verbinden, vereinen, und hinterher seine Stimme an ihrem Ohr, seinen Mund auf ihrer Brust.

Nur das wünschte sie sich noch.

Sie strich über den glatten schwarzen Anzug, der seine Brust verdeckte, und dankte Gott dafür, dass es diesen Mann gab.

Wallingford löste die Lippen von ihren.

»*Ja*, Abigail?«

»Ja, ich will.«

Da beugte er sich herab, hob sie hoch und trug sie so mühelos ins Schlafzimmer, als hätte er sein Lebtag nichts anderes getan. Der Champagner perlte in ihren Adern, und sie kicherte.

»Worüber lachst du?«

»Über dich. Über deine Blumen und Küsse. Und darüber, dass du mich herumträgst. Du bist doch ein Romantiker, ja?«

Wallingford setzte sie ab und machte sich an den Verschlüssen ihres Kleides zu schaffen.

»Hüte deine Zunge, Weib.«

Wieder lachte Abigail und schloss die Augen, denn die Finger, die ihren Rücken berührten, verwirrten und verunsicherten sie. Er streifte ihr das Kleid ab, und sie stieg heraus und stieß es mit einem Fuß beiseite.

Dann legte er seine Hände auf ihre vom Mieder betonte Taille.

»Weißt du, dass du wunderschön bist?«, flüsterte er ihr ins Ohr. »Dass deine Haut im Licht golden schimmert?« Er strich über das seidene Unterhemd, das über den Verschlüssen ein klein wenig aus dem Mieder herausragte, und eine Gänsehaut überlief sie.

Sie lehnte den Kopf an seine Brust, und er ließ den Blick über ihr Dekolleté wandern; sie spürte seinen Blick und seine ehrliche Bewunderung. Dann bewegten seine Hände sich wieder nach hinten, zogen ihr die Unterröcke herunter, öffneten das Mieder und befreiten sie nach und nach von allen Kleidungsschichten, die ihn von ihrer nackten Haut trennten, bis sie in Hemd und Unterhose vor ihm stand.

»Du zitterst ja«, sagte er.

»Anscheinend kann ich nicht damit aufhören.«

Schnell schlang er die Arme um sie und drückte sie an seine breite Brust. Dann fasste er in ihr Haar, entfernte die Feder und zog eine nach der anderen die Nadeln heraus, bis es lose über ihren Rücken fiel.

»Hemmungen, Abigail? Du?«

»Erstaunlich, nicht?«

»Wovor hast du Angst? Die hattest du doch sonst nicht.«

Sie gab keine Antwort. Sie konnte nicht, denn sie wusste es selbst nicht. Alles, was sie wusste, war, dass sie ihn wollte, dass sie seine Hände auf ihrer Haut spüren und doch gleichzeitig das Hemd anbehalten wollte, damit er sie nicht völlig nackt sah und jedes Mal, jedes Detail an ihrem Körper genau betrachten konnte.

»Wenn du wüsstest«, sagte er. »Wenn du nur wüsstest, wie wunderschön ich dich finde.«

Sie gab einen seltsamen Laut von sich.

»Du hast schon wesentlich schönere Frauen gesehen.«

»Nein, das habe ich nicht, mein Schatz.« Seine Hände glitten abwärts und hoben ihr Hemd an. »Darf ich, Abigail?«

Als er den dünnen Leinenstoff langsam nach oben zog, hinderte sie ihn nicht, sondern lehnte sich zurück und hob die Arme. Dann glitt ein weißer Schleier an ihren Augen vorüber, und sie stand bis zur Taille nackt vor ihm.

»Mein Gott.«

»Die Harewood'schen Brüste«, sagte Abigail verlegen. »Nicht so beeindruckend wie die meiner Schwester, aber … nun, schließlich ist sie die Ältere.«

»Mein Gott«, sagte er wieder.

»Ziemlich lästig, wenn man sie abbinden will, weißt du, um als junger Mann durchzugehen. Was man ja gelegentlich möchte.«

»Das kann ich mir vorstellen«, pflichtete Wallingford bei. Ein leichtes Lächeln umspielte seine Mundwinkel, auch wenn er den Blick nicht einen Moment auf ihr Gesicht richtete. Stattdessen strich er mit dem Daumen ganz zart über die Spitze ihrer rechten Brust, und sie erschauerte am ganzen Leib. Dann beugte er sich vor und küsste sich, an der Halsgrube beginnend, in gerader Linie an ihrem Oberkörper herunter, bis er, das Gesicht an ihren Bauch gedrückt, die Hände um ihre Pobacken gelegt, in seiner ganzen Größe vor ihr kniete. Abigail legte ihre Hände auf seine glatten schwarzen Schultern.

Dann blieb die Zeit stehen: Das elektrische Licht beschien die warmen, weißen Wände, die tannengrünen Vorhänge, den großen, komfortablen Sessel neben dem Lampentisch und das riesige, mit passendem tannengrünen Samt bezogene Bett mit der ordentlichen Reihe Kissen am Kopfende; Wallingfords warmer Atem streifte ihren Bauch, und seine Schultern hoben und senkten sich langsam unter ihren Händen.

Präg dir diesen Augenblick ein, dachte Abigail.

Dann bewegten seine Hände sich wieder, schoben sich am Bund ihrer Unterhose nach vorn, fanden die Bänder und entknoteten sie, sodass auch das Letzte, was sie von ihm trennte, an ihren Beinen herabgleiten konnte.

Er küsste ihre Locken und erhob sich.

»Und nun?«, flüsterte sie, die Hände immer noch auf seinen Schultern.

Wallingford streifte das förmliche schwarze Jackett ab und warf es geschickt über die Sessellehne.

»Und nun habe ich die überaus große Ehre, all diese wissenschaftlichen Theorien genüsslich in die Praxis umzusetzen.«

Der große Kontrast zwischen seinem zerzausten schwarzen Haar und seinem spitzbübischen Blick und dem maßgeschneiderten, gestärkten weißen Hemd, der steifen, weißen Krawatte und der grauseidenen Weste gefiel ihr ausnehmend gut. Sie legte einen Finger auf seine Lippen.

»Und womit möchtest du anfangen?«

Ohne Vorwarnung nahm er ihren Finger in den Mund, sah ihr tief in die Augen und streichelte ihn mit der Zunge.

»Wir fangen so an«, sagte er, nachdem er ihren Finger endlich wieder freigegeben und zum Abschied geküsst hatte, »wie man immer in solchen Fällen anfängt: mit einer eingehenden Untersuchung.«

»Oh nein.« Abigail trat einen Schritt zurück.

»Oh ja.«

Er hob sie hoch, setzte sie in den Sessel und kniete sich zwischen ihre Beine.

»Zeig dich mir, Liebling«, sagte er und zog sanft ihre Hände beiseite. Sie versuchte, die Beine zu schließen, doch seine Schultern klemmten zwischen ihren Knien.

»Na dann«, sagte er. »Entspann dich, meine Liebe. Das könnte eine Weile dauern.«

»Oh Gott.« Abigail schloss die Augen, ließ den Kopf an die Sessellehne sinken und schmiegte ihn an Wallingfords glattes, schwarzes Dinnerjackett. Zwischen den Knien spürte sie sein gestärktes weißes Hemd und darunter seine kräftigen Arme. Dann berührte er sie sanft, irgendwo über ihrer lockigen Scham, und sie sog scharf die Luft ein.

»Du bist perfekt«, flüsterte er. »Sieh dich nur an. Jedes wunderschöne rosafarben glänzende Teil genau an seinem Platz.« Unendlich langsam glitt ein Finger abwärts und strich hauchzart und erregend über ihre Venuslippen.

»Wallingford, bitte. Das halte ich nicht aus.« Sie war erhitzt, ausgeliefert und konnte die Beine nicht stillhalten.

»Ganz ruhig.« Sein Finger schob sich ein winziges Stück in sie hinein. »Du bist feucht, meine Liebe.«

»Um Himmels willen! Natürlich bin ich feucht.«

»Soweit ich weiß, deutet das darauf hin, dass du mich körperlich begehrst.«

»Natürlich tu ich das!« Sie zog an seinem Haar.

Völlig ungerührt widmete er sich weiter der Erforschung ihrer Anatomie. »Das sind deine Nymphae«, sagte er bewundernd und berührte sie eine nach der anderen.

»Ist das der wissenschaftliche Name?«, fragte Abigail keuchend.

»Ja. Nur dass deine viel hübscher sind als die auf der Zeichnung.«

»Das ist entwürdigend. Lass mich los, auf der Stelle.«

Wallingford antwortete nicht. Zuerst spürte sie seinen warmen Atem, dann den festen Druck seiner Lippen.

»Still, Liebling«, sagte er mit einer Stimme, die faszinierend vibrierte, und hielt sie an den Oberschenkeln fest.

»Oh nein. Nicht.« Ihr Geist schien sich von ihrem Körper zu lösen.

»Dein Duft, Abigail. Ich kann ihn kaum beschreiben; ich möchte darin ertrinken. Er ist himmlisch.« Seine feuchte, heiße Zunge nahm eine kleine Kostprobe, und Abigail stieß einen Schrei aus. »Tut das weh?«

»Ja! Nein!«

»Soll ich es noch mal machen?«

»Nein! Ich … Oh ja. Ja!« Sie zerrte an seinem Haar.

Er senkte den Kopf und gehorchte, erkundete jede Falte und Spalte, liebkoste sie überall, nur nicht da, wo sie es sich am meisten wünschte. Nach und nach wurde das zarte Naschen zu einem genüsslich langsamen Schlecken, und sie wand sich wie ein aufgespießter Schmetterling keuchend unter seinem gierigen Mund, während jeder Nerv in ihrem Körper sich auf das Geschehen zwischen ihren Beinen konzentrierte.

Ich kann das nicht aushalten, ich halte das nicht aus, niemand kann das, dachte Abigail, doch sie hatte keine Stimme mehr, und die Worte blieben ihr im Halse stecken. Sie brachte nur ein wimmerndes, kaum mehr menschliches Geräusch zustande, daher hielt sie sich nur an seinem Haar fest.

»Schau dich an, so prall und rosig«, murmelte er. »Sieh her. Du bist rot geworden.«

»Wallingford, bitte!«

»Bitte hör auf oder bitte mach weiter?« Er küsste sie. »Ich muss mich jetzt konzentrieren, Schatz. Ich suche etwas, etwas schreckliches Wichtiges. Doch da ich ein unfähiger Anfänger bin, werde ich deine Hilfe benötigen. Ist es da?« Er bemühte seine Zunge.

»Nein …«

»Hier?« Wieder die Zunge.

»Nein … oh Gott, oh *Gott*, Wallingford …«

Noch einmal die Zunge.

»Hier?«

»Ich *sterbe*!«, stöhnte sie. »Und du wirst …«

»… Hier? …«

»… und es wird dir *verdammt* schwerfallen …«

»… Hier auch nicht? …«

»… meiner Schwester das zu erklären …«

»… Hier vielleicht? …«

»Höher, du Schuft!«

»Ah«, brummte er erfreut. »Vielen Dank. Dann ist es sicher *hier*.«

Sie bekam keine Luft, spürte ihren Körper nicht mehr, spürte nichts außer Wallingfords streichelnder Zunge und den überschäumenden Wirbel von Gefühlen, der im zarten Zentrum der Lust immer schneller kreiste, während Wallingford ihre zitternden Glieder niederdrückte und sie davor bewahrte, ganz den Halt zu verlieren. Dann riss der wahnsinnige Sog sie mit, und sie flog, die Finger in Wallingfords Haar gekrallt, seinen Namen schreiend, gen Himmel.

Still atmete Wallingford an ihrem pulsierenden Fleisch und murmelte Worte, die sie nicht hören konnte, so laut dröhnte das Blut in ihren Ohren. Sein maskuliner Duft, Seife vermischt mit einer Spur Rauch, hing an dem Jackett, an dem ihr Kopf lag. Als das Dröhnen langsam nachließ, sank Abigail sanft wieder zur Erde herab und wurde vom Sessel und Wallingfords liebevollen Händen aufgefangen. Sie öffnete die Augen und betrachtete die reiche Stuckverzierung an der Decke. Das endlose Muster faszinierte sie. Es kam ihr so vor, als schwebte sie darauf zu, dabei fühlte ihr Körper sich schwer, schlaff und satt an. Ein seltsamer Gegensatz, dachte sie.

Dann rührte Wallingford sich. Sie schaute nach unten und sah, dass er sie mit feuchten Lippen anlächelte und dass seine dunkelblauen Augen strahlten vor männlicher Selbstgefälligkeit.

»Ich nehme an, du bist sehr zufrieden mit dir«, sagte sie.

»Sogar mehr als das.«

»Jeder tumbe Tor hätte es finden können.«

»Nichtsdestotrotz bin ich dir sehr dankbar für deine Unterstützung.« Er lächelte immer noch.

Abigail beugte sich vor und küsste ihn.

»Ich danke dir. Das war wunderbar. Besser, als ich es mir je vorgestellt hatte.«

Er lachte.

»Dabei habe ich noch nicht einmal angefangen, Schatz.«

»Ach nein?«

Statt einer Antwort erhob er sich und knöpfte seine graue Seidenweste auf, dann nahm er seine goldenen Manschettenknöpfe ab und legte sie unter die Lampe. Seine aufreizenden Bewegungen machten Abigail wieder munter. Sie setzte sich auf und half ihm bei seinem Hemd. In seiner Hose war eine riesige Beule.

Sie schaute zu ihm auf.

»Darf ich?«

Er nickte.

Sie stand auf und zog ihm einen nach dem anderen die Hosenträger über die Schultern, dann wollte sie seine Hose aufknöpfen, doch ihre Finger hatten ihre Geschicklichkeit verloren. Ungeduldig schob er ihre Hände beiseite und öffnete die Knöpfe selbst. Dann zog er auch alles andere aus, bis er genauso nackt dastand wie sie und sie mit steif hervorragendem Glied gierig ansah.

Abigail nahm seine Hände und zog ihn rückwärts zum Bett, bis ihre Beine an den Samtbezug stießen.

»Jetzt bist du an der Reihe«, sagte sie.

Wallingford schlug die Decken zurück, und sie legte sich auf die Kissen. Dann küsste er sie stürmisch und besitzergreifend, und sie fuhr mit den Händen über seinen glatten Rücken, die harten Konturen seiner Muskeln und die Haare auf seiner Brust.

»Du bist wunderschön«, sagte sie. »Habe ich dir das beim letzten Mal gesagt?«

»Ich kann mich nicht erinnern.« Er küsste sie auf den Hals, das Schlüsselbein.

»Es ist wahr. Du bist wie eine Statue, wie aus Stein gemeißelt, nur warm und lebendig. Du bist perfekt. Ich könnte dich stundenlang bewundern.«

Er schüttelte den Kopf, als glaubte er ihr nicht, und ließ die Lippen zu ihren Brüsten wandern. Kaum hatte er einen Nippel in den Mund genommen, hatte sie wieder Feuer gefangen und drängte sich an ihn. Und als er sanft an dem Nippel saugte und den anderen zwischen Finger und Daumen rollte, bäumte sie sich unter ihm auf.

»Ruhig«, sagte er. »Warte, mein Schatz.«

»Ich will nicht warten.«

Sein steifes Glied drückte gegen ihr Bein. Sie versuchte, den Po zu bewegen, um näher an die verlockend stramme Erektion heranzukommen, doch er lachte nur an ihrer Brust und hielt sie fest.

»Alles zu seiner Zeit.«

Abigail stöhnte frustriert. Sie begehrte ihn so sehr, alles an ihm, sie verzehrte sich schier vor Verlangen. Nun führte er seine Hand über ihren flachen Bauch zum Venushügel, wo er zielsicher die nun noch sensiblere, sehnsüchtig pulsierende kleine Stelle fand, die er schon so verwöhnt hatte.

»Oh«, stöhnte sie und erschlaffte.

Wallingford hob den Kopf.

»Ist das alles, was nötig ist, damit du gefügig wirst?«

»Ja«, erwiderte sie ehrlich.

Er umkreiste die Stelle und liebkoste sie sanft, und gleich begann er, sich wieder zu drehen, dieser wunderbare Wirbel von Gefühlen, diesmal sogar noch müheloser, so als ob ihr Körper sich erinnerte und genau wüsste, wie er zu reagieren hatte.

»Bitte«, sagte sie. »Ich bin bereit. Bitte.«

Wieder hob Wallingford den Kopf und sah sie an, auch seine Augen waren verschleiert von Verlangen.

Dann kniete er sich über sie und schob sein steifes Glied, seinen Rammbock, zwischen ihre Beine. Angespannt wartete Abigail darauf, dass er zustieß, doch nichts geschah; stattdessen legte er sich auf sie, stützte sich auf den Ellbogen ab und brachte sein Gesicht nah an ihres heran.

»Hör mir zu, Schatz.« Seine Stimme war rau, so als hätte er Mühe, sie zu beherrschen. »Sag mir die Wahrheit. Könntest du guter Hoffnung sein?«

»Nein«, erwiderte sie bestimmt.

Er küsste sie.

»Und soll ich diesmal aufpassen oder nicht?«

Die Tragweite der Frage, das Geschenk, das er ihr machen wollte, war unfassbar groß.

»Wäre das nicht zu viel verlangt?«

Er zuckte die Achseln.

»Ich bin daran gewöhnt.«

»Oh, Wallingford.« Sie streichelte seine Wangen. Ein Kind, *sein* Kind. Wollte sie das Risiko eingehen? Wenn sie sein Kind unter dem Herzen trug, würde er darauf bestehen, sie zu heiraten. So viel war sicher. Aber Wallingford heiraten? Das erfüllte sie mit Angst. Und dennoch verspürte sie tief im Innern einen urzeitlichen Drang; etwas, das nicht nur seinen Samen wollte, sondern auch die völlige Vereinigung mit ihm; etwas, das sich unbedingt auf jede nur erdenkliche Weise mit ihm verbinden wollte. Das *ihn* wollte, alles von ihm.

Wieder küsste er sie.

»Lass dir Zeit, Liebling. Ich vergehe nur vor Verlangen so kurz vor der Erfüllung meiner Wünsche. Kein Grund, sich zu beeilen.«

Nein, dachte sie.

»Ja«, hörte sie sich sagen.

»Bist du sicher?« Er presste sich an sie und drang ein kleines Stück in sie ein. Er fühlte sich riesengroß an, viel zu groß, um ihn aufzunehmen. Wie hatte sie das damals bloß geschafft?

Nein. »Ja.« *Oh Gott.*

Er richtete sich auf, und sie wappnete sich, doch es gab keinen Schmerz, nur ein langsames, wunderbares Sich-Öffnen, als ihr Fleisch sich teilte und ihn einließ, als sein Rammbock ohne Gegenwehr in sie hineinglitt.

»Oh!«, sagte sie überrascht.

Lächelnd arbeitete er sich nach und nach weiter vor.

»Ich bin in dir, kleine Elfe«, sagte er und senkte den Kopf, um sie zu küssen. »*Ganz* tief in dir.«

Und das war er. *Ganz* tief. Er war ein Teil von ihr, und das war wunderschön. Sie fühlte sich, als würde sie von innen heraus erblühen und ihre sanften Blütenblätter um ihn schließen. Sie schlang die Hände um seine Schultern und küsste ihn zurück.

»Heb die Knie«, sagte er.

Sie hob die Knie an.

»Oh, das ist schön.«

»Wie schön?«

»*Sehr* schön. Oh!«

Er schob sich etwas höher.

»So? Oder schneller?«

»Ja! Oh!« Sie bekam keine Luft mehr. Er füllte sie bis zum Bersten, und bei jedem Stoß traf er einen empfindlichen Nerv. In ihr baute sich ein kaum noch zu ertragender Druck auf, so wie bei dem Wirbel, den er erst vor kurzer Zeit ausgelöst hatte, nur weiter innen, stärker und drängender. »Genauso! Oh Gott!«

Unermüdlich stieß er immer und immer wieder zu, achtete dabei jedoch auf jede noch so kleine Veränderung ihres Gesichtsausdrucks, und sie liebte ihn dafür, liebte ihn für jeden mächtigen Stoß, mit dem er sie beglückte.

»Oh mein Gott, lieber Gott … gleich …« Sie grub die Fersen in seine Beine, die Finger in seinen Rücken und drängte ihn, härter zuzustoßen, dann erfasste sie plötzlich eine heftige Explosion, die in harten, schnellen Wellen in den ganzen Körper ausstrahlte.

Als sie aufschrie vor Freude, versteifte Wallingford sich über ihr. Dann hörte sie ihn tief aus der Brust heraus ihren Namen stöhnen und klammerte sich an ihn, fing das Beben auf, das nun ihn schüttelte.

Danach sank er feucht von Schweiß langsam auf sie herab, und diesmal hieß sie sein Gewicht willkommen, begrüßte den gedankenlos auf sie gelegten schweren Körper. Sein raues, schnelles Atmen drang an ihr Ohr, die kostbare Luft aus seinen Lungen. Sie spielte mit seinem Haar.

»Arthur«, flüsterte sie. Sie fühlte sich benommen, fast wie benebelt. Sie küsste ihn auf die schweißnasse Schläfe.

»Was ist?«, fragte er reglos.

»Arthur.« Sie küsste ihn wieder. »Das gefällt mir.«

Arthur.

Er hatte seinen Vornamen nie besonders gemocht, doch er liebte es, ihn aus Abigails Mund zu hören. Es klang so vertraut und liebevoll. Es fühlte sich wunderbar an, auf ihrem üppigen und zugleich zarten Körper zu liegen, doch er erinnerte sich an das letzte Mal und wollte sich von ihr lösen.

»Nein.« Sie umklammerte ihn mit den Beinen. »Nicht.«

So blieb er auf ihr und in ihr und stützte sich mit den Unterarmen ab, um ihr nicht zu viel zuzumuten. Dann sog er ihren Duft nach Zitrone ein und streichelte eine Locke, die er mit den Fingerspitzen erreichen konnte.

»Du bist noch …«, bemerkte sie leise.

»Ich weiß.«

»Ist das …«

Er lachte in sich hinein und richtete sich etwas weiter auf.

»Das kommt, weil ich dich liebe und weil ich wie ein

brünstiger Stier bin, nachdem ich länger keusch gelebt hatte, als ich es je für möglich gehalten hätte.«

»Aber da war doch die Nacht im Bootshaus.«

»Das, meine Liebe« – er küsste sie – »war kaum mehr als ein Vorspiel.«

Abigail schwieg erstaunt. Wieder küsste er sie, auf die Lippen, die weichen Wangen und die empfindliche Stelle hinter dem Ohr.

»War das zufriedenstellend? Habe ich meinen Fehler wiedergutgemacht?«

»Das weißt du doch.«

Wallingford versuchte, sich zu zügeln, doch es hatte keinen Zweck: Ihre vollen Brüste drückten sich an ihn, ihr ganz besonderer Duft stieg ihm in die Nase, und in ihrer feuchten Enge fühlte er sich wie im Paradies. Sein unersättliches Glied schwoll schon wieder an.

Grobian, tadelte er sich.

Hastig zog er sich zurück und ließ sich neben ihr aufs Bett fallen.

Überrascht wandte Abigail sich ihm zu.

»Warum hast du das getan?«

Er küsste sie auf die Nase.

»Weil ich glaube, dass du für eine Nacht genug erlebt hast, nicht?«

Mit großen, wissenden Augen musterte Abigail sein Gesicht, als könnte sie seine Gedanken von seiner Stirn ablesen. Ihre Haut glühte, und ihr offenes Haar fiel locker über ihren fülligen Busen. Eine Brustspitze ragte hart und dunkelrosa aus der seidigen kastanienbraunen Fülle heraus. Der Anblick brachte ihn fast um.

»Nein, ich glaube nicht.« Sie streichelte sein Glied und

seine Hoden. »Ich finde, wir haben beide noch so viel zu lernen.«

Wallingford rollte sich auf den Rücken und zog sie mit sich.

Abigail riss die Augen auf.

»So?«

»Ganz genau.«

Also kniete sie sich über ihn und ließ sich mit einem lustvollen Stöhnen auf ihn herab, nahm ihn so tief in sich auf, dass ihr Po seine Hoden berührte und er jedes Mal vorne anstieß. Ihr verführerischer, weiblicher Duft, der sich mit seinem mischte, stachelte ihn an.

Er hielt sie an den Hüften fest, und sie ritt ihn mit verzückt zurückgeworfenem Kopf so begeistert, dass ihre Brüste vor seinen Augen tanzten. Dann kam sie mit einem heiseren Schrei zum Höhepunkt, und er folgte ihr gleich danach, ejakulierte so heftig, als wäre es das erste Mal.

Diesmal brach sie über ihm zusammen, und die brandneue Erfahrung, ihr Gewicht, ihre wunderbar weichen Kurven auf sich zu spüren und von ihrem süßen Champagneratem gestreift zu werden, war so überwältigend, dass er dem Herrgott aus tiefster Seele dankte.

NEUNZEHN

Zuerst bemerkte sie den Arm, der quer über ihrem Bauch lag und sich um ihre Taille schlang. Dann das helle Sonnenlicht, das ihre Augen traf, doch sie schlug sie nicht auf. Sie mochte keinen Muskel mehr rühren.

In erster Linie, weil sie es nicht konnte. Denn jeder einzelne davon tat weh, selbst diejenigen, von deren Existenz sie noch gar nichts gewusst hatte. Sie hatte den Überblick darüber verloren, wie oft sie und Wallingford in der Nacht zusammengekommen waren: vier oder fünf Mal vielleicht, manchmal zärtlich und manchmal leidenschaftlich, so als wären sie beide unfähig gewesen, diese Chance ungenutzt verstreichen zu lassen; und in den Zeiten dazwischen hatte er sie mehrfach auf jede erdenkliche Weise mit Mund und Händen zum Höhepunkt gebracht, so als wollte er wissen, wie viel Freude sie ertragen konnte.

Eine ganze Menge, wie sich herausgestellt hatte.

Als ihr das Licht zu viel wurde, schlug sie doch die Augen auf und betrachtete den Mann im Bett neben ihr. Er lag auf dem Bauch wie ein kleiner Junge, mit zerzaustem schwarzem Haar und leicht geöffneten Lippen, und das Sonnenlicht vergoldete die Höhen und Tiefen seines muskulösen Rückens. Wie entspannt er wirkte, wie glücklich.

Das war ihr Geliebter, der Duke of Wallingford.

Sie machte sich keine Illusionen. Ja, er liebte sie, oder zumindest glaubte er das; sie bedeutete ihm mehr als jede Frau, die er bisher gekannt hatte. Ja, im Moment gehörte sein Herz ihr. Doch irgendwann würde er sie betrügen; irgendwann würde eine andere Frau seine Aufmerksamkeit fesseln, wenn auch nur kurz und selbst wenn er sie nach wie vor innig lieben sollte. Vielleicht konnte er am Anfang noch widerstehen, doch eines Tages würde ihm die Kraft fehlen. Es war unvermeidbar. Die Angewohnheit, promiskuitiv zu leben, hatte er von seinen Vorfahren. Sie hatte es von Anfang an gewusst, sich immer wieder gesagt, dass ihr Interesse an ihm, auch wenn sie ihn gern mochte, hauptsächlich sexueller Natur war. Nicht mehr als eine vorübergehende Schwärmerei. Irgendwelche tieferen Gefühle hatte sie sich von Anfang an verboten.

Doch es hatte keinen Zweck mehr, sich etwas vorzumachen. Sie liebte ihn, mitsamt seiner Großspurigkeit, seiner verborgenen Zärtlichkeit und seinen menschlichen Schwächen. Sie liebte ihn mit Leib und Seele. Und sie wollte ihn haben, unter jeder Bedingung, selbst wenn er darauf bestand, sie zu heiraten. Sie würde möglichst viel Freude und Vergnügen aus dieser Beziehung schöpfen, bis der Tag kam, an dem er sich einer anderen zuwandte. Und das würde schmerzen, weil sie ihn so liebte; doch wenn das der Preis war, musste sie ihn bezahlen.

Sie hatte sich immer eine große Liebe gewünscht, und nun war dieser Wunsch in Erfüllung gegangen. Sie sollte entzückt sein. Wie oft bekam man in diesem modernen Zeitalter voller Dampfmaschinen und elektrischer Lampen schon die Gelegenheit, eine große Liebe zu erleben?

Wallingford öffnete die Augen und blinzelte schläfrig.

»Abigail.«

»Guten Morgen.«

Er hob den Kopf und stützte sich auf einen Ellbogen.

»Ist etwas, Schatz?«

»Nein«, sagte sie leise.

»Aber du weinst.«

»Nur weil ich glücklich bin.« Sie wischte sich die Augen.

»Hmm.« Er nahm sie in die Arme und küsste sie. »Ich bin noch viel glücklicher. Ich fühle mich wie neugeboren. Wie erlöst.«

»Ja, du hast deine Sünden wiedergutgemacht. Alles ist dir verziehen.«

Er lachte.

»Das habe ich eigentlich nicht gemeint, auch wenn ich sehr erleichtert bin, dass du diesmal nicht schreiend vor mir davongelaufen bist.«

»Dabei habe ich ziemlich viel geschrien. Und du auch.« Abigail schmiegte sich an seine Brust. Das Sonnenlicht wärmte ihren Rücken und Wallingford ihre Vorderseite. Alles, was ihr nun noch fehlte, war eine kleine Tasse Kaffee, dann war die Welt perfekt.

Einfach perfekt, sagte sie sich.

Wallingford streichelte ihren Arm.

»Abigail, ich weiß, dass dir schon die Erwähnung des Wortes *Hochzeit* …«

»Oh, bitte nicht.«

»Und ich werde auch nicht mehr davon reden, fürs Erste. Aber ich möchte, dass dir meine Absichten klar sind. Ich möchte, dass du meine Frau wirst. Nach der vergangenen Nacht fühle ich mich ohnehin moralisch an dich gebunden.« Er nahm ihre linke Hand und küsste sie. »Nur damit du es weißt.«

»Natürlich.«

»Ich möchte dich nicht drängen. Aber so ist es nun mal. Und ich werde nicht aufgeben, nie. Selbst wenn ich dich auf dem Totenbett heiraten müsste, würde ich es tun, so wahr mir Gott helfe.«

Abigail schwieg.

»Du glaubst mir nicht, oder?«

»Weil du solchen Unsinn redest, mein Lieber. Über Hochzeiten und Totenbetten, *wirklich*. Musst du denn alles so ernst nehmen?«

Wallingford seufzte.

»Abigail, ich liebe dich und ich werde dir treu sein, ich schwöre es. Ich habe es Signorina Morini versprochen …«

Signorina Morini?

Wie elektrisiert richtete sie sich auf, und ihre schmerzenden Muskeln protestierten.

»Du hast *was*?«

»Als ich noch im Schloss war. Ich habe ihr versprochen, dass ich dich glücklich machen werden, wenn sie mir sagt …«

Abigail zitterte am ganzen Leib.

»Du hast sie *gesehen*? Du hast Signorina Morini gesehen?«

»Nein.« Wallingford stützte sich auch auf den anderen Ellbogen. »Sie ist ein Geist, oder nicht? Aber ich habe gespürt, dass sie da war. Ich habe wie ein Schwachsinniger mit den Wänden geredet, weil mir nichts anderes eingefallen ist. Alles in Ordnung, Schatz? Du zitterst ja.« Er fasste sie an den Schultern und zog sie wieder auf die Kissen herab. »Mein Gott! Du zitterst wie Espenlaub. Hast du gedacht, ich wüsste nichts davon?«

»Ich dachte, du glaubst nicht an Geister. Ich dachte …« Abigail schüttelte den Kopf und versuchte, der Sache auf den Grund zu gehen. »Hat sie mit dir gesprochen? Hast du ihre Stimme gehört?«

»Sie hat mir eine Nachricht geschickt, durch eins der Mädchen.«

»Und das ist alles? Du hast sie weder gesehen noch gehört?«

»Nein. Das kann ich nicht, oder? Genauso wenig wie du Giacomo sehen kannst. Geht es dir gut?«

»Ja, mir geht's gut.« Abigail zwang sich, die geballten Hände wieder zu öffnen. »Natürlich konntest du sie nicht sehen. Wie denn auch? Schließlich hat sich nichts geändert. Hast du diese Nachricht noch? Darf ich sie lesen?«

»Wenn du möchtest.« Wallingford küsste sie auf den Scheitel und schwang sich stöhnend aus dem Bett. »Großer Gott. Du hast mich geschafft.«

»Da du schon aufgestanden bist«, sagte Abigail zögernd, »könntest du vielleicht etwas Kaffee bringen lassen?«

»Selbstverständlich.«

Geschmeidig wie ein Panther tappte Wallingford splitternackt aus dem Zimmer. Abigail ließ sich wieder in die Kissen fallen und zog die Decke über sich. Ein Hauch Bergamotte streifte sie; sie schlang den Arm um Wallingfords Kissen und vergrub ihre Nase im warmen, sauberen Leinen. Im Raum nebenan wurde am Telefon gekurbelt, dann gab der Herzog mit seiner sonoren Stimme seine Bestellung auf.

Er hatte ihr seine Liebe gestanden. Er hatte sogar Morini davon erzählt, doch der Fluch war nicht gebrochen. Er hatte die Haushälterin trotzdem nicht sehen oder hören können.

Was hieß das? Dass er sie nicht ehrlich liebte? Oder dass

seine Liebe nicht von der treuen, immerwährenden Art war, die benötigt wurde, um den Zorn des Signor Monteverdi zu besänftigen?

Es sei denn, der Fluch existierte gar nicht. Es sei denn, die Morini und Giacomo, zwei gelangweilte Geister, die nichts anderes zu tun hatten, als sich in das Leben leichtgläubiger englischer Hausgäste einzumischen, spielten einfach nur mit ihnen.

»Da ist sie.« Beschienen von einem goldenen Streifen Morgensonne, der durch einen Schlitz in den Vorhängen fiel, erschien Wallingford wieder im Türrahmen, kniete sich mit einem Bein auf das Bett und reichte ihr einen zusammengefalteten Zettel. »Der Kaffee kommt gleich.«

»Vielen Dank.« Abigail setzte sich wieder auf und lehnte sich an die Kissen. Wallingford machte es sich neben ihr bequem, küsste sie auf die Haarspitzen und den Nacken und spielte mit ihren Brüsten. *Mein Geliebter*, dachte sie voller Staunen, während ihr heiß wurde unter seinen Händen. Sie entfaltete den Zettel und versuchte, sich auf die ungelenke Schrift zu konzentrieren.

Signor Duca,

Sie fragen, wo Sie können finden die Signorina. Sie ist in Roma, mit ihrer Schwester, um zu sehen das Ottomobil von Signor Burke. Sie müssen sie finden und ihr von …«

Wallingford beugte sich vor, saugte an einer Brust und raubte ihr die Sinne. Die Tinte verschwamm vor ihren Augen.

»Hör auf damit«, sagte sie. »Ich versuche zu lesen.«

»Ich kann nicht.«

Sie hob den Zettel hoch über seinen dunklen, seidigen Haarschopf.

... von Ihrer Liebe erzählen, und Sie müssen versprechen, ihr immer treu zu sein. Dann müssen Sie ihr geben eine Botschaft von Signorina Morini. Sie müssen ...

»Oh! Hör auf. Ich kann nicht ... oh!«

Wallingford schob eine Hand zwischen ihre Beine.

»Achte einfach nicht auf mich. Ich frische nur meine Erinnerungen auf. Wie feucht du bist, meine Liebe. Wachst du immer so auf?«

»Wallingford ...« Stöhnend ließ Abigail den Kopf zurückfallen. »Das ist wichtig.«

»Sogar lebenswichtig.« Wallingford widmete sich ihrer anderen Brust und bewegte die Finger listig in den gleichen kleinen Kreisen, die sie schon in der vergangenen Nacht um den Verstand gebracht hatten. »Lies nur weiter, Liebling. Bist du schon bei dem Teil über meine treue Liebe?«

Fast hätte Abigail den Zettel zerknüllt. Sie zwang sich, die Augen wieder zu öffnen.

... Sie müssen ihr sagen, dass die Signorina Monteverdi lebt, im Convento di San Giusto in Siena. Signorina Abigail muss etwas von ihr erfahren, ehe der ...«

»*Was?*« Ruckartig richtete Abigail sich auf.

»Was zum Teufel machst du da? Leg dich wieder hin.« Wallingford stupste sie an.

»Nein! Wir müssen sofort los!« Sie versuchte, aus dem Bett zu klettern, doch er hielt sie an den Schultern fest.

»Wir gehen nirgendwo hin. Großer Gott. Warum diese Eile?«

»Es ist *wichtig*, Wallingford!« Sie versuchte, sich loszureißen.

»Ich war gerade dabei, dir meine Liebe zu zeigen, Herrgott noch mal. Was könnte wichtiger sein als das?«, sagte er mit der Stimme des selbstherrlichen Herzogs, der es nicht gut aufnahm, wenn man ihm etwas verweigerte, auch wenn es nur im Bett war.

»Das hier!« Abigail wedelte mit dem Zettel. »Wir müssen sofort nach Siena!«

»Nach *Siena*? Warum zum Teufel?« Wallingford schnappte nach dem Zettel.

»Weil *Signorina Monteverdi* da ist! *Wirklich*! In einem Kloster.«

»Wer in aller Welt ist das?«

»Hast du die Nachricht etwa nicht *gelesen*?«

Wallingford schaute auf den Zettel hinunter.

»Aber natürlich. Da steht, dass ich dich in Rom finden kann und … ach ja, richtig. Irgendetwas über eine Signorina Monteverdi in Siena.«

Abigail stieß ihn vor die Schulter.

»Warum hast du mir nicht schon eher gesagt, dass die Morini mir eine Botschaft geschickt hat?«

»Weil es mir entfallen ist in dem Durcheinander aus Motorrennen, Hochzeiten und Verführungsversuchen. Außerdem sollte ich, wie deutlich daraus hervorgeht, zunächst einer gewissen Signorina Abigail meine unsterbliche Liebe erklären.« Triumphierend schwenkte er den Zettel.

»Aber das hast du doch schon letzte *Nacht* getan! Inzwischen könnten wir schon fast in Siena sein«, erwiderte Abigail verzweifelt.

Wallingford ließ sie los und starrte sie an.

»Bist du verrückt geworden?«

»Nein, ich bin völlig gesund.« Sie schwang die Beine über die Bettkante. »Ich muss in mein Zimmer, um zu packen; und während ich das mache, musst du ein Taxi bestellen, das uns direkt zum Bahnhof bringen soll …«

Wallingford hielt sie am Arm fest.

»Beruhige dich, Abigail.«

»Ich *bin* ruhig!«

»Du bist völlig überdreht.«

»Das ist wichtig, Wallingford.«

Er küsste sie auf die Schulter.

»*Das* hier ist wichtig. Und das.« Er küsste sie auf den Nacken.

»Du verstehst das nicht«, sagte Abigail, ließ es jedoch zu, dass er sie wieder ins Bett zog.

»Das kann doch sicher eine halbe Stunde warten, Schatz. Der Kaffee ist gleich da. Und ohne Frühstück kannst du sowieso nirgends hin, oder? Du musst bei Kräften bleiben.« Er beugte sich über sie und küsste sie hungrig.

»Aber meine Sachen …«

»Ich sage dem Mädchen, dass es packen soll. Und der Portier kümmert sich um die Droschke und den Zug.«

»Du verstehst nicht.« Oh, seine Lippen waren so zärtlich, sein Streicheln so liebevoll. Sie konnte nicht mehr denken, sich kaum noch erinnern, was eigentlich so wichtig war. Wie machte er das bloß?

Es hatte irgendetwas mit diesem Zettel zu tun. Was hatte sie noch gelesen am Schluss? *Ehe der* … ehe was?

»Entspann dich, Liebling. Wir haben genug Zeit. Bitte lass mich dich noch einmal lieben.« Er stieß sie an, hart und sanft zugleich, und während ihre geschwollenen Körperteile zu brennen begannen, verflüchtigten sich ihre Gedanken. »Ich verspreche, dass du es nicht bereuen wirst.«

Abigail spreizte die Beine und legte die Arme um seinen Hals.

»Fünf Minuten. Höchstens.«

Dreißig Minuten später

»Abigail.«

Sie drehte den Kopf.

»Abigail, Liebling. Dein Kaffee.«

»Hmm?« Sie hob den Kopf, und als ihr das Haar aus den Augen fiel, sah sie, dass Wallingford in einem Morgenmantel neben dem Bett stand, eine dampfende Tasse in der Hand, und mit einem höchst zufriedenen Ausdruck auf dem Gesicht von einem Ohr zum anderen grinste.

»Oh.« Benommen setzte sie sich auf und nahm ihm die Tasse ab. Irgendetwas hatte sie vergessen, etwas Wichtiges, das in einem Durcheinander aus verschlungenen Gliedern und schweißnassen Körpern am Kopfende …

Oh Gott. Das Kopfende.

»Ich habe dem Portier Bescheid gegeben«, sagte Wallingford ruhig, so als hätte er nicht gerade in der hellen Morgensonne am Kopfende eines ausladenden italienischen Bettes ihre Hände fest an die Wand gedrückt und sie vor Lust schreien lassen. »In einer Stunde geht ein Zug. Deine Sachen werden gerade zusammengepackt. Du kannst dich waschen und …«

Zug. Siena. Die Nachricht.

»Oh!« Hastig durchsuchte Abigail das Bett. »Der Zettel! Wo ist er?«

»Hier. Was ist denn los? Du bist ja ganz durcheinander.«

Abigail riss ihm den Zettel aus der Hand.

… Ottomobil … treu … Monteverdi …

Da war es.

Signorina Abigail muss etwas von ihr erfahren, ehe der Mond voll wird nach dem Mittsommer.

Morini.

»Großer Gott!« Natürlich! Was hatte die Morini noch gesagt, als sie in der Küche gewesen waren? Irgendetwas über den Mittsommermond. Das Ende des Mittsommers. Abigails Gedanken überschlugen sich, als sie rasch nachrechnete. Wie viele Tage waren seit der Mittsommernacht vergangen? Wie voll war der Mond in jener Nacht gewesen?

»Was ist los?«

»Der *Mond*! Wann ist der nächste Vollmond?«

Wallingford blinzelte.

»Der Mond?«

»Ja, der Mond! Diese leuchtende Kugel am nächtlichen Himmel!« Abigail schwenkte den Zettel.

»Oh, geht es um den komischen Satz am Ende der Nachricht? Ich weiß nicht. In ein oder zwei Tagen, glaube ich.« Wallingford zuckte die Achseln und nahm die Zeitung vom Tablett mit dem Kaffee.

Erleichtert ließ Abigail die Schultern sinken.

»Dem Himmel sei Dank. Dann haben wir ja noch Zeit.« Vorsichtig schob sie sich mit schmerzenden Gliedern aus dem Bett und schaute darauf herab. »Du lieber Himmel! Sieh dir die Laken an!«

Wallingford blickte von der Zeitung auf und lachte.

»Das dürfte in der Wäscherei für einigen Klatsch sorgen.«

»Furchtbar amüsant für dich. Aber du vergisst, dass ich eine unverheiratete Frau bin.«

»Na, und wessen Schuld ist das?« Er strich ihr über die Wange und deutete mit dem Kopf auf eine Tür auf der anderen Seite des Zimmers. »Da ist ein Bad, wenn du dich waschen möchtest. Deine Kleider müssten jeden Moment kommen.«

»Danke.« Mit einem Mal war es Abigail peinlich, nackt vor ihm zu stehen und sich über Badezimmer und Wäsche zu unterhalten.

Ihre Verlegenheit musste ihm aufgefallen sein, denn er beugte sich vor und küsste sie auf den Scheitel.

»Soll ich dich begleiten?«

»Nein, danke. Ich schaffe das schon.«

Wieder strich er ihr mit dem Daumen über die Wange.

»Du brauchst dir keine Sorgen zu machen, weißt du? Wenn irgendjemand ein Wort gegen dich sagt …«

Abigail reckte das Kinn.

»Ich habe es so gewollt, Wallingford. Und ich bin bereit, die Konsequenzen zu tragen.«

»Wusste ich's doch.«

Abigail küsste ihn und ging ins Bad. Dort blieb sie so lange in der riesigen weißen Emaille-Wanne, bis aus jeder Pore Dampf kam und die Spiegel beschlugen. Dann kehrte sie, eingewickelt in ein dickes Frottiertuch, ins Schlafzimmer zurück.

»Oh, das war himmlisch!«, rief sie.

»Ja? Und du siehst auch *himmlisch* aus, so frisch und rosa. Jetzt bin ich dran.« Er gab ihr einen Kuss, warf die Zeitung aufs Bett und marschierte zur Badezimmertür, aus der immer noch ein dünner Dampfschleier drang. Kurz bevor er sie erreichte, sah er noch einmal über die Schulter. »Ach, was den Mond angeht, habe ich mich getäuscht.«

Abigail verschluckte sich an ihrem Kaffee.

»Inwiefern?«

»Ich habe in der Zeitung nachgesehen. Vollmond ist schon heute Nacht.«

ZWANZIG

Die graubraunen Mauern des Convento di San Giusto, die von den üblichen verwitterten roten Dachziegeln gekrönt wurden, schimmerten golden im Licht der späten Nachmittagssonne. Das Kloster sah nicht anders aus als die Nachbarhäuser, die alle Wange an staubiger Wange in der engen Straße nahe der Kathedrale nebeneinanderstanden.

»Sind Sie sicher, dass wir hier richtig sind?«, fragte Wallingford den Kutscher.

»Che cosa?«, wandte der Mann sich an Abigail. Sie übersetzte schnell und er nickte heftig. *»Si, si. Il convento, Signorina.«*

»Er sagt, das ist es.« Abigail sah Wallingford an. Sein Gesicht war verschwitzt und trotz des Strohhuts leicht gerötet, denn die Julisonne brannte erbarmungslos auf das schwarze Dach der Kutsche herab, die sie am Bahnhof gemietet hatten. Beide Fenster standen offen, doch die Brise, die hindurchwehte, war so heiß wie in einem Ofen. »Du wartest draußen auf mich, ja?«

»Den Teufel werde ich tun. Ich komme mit.«

Abigail lachte ungläubig.

»Wallingford, mein Lieber, das ist ein Kloster. Man wird es dir nicht *erlauben.* Denk an den Fuchs im Hühnerstall.«

»Das werden wir ja sehen.« Er schien aussteigen zu wollen. »Ich lasse nicht zu, dass du dich hinter verschlossene Klostermauern begibst, um mit irgendwelchen *Geistern* zu reden. Nicht ohne Begleitung.«

»Hast du jemals mit einer Nonne zu tun gehabt?«

Der Herzog zögerte.

»Eigentlich nicht.«

»Dann hast du keine Ahnung. Ein grausamer Despot ist nichts im Vergleich mit einer Äbtissin, die ihre Herde verteidigt. Du könntest ein Kaiser sein, und es würde keinen Unterschied machen. Sie werden dich nicht hereinlassen. Außerdem«, fügte sie hinzu, indem sie sich erhob, »würdest du ewige Verdammnis riskieren.«

Wallingford grummelte irgendetwas über ewige Verdammnis, und was er davon hielt, und sprang auf, um ihr aus der Kutsche zu helfen.

»Dann warte ich hier auf dich«, sagte er.

»Es dauert nicht lang. Ich muss sie nur etwas fragen.«

»Ich verstehe nicht warum. Ich verstehe nicht, warum eine Frau, die vor dreihundert Jahren geboren wurde, irgendetwas mit dir oder mir oder meinen verfluchten Vorfahren zu tun haben sollte. Das alles hört sich an wie ein ausgeklügelter Witz.« Er kreuzte die Arme und starrte herausfordernd auf sie herab.

Hätte sie ihm die Geschichte nicht erzählen sollen? Sie hatte doch keine andere Wahl gehabt. Im Zug nach Siena, ehe sie an seiner Schulter in einen unruhigen, erschöpften Schlaf gefallen war, hatte er verlangt zu erfahren, welche Nachricht wohl so wichtig sein könnte, sie beide aus einem völlig zufriedenstellenden Lotterbett zu vertreiben. Sie hatte es ihm erklären müssen. Daher hatte sie ihn grob in die Geschichte des Schlosses und den Fluch des ehemaligen Besitzers eingeweiht. Bei der Erwähnung des englischen Lords war er blass geworden. *Als Nächstes wirst du mir erzählen, dass er Copperbridge hieß,* hatte er sie unterbrochen, da hatte sie ihre Erinnerung durchforscht und gesagt, *Genau, Copperbridge! Das war der Name.*

Widerstrebend hatte er ihr daraufhin mitgeteilt, dass das Schloss seinem Großvater gehöre, und nach dieser Enthüllung war ihr plötzlich alles klar geworden.

Es ist Schicksal, hatte die Morini gesagt.

Langsam und ehrwürdig schlug die Glocke der Kathedrale die Viertelstunde. Abigail musterte das grimmige Gesicht ihres Geliebten.

»Und was ist mit Giacomo und Morini? Und der Tatsache, dass dein Großvater der Besitzer des Schlosses ist?«

»Sicher gibt es eine ganz einfache Erklärung. Wer weiß, vielleicht ist es irgendeine Falle, die Olympia, dieser alte Schurke, mir gestellt hat. Wahrscheinlich um mich irgendwie zu verheiraten.«

Abigail legte eine Hand auf seinen Arm.

»Versuch nicht, mir das auszureden. Lass mich einfach nachsehen, ob sie da ist, ob es eine Signorina Monteverdi wirklich gibt. Was könnte mir dabei schon passieren?«

»Da fällt mir einiges ein«, erwiderte Wallingford düster.

»Ich werde nicht in den Orden eintreten, wenn es das ist, was dir Sorgen macht.« Abigail stellte sich auf die Zehenspitzen und küsste ihn auf die Wange. »Ich werde vorsichtig sein, ich versprech's.«

»Oh, da bin ich aber erleichtert.«

»Ich verspreche, in einer Stunde wieder zurück zu sein. Bist du dann zufrieden?«

»Lass mich dich wenigstens bis zum Tor bringen.« Besitzergreifend nahm er sie beim Arm.

Zusammen traten sie an die dicke hölzerne Pforte in der Mauer, die oben ein altes Eisengitter hatte und wie das Tor einer mittelalterlichen Festung wirkte. Wallingford hob den Türklopfer und ließ ihn fallen.

»Ein friedlicher Ort, nicht?«, meinte er, während er durch das Gitter spähte.

Aus dem Innern drang nicht ein Laut. Wieder ließ Wallingford laut den Klopfer fallen, diesmal gleich dreimal hintereinander »Hallo!«, rief er durch die Tür. *»Buon giorno!«*

»Hörst du etwas?«, fragte Abigail und stellte sich auf die Zehenspitzen, um durch das Gitter zu schauen. Doch sie war nicht groß genug.

»Nein, nichts. Das war's dann. Sollen wir zur Piazza gehen und Eis essen? Es ist ziemlich warm.« Wallingford wandte sich ab und nahm ihren Arm.

»Sei nicht albern. Willst du, dass der ganze weite Weg und all die Mühen umsonst gewesen sind?« Sie schob ihn beiseite und knallte den Klopfer so fest auf die Metallplatte, dass das laute Scheppern in den Höfen entlang der Straße widerhallte. *»Buon giorno!«,* rief sie dann ebenso laut.

»Si, si!«, rief eine Stimme hinter dem Gitter.

»Da kommt jemand!«, zischte Abigail Wallingford zu.

Finster starrte der Herzog auf die Tür.

»Offensichtlich.«

»Ich komme, ich komme«, sagte eine gereizte Stimme so verärgert, dass die Eisenstäbe des Gitters davor zurückzuschrecken schienen.

»Sie sprechen Englisch?«, fragte Abigail erstaunt.

»Si,si, ich spreche Englisch.« Erschreckend plötzlich erschien ein glänzendes schwarzes Augenpaar in der Mitte des Gitters. »Wir wollen keine Besucher.«

»Oh, wir sind keine Besucher«, sagte Abigail.

»Nicht?«, fragte Wallingford.

Sie stieß ihn fest in die Rippen.

»Wir sind eher … Pilger. Wir sind gekommen, um … um jemandem Respekt zu erweisen … der ehrwürdigen Signorina Monteverdi.«

»Suor Leonora!«

Abigail schöpfte Hoffnung. Es gab sie!

»Ja! Suor Leonora. Wir haben …« – ihre Gedanken jagten sich – »… wir haben von ihr gehört … von ihrem tiefen Glauben. Wir möchten … mit ihr beten.« Mit einem Gesichtsausdruck, der hoffentlich fromm wirkte, schlug sie die Augen nieder.

»Genau«, pflichtete Wallingford ihr bei, auch wenn er mit seinen muskulösen knapp ein Meter neunzig und seinem schwarzen Haar alles andere als gottesfürchtig aussah.

»Das ist unmöglich. Suor Leonora empfängt niemanden. Guten Tag.« Die Augen verschwanden.

»Warten Sie! Wir kommen von sehr weit her!«, rief Abigail.

»Der Herrgott wird es Ihnen danken!

»Wir haben eine Nachricht für die Schwester!«

»Schreiben Sie einen Brief.« Die Stimme wurde immer leiser.

»Es ist dringend! Sie kommt … von Lord Copperbridge«, rief Abigail verzweifelt.

Keine Antwort.

Wieder versuchte Abigail, durch das Gitter zu schauen. Es kam ihr so vor, als hörte sie leises Wassergeplätscher.

Wallingford legte eine Hand auf ihren Rücken und sagte leise: »Das war's dann wohl.«

Plötzlich wurde die Tür aufgerissen.

»Oh!« Abigail strauchelte.

Vor ihr stand eine Frau in einer weiten schwarzen Ordenstracht. Ihr spitzes Gesicht war voller Falten. Der Luftzug, der durch die Tür wehte, war angenehm kühl.

»Kommen Sie herein.«

»Oh, danke, *Sorella*!«, sagte Abigail. Wallingfords Arm legte sich schützend um ihre Schultern.

Die Nonne zeigte mit dem Finger auf seine breite Brust.

»Sie bleiben.«

»Die Dame ist meine Gattin. Ich werde sie nicht allein lassen«, erklärte der Herzog mit der ganzen Kraft seiner Autorität.

Der Finger der Nonne bewegte sich nicht.

»Sie ist nicht Ihre Gattin. Sie bleiben.«

Wallingford schaute erst den Finger und dann Abigail an. Sie zuckte die Achseln.

»Ich habe dich gewarnt. Nun musst du natürlich Buße tun.«

»Wieso?«

»Weil du eine Nonne angelogen hast.«

Dann schob sie sich an ihm vorbei und folgte der Schwester in den Innenhof.

Der geflieste Flur war so dunkel, dass Abigail die Nonne, der sie folgte, kaum sehen konnte. Nur der wippende Rand des schmalen weißen Brusttuchs diente als Anhaltspunkt in der Dunkelheit.

Ob der Mond schon am Himmel stand? Sicher nicht. Ging er bei Vollmond nicht erst dann auf, wenn es dämmerte? Bis dahin dauerte es mindestens noch ein paar Stunden. Und vielleicht war es gar nicht so wichtig, wann er aufging. Vielleicht hatten sie Zeit, bis er unterging …

Um was zu tun?

Der Boden unter ihren dünnen Sohlen war hart und kalt. Als die Nonne vor ihr um eine Ecke bog, verschwand sie einen Augenblick, und Abigail beeilte sich nachzukommen. Am Ende des neuen Ganges tauchte ein schwaches Licht auf: eine offene Tür vielleicht? Ein warmer Luftzug, der an die Hitze draußen erinnerte, streifte ihre Wange.

Abigails Herz klopfte so heftig, dass das Blut erregt durch ihre Adern rauschte. Sei vernünftig, dachte sie, und bleib ruhig. Es bestand doch keine Gefahr, keine Not. Wie der Auftrag der Signorina Monteverdi auch lauten mochte – falls es sich durch irgendein unerklärliches Wunder *tatsächlich* um diese unglückselige Frau handelte –, man wurde ganz sicher nicht zur Strafe vom Blitz erschlagen, wenn man ihn nicht ausführen konnte. Wenn Leonora etwas Unmögliches verlangte. Oder wenn es, was es auch war, bereits zu spät dafür war.

Der Fluch, wenn er denn existierte, war dreihundert Jahre alt. Warum sollte von allen Menschen auf der Welt ausgerechnet Abigail Harewood dazu auserwählt sein, ihn zu brechen? Die Vorstellung war einfach absurd. Sie war nur gekommen, um ihre Neugier zu befriedigen.

Doch warum dann dieses unbehagliche Gefühl, das ihr Herz zum Klopfen brachte?

Das Licht wurde immer heller. Es kam von einer Tür am Ende des Ganges, die einen Spalt offen stand und den Sonnenschein einließ. Die Nonne blieb stehen und winkte Abigail.

»Suor Leonora ist im Garten.« Die Schwester legte einen

Finger an die Lippen. »Wenn die Sonne untergeht, ist es Zeit zu beten.«

»Wie dramatisch«, murmelte Abigail und lugte durch die Tür. Ein kleiner, viereckiger Garten mit Wegen aus alten grauen Pflastersteinen und grünen Hecken ringsum badete im Sonnenschein. In einer Ecke stand ein Zitronenbaum, und in einer anderen kniete eine schmale, schwarz gekleidete Gestalt betend vor einem goldenen Kreuz, das an einer Wand befestigt war. Ein Hauch von Zitrone und Eukalyptus hing in der Luft.

Abigail wartete darauf, dass die Nonne sie ankündigte, doch nichts geschah. Als sie sich umschaute, sah sie weiter hinten einen schwarzen Rock eilig um eine Ecke verschwinden.

»Das nenne ich Gastfreundlichkeit!«, sagte sie so laut, dass die Kniende zusammenzuckte.

Abigail hielt den Atem an. Langsam erhob sich die Nonne: nicht altersteif, sondern geschmeidig und bedächtig. Ihr Brusttuch reichte bis über die Schultern.

»Guten Tag«, sagte Abigail, dann hastig: *»Buon giorno.«*

»Buon giorno.« Die Frau drehte sich nicht um.

Abigail räusperte sich.

»Mein Name ist Abigail Harewood.«

»Abigail Harewood«, wiederholte die Nonne. Ihre Stimme war klar und jung, und offenbar war sie es gewöhnt, Englisch zu sprechen. »Ich habe Sie erwartet heute.«

»Ach ja?«

»Es ist dreihundert Jahre her. Der erste Vollmond nach Mittsommer. Sie sind die englische Lady, nicht?«

Abigail hatte das Gefühl, von glitzernden kleinen Lichtern umschwirrt zu werden.

»Das ist richtig. Und Sie sind Signorina Monteverdi?«

Als die Nonne sich umdrehte, stockte Abigail der Atem. Die Frau hatte tiefschwarze Augen und ein unglaublich zartes, ebenmäßiges Gesicht; sie war so unglaublich schön, dass sie fast überirdisch wirkte. Sie streckte einen Arm aus und deutete auf eine kleine Steinbank.

»Das bin ich. Bitte setzen Sie sich.«

Abigail gehorchte. Was hätte sie sonst tun können? Signorina Monteverdi ließ sich neben ihr nieder.

»Sie also sind die Eine«, sagte sie.

»Die Eine?«

»Die, die geschickt ist, den Fluch zu brechen, den Fluch meines Vaters.« Ihre Stimme blieb ruhig und klar, verriet weder Aufregung noch besondere Emotionen.

»Ich … na ja. Ich habe ein wenig über den Fluch gehört. Aber ich weiß nicht, ob ich ihn brechen kann. Ich bin nur …« Abigail holte tief Luft. Sie konnte noch nicht richtig glauben, dass sie in einem Kloster in Siena auf einer Steinbank saß und sich mit einer Frau namens Leonora Monteverdi unterhielt. Selbst die Luft um sie herum schien unwirklich zu flimmern. »Ich bin nur eine ganz gewöhnliche Frau.«

»Aber Sie sind verliebt in den Erben von Copperbridge?«

»Ja, das bin ich«, gestand Abigail leise.

»Und er liebt Sie?«

»Ich … glaube schon. So sehr, wie er kann.« Abigail leckte sich über die Lippen. »Ist das alles, was nötig ist?«

Die Nonne seufzte tief, sah jedoch nicht sie an, sondern den Zitronenbaum, der üppig mit runden gelben Früchten behangen war.

»Signorina Monteverdi?«

»Nennen Sie mich Leonora.«

»Leonora, erzählen Sie mir, was geschehen ist. Um Ihnen helfen zu können, muss ich alles erfahren. Bislang weiß ich nur, dass Sie vorhatten, mit Copperbridge wegzulaufen, dass die Pistole losging und dass Ihr Vater getötet wurde. Woraufhin er Sie alle verflucht hat.«

»So ist es.«

»Und dann? Sind Sie hierher geflüchtet? Was hat Copperbridge getan?«

Leonora strich ihren schweren schwarzen Rock glatt. Dann begann sie zu erzählen, so leise, dass Abigail die Ohren spitzen musste, um sie zu verstehen.

»Ja, wir fliehen. Wir nehmen ein Pferd und reiten die ganze Nacht, hierher, nach Siena. Meine Liebe, mein Arthur …«

»Arthur!«

»*Si*. Er hat einen Freund in der Kathedrale, der uns hat gewährt Frieden … Schutz …« Ungeduldig rieb sie die Finger aneinander.

»Asyl?«

»*Si*. Am nächsten Tag kommt mein Großvater, der Medici, der Vater meiner armen Mutter, der Freund meines Vaters. Er hat Männer dabei, die umstellen *il convento*. Er will uns sehen, will seine Rache, aber wir sind sicher in diesen Wänden.«

»Auch wenn sie genau genommen Gefangene waren.«

Die Nonne zuckte die Achseln.

»Konnten Sie irgendetwas tun?«

Leonora schien in Erinnerungen versunken zu sein. Im Zitronenbaum sang leise ein Vogel, ein langes, trauriges Lied. Endlich regte Leonora sich wieder.

»Ich bitte meinen Arthur zu gehen, zurückzugehen nach England. Doch er will bleiben, für das Baby.«

»Das Baby! Natürlich! Sie haben ein Kind erwartet.«

Wieder schaute Leonora zum Zitronenbaum hinüber.

»Ja, ich bekomme ein Kind, und Arthur will uns nicht verlassen. Er schwört zu bleiben und uns zu beschützen. Die Monate gehen vorüber, mein Großvater nimmt sich ein Haus, mit seinen Männern, und wartet und wartet.«

»Wie eine Spinne«, flüsterte Abigail.

»Er wartet und wartet und dann kommt meine Zeit. Ich habe Schmerzen, ich gehe in den Garten, zum Kreuz, und bete.«

Überrascht sah Abigail sie an.

»In *diesen* Garten? Zu *diesem* Kreuz?«

»*Si*, ich bete für meinen Arthur und für mein Kind. Ich sage zu Gott, wenn du sie führst sicher nach England zurück, wenn du über sie wachst, ich nehme den Fluch auf mich, ich werde Buße tun. Ich werde warten und beten, bis unsere Sünden sind gesühnt.«

»Großer Gott.«

»Der Schmerz ist groß, und ich gehe in mein Bett und kämpfe die ganze Nacht. Der Schmerz ist schlimm, die Nonnen helfen mir, aber ich blute, ich bin verzweifelt, dem Tode nahe. Und als ich die Augen öffne, ist ein Engel am Bett.«

Abigail fehlten die Worte. Stumm griff sie nach Leonoras Hand, die ruhig auf der schwarzen Ordenstracht lag.

»Der Engel«, sagte Leonora leise, »der Engel sagt, er bringt meinen Arthur und mein Baby nach Hause, nach England, und beschützt sie, und dass sie werden haben ein langes und glückliches Leben. Ich soll im Kloster bleiben und dreihundert Jahre beten und warten, bis der Erbe von Copperbridge kommt, um vor Gott Treue und Liebe zu schwören. Das ist meine Buße.«

»Oh Leonora.« Abigails Augen schwammen in Tränen.

»Am nächsten Morgen wir werden gesegnet mit einem Jungen, einem kräftigen, wunderschönen Sohn. Ich lege ihn an meine Brust, ich küsse seinen kleinen Kopf, der so warm ist. Ich wickele ihn in ein Tuch und gebe ihn einer Schwester. Dann drücke ich den Kopf in das Kissen, damit ich nicht sehen muss sein Haar und seine kleinen dunklen Augen, die mich ansehen, als er geht.«

Sie senkte den Kopf. Abigail wusste nicht, was sie sagen sollte.

»Ich schreibe eine Nachricht für Arthur, meinen Arthur, der vor dem Zimmer war, die ganze Nacht, in der ich habe gekämpft«, fuhr Leonora schließlich fort. »Ich sage ihm, er muss gehen nach England und unseren Sohn mitnehmen, um ihn dort aufzuziehen. Doch Arthur will nicht, er schlägt an die Tür und fleht und weint. Ich höre mein Kind schreien in seinen Armen, so eine hungrige kleine Stimme. Aber die Schwestern lassen ihn nicht herein. So ist er gegangen am Ende.«

»Und Sie sind allein geblieben, dreihundert Jahre lang.«

»Nein, Signorina«, sagte Leonora und legte die freie Hand auf Abigails. »Ich bin nicht allein. Ich habe meinen Bruder.«

Abigail schnappte nach Luft.

»Ihren Bruder? Er hat Sie doch gefunden?«

»*Si*. Er ist ein lieber Mann. Er redet mit unserem Großvater und versucht, ihm alles zu erklären, aber es ist sinnlos. Da wird er Mönch und hilft Arthur, mit dem Baby zu gehen, in der Nacht, dann kommt er zu mir. Er will mit mir büßen, sagt er. Er will den Fluch mit mir tragen, bis man uns zusammen erlöst, weil wir das gleiche Blut haben.«

»Mein Gott. Und … und Morini und Giacomo …«

Leonora nickte.

»Sie hüten das Schloss.«

»Signorina Morini war Ihre Zofe, nicht? Diejenige, die Ihnen geholfen hat, Arthur zu treffen.«

»Si«, bestätigte Leonora ruhig. »Sie ist eine treue Seele.«

»Und Giacomo?«

»Er ist der Diener meines Bruders. Er hat geholfen, zu bringen die heimlichen Nachrichten zu Arthur, verstehen Sie? Mein Vater, er hat uns alle verflucht.«

»Nun, das erklärt, warum Giacomo so verbittert ist. Und die beiden Bediensteten sind all die Jahre im Schloss geblieben? Sie haben dreihundert Jahre lang über die Besucher gewacht?«

Wieder nickte Leonora.

»Mein Sohn kommt zum Schloss das erste Mal, als er ein Mann ist. Er kommt, sein Vater schickt ihm eine Braut, aber es ist nicht genug, der Fluch ist nicht gebrochen. Die Liebe reicht nicht, sie sind nicht glücklich. Als mein Sohn hat einen Sohn, er schickt ihn, doch der Fluch ist nicht gebrochen.«

»Großer Gott«, murmelte Abigail. Eine schreckliche Angst beschlich sie. »So viele Generationen und keine, nicht *eine*, hat es vermocht, den Fluch zu brechen? Die Liebe war nie stark genug?«

In dem warmen Garten, der nach den Zitronen am reich behangenen Baum duftete, breitete sich eine tiefe Stille aus. Abigail dachte an Wallingford, der draußen in der Hitze auf sie wartete und ihr, auch wenn er es nicht ahnte, so verlockende Versprechungen gemacht hatte. Den Mann, der der Nonne gesagt hatte, sie sei seine Frau. Den Mann, der sie die ganze Nacht verwöhnt hatte und ihr am Morgen Kaffee gebracht hatte. Den Mann, den sie von ganzem Herzen liebte.

War es wirklich möglich, dass von allen Abkömmlingen des Earl of Copperbridge ausgerechnet er sich als fähig erweisen sollte, wahre Liebe zu empfinden und ein Leben lang treu zu sein?

»Was geschieht, wenn der Fluch aufgehoben wird?«, fragte Abigail. »Werden Sie dann wieder … sterblich?«

»Das glaube ich, ja.« Leonora senkte den Kopf. »Ich glaube, ich werde wieder richtig leben, ich werde alt und ich sterbe. Ich glaube, ich habe meine Zeit im Fegefeuer auf der Erde gehabt, und ich komme in den Himmel und sehe endlich meinen Geliebten und meinen Sohn.«

»Und wenn der Fluch nicht aufgehoben wird? Warten Sie dann weiter?«

Leonora nahm ihre Hand von Abigails herunter.

»Das Warten ist zu Ende, Signorina. Der Engel hat gegeben dreihundert Jahre, nicht mehr. Es ist vorbei. Entweder wir werden erlöst jetzt, oder wir leben im Fegefeuer auf Erden, bis zum Ende der Welt.«

Wieder wurde es still in der duftenden Nachmittagsbrise. Wieder sang die Lerche, und diesmal sah Abigail, wie sie im Zitronenbaum von einem Ast zum anderen hüpfte, während sie die beiden Menschen mit schräg gelegtem Kopf mit ihren schwarzen Augen beäugte. Abigail schaute auf ihre Hände, die in ihrem Schoß lagen, und stellte fest, dass sie zitterten.

»Ich werde mein Bestes tun, Leonora. Ich tue, was immer Sie wollen. Ich heirate ihn sogar, wenn es sein muss. Und schwöre ihm ewige Treue.«

»Oh, Signorina.« Leonora hob den Kopf. In ihren feuchten Augen schien alle Traurigkeit der Welt zu liegen. »Sie können nicht helfen. Sie können den Fluch nicht brechen. Sie können uns nicht erlösen.«

»Nein?«

»Nein, Signorina. Das kann nur der Erbe meines Geliebten, des Earl of Copperbridge. Der Erbe unseres Blutes und jenes Fluches, der Arthur und Leonora getroffen hat. Nur er kann uns erlösen.«

EINUNDZWANZIG

In der Kathedrale war es kühl und dunkel, ganz anders als in der brütenden Hitze draußen. Wallingford blieb einen Moment im Eingang stehen und wartete, damit seine Augen sich nach der grellen Nachmittagssonne daran gewöhnen konnten.

Ein außergewöhnliches Gebäude, diese von einem ehrgeizigen Architekten geplante gotische Kathedrale, die mit den abwechselnden Streifen aus schwarzem und weißem Marmor wie ein großes heiliges Zebra wirkte. Wallingford erinnerte sich, dass er sie einmal besucht hatte, vor einigen Jahren, als er mit seinem Bruder ein Jahr auf dem Kontinent unterwegs gewesen war, doch er hatte sich nicht länger als nötig darin aufgehalten. Er hatte Kirchen nie richtig gemocht. Die riesigen Dimensionen und die strenge, tiefe Stille waren ihm stets unangenehm gewesen.

Warum also hatte ihn, als er zum Zeitvertreib durch die nahen Straßen geschlendert war, beim Anblick des hohen schwarz-weißen Turmes vor dem tiefblauen Himmel eine seltsame Sehnsucht erfasst? Ohne es zu wollen, hatte er sich plötzlich auf den Eingangsstufen wiedergefunden.

Er war nicht allein in der Kirche. Einige dunkle Gestalten knieten in den Bänken, den bedeckten Kopf leicht gesenkt. Unter der Kuppel stand eine kleine Gruppe von Touristen, die mit Reiseführern in der Hand leise murmelnd nach oben zeigten, wo zwischen den Kreuzrippen unzählige goldene Sterne am leuchtend blauen Himmel funkelten.

Langsam ging Wallingford mit klackenden Absätzen über die Mosaike im Marmorfußboden durch das hintere Kirchenschiff nach links. Es gab so viel zu sehen, eine so verschwenderische Fülle von Kunst und Farbe am Boden und an den Wänden, und dennoch wanderte sein Blick immer wieder zur hohen Decke, dem riesigen Gewölbe des Domes. Was hatte die mittelalterlichen Planer nur zu so unglaublichen Höhenflügen angeregt? Einfache Männer, die allesamt gesündigt hatten und denselben irdischen Versuchungen ausgesetzt gewesen waren wie er. Dennoch hatten sie zum Himmel emporgeschaut, ihre Augen zu ihrem Schöpfer erhoben. All diese Sterblichen hatten Hoffnung geschöpft, weil sie nach etwas Höherem strebten.

Langsam ging er an den schwarz-weißen Säulen vorüber. Weiter vorn erhob sich eine Kanzel aus weißem Marmor, und links von ihm gab es eine kleine Kapelle mit goldglänzenden Verzierungen. Aus einer Laune heraus trat er ein und entdeckte, dass sie Johannes dem Täufer geweiht war; eine kunstvolle Bronzestatue des Heiligen stand erhöht im hinteren Teil der Kapelle.

Da er nicht stören wollte, trat Wallingford einen Schritt zurück, doch der Mann stand bereits auf und drehte sich zu ihm um. Er trug eine braune, wollene Mönchskutte mit einem einfachen Strick um die Taille, und als er seine Kapuze herunterzog, wirkte es wie eine Begrüßung.

»Buon giorno«, sagte Wallingford misstrauisch, denn seine Nackenhaare sträubten sich.

»Buon giorno, Signore. Sind Sie gekommen, um zu beten?« Der Mönch deutete auf den Altar.

Abwehrend hob Wallingford eine Hand.

»Oh nein. Ich bin nur ein Tourist.« Er zögerte. »Ihr Englisch ist gut, Sir.«

»Ja, ich spreche ein wenig. Kommen Sie, setzen Sie sich. Die Kapelle ist wunderschön, nicht?«

»Ja, wunderschön.« Höflich drehte Wallingford sich im Kreis und bewunderte die kunstvolle Ausstattung, das Taufbecken aus der Renaissance und die Statue weiter hinten.

»Sie ist von Donatello«, sagte der Mönch.

»Eine großartige Arbeit.« Wallingford trat ein oder zwei Schritte vor, so als wollte er die Statue näher betrachten. Erstaunt stellte er fest, dass sein Herz heftig klopfte.

»Sind Sie allein in Siena, Signore?«

»Nein. Ich bin mit … meiner Verlobten hier.«

»Ah! Sie wollen heiraten! Das ist gut, Signore. Ein Weib ist ein großes Glück, kostbarer als Juwelen.«

Amüsiert wandte Wallingford sich ihm zu.

»Woher wollen Sie das wissen, guter Mann?«

Der Mönch schmunzelte. Im Grunde war er ein hübscher junger Bursche, auch wenn sein Haar sehr kurz geschnitten war und seine Ohren ziemlich weit abstanden.

»Ich nehme vielen Männern die Beichte ab, Signore, und die, die eine gute Frau haben, sündigen weniger. Weil sie glücklich sind.«

Wallingford wandte sich wieder ab.

»Im Beichtstuhl hört man sicher viel Ungewöhnliches.«

»Oh ja, ich erfahre so manches. Aber die Sünden sind immer dieselben. Wir Männer sind alle denselben Versuchungen ausgesetzt.«

Die Worte des Mönches spiegelten seine eigenen Gedanken so genau wider, dass Wallingford unheimlich wurde.

»Ja, leider«, sagte er leise.

»Möchten Sie beichten, Signore?«

»Nein. Ich bin Engländer, und bei uns gibt es so etwas eigentlich nicht.«

»Ach. Wie schade. Ich glaube, es ist gut, seine Sünden zu bekennen, denn dann wird dir vergeben.«

Wallingford lachte.

»Ich fürchte, meine Sünden sind zu zahlreich, um sie zählen zu können, geschweige denn, um sie genauer zu beschreiben. Ich werde wohl einfach damit leben müssen.«

»Wirklich, Signore? Ich glaube, Sie sind ein guter Mann. Sie wollen heiraten, eine Familie haben.« Der Mönch hielt inne. »Ihre Verlobte ist ein guter Mensch?«

»Sie ist ein Engel«, sagte Wallingford im Brustton der Überzeugung. »Manchmal vielleicht ein bisschen frivol, das gebe ich zu, aber niemals boshaft und ohne irgendwelche Hintergedanken, so lieb und rein wie …« Er verstummte. »Ach Gott.«

»Was ist, Signore?«

Langsam sank Wallingford neben dem Mönch auf die Bank.

»Natürlich habe ich sie nicht verdient, aber welcher Mann hätte das schon?«

»Das ist nicht richtig, Signore. Sie sind gut; Sie sehen das Gute in ihr.«

»Sie ist ein Engel, sie lebt in einem beinahe unglaublichen Zustand der Unschuld, und ich habe mich an ihr versündigt. Ich habe sie dazu gebracht, sich mir hinzugeben.«

Der Mönch schwieg.

Wallingford legte die Unterarme auf die Knie und schaute zu Boden.

»Sie war Jungfrau, und ich habe mich mit ihr vergnügt, weil ich ihr nicht widerstehen konnte.«

»Das ist wirklich eine Sünde«, sagte der Mönch, »aber Sie wollen sie heiraten, oder?«

»Oh ja, ich habe es vor Gott geschworen. Sonst hätte ich sie nicht verführt.« Er senkte die Stimme. »Aber es hat andere gegeben, Vater, viele andere vor ihr. Seit meinem fünfzehnten Lebensjahr verkehre ich mit Frauen, ohne mit ihnen verheiratet zu sein oder auch nur ein liebes Wort mit ihnen zu wechseln. Ich habe die Frauen anderer Männer verführt. Ich habe mein Verlangen und meine Lust rücksichtslos ausgelebt. Ich habe mich nur von meinen eigenen Wünschen leiten lassen.« Er ballte die Hände und drückte sie gegen die Augen. »Ist es nicht schwer zu glauben, dass ich mich ändern könnte, Vater?«

»Um uns zu ändern, mein Sohn, müssen wir einsehen, dass wir Fehler gemacht haben, und versuchen, einen besseren Weg zu finden«, sagte der Mönch unendlich freundlich.

»Das tue ich. Ich will ihr treu sein. Ich möchte sie auf gar keinen Fall verletzen.«

»Warum hast du dann solche Angst, mein Sohn?«

»Weil ich der Versuchung noch nie widerstanden habe und ich nicht weiß, ob ich es kann.« Ein Schluchzen drang aus der gequälten Brust des Herzogs. »Wie kann ich ihr mit diesen Lippen, die so viele andere geküsst haben, Treue versprechen? Wie kann ich ihr diese Hand anbieten, die so viele Frauen zum Ehebruch verleitet hat?«

»Du kannst entscheiden, was du tun willst oder nicht, mein Sohn. Dieser freie Wille ist Gottes wahres Geschenk an den Menschen. Der Mensch kann sich entscheiden, ob er will sündigen oder nicht.«

Wallingford blieb stumm. Die flackernden Kerzen neben dem Altar warfen ein unruhiges warmes Licht auf das kunstvolle Nebeneinander von Marmor und Blattgold. Irgendetwas legte sich auf seinen Kopf: anscheinend die Hand des Mönches.

»Ich kann dir sagen, dass Gott dir vergibt, mein Sohn. Aber ich glaube, zuerst du möchtest dir selber vergeben, ja?«

Der Herzog schloss die Augen.

»Ich fürchte, so ist es.«

Über ihm wurden ein paar lateinische Worte gemurmelt, so leise, dass man sie nicht verstehen konnte. Dann wurde sein Kopf wieder freigegeben. Offenbar war er gesegnet worden, doch als er einige Zeit später aufstand, die Kapelle verließ und durch das Kirchenschiff schritt, fühlte er sich keinen Deut besser.

Das Licht draußen blendete ihn, denn die waagerechten Strahlen der untergehenden Sonne trafen direkt auf den weißen Marmor der Fassade.

Die Sonne ging unter?

Wallingford zog seine Uhr aus der Tasche, starrte auf das Zifferblatt, schüttelte die Uhr und starrte sie wieder an.

Drei Stunden. Er war drei Stunden in der Kathedrale gewesen.

Verständnislos schaute er weiter auf das Zifferblatt, unfähig zu begreifen, was es ihm sagte. Dann drehte er sich um die eigene Achse, um eine öffentliche Uhr zu finden, sah aber keine; nur die Sonne, die hinter den Hügeln und den verwitterten roten Ziegeln der Dächer versank.

»*Gran Dio!* Wallingford!«

Überrascht drehte der Herzog sich um.

»Du! In Siena! Ah, *mio caro,* ich kann es nicht glauben!« Eine verschleierte, ganz in schwarz gekleidete Frau mit einem kleinen Jungen an der Hand stand vor ihm.

Erstaunt musterte er sie. Wer zum Teufel war das? Die Stimme kam ihm bekannt vor, sogar sehr bekannt, doch sein verwirrtes Hirn konnte sie nicht zuordnen.

»Ah, du Schuft! Du erkennst mich nicht.« Mit der freien Hand schlug die Frau ihren Schleier zurück und zeigte ihr hübsches, blasses Gesicht und die funkelnden dunklen Augen.

»Isabella!«, rief Wallingford unwillkürlich.

»*Si*, ich bin es, auch wenn ich an deinem Gesicht sehe, dass ich mich sehr habe geändert.« Sie machte eine selbstironische Handbewegung. »Du kennst meinen Sohn noch nicht.«

»In der Tat. *Buon giorno*, junger Mann«, sagte Wallingford genauso hilflos, wie er sich fühlte.

»Er wird im September fünf.« Isabella sah den Herzog vielsagend an.

Er wich ihrem Blick nicht aus.

»Meine Glückwünsche euch beiden. Sein Vater ist sicher sehr stolz auf seinen Sohn. Es tut mir leid, aber ich muss dir sagen, dass ich es sehr eilig habe. Vielleicht ein andermal?«

Isabella legte eine Hand auf seinen Arm.

»Ach, Wallingford, du bist immer so kalt. Hast du kein nettes Wort für mich? Du, der du mich so hast leiden lassen?«

Sie zog die schwarzen Augenbrauen zusammen, als habe sie echte Sehnsucht nach ihm. Hatte er sie wirklich leiden lassen? Natürlich war er damals recht abrupt abgereist, aber solche Affären endeten immer abrupt. Hatte sie ihn tatsächlich lieb gewonnen? Das hatte er weder geplant noch gewollt.

Wallingford betrachtete den Jungen, der mit verhaltener Neugier zu ihm aufsah; sein Haar war genauso dunkel wie seins. Aber das war nicht sein Sohn; dessen war er sich sicher. Schließlich hatte er immer gut achtgegeben; und seinen vorsichtigen Berechnungen nach war dieses Kind mindestens einen Monat nach ihrer kurzen Liaison gezeugt worden.

»Dass ich dir wehgetan habe, tut mir leid«, sagte er sanft. »Das wollte ich nicht.«

»Du Halunke. Aber alles ist vergeben nun, wo ich dich wiedersehe. Bist du länger in Siena?«

»Ja, genau genommen …«

»Du musst mit mir zu Abend essen, jetzt gleich! Ich bin ganz allein hier. Ich bin mit meinen Freunden gekommen, zum Palio, und ich bin geblieben, um einige geschäftliche Dinge zu regeln. Mein Gatte, der Marchese, ist von uns gegangen letztes Jahr, und es gibt noch Papiere und anderes.« Sie wedelte mit der Hand. »Du musst mit mir essen gehen.«

»Ich kann nicht«, sagte Wallingford. »Leider habe ich selber dringende Dinge zu erledigen.«

»Ah! Vielleicht mit einer Lady? Ist sie schöner als ich, ja?« Durch ihre prachtvollen Wimpern sah Isabella mit einem Blick zu ihm auf, der nicht nur große Hoffnung, sondern auch so etwas wie Einsamkeit, ja beinahe Verzweiflung ausdrückte. »Du sagst ihr, du hast schon eine Verabredung.«

Wallingford hatte das Gefühl, die Hand des Mönches wieder auf dem Kopf zu spüren, und mit einem Mal überkam ihn großes Mitleid.

»Isabella, meine Liebe, es ist sinnlos. Ich …«

»Wallingford?«

Abigails Stimme kam die Treppe heruntergeweht.

Hastig drehte der Herzog sich um, und da war sie, auch wenn ihr weißes Kleid vor dem hellen Marmor fast nicht zu sehen war. Eine Hand fest auf ihren Hut gelegt, mit der anderen ihre Röcke hochhaltend, lief sie eilig auf ihn zu. Ein paar Haarsträhnen waren unter der Hutkrempe hervorgerutscht, und er hätte auf die Knie sinken und sie an die Lippen drücken mögen.

»Da bist du ja!« Er streckte die Arme nach ihr aus.

»Und wo bist *du* gewesen, um Himmels willen?« Sie reichte ihm ihre Hände, und er war so erleichtert, dass er sie nacheinander fest küsste.

»Ich war in der Kathedrale, um mich abzukühlen, und ich … ich weiß nicht, ich schätze, ich bin eingenickt, auch wenn ich nicht weiß wie. Es tut mir schrecklich leid. Gott sei Dank ist dir nichts geschehen.«

»Nein, mir geht es gut. Ich habe in der ganzen Stadt nach dir gesucht. Wir müssen uns beeilen!«

»Wallingford, *mio caro*«, mischte Isabella sich ein. »Willst du mich deiner kleinen Freundin nicht vorstellen?«

Oh Gott.

Ohne Abigails Hände loszulassen, sagte der Herzog: »Wie unverzeihlich von mir. Abigail, meine Liebe, das ist die Marchesa Attavanti, aus Venedig. Signora Marchesa, ich habe die große Ehre« – er wandte sich Isabella halb zu –, »Ihnen Miss Abigail Harewood vorzustellen, meine zukünftige Braut.«

»La vostra fidanzata!« Isabella klang schockiert und gekränkt. »Das überrascht mich, Wallingford.«

»Ich freue mich, Ihre Bekanntschaft zu machen, Signora Marchesa«, sagte Abigail. Ihre Wangen waren leicht gerötet, doch ihr Blick war ehrlich und ruhig. Wallingford spürte ihre innere Anspannung: War sie ungeduldig oder verärgert? Er drückte ihre Hände.

»Und wann wird er sein, der glückliche Tag?«, erkundigte sich die Marchesa.

»Zufällig schon heute«, erwiderte Abigail.

»Heute!«, staunte Isabella.

»Heute?«, fragte Wallingford.

Abigail lächelte ihn an.

»Ist das nicht schön? Deshalb komme ich dich holen, Liebling. Die Zeremonie wird gerade vorbereitet.« Sie schaute zur untergehenden Sonne hinüber. »Wir müssen nun leider gehen. Der Mond geht jede Minute auf.«

Die Stufen der Kathedrale schienen unter ihm nachzugeben, daher stellte Wallingford schwankend das linke Bein vorsichtig eine Stufe tiefer ab. Einen furchtbaren Augenblick kam es ihm sogar so vor, als hielte nur Abigails stählerner Griff ihn aufrecht.

»Eine Hochzeit bei Mondschein«, sagte er, als er sich wieder gefasst hatte. »Natürlich.«

»Im Mondschein«, wiederholte Isabella mit aschfahlem Gesicht. »Wie romantisch.«

»Ja, Wallingford ist ein großer Romantiker«, erklärte Abigail. »Er legt großen Wert auf Blumen und Champagner und solche Sachen, nicht, Liebling?«

Der Herzog ließ ihre rechte Hand los und drückte einen Kuss auf die linke. War er es, der zitterte, oder sie? »Ja, je mehr, je besser.«

Abigail lächelte Isabella an.

»Ist er nicht ein Schatz? Aber nun müssen wir leider gehen. Der Mond wartet auf niemanden.«

»Stimmt«, sagte Isabella. »Ich wünsche Ihnen viel Glück.

Guten Tag, Signorina, guten Tag, Euer Gnaden. Ich hoffe, ich sehe Sie eines Tages wieder, sehr verliebt und mit vielen Kindern.«

Dann nahm sie ihren Sohn bei der Hand, ließ den Schleier wieder fallen und ging mit hoch erhobenem Kopf auf die bleiche Abenddämmerung zu.

Die Sonne war hinter den Nachbarhäusern verschwunden, und die schwarzen Augen hinter dem Eisengitter waren kaum zu erkennen.

»Ich bin's«, sagte Abigail. »Ich bin zurück.«

Die Tür öffnete sich.

»Dieser Mann, er bringt nur Ärger«, grummelte die Nonne.

»Da stimme ich Ihnen zu, Suor Giovanna, aber leider ist er alles, was ich habe. Bitte lassen Sie ihn herein.« Abigail trat ein und zog Wallingford durch die Tür. Er bewegte sich seltsam schwerfällig, beinahe widerstrebend. Sie hoffte, dass das nur an seiner Überraschung lag und nicht an einer gewissen Unlust, die auf die wunderschönen, leuchtenden Augen der Marchesa Attavanti zurückzuführen war.

»Fünfzig Jahre ich lebe in diesen Mauern, ohne Mann. Ich tue das nur für Suor Leonora, Gott möge sie segnen.« Suor Giovanna wandte sich an Wallingford. »Sie! Die Augen schließen!«

»Ich soll die Augen schließen?«, fragte Wallingford ungläubig.

»*Sì*. Und der Kopf soll denken heilige Dinge, Signore. Augen zu, Kopf heilig. Verstanden?«

Abigail nahm seine Hand.

»Ich führe dich. Aber bitte beeil dich.«

»Es ist ziemlich schwer, sich zu beeilen, wenn man die Augen geschlossen hat«, beschwerte sich der Herzog, folgte ihr aber gehorsam, als sie ihn fast ohne Fehltritt im Laufschritt durch die Gänge führte. Abigails Herz klopfte unnatürlich schnell, schon seit sie ihn auf den Stufen der Kathedrale entdeckt hatte, vertieft in eine angeregte Unterhaltung mit einer wohlgeformten, schwarz gekleideten Frau, die einen kleinen schwarzhaarigen Jungen an der Hand hielt.

Zwei Stunden zuvor war sie voller Liebe und Hoffnung aus dem Kloster gekommen in dem Glauben, dass Wallingford sie mit offenen Armen vor der Pforte erwartete. Doch da waren nur die leere Kutsche gewesen und der Kutscher, der ihr gesagt hatte, dass der Signore vor einiger Zeit davonspaziert sei und versprochen hätte, in einer Stunde zurückzukommen.

Mit wachsender Angst im Herzen hatte sie gewartet und gewartet, und am Ende hatte sie sich mit der Kutsche auf die Suche nach ihm gemacht. Sie war im Hotel auf der Piazza del Campo gewesen, wo man ihn nicht gesehen hatte; dann war sie wieder zum Konvent gefahren und hatte angefangen, die Straßen eine nach der andern abzugehen. Vielleicht hatte er sich verlaufen; oder er war wegen seiner goldenen Manschettenknöpfe und den zusammengefalteten Lirescheinen in der inneren Westentasche ausgeraubt worden. Wallingford verletzt, Wallingford gekidnappt, Wallingford tot: All diese Möglichkeiten waren ihr nacheinander durch den Kopf gegangen, eine schlimmer als die andere. Und die ganze Zeit war die Sonne im vollen Schein des bevorstehenden Sonnenuntergangs am Himmel tiefer gesunken, während die Signorina Monteverdi in ihrem kleinen Garten mit dem Zitronenbaum geduldig auf sie wartete.

Endlich hatte sie ihn gesehen, den Kopf besorgt einer Frau in Schwarz zugeneigt, deren Hand überaus vertraut auf seinem Arm lag. Die Knie waren ihr weich geworden vor Erleichterung, doch gleich darauf hatten verschiedene Gefühle sie durchzuckt: Ärger, Eifersucht, Hilflosigkeit. Aber als sie der Frau vorgestellt worden war, hatte sie alle versteckt. Sie hatte ihr Bestes getan, um genauso zu sein wie immer und Wallingford mit der gleichen sorglosen Freude von ihrer bevorstehenden Vermählung zu unterrichten wie damals von ihrem bevorstehenden ersten Kuss.

Er und die Marchesa hatten einmal eine Affäre gehabt. Daran bestand kein Zweifel.

Abigail bog um die letzte Ecke, und die Tür zum Garten öffnete sich vor ihnen, erfüllt vom verblassenden Licht. Sie blieb so abrupt stehen, dass Wallingford in sie hineinlief.

»Ich bitte um Verzeihung«, sagte er.

»Öffne die Augen.«

»Besser nicht. Sonst bestraft mich diese furchteinflößende Nonne sicherlich.«

Abigail nahm seine Hände in ihre.

»Mach die Augen auf und schau mich an.«

Er schlug die Augen auf. In dem düsteren Gang wirkten sie schwarz und unergründlich.

»Was ist? Was willst du?«

»Wallingford, wenn du das nicht möchtest, wenn du irgendwelche Zweifel hast, musst du es mir sagen.«

Er zog die Augenbrauen hoch.

»Zweifel, Abigail? Bist du verrückt geworden?«

»Ich habe dich auf der Treppe mit der Marchesa gesehen. Ihr habt einmal eine Affäre gehabt; leugne es nicht. War das dein Sohn?«

»Großer Gott! Natürlich nicht. Auf keinen Fall, das verspreche ich dir hoch und heilig.«

»Aber ihr hattet eine Affäre.«

Er zögerte.

»Ja. Vor vielen Jahren.«

Seine Hände schienen heiß wie Kohlen zu sein.

»Wallingford, du musst dir sicher sein. Absolut sicher. Signorina Monteverdi wartet dort draußen, und wenn du mich nicht ehrlich liebst, wenn du keinen heiligen Eid schwören kannst – *heilig*, Wallingford –, dann ergibt das alles keinen Sinn.«

Der Herzog legte eine Hand an ihre Wange.

»Die Frage lautet nicht, ob ich mir sicher bin, Abigail. Selbstverständlich bin ich das. Ich weiß schon seit Monaten, dass ich dich heiraten möchte. Die Frage lautet eher, ob *du* dir sicher bist, meine Liebe.«

Ruhig erwiderte Abigail seinen Blick und musterte sein im Schatten liegendes Gesicht.

»Ich *bin* mir sicher.«

»Wirst du, Abigail, mir erlauben, dein Ehemann zu sein?« Wallingford küsste ihre Hand. »Mir die große Ehre erweisen, dich die Meine nennen zu dürfen?«

»Deine Herzogin.«

»Ja, meine Herzogin. Würdest du das tun?«

Abigail spürte, dass die Sekunden unaufhaltsam verrannen und dass die Sonne schon sehr bald hinter dem Horizont verschwunden sein würde.

»Ich muss«, sagte sie. »Ohne dich könnte ich nicht mehr leben.«

Wallingfords Daumen strich über ihre Wange.

»Dann lass uns gehen.«

Diesmal nahm er ihre Hand und führte sie durch den Gang zur Tür hinaus in Leonoras von Mauern umgebenen Garten.

Sie wurden bereits erwartet. Von Leonora natürlich, die mit blassem Gesicht in ihrer schwarzen Ordenstracht neben dem goldenen Kreuz stand und ihnen mit glänzenden dunklen Augen entgegensah. Aber auch von Alexandra, die sich gerade von der Steinbank erhob und dem danebenstehenden Mr. Burke die Hand reichte, neben dem wiederum ein großer Mann mit weißen Haaren stand, den Abigail gleich erkannte.

»Aber Harry!«, rief sie. »Was zum Teufel machst du hier?«

ZWEIUNDZWANZIG

Harry?« Fragend drehte Wallingford sich zu ihr um. »Wer zum Teufel ist Harry?«

Abigail riss sich von ihm los, lief zu dem Mann und nahm seine Hände.

»Ich kann es nicht glauben! Woher weißt du, dass ich hier bin? Und wie um alles in der Welt bist du als verurteilter Fälscher aus dem Land herausgekommen?«

Harry, der sehr groß war – fast so groß wie Mr. Burke –, stöhnte vernehmlich und öffnete bereits den Mund, um etwas zu erwidern, doch Wallingford kam ihm zuvor.

»Harry Stubbs«, sagte er mit vor Sarkasmus triefender Stimme. »Harry Stubbs aus dem Pub. Was für ein unglaublicher Zufall.«

Abigail drehte sich um.

»Wieso? Kennst du Harry auch?«

Wallingford kreuzte die Arme.

»Ja, in der Tat. Doch da unser Freund Harry Stubbs ein gewissenloser Schurke ist, hat er eine Reihe von Pseudonymen. Darunter, glaube ich, auch das eines Italieners namens Signor Rosseti. Außerdem führt er den noblen Titel des Duke of Olympia.«

Abigail schnappte nach Luft. Dann wandte sie sich wieder an ihren Freund.

»Harry! Das kann doch nicht wahr sein. Du hast mir gezeigt, wie man wettet! Und wie man mit aufdringlichen Männern fertigwird!«

Harry schaute erst Wallingford und dann wieder sie an.

»Ach, meine Liebe«, sagte er mit einer Stimme, die ganz anders war als die, die er im Pub benutzte, »angesichts deines Temperaments hielt ich es für klug, dafür zu sorgen, dass du imstande bist, dich auf jede nur mögliche Weise zu wehren.«

»So, so«, sagte Wallingford todernst hinter ihr. »Es hat den Anschein, als wäre es meinem Großvater am Ende doch noch gelungen, eine Braut für mich zu finden. Ein guter Schachzug, alter Mann. Ich bin beeindruckt. Ich nehme an, du hast die Annonce in der *Times* selber aufgegeben?«

»Na so was!«, rief Mr. Burke. »Verdammt clever. Ich kann dir gar nicht genug danken.« Er zog Alexandras Hand an die Lippen und küsste sie.

»Wie ein verfluchter Puppenspieler. Und Sie!« Wallingford deutete auf Leonora. »Sie haben mich in der Kathedrale wohl absichtlich angesprochen. Und mir geschickt meine Geheimnisse entlockt.«

Wütend drehte Abigail sich zu ihm um.

»Wie kannst du es wagen! Leonora ist ein Engel! Und sie ist die ganze Zeit hier gewesen, um die Zeremonie vorzubereiten.«

»Leonora?« Verwirrt sah Wallingford sie an. »Ich meine den Mönch. Ich bin ihm vor noch nicht einmal einer Stunde in der Kathedrale begegnet. Nicht wahr, Sir?«

Mit offenem Mund wandte Abigail sich wieder Leonora zu.

Die Nonne trat einen Schritt vor.

»Er spricht von meinem Bruder. Er ist hier, direkt neben mir. Er wird euch das Ehegelübde abnehmen.«

Wieder schien die Luft um Abigail herum unwirklich zu flirren. Erstaunt sah sie von Leonora zum leeren Raum neben der Nonne.

»Abigail? Alles in Ordnung?« Wallingford berührte sie an der Schulter.

Abigail trat an den leeren Raum heran und streckte eine Hand aus.

»Sie sind Signor Monteverdi, nicht? Aber ich kann Sie nicht sehen oder hören.«

Leonora sagte ruhig:

»Ich soll Ihnen mitteilen, dass er sich freut, hier zu sein.«

»Willst du damit sagen, dass du ihn nicht sehen kannst?«, fragte Wallingford.

»Nein.« Abigail starrte immer noch ins Leere. »Genauso wenig wie du Signorina Monteverdi sehen kannst, die neben ihm steht. Und das wird wohl so bleiben, bis der Fluch gebrochen ist.«

»Sie ist *hier*? Genau hier?«

Leonora streckte eine Hand aus. Ihre Augen schimmerten feucht.

»Mein Sohn, Kind von meinem Blut. Ich bin da.«

»Du kannst sie nicht sehen«, flüsterte Abigail, »aber sie ist hier.«

Alexandra mischte sich ein.

»Ich verstehe das nicht. Soll das heißen, Sie können die Nonne nicht sehen, Wallingford?«

Abigail wischte sich über die Augen und wandte sich ihrer Schwester zu.

»Es zu erklären dauert zu lange, aber ja, so ist es, Liebes. Kannst du dich noch erinnern, dass ich dir einmal von dem Fluch erzählt habe, der auf dem Schloss liegt?«

»Ja, es war eine äußerst verworrene Geschichte um einen Vater, eine Pistole und ein Liebespaar.«

»Solange dieser Fluch nicht gebrochen ist, können die Frauen nur Leonora und die Männer nur ihren Bruder sehen. Bis dahin trennt er Männer und Frauen, verstehst du?«

Alexandra erbleichte und klammerte sich fest an die Hand ihres Gatten.

»Großer Gott. Ich war der Ansicht … ich dachte … Mein Gott.«

»Und wie kann der Fluch gebrochen werden?«, fragte Mr. Burke, der ebenfalls blass geworden war.

»Wir hoffen …« Abigail sah Wallingford an.

Die Augen in seinem hübschen Gesicht waren sehr groß und sanft. Er trat an ihre Seite und nahm ihre Hand.

»Indem ich gelobe, meine Partnerin zu lieben und ihr mein Leben lang treu zu sein, richtig? Ich, der letzte verlorene Sohn aus dem Hause Copperbridge.«

Eine Brise wehte durch den Garten und ließ die Blätter am Zitronenbaum rascheln.

»Es ist spät«, sagte Leonora. »Der Mond geht auf. Wer führt Sie dem Bräutigam zu, Signorina Abigail?«

»Ich … ich weiß nicht …«, sagte Abigail leise und wandte sich nach rechts.

Nach einer kurzen Pause trat der Duke of Olympia vor.

»Das übernehme ich.«

Ich werde heiraten, dachte Abigail gespannt. *Jetzt gleich. Und zwar Wallingford.* Sie schaute auf und suchte seinen Blick. Das Blut rann prickelnd durch ihre Adern, erregend und beängstigend zugleich.

»Mein Bruder spricht die Worte zum Herzog«, sagte Leonora. »Und ich zu Ihnen. Nehmen Sie sich bei den Händen.«

Stumm nahm Wallingford auch ihre andere Hand.

Dann legten sie das Gelübde ab: Wallingfords klangvolle Stimme versprach ruhig und fest, sie zu lieben und zu ehren und ihr immer treu zu sein. Dann sprach Leonora ihr leise vor, und Abigail versprach mit einer Stimme, die in ihren eigenen Ohren hoch und seltsam klang, dieselben außergewöhnlichen Dinge.

»Der Ring«, sagte Leonora. »Gibt es einen Ring?«

Der Duke of Olympia trat an seinen Enkelsohn heran und bot ihm einen schmalen Goldreif an. Leonora schnappte nach Luft, als hätte sie den Reif wiedererkannt.

»Mit diesem Ring«, sagte Wallingford, indem er ihn Abigail auf den Finger schob, »nehme ich dich zur Frau; mit meinem Körper anerkenne ich dich und mit all meinen weltlichen Gütern beschenke ich dich. Im Namen des Vaters und des Sohnes und des heiligen Geistes. Amen.«

Dann beugte er sich vor und küsste sie sanft auf die Lippen. Hinter seinem dunklen Kopf schob der Vollmond seinen gelben Rand in den Abendhimmel.

Es wurde ganz still, nur die Lerche im Zitronenbaum sang ihre Freude heraus.

»Es ist vollbracht«, sagte Leonora. »Ihr seid vermählt.«

Wallingford küsste Abigail auf die Hand, direkt über dem Ehering, und die Wärme seiner Lippen strahlte bis in ihr Herz aus.

»Ich liebe dich«, flüsterte sie.

Irgendjemand zu ihrer Linken seufzte vernehmlich. Alexandra vermutlich. Abigails Sicht war verschwommen.

Sie drehte sich zu Leonora um. Sie wollte ihr danken und

ihren Bruder sehen. Doch der Raum neben der Nonne war immer noch leer, nur das goldene Kreuz leuchtete im aufkommenden Zwielicht.

»Es gibt keine Erklärung«, sagte Wallingford. »Solche Dinge können wir nicht einmal im Ansatz verstehen.«

Abigail ließ sich in einen Sessel sinken.

»Ich hätte sie so gern erlöst. Du hättest ihr Gesicht sehen sollen, Wallingford.«

Der Herzog lockerte seine Krawatte und knöpfte seine Weste auf. Das Zimmer war klein und provinziell, es gab kein Telefon, kein elektrisches Licht und auch kein glänzendes neues Bad, aber dies war seine Hochzeitsnacht, und dazu brauchte er nur zwei Dinge: ein Bett und seine Frau.

Seine *Ehefrau.*

Die jedoch saß in einem alten Sessel und sah nicht ihn an, ihren neuen Ehemann, sondern den Holzfußboden. Und statt zu strahlen vor Freude lag auf ihrem zarten Elfengesicht ein Ausdruck tiefer Trauer.

»Vielleicht braucht es Zeit. Vielleicht geht es nicht so schnell. Oder es liegt daran, dass Olympia keinen Sohn hat, jedenfalls keinen legitimen …«

Wallingford kniete sich vor den Sessel und legte seine Hände auf ihre Knie.

»Schau mich an, Liebling.«

Abigail sah auf.

Er lächelte sie an.

»Euer Gnaden. Meine liebe Duchess of Wallingford.« Er tippte auf die Spitze ihrer Nase. »Liebe Frau. Ich habe dir heute mein Herz und meine Hand versprochen, und ich habe es ernst gemeint. Ist das noch nicht genug?«

Abigail lächelte matt.

»Für mich schon. Aber nicht für Leonora.«

»Wir haben mit deiner und meiner Familie gefeiert. Ich habe es ertragen, dass deine vermaledeite Schwester mich mehrmals mit triumphierendem Blick *lieber Neffe* genannt hat. Wir haben unsere Toasts ausgesprochen und unseren Kuchen gegessen …«

»Oh, der war sehr lecker. So cremig und üppig, und all diese köstlichen Johannisbeeren …«

»Ich habe dich noch einmal über die Schwelle getragen, obwohl ich mir fast das Rückgrat gebrochen hätte. Und nun, meine Liebe, meine anbetungswürdige Braut, möchte ich dich nur noch ins Bett bringen und unsere Ehe ordnungsgemäß vollziehen.« Er küsste ihre Hand. »Hast du Einwände dagegen?«

Abigail legte die Arme um seinen Hals.

»Ganz und gar nicht, Euer Gnaden. Ich freu mich schon darauf.«

Wallingford zog sie auf die Füße. Dann fing er vorsichtig an, sie zu entkleiden, angefangen bei den Nadeln in ihrem Haar, und legte alles, was er entfernte, ordentlich auf dem Sessel ab. Er wollte sich prüfen, sich fest im Griff behalten, um zu beweisen, dass er sich beherrschen konnte.

Abigail stand geduldig, beinahe passiv da, während er nach und nach jeden Zentimeter ihrer schimmernden Haut enthüllte. Nur ihre Augen funkelten und beobachteten ihn mit diesem wunderbaren Einfühlungsvermögen, diesem arglosen, weisen Blick, der bis auf den Grund seiner Seele zu reichen schien. Stumm half sie ihm dann bei den eigenen Knöpfen, streifte ihm das Hemd ab und legte die Hände auf seine Brust. Der Raum war noch warm von der Nachmittagssonne, nur eine leichte Brise wehte durch einen Sprung im Fenster. Ihre Hände fühlten sich kühl an, doch ihre Wangen waren hochrot vor Erregung.

Wie war es nur möglich, dass eine so kleine Person, eine so zarte junge Frau, ihn erobern konnte, *ihn*, den mächtigen Duke of Wallingford? Er war ihr gehorsamer Sklave, ihr Diener. Sie konnte mit einem Fingerschnippen über sein Schicksal entscheiden.

Er nahm ihre Hand, führte sie zum Bett und schlug die dünne Sommerdecke zurück. Wenigstens waren die Laken sauber und frisch. Abigail setzte sich mitten auf der Matratze auf die Fersen und sah zu ihm auf. In dem großen Bett wirkte sie blass und klein, und anscheinend zitterte sie.

Schnell kniete er sich vor sie.

»Ich glaube, es gibt noch mindestens dreiundzwanzig Stellungen, die wir ausprobieren könnten. Was wünschst du dir?«

Sie schlang die Arme um ihn.

»Ich möchte dein Gesicht sehen. Deinen Bauch an meinem spüren. Und deine Stimme an meinem Ohr hören.«

»Zu Befehl.« Er küsste und streichelte sie zärtlich und drückte sie sanft in die Kissen. Als sie schließlich bereit war, als sie anfing zu keuchen und wunderschön feucht wurde, legte er sich auf sie und erfüllte ihre Wünsche, las sie fasziniert von ihrem Gesicht ab, geleitet von ihrem lustvollen Stöhnen. Seine leidenschaftliche Abigail steuerte bereits auf den Höhepunkt zu, aber es war noch zu früh. Er wollte mehr von ihr.

Er richtete sich auf und zog sie mit sich, sodass sie am Ende immer noch vereint, die Beine über Kreuz, im Bett saßen.

»Oh«, sagte sie überrascht, als sie sich sanft wiegte, um die Stellung zu testen.

»Mach die Augen auf, Abigail.«

Sie gehorchte.

Dann nahm er ihre rechte Hand und führte sie nach unten.

»Fühl mal. Das sind wir.«

Ihre Finger erkundeten die Stelle, an der sie beide so innig verbunden waren.

»Verstehst du, was ich meine«, flüsterte er. Gern hätte er noch mehr gefragt. *Siehst du, wie gut wir zueinander passen? Siehst du, dass ich dir gehöre, nur dir, und dass wir durch diesen körperlichen Akt unzertrennlich werden?* Doch er brachte die Worte nicht über die Lippen.

»Ich verstehe«, flüsterte sie zurück. »Alles.« Sie umfasste seinen Hinterkopf und küsste ihn, und der sinnliche Duft ihrer Erregung betörte ihn. Dann schob sie sich ein kleines Stück zurück, ließ sich mit aufreizendem Schwung wieder sinken und sagte an einem bestimmten Punkt mit großen Augen »*Oh!*«.

»Ist das gut?«

»Ja!« Sie wiegte sich immer schneller und drückte sich mit keuchenden, kleinen Seufzern an ihn. Wallingford wäre fast geplatzt, als er sah, wie sie ihre Brüste an seine Brust drückte, ihr feuchtheißes Fleisch an seinem Glied rieb und seinen Körper zu ihrer Befriedigung benutzte. Das Kerzenlicht vergoldete alles an ihr, betonte ihre üppigen Formen, und als ihre Bewegungen immer drängender wurden, vergrub er das Gesicht in ihrem Nacken und berauschte sich an ihrem ureigenen Duft, bis seine leidenschaftliche Abigail, von Zuckungen geschüttelt, in seinen Armen laut aufschrie.

Erst dann gestattete er es sich, lange und heftig zu ejakulieren.

Die Ehe war vollzogen.

Abigail ließ den Kopf an seine Schulter sinken und ruhte sich aus. Ihr Herz pochte langsam und unglaublich stark an seinem.

»Ich habe dich angelogen«, flüsterte sie.

»Inwiefern?« Sein benebeltes Hirn versuchte, sich zu erinnern.

»Als ich dir gesagt habe, dass es mir nichts ausmacht, wie viele Frauen du gehabt hast. Es *macht* mir etwas aus. Sogar sehr viel.« Ihre Stimme versagte, und er erkannte, dass sie den Tränen nah war. »Ich hasse sie alle, jede Einzelne von ihnen. Ich kann es nicht ertragen, daran zu denken, aber ich kann es auch nicht lassen. Ich kann es nicht lassen, mir vorzustellen, wie du das mit einer anderen Frau machst, in einem anderen Bett. Wie du sie so anfasst, wie du mich angefasst hast. Es tut mir in der Seele weh, Wallingford.«

»Schsch.«

»Es tut mir in der Seele weh, weil ich dich liebe … und *das*, wenn du das tust …« Sie hob den Kopf. »Es ist so kostbar. Ich möchte es mit niemandem teilen. Ich möchte *dich* mit niemandem teilen.«

Was konnte er ihr sagen? Es tat ihm weh, dass sie seinetwegen litt. Aber alles, was er sagen konnte, wäre banal, nicht mehr als ein jämmerliches Abwiegeln. *Es hat mir nichts bedeutet. Ich habe keine von ihnen geliebt. Ich bereue das alles.*

Doch sie war seine Frau. Er musste es versuchen.

»Würde es dir helfen«, sagte er vorsichtig, »wenn ich dir sage, dass all diese Frauen der Vergangenheit angehören, als ich dich noch nicht kannte? Und dass ich damals nicht wirklich existiert habe, nicht so wie jetzt. Es kommt mir vor wie ein anderes Leben. Es *war* ein ganz anderes Leben.«

»Ja, ich glaube, das hilft ein bisschen. Aber dann sehe ich dich, nachdem du stundenlang verschwunden warst, mit dieser wunderschönen Marchesa auf den Stufen der Kathedrale; oder vielleicht eines Tages in einem Londoner Salon mit einer anderen Dame, einer ehemaligen Geliebten, und das Vergangene ist nicht wirklich vergangen, oder? Du lebst kein anderes Leben. Du lebst *dein* Leben, und es gibt Frauen, die mit dir im Bett gewesen sind, die dich ganz intim kennen. Ich muss einen Weg finden, das zu akzeptieren. Das und die Möglichkeit, dass es eines Tages vielleicht noch andere geben wird.«

Wallingford nahm sie fest in die Arme und wiegte sie.

»Niemals, Abigail.«

»Wir haben den Fluch nicht gebrochen, Wallingford. Wir haben versagt.«

»Das hat nichts zu bedeuten«, sagte er möglichst überzeugend.

Mein lieber Junge, hat irgendetwas an deinem bisherigen Lebenswandel je darauf hingedeutet, dass du zu etwas anderem nützlich sein könntest?

Es lag nicht an *ihr*, oder? Es war *seine* Schuld, seine allein. Sein Schwur war nicht genug.

Den Kopf an seine Schulter geschmiegt, die feuchte Haut fest an seiner, klammerte Abigail sich an ihn.

»Wie viele waren es, Wallingford? Nur damit ich es weiß. Wie hoch ist auf irgendeiner Party in London die Wahrscheinlichkeit, dass du mit einer der Frauen im Raum etwas gehabt hast?«

Seine Brust war nass von ihren Tränen.

»Abigail«, sagte er sanft und tröstete sie, so gut er konnte, indem er sie an sich drückte.

»Ich will es dir ja nicht vorwerfen. Es ist einfach eine Tatsache, ein Teil von dir, aber ich weiß nicht, was ich tun soll. Ich liebe dich so sehr. Wenn ich dich nicht so liebte, würde es ja nicht wehtun. Aber ohne das eine kann ich das andere nicht haben.«

»Wenn du willst, können wir in Italien leben. Wo immer du möchtest. Ich tue alles, was du verlangst, Abigail.«

»Das heißt, du willst davonlaufen.«

»Wenn dich das glücklich macht. Ich will nur, dass du glücklich bist, Abigail.«

Als sie aufsah, schwammen ihre Augen in Tränen, dabei weinte sie so gut wie nie.

»Ich weiß. Im *Moment*. Aber morgen?«

»Es wird immer so sein.«

Sie sah ihn weiter mit feuchten Augen an, mit einem so liebevollen und traurigen Blick, dass es ihm fast das Herz brach. Dann hob sie eine Hand, legte sie an seine Wange und strich über die sprießenden Stoppeln am Kinn.

»Wenigstens bist du jetzt gerade bei mir«, sagte sie. »In diesem Augenblick, dieser Minute, alles andere zählt nicht. Ich habe dich *jetzt*, nicht wahr?«

»Genau.« Er bettete sie auf die Kissen und zog die Decke über sie beide. Dann nahm er sie in die Arme, denn er wusste, dass das alles war, was er tun konnte. Nach einer Weile liebte er sie wieder, verwöhnte sie auf jede erdenkliche Weise und sagte ihr so lange, dass er sie liebte, bis ihr Körper sich unter der Wucht ihres Orgasmus zitternd aufbäumte. Danach fiel sie, ohne noch etwas zu sagen, in seinen Armen in einen erschöpften Schlummer.

Wallingford war ebenfalls erschöpft, doch er hielt die Augen störrisch geöffnet und starrte auf die Schatten, die das Mondlicht an die Decke warf. Irgendwo im Zimmer tickte eine Uhr laut rasselnd im Takt mit seinem Herzschlag.

Er schaute auf Abigails Kopf hinunter, der vertrauensvoll an seiner Schulter ruhte, und strich ihr über das glänzende, kastanienbraune Haar, das er so liebte. Sie schlief tief und fest. Die Arme, er hatte ihr in den vergangenen sechsunddreißig Stunden nicht viel Ruhe gegönnt.

Äußerst behutsam löste er sich von ihr, um sie nicht zu wecken, auch wenn er annahm, dass sie selbst dann nicht aufgewacht wäre, wenn ein Elefant durch das Bett getrampelt wäre. Lautlos suchte er seine Sachen zusammen, zog sich vollständig an und machte mit einem leisen Klicken die Tür auf.

Der Vollmond stand so tief am Himmel, dass er fast hinter den Dächern verschwand. Wallingford sehnte sich nach einem Drink oder nach etwas zu rauchen, irgendeiner Beschäftigung für die Finger, doch da er weder das eine noch das andere hatte, stopfte er die Hände in die Hosentaschen und wanderte über die leere Piazza del Campo durch einsame Straßen den Hügel hinauf zu der gestreiften Kathedrale. Die Luft war noch warm von der Mittagshitze. Endlich wurden seine Augenlider schwer, und er kehrte zum Hotel zurück.

Als er das Vordach erreichte, ließ eine Stimme ihn innehalten.

»Ein seltsamer Aufenthaltsort für einen Mann in seiner Hochzeitsnacht.«

Wallingford seufzte und wandte sich seinem Großvater zu.

»Hast du Angst, dass ich meiner Pflicht als Herzog nicht nachgekommen bin, ja? Dann lass dir versichern, dass das unnötig ist.«

Olympia trat aus dem Schatten, und das Mondlicht verfing sich in seinem bloßen weißen Schopf.

»Da es sich nicht um mein Herzogtum handelt, könnte es mir eigentlich vollkommen gleichgültig sein. Nur dass ich deine Braut recht liebgewonnen habe und es gar nicht gern sähe, wenn sie enttäuscht würde.«

Wallingford lehnte sich an die Wand und musterte seinen Großvater.

»Das hast du sehr schön eingefädelt, nicht wahr? Wann hast du sie gefunden, sag es mir.«

»Vor ein oder zwei Jahren. Und du musst zugeben, dass ich eine gute Wahl getroffen habe.«

»Das bestreite ich nicht. Und was ist mit den anderen? Roland und Burke?«

Olympia lehnte sich an einen nahen Pfeiler.

»Im Grunde hat alles mit deinem Bruder angefangen. Ich habe mich vor ein paar Jahren ein wenig in sein Leben eingemischt …«

»Warum wundert mich das nicht?«

»… und habe beschlossen, es wäre an der Zeit, die Dinge wieder in Ordnung zu bringen. Ich hatte einfach Glück mit den Cousinen.«

»Ja, Glück muss der Mensch haben, nicht wahr?«

Olympia trommelte mit seinen langen Fingern auf sein Hosenbein.

»Sieht so aus, als liebtest du sie.«

»Mehr, als ich mir je hätte vorstellen können. Ich würde für sie sterben«, sagte Wallingford schlicht.

»Hast du deinen lockeren Lebenswandel aufgegeben?«

»Das ist meine feste Absicht.«

Überrascht hob Olympia eine Augenbraue.

»Am Ende der Zeremonie war nicht zu übersehen, dass dieser sogenannte Fluch anscheinend nicht gebrochen ist«, fuhr er fort.

Wallingford zuckte die Achseln.

»Dazu kann ich nichts sagen. Ich habe jedenfalls jedes Wort des Schwures, den ich geleistet habe, ernst gemeint. Ich würde mir eher den rechten Arm abhacken, als eine andere Frau ansehen.«

»Und dennoch.«

Wallingford erwiderte nichts, denn falls er etwas sagte, hätte er verraten, dass auch er Zweifel hegte, und zwar an sich selbst.

»Du glaubst nicht, dass du es schaffst, oder?«, fragte Olympia schließlich.

»*Du* jedenfalls glaubst es ganz sicher nicht. Das war schon immer so.«

»Dann solltest du zum Wohle dieses unglaublich netten Mädchens, das oben in deinem Bett schläft, besser einen Weg finden, dir zu beweisen, dass du es schaffst«, sagte Olympia und verschwand.

Wallingford saß eine Weile im Sessel und sah Abigail beim Schlafen zu. Das Auf und Ab ihres Brustkorbs faszinierte ihn. Im letzten Licht des Mondes betrachtete er die Linie ihrer Wangen, ihr üppiges, dunkles Haar auf dem Kissen und ihre warmen, weißen Brüste. Gern hätte er das Gesicht wieder an sie geschmiegt und sie liebkost, doch er hielt sich zurück.

Sie bewegte sich und öffnete flatternd die Augenlider. Er legte sein Gesicht in die Hände.

»Warum bist du angezogen?«, fragte sie schläfrig.

»Ich war spazieren.«

Die Laken raschelten.

»Sieh mich an, Wallingford.«

Er hob den Kopf. Sie saß im Bett, den wunderbaren Körper in ein weißes Laken gehüllt, und musterte ihn mit ihren weisen, hellbraunen Augen.

»Du bist auch nicht sicher, oder? Ob du es schaffst. Ob du für den Rest deines Lebens treu sein kannst. Deshalb ist der Fluch nicht gebrochen.«

»Ach, Unsinn. Ich werde dich niemals betrügen. Ich würde dir niemals wehtun.«

»Das sagst du nur, um mich zu beruhigen; weil du dir so sehr wünschst, dass es wahr ist. Doch ein Schürzenjäger ändert sich nicht, oder?«

Wallingford stand auf und ging zum Fenster.

»Ich bin kein Schürzenjäger.«

»Aber du hast dich dein ganzes Leben lang so verhalten. Das ist schließlich der Hauptgrund, warum du nach Italien gefahren bist. Um zu beweisen, dass du mehr bist als das. Um zu versuchen, ohne Frauen und Alkohol auszukommen. Und dann bin ich aufgetaucht.«

»Ja genau.«

»Deshalb weißt du es immer noch nicht, oder? Ob du den vielen Versuchungen um dich herum widerstehen kannst, all den Angeboten, die der Duke of Wallingford bekommt.«

»Ich kann. Ich muss. Ich liebe dich zu sehr, ich darf nicht versagen.«

Wieder raschelten die Laken, und einen Augenblick später spürte er, wie sich erst eine Hand und dann eine weiche Wange auf seinen Rücken legte.

»Hör mir zu«, sagte sie leise. »Ich habe nachgedacht, sogar sehr viel. Geh fort von hier, mein Geliebter, mein Gatte. Verbring ein Jahr für dich allein. Das Jahr der Enthaltsamkeit, das du dir vorgenommen hattest, das, das ich unterbrochen habe …«

Er drehte sich um.

»Was zum Teufel soll das? Wovon redest du, Abigail?«

»Was ist schon ein Jahr?« Sie schlang die Hände um seinen Hinterkopf. »Nichts drängt uns, wir müssen keinen Fluch mehr brechen. Ich werde auf dich warten. Ich warte im Schloss. Zieh allein los und entdecke die Wahrheit.« Sie senkte den Kopf und küsste ihn auf die Brust. »Dein mitfühlendes Herz bleibt bei mir, sicher verwahrt in meinen Händen.«

Wallingford kam es so vor, als stürze er durch ein großes Loch im Boden in einen Abgrund.

»Du willst, dass ich dich *verlasse*?«, fragte er rau. »Du schickst mich fort?«

»Ich komme schon zurecht. Ich bin stark genug; das weißt du.«

»Das ist unmöglich. Einfach lächerlich. Ich könnte dich niemals verlassen …«

»Du musst, Liebling.«

»… mal ganz abgesehen von der Verwaltung der Güter …«

»Auf mich allein gestellt, würde ich wohl alles falsch machen, aber ich bin sicher, dass dein Bruder mir hilft, die Dinge in den Griff zu bekommen. Roland ist sehr clever, weißt du?«

Wallingford senkte den Kopf und vergrub ihn in ihrem duftenden, weichen Haar.

»Hör zu, Liebling«, sagte Abigail. »Ich kenne dich, ich kenne dich in- und auswendig. Und ich verstehe dich. Ich weiß, warum du in deiner Hochzeitsnacht im Mondschein spazieren gegangen bist. Ich weiß, was dich bedrückt. Du brauchst das. Du brauchtest es letzten März, und du brauchst es immer noch. Liebe allein ist einfach nicht genug. Das hat sich heute gezeigt.«

»Doch, ich brauche nur deine Liebe. Du gibst mir die nötige Kraft, Abigail.«

»Nein, das stimmt nicht. Die Kraft ist in dir *selbst*, das musst du begreifen, Wallingford. Sie zeigt sich in allem, was du tust, du verstehst es nur nicht.«

Der Herzog schloss die Augen.

»Du hast *so* viele gute Anlagen«, sagte sie.

Er drückte seine Lippen auf ihr Haar.

Abigail ließ sich nicht unterbrechen.

»Und ich brauche das auch. Es ist wichtig für mich, dass du ein wenig leidest, dass du dich an gewöhnlichen Aufgaben versuchst, so wie normale Männer. Dass du lernst, wie man wahrhaftig der treue Ehemann wird, der Tisch und Bett mit mir teilen und Vater meiner Kinder werden kann.«

»Das ist absurd, Abigail. Ich kann dich nicht verlassen.« War das seine Stimme? Er erkannte sie kaum. Eine Träne quoll aus seinem rechten Auge, rann die Wange hinab und verschwand im Haar seiner geliebten Frau.

»Du kannst, Wallingford. Und du solltest. Ein Jahr Enthaltsamkeit: Das hast du doch von Anfang an ausprobieren wollen. Du hast gewusst, was getan werden muss, du hast es immer gewusst.«

Er fasste ihr Haar mit den Händen zusammen und zog ihren Kopf zurück, sodass sie zu ihm aufsehen musste. Dann küsste er sie.

»Geh wieder ins Bett, Liebling. Du redest wirres Zeug.«

»Ich bin nicht müde.«

»Doch, bist du. Denn ich bin es auch, weiß Gott. Morgen früh fühlen wir uns beide besser.«

Er führte sie zum Bett zurück und streckte sich mit Schuhen neben ihr aus. Einen Augenblick später war sie ihm zugewandt auf der Seite eingeschlafen wie ein Engel. Wallingford beobachtete sie still und atmete ihren Atem ein. Sein Herz hämmerte schmerzhaft gegen die Brust. Abigail hatte all seine Schutzmauern eingerissen.

Endlich stand er auf und suchte auf dem Tisch nach einem Stück Papier. Im Licht des Mondes notierte er Namen und Adressen: seines Anwalts, seines Bankiers, seines Bevollmächtigten im Dorf. Dann nahm er die Heiratsurkunde aus seiner Jackentasche und legte sie unter einen Briefbeschwerer. Schließlich schrieb er einen Brief, wie er noch nie einen geschrieben hatte: voll mit Worten der Liebe und Treueschwüren; und als er seinen ganzen Vorrat an Gefühlen aufgebraucht hatte, unterschrieb er einfach mit *Arthur*.

Sie würde wissen, was das bedeutete.

Er packte nichts ein, nicht einmal sein Rasiermesser, steckte nur ein paar Lirescheine in die Tasche und ließ den Rest auf dem Tisch liegen. Zufrieden ging er wieder zum Bett und schaute auf seine Frau herunter. Er zog die Decke über sie, ohne ihn wurde ihr womöglich kalt, selbst in diesem warmen Zimmer. Dann strich er ihr hauchzart über das Haar, die Wange, die Brust und den Bauch und staunte einmal mehr, wie weich sie war. Er sehnte sich danach, auch ihre schelmischen, schräg stehenden Augen zu berühren, fürchtete aber, sie aufzuwecken.

Endlich drehte er sich um und verließ das Zimmer, ohne noch einen Blick zurück zu wagen.

Draußen vor dem Fenster verschwand gerade der Mond hinter dem Horizont.

DREIUNDZWANZIG

Mittsommernacht 1891

Alexandra Burke lehnte sich an die Brust ihres Gatten und warf ihrer Schwester einen zufriedenen Blick zu. »Wie schade, dass du dieses Jahr kein Dienstmädchenkleid finden konntest, das mir passt.«

»Verschieben wir es einfach auf nächstes Jahr«, sagte Mr. Burke und deutete vielsagend auf die Brust seiner Gattin, die sowohl die Grenzen des Anstands als auch die des Möglichen zu sprengen drohte, von den Nähten ihres einstmals züchtigen gelben Kleides ganz zu schweigen. Seine andere Hand ruhte auf ihrem Bauch, der groß genug war, um als unabhängiger Staat anerkannt zu werden.

Alexandra tätschelte seine Finger.

»Wenn wir Glück haben, bringst du mich jeden Sommer in andere Umstände, nur um Abigail zu ärgern und ihre Pläne zu durchkreuzen. Uff!« Sie schnitt eine Grimasse und fasste sich an den Bauch. »Aber vielleicht ist ein Kind auch mehr als genug.«

»*Dir* zuliebe möchte ich hoffen, dass mehr als ein Baby in diesem Bauch steckt, sonst müssen wir uns eine größere Wiege besorgen«, sagte Abigail und stellte ein Tablett mit gefüllten Oliven auf den Tisch. »Bitte, liebe Schwester. Soll ich deinem Gatten auch einen Teller bringen?«

»Meinem Gatten? Mach keine Witze.« Alexandra nahm eine Olive und warf sie geschickt in den Mund. »Ich bin durchaus imstande, ohne Finns Hilfe zwei Teller von Morinis gefüllten Oliven zu vertilgen. Schäm dich, Penhallow!« Sie gab Lord Roland einen Klaps auf die Finger, weil er versucht hatte, quer über den Tisch hinweg eine Olive zu rauben. »Wenn du Oliven möchtest, wende dich an deine Frau.«

»Die bedient alle anderen, nur nicht mich«, sagte Lord Roland mit dem langen Gesicht eines Mannes, der daran gewöhnt ist, ständig von seiner Frau umsorgt zu werden.

»Soll ich sie für dich suchen, Papa?« Philip stibitzte ein paar Oliven vom Teller und rutschte von der Bank.

»Gute Idee!«, rief Roland dem Jungen nach, als er in der Menge der Dorfbewohner verschwand. »Vielleicht solltest du vorher noch ein oder zwei Runden um das Schloss herumlaufen, nur um sicherzugehen, dass sie sich nicht irgendwo versteckt hat.« Er wandte sich wieder den anderen zu. »Das macht sie müde«, erklärte er wissend.

»Ich werd's mir merken«, sagte Burke.

Abigail nahm das leere Tablett, schlängelte sich durch die Menge und stieß kurz vor der Küche fast mit Lilibet zusammen, die auf dem Weg in den Hof war.

»Philip sucht dich«, sagte sie. »Aber er wird dich wohl nicht gleich finden. Roland hat dafür gesorgt, dass er erst einmal um das Schloss herumläuft.«

»Ach, dieser Junge. Wenn Roland ihm auftragen würde, eine Leiter zum Mond zu bauen, würde er es tun.«

»Ich glaube, er ist nur froh, endlich einen richtigen Vater zu haben«, erwiderte Abigail.

Lilibets Gesicht wurde weich.

»Ja, natürlich. Oh, Abigail …«

»Ich muss weiter. Drinnen ist furchtbar viel zu tun.«

Abigail lief in die Küche, in der die Morini stand und, gut gelaunt vor sich hin summend, einen Teller mit Antipasti anrichtete.

»Signorina Morini«, sagte Abigail mit schmalen Augen, »haben Sie etwa ein neues Medaillon?«

Die Haushälterin legte eine Hand auf die Halsgrube und lächelte.

»Es ist nichts Besonderes, Signora Duchessa. Es ist nur ein Anhänger.«

»Wer hat ihn dir geschenkt?« Neugierig beugte Abigail sich vor. Auf dem kleinen goldenen Medaillon war eine Art Weinstock eingraviert.

»Niemand, Signora.«

»Es ist von Giacomo, nicht wahr? Ich wusste es! Ihr habt euch endlich wieder vertragen, nicht? Das ist ein sehr schöner Anhänger.«

»*Si, Signora.* Und er hat viel zu bedeuten. Es ist derselbe Anhänger …« Die Morini ließ die flinken Hände ruhen und sah mit einem wehmütigen Lächeln aus dem Fenster.

»Derselbe Anhänger…?«, hakte Abigail nach.

Die Morini atmete tief ein und wandte sich ihr zu.

»Es ist derselbe Anhänger, den Giacomo mir hat gegeben vor vielen Jahren. Es ist der Anhänger, den ich ihm habe zurückgegeben, damals in der traurigen Zeit, als er so zornig war. Nun er hat ihn mir wiedergegeben.«

Abigail zog eine Augenbraue hoch. Sie war sicher, dass sie noch nicht alles gehört hatte.

»Ich werde es Ihnen schon noch entlocken«, sagte sie und griff sich ein neues Tablett.

Die Morini lachte und wandte sich wieder ihren Antipasti zu.

»Ich kann es nicht erwarten, Signora.«

Abigail kehrte auf den Hof zurück. Die Musikkapelle stimmte sich bereits ein, und der Mond begann aufzugehen. Mit einem Mal hatte sie keine Kraft mehr. Mit dem Tablett in der Hand lehnte sie sich an die Wand und schaute über den Hof hinweg auf die terrassierten Hänge. Das sanfte, blaue Licht der Abenddämmerung legte sich über das Land. Irgendjemand zündete die Fackeln an, und allmählich breitete sich schwacher Rauchgeruch aus.

Als die Menge sich teilte, sah sie Alexandra und Finn unter den Fackeln sitzen. Finn hatte den Arm immer noch um ihre Schwester gelegt, und die Flammen ließen sein rotes Haar golden aufleuchten. Nun flüsterte er Alexandra irgendetwas ins Ohr, und sie lachte und schaute verliebt zu ihm auf.

Auf der anderen Seite des Tisches stand Lilibet, die offenbar eine Pause eingelegt hatte und zu ihrem Mann gegangen war. Sie streckte gerade einen Arm aus, um einen Schluck Wein aus seinem Glas zu trinken. Roland tat so, als sei er empört, und hielt ihr Handgelenk fest, da beugte sie sich herab und küsste ihn auf die Lippen, womit sie ihn genügend verwirrte, um ihm ihre Hand zu entreißen und lachend mit dem Wein davonzulaufen. Roland stand auf und rannte ihr nach, und beide verschwanden in der Menge.

Ich freue mich so für sie, sagte Abigail sich, obgleich sie schlucken musste.

Ich freue mich so.

Sie stieß sich von der Wand ab und drehte den Kopf, um die Augen an der Schulter abzuwischen. Selbstmitleid half ihr nicht weiter. Sie hatte dieses Martyrium selbst vorgeschlagen; nun musste sie es auch ohne Jammern ertragen.

Sie hatte elf Monate ohne Wallingford ausgehalten; elf Monate ohne sein trockenes Lachen und seine warme Umarmung, elf Monate ohne sein Poltern, seinen Humor, seine unerschütterliche Kraft und seine überraschende Zärtlichkeit. Während die anderen sich geneckt und geliebt hatten, hatte sie den ganzen kalten Winter und den warmen Frühling hindurch gewartet und gebetet. Sie konnte es auch noch einen Monat aushalten, nur vier kurze Wochen. Dann würde er zurückkommen. Wenn es heiß war, im Juli, würde er zu ihr zurückkommen.

Sie musste weiter an ihn glauben und ihm vertrauen. Sie durfte nicht an ihm zweifeln.

Sie straffte die Schultern und hob das Kinn. Eine Fackel flackerte, und im nächsten Augenblick schoben zwei Arme sich von hinten um sie herum und nahmen ihr das Tablett ab.

»Das scheint mir viel zu schwer zu sein für eine so zarte, kleine Elfe wie Ihre Gnaden, die Duchess of Wallingford.«

Schwankend schloss Abigail die Augen.

»Großer Gott! Du bist zurück!«, sagte irgendjemand. Dann war das Tablett plötzlich ganz verschwunden, und die Arme schlangen sich so fest um sie, dass sie keine Luft mehr bekam.

»Er ist zurück!«, rief Philip, aufgeregt an ihnen vorbeirennend. »Alle mal herhören, er ist zurück! Ich habe ihm geholfen, sein Pferd in den Stall zu bringen.«

»Du bist wieder da«, flüsterte Abigail mit immer noch geschlossenen Augen, den Rücken an Wallingfords großer, starker Brust.

»Ich bin wieder da.«

»Da bist du ja, alter Junge! Ich dachte, du wärst noch in der Äußeren Mongolei«, begrüßte ihn Finn mit einem kräftigen Schlag auf die Schulter, der sie beide erbeben ließ.

»War ich auch«, brummte Wallingford. »Aber dann hatte ich es satt und dachte mir, genug ist genug. Also bin ich nach Hause gekommen, um meiner Frau meine Liebe zu zeigen.«

»Sehr vernünftig«, sagte Alexandra. Endlich öffnete Abigail die Augen.

»Großer Gott!«, staunte Wallingford. »Was für ein Anblick, Alexandra! Wie zum Teufel bekommst du sie abends nur die Treppe hoch, Burke?«

Roland redete dazwischen.

»Sieh an, der verlorene Bruder. Ich möchte eure Wiedervereinigung ja nicht stören, aber ist dir vielleicht aufgefallen, dass deine Frau langsam blau anläuft?«

Augenblicklich lockerte Wallingford die Arme, und alle begannen durcheinanderzureden. Halb gezogen, halb getragen landete Abigail mit Wallingfords Arm um die Taille auf einer Bank an einem Tisch. Lord Roland nahm das Tablett mit den Antipasti.

»Ich werde heute Abend mal das Essen servieren«, sagte er zuvorkommend.

Wallingford wurden Speisen und Getränke aufgetischt, die er sich, Abigail fest im Arm, mit einer Hand einverleibte, während der kleine Philip, der auf sein freies Knie geklettert war, ihn mit Fragen bombardierte. Ja, er hatte gegorene Stutenmilch getrunken; nein, ihm war davon nicht übel geworden. Ja, er hatte in der Ukraine bei der Ernte geholfen, und ja, den größten Teil des Weges war er auf Lucifer geritten, es sei denn, man hatte ihm das freundliche Angebot gemacht, ihn auf einem Heuwagen mitzunehmen. Nein, er war nicht auf die Gipfel des Himalaja gestiegen, aber er *hatte* einen Tiger gesehen.

»Einen echten Tiger?«, fragte Philip ehrfürchtig.

»Ja, einen echten«, bestätigte der Herzog, »aber glücklicherweise war er schon älter und genauso zufrieden damit, mich meiner Wege ziehen zu lassen, wie ich es andersherum war.«

»Du hättest mir schreiben sollen, dass du kommst«, sagte Abigail leise an Wallingfords Ohr, als Philip endlich von seinem Knie gerutscht war. Sie konnte ihm immer noch nicht ins Gesicht blicken.

»Ich wollte nicht so lange anhalten. Ich musste dich sehen und mit dir sprechen, nicht Worte auf ein Stück Papier schreiben. Schau mich an, Abigail!«

Er drehte ihr Gesicht so, dass sie ihn ansehen musste: Sein Haar war ein wenig kürzer, seine dunkelblauen Augen leuchteten im Fackelschein, auf seinem markanten Kinn sprossen Bartstoppeln, und seine dichten Augenbrauen waren konzentriert zusammengezogen. Er roch nach Staub und Pferd, nach Rauch und Schweiß. Am liebsten hätte sie sich an seine bloße Haut gedrückt und sich an diesem Duft berauscht.

»Komm nach oben«, sagte sie.

»Nur zu gern.« Er stand auf und reichte ihr die Hand. »Unter anderem weil ich glaube, dass diese verdammte Tuba gleich wieder loslegt.«

Abigail führte ihn durch die Menge. Die Küchentür stand einen Spaltbreit offen, und Kuchenduft wehte hindurch. Wallingfords warme Hand hielt sie so fest, als wollte er nie wieder loslassen.

Niemand schien im Haus zu sein. Als sie in die große Halle

kamen, drückte Wallingford sie an die Wand und küsste sie gierig.

»Oh«, sagte Abigail und schnappte nach Luft, »oh Gott, ich habe dich so vermisst! In jeder Minute. Jeder Sekunde.« Sie nahm sein Gesicht in beide Hände und streichelte es mit den Daumen. »Bist du es? Bist du es wirklich?«

»Natürlich bin ich es, zum Teufel. Ich hoffe, du hast es dir nicht zur Gewohnheit gemacht, in Fluren dunkelhaarige Fremde zu küssen.«

Abigail lachte.

»Ja, du *bist* es.«

»Ich *bin* es.« Er legte die Hände um ihre Taille und küsste sie wieder. »Dein Ehemann, Abigail, der dir in Gedanken und Taten treu war. Ich schwöre es.«

»Ich habe nie an dir gezweifelt.«

»Lügnerin.«

Abigail lachte. Sie konnte nicht aufhören, ihn zu streicheln, mit den Daumen über seine vorspringenden Wangenknochen zu streichen, das kurze seidige Haar in seinem Nacken zu berühren. Er war echt. Er war wirklich da.

»Aber ich habe erst in einem Monat mit dir gerechnet.«

»Ja, ich hatte auch vor, das ganze Jahr wegzubleiben, nur um zu beweisen, dass ich es kann. Aber dann dachte ich, warum zum Teufel? Ich hatte getan, was ich tun wollte. Warum sollte ich noch einen Monat von dir getrennt sein?«

»Ich bin froh, dass du zurückgekommen bist.« Langsam ließ Abigail die Arme sinken und nahm ihn bei der Hand. »Komm. Ich möchte dir etwas zeigen.«

»Je eher, je besser«, brummte er.

Sie führte ihn die große Treppe empor, an den Zimmern der Frauen vorbei durch den Flur in den Westflügel.

»Wir gehen in *mein* Zimmer?«, fragte Wallingford.

»Ja. Nur dass es nicht mehr deins ist.«

»Nicht?«

Abigail stieß die Tür auf und führte ihn hinein.

»Oh Gott.«

Wie angewurzelt blieb Wallingford stehen, und Abigail verharrte an seiner Seite, seine Hand in ihrer, während er alles in sich aufnahm: die freundlichen Möbel, die Kleidungsstücke auf dem Trockengestell, die zwei Wiegen nebeneinander.

Und das Geschrei, das aus einer drang.

In einer Ecke des Zimmers erhob sich eine Frau.

»Sie kommen gerade richtig. Jemand ist hungrig.«

Abigail zog den schockierten Herzog an der Hand. Als er sich nicht rührte, ging sie allein zu den Wiegen. »Sieh mal, ich habe Papa mitgebracht«, sagte sie.

»*Zwei* Babys?«, stieß Wallingford hervor und stützte sich mit einer Hand an der Wand ab.

»Keine Sorge. Nur eins davon ist deins.«

»*Was?*«

»Nein, nein. Ich meine, Lilibet und Roland haben auch ein Baby. Ein kleines Mädchen. Der arme Philip, er hat sich so sehr gewünscht, ein Brüderchen zu bekommen.«

Zögernd machte Wallingford einen Schritt nach dem anderen, bis er neben Abigail stand und in die Wiegen sehen konnte: auf das engelsgleiche Geschöpf mit den goldenen Locken, das in der einen fest schlief, während sein Haar im Licht leuchtete wie ein Heiligenschein; und auf das schreiende, schwarzhaarige Baby mit den geballten Händen und den strampelnden Beinen in der anderen.

Er schaute von einem Baby zum anderen und seufzte tief.

»Lass mich raten, welches unseres ist.«

Abigail hob das schreiende Kind hoch und redete beruhigend auf es ein.

»Er hat nur Hunger. Und er ist vier Monate jünger. Das macht einen großen Unterschied. Ich bin doch schon da, mein Schatz.« Sie legte das Kind an die Schulter und steckte die Nase in sein Haar, um den süßen Babyduft einzuatmen.

»Er?«, fragte Wallingford leise.

»Ich habe ihn Arthur genannt.«

»Oh mein Gott.«

»Würdest du bitte aufhören, ihn so finster anzusehen? Er ist dein Sohn. Und er ist sehr empfindlich.«

Wallingford schluckte.

»Mein Sohn.«

»Du kannst ihn ruhig anfassen.« Sie drehte das Baby um, und es schaute mit einem kleinen Schluchzer zu seinem Vater auf.

»Wo?«

»Wo du willst? Leg einen Finger in seine Hand.«

Zögernd streckte Wallingford einen Finger aus und legte ihn in Arthurs winzige Hand, die sich sofort darum schloss.

»Mein Gott, was für ein Griff!«

Arthurs Gesicht wurde rot und verzog sich.

»Oh ja«, sagte Abigail. »Mein armer Kleiner. Ich habe ihn zu lange warten lassen.«

»Worauf?«

»Auf seine Milch, mein Liebling. Babys trinken Milch; das ist doch bekannt. Macht es dir etwas aus zu warten? Du bist sicher erschöpft.« Abigail versuchte, sachlich zu klingen, obwohl es sie innerlich sehr mitgenommen hatte zu sehen, wie der kleine Arthur endlich den Finger seines Vaters umklammerte und Wallingford seinem Sohn voller Ehrfurcht und Schrecken und – ja, sie war sicher – auch Liebe in die Augen blickte.

»Warten?«

»Bis ich ihn gestillt habe.« Abigail setzte sich in einen Schaukelstuhl am Fenster und zog rasch das Mieder ihres Dienstmädchenkleides herunter, was bei dem bisschen Stoff keine Mühe machte.

Die Frau in der Ecke lächelte.

»Ich gehe etwas Tee holen.«

»Danke, Leonora«, sagte Abigail leise, als Arthurs kleiner Mund sich an ihrer Brust festsaugte.

Wallingford schien nichts gehört zu haben. Er lehnte mit gekreuzten Armen an der Wand und beobachtete seine Frau und seinen Sohn sprachlos. Als sie ihn so sah, machte Abigails Herz einen Satz. Sie hatte vergessen, wie groß er war, wie er einen Raum füllte, nur indem er darin stand. Offenbar hatte er bei seinen Reisen leicht an Gewicht verloren. Er wirkte sehniger, schlanker, die Wangenknochen ragten etwas weiter hervor, und das schmutzige Jackett hing lockerer um die kräftigen Schultern. Sie hätte es ihm gerne ausgezogen, ihn in die Arme genommen und diesen großen, schmutzigen Mann fest an sich gedrückt.

»Es tut mir leid«, sagte sie. »Ich hätte dir nach seiner Geburt geschrieben, wenn es eine Möglichkeit gegeben hätte, dich zu erreichen.«

Wallingford schüttelte nur den Kopf.

»Ich weiß, es ist keine besonders romantische Heimkehr, aber er ist ein schneller Esser. Genau wie sein Vater.«

Der Herzog legte einen Arm an die Wand und drückte die Stirn dagegen, dann wurde sein Rücken von Schluchzern geschüttelt, die in dem stillen Raum deutlich zu hören waren.

Leonora kam mit dem Tee zurück und servierte ihn, als hätte sie von Kindesbeinen an in England gelebt.

»Er ist fast fertig«, sagte Abigail und legte das Kind an die andere Brust. Wallingford war zum Fenster gegangen und starrte in die mondhelle Dunkelheit hinaus.

Arthur saugte langsamer, hörte schließlich ganz auf und ließ den Kopf schläfrig an die Brust seiner Mutter fallen. Er roch nach süßer Milch. Abigail stand auf, nahm ein Tuch vom Trockengestell und legte es über Wallingfords Schulter.

»Hier«, sagte sie und reichte ihm das Baby, ehe er dagegen protestieren konnte.

»Was soll ich tun?«, fragte er.

»Klopf ihm auf den Rücken«, riet sie ihm. »Fester, mein Gott. Er ist doch nicht aus Glas.«

Wallingford stand neben dem Fenster, durch das man den violetten Himmel sehen konnte, klopfte seinem Sohn mit seiner großen Hand auf den Rücken und hielt ihn mit der anderen fest. Dann schaute er auf und begegnete Abigails Blick, sah sie so durchdringend an, dass ihr die Knie weich wurden. Sein Gesicht war gebräunt, anscheinend hatte er sich sehr oft im Freien aufgehalten.

»Bist du sicher, dass er genug zu essen bekommt?«, fragte Wallingford mit rauer Stimme. »Er ist so leicht.«

»Um Himmels willen, sieh mich doch an. Glaubst du, ich hätte nicht genug Milch? Gestern hat er elf Pfund gewogen, und das ist für einen zwei Monate alten Säugling mehr als genug, das kann ich dir versichern.«

Wie um ihre Worte zu unterstreichen, öffnete Arthur den Mund und stieß einen lauten Rülpser aus.

Fast hätte Wallingford das Bündel in seinen Armen vor Schreck fallen lassen.

»Großer Gott! War *er* das?« Ängstlich sah er auf seine Schulter herab.

»Geschafft.« Um ihre Hände am Zittern zu hindern, nahm Abigail ihrem Mann das Baby wieder ab. Dann tupfte sie Wallingfords abgetragenes Jackett mit dem Tuch ab. »Jetzt wickeln wir ihn nur noch und legen ihn wieder hin.«

Leonora kam näher und streckte die Arme aus.

»Ich mache das, Abigail. Sie bringen den guten Signore ins Bett und kümmern sich um ihn. Er sieht aus wie ein Mann, der lange unterwegs war.«

»Stimmt«, sagte Wallingford.

Benommen ging der Herzog den vertrauten Flur entlang. Durch die winzigen Bogenfenster drang der gedämpfte Lärm des Festes draußen im Hof, untermalt vom *Umpta* der verfluchten Tuba. Doch er nahm das alles genauso wenig wahr wie die bröckelnden alten Mauersteine, an denen er vorüberging.

Ein *Sohn*. Er hatte einen Sohn. Ein winziges, zappelndes Bündel Mensch, das durch seinen Samen in Abigails Bauch entstanden war, bei einem wundervollen Akt der Liebe. Sein Sohn. Zärtlich wiederholte er innerlich immer wieder die ungewohnten Worte.

Dann blieb er stehen, schloss die Lider und vergegenwärtigte sich noch einmal, wie die blinzelnden, dunklen Augen des kleinen Arthur in seine Seele geschaut hatten, wie sein warmes Köpfchen sich an sein Herz gelegt hatte.

Irgendetwas schloss sich um seine Hand.

»Willst du gar nichts sagen?«, fragte Abigail behutsam.

Abigail, seine angetraute Frau, die nach Milch, Wärme und Kerzenlicht duftete, stand neben ihm und hielt seine Hand.

Wallingford schüttelte nur den Kopf, nahm sie auf die müden Arme und trug sie durch den Flur in den Ostflügel. Den Damenflügel, wo ihr Zimmer lag.

Zu der Tür, die sich, wie er noch genau wusste, in der hintersten Ecke des Flures befand und am weitesten von der Treppe entfernt war. Sie stand einen kleinen Spalt offen, und schon als er mit dem Fuß gegen das dicke Türblatt stieß, begann er, Abigail zu küssen. Sie stöhnte und küsste ihn ungeduldig zurück; streichelte sein Haar, seinen Rücken, seinen Kragen und zerrte so heftig an seinem schmutzigen Jackett, dass er unter dem Ansturm ins Schwanken geriet und mit dem Rücken die Türe zudrückte.

Immer wieder küsste sie sein Gesicht.

»Du bist zurückgekommen«, sagte sie mit einer Stimme, die belegt und rau klang. »Du bist zurückgekommen.«

»Hast du nicht daran geglaubt?«

»Ich weiß nicht. Ich war mir nicht sicher. Oh Gott, jeden Tag, jede Nacht habe ich gebetet …« Sie brach zusammen und weinte leise an seiner Schulter.

»Nicht weinen, Liebling. Natürlich bin ich zurückgekommen.« Sanft setzte Wallingford sie wieder auf den Boden. Er brauchte einen Moment, um den Schock zu verkraften, dass Abigail wahrhaftig in sein Hemd weinte. Tröstend strich er ihr über Rücken und Haar, und sein Herz schien ganz weich zu werden vor Rührung. »Natürlich bin ich zurückgekommen. Du bist meine Frau. Natürlich kehre ich zu dir zurück.«

Vorsichtig schlang sie die Arme um seine Taille und drückte sich an ihn. Ihre prallen Brüste quollen beinahe aus dem

Ausschnitt ihres absurden Kostüms heraus. Vor einem Jahr hatte er ihr genau dieses Kleid ausgezogen, im Bootshaus, während der Mond sich im See gespiegelt hatte; seine Finger erinnerten sich und fanden die Haken im Rücken.

Das Kleid lockerte sich. Abigail schloss die Augen, ließ den Kopf in den Nacken fallen und bot ihm im schwachen silbernen Licht, das durch das Fenster fiel, ihren wunderschönen Hals dar. Während er ihr das Kleid abstreifte und mit dem Mieder kämpfte, drückte er seine Lippen auf ihren warmen Puls, ihr Kinn und ihr Ohr.

Das Kleid sank herab, das Mieder fiel zu Boden, und endlich stand sie in ihrem zarten Unterhemd vor ihm. Ihre Brustspitzen zeichneten sich dunkel unter dem weißen Stoff ab. Gott, es war so lange her! Er hatte sich genüsslich an ihr weiden wollen, aber nun konnte er nicht mehr warten. Seine Hände bebten bereits vor Verlangen.

Abigail öffnete die Augen. Dann hob sie die Arme, riss ihm die Hosenträger herunter und zerrte an den Knöpfen seines Hemds.

»Um Himmels willen, hör auf mich anzustarren und bring mich ins Bett.«

Bei dem Wort *Bett* kam Wallingford wieder zu sich. Hastig küsste er sie, und gemeinsam stolperten sie, sich die Kleider vom Leib reißend, lachend und weinend vor Freude über das unerwartete Glück, über den Boden. Am Bett angekommen, warf er sich nackt auf sie, drückte sein steifes Glied an ihren Bauch und küsste sie innig.

»Oh Gott«, murmelte er, während das Blut heiß und erregt durch seine Adern rauschte.

Abigail spreizte die Beine.

»Bitte«, sagte sie. »Nimm mich, sofort.«

Er lachte an ihren Lippen.

»Was, jetzt schon? Ich dachte, du hättest es lieber …«

»Jetzt gleich, Herrgott noch mal!«

Nun, man sollte seine Frau nicht enttäuschen. Gehorsam stützte Wallingford sich auf die Ellbogen und ließ sich von ihr leiten.

Dann hielt er den Atem an. Sie war so feucht und schlüpfrig und willig.

»Ist das auch in Ordnung?«, stieß er zwischen zusammengebissenen Zähnen hervor. »Ist alles … verheilt?«

»Mein Gott, ja!«

Da stieß er zu und vereinte sich mit ihr.

»Oh, Wallingford! Oh, mein Gott!«, jubelte sie.

Er konnte keinen klaren Gedanken mehr fassen. Fast ein Jahr war es her, ein ganzes Jahr, seit er zuletzt eine Frau gehabt hatte. Ein Jahr, seit er sie erobert und ihren weichen Leib an seinem gespürt hatte, seit sie die Beine um ihn geschlungen und sich so wunderbar an ihm gerieben hatte. Seine Hoden prickelten schon vor Erregung; doch er zwang sich, langsam und ruhig zu agieren, sein wachsendes Verlangen zu kontrollieren und sich von ihren halb geschlossenen Augen, ihrem flehentlichen Wimmern leiten zu lassen.

»Jede Nacht«, flüsterte er, »jede Nacht habe ich davon geträumt. Jede Nacht habe ich an dich gedacht. Nur an dich, Abigail.«

Sie gab einen verzweifelten Laut von sich.

Er stieß stärker zu, aber im gleichen ruhigen Rhythmus.

»Nur an dich. Meine Frau. Meine Geliebte.«

»Ja, ich bin dein«, keuchte sie bebend und presste sich an ihn.

»Nur an dich, Abigail. Nur an dich.«

Ihre Anspannung wuchs; er spürte es am festen Zugriff ihrer Muskeln. Er schob sich höher, veränderte den Winkel und beschleunigte das Tempo. Dann stieß er, angestachelt von ihrer Leidenschaft, gnadenlos zu, wieder und wieder, und sie bohrte ebenso gnadenlos die Fingernägel in seine Seiten. Der Schmerz und die schier unglaubliche Lust trieben ihn fast in den Wahnsinn. Nur durch eine gewaltige Kraftanstrengung konnte er den steigenden Druck in seinen Lenden beherrschen.

»Nur an *dich*«, sagte er wieder, dann bäumte sie sich schreiend auf, und er erlaubte es sich, sich endlich, *endlich* gehen zu lassen, und kam mit beinahe brutaler Heftigkeit mit ihr zusammen zum Höhepunkt. Dass das Brüllen, das er dabei hörte, aus seiner eigenen Kehle gekommen war, wurde ihm erst bewusst, als er zitternd auf ihr zusammenbrach.

»Willkommen zu Hause«, flüsterte Abigail ein wenig atemlos.

Wallingford konnte sich nicht mehr rühren. Er öffnete die Augen, starrte das Bettlaken an und machte die Augen wieder zu. Er wollte sagen, *Es ist schön, wieder zu Hause zu sein*, aber alles, was er herausbekam, waren zwei Worte.

»Zu Hause«, stöhnte er.

Zart wie Schmetterlingsflügel strichen ihre Hände über seinen Rücken.

»Du bist dünn geworden. Und deine Muskeln sind hart wie Stein.«

Wallingford drehte den Kopf. Sein Herz schlug immer noch an ihrem.

»Und du bist runder. Noch weicher und fülliger.« Er schob sich etwas zur Seite und legte eine Hand auf ihre Brust. »Schön wie ein Bild.«

»Macht es dir etwas aus?«

»Was?« Wallingford hob den Kopf. Abigail sah ihn mit großen Augen ziemlich beunruhigt an. »Wie? Mein Gott. Sieh dich doch an. Ich habe ein Mädchen zurückgelassen und nun bist du eine Frau. Wunderbar üppig. Einfach perfekt. Die Mutter meines Kindes.« Aus irgendeinem Grund wäre ihm beim letzten Wort fast die Stimme gebrochen. Da er immer noch in ihr war, zog er sich vorsichtig zurück und nahm sie in die Arme.

Abigail legte den Kopf auf seine Brust. Was für ein köstlicher, unglaublicher Luxus es war, ihr seidiges Haar wieder auf der nackten Haut zu spüren.

»Ich wünschte, du hättest bei mir sein können, als er geboren wurde«, sagte sie leise. »Finn war kurz davor, loszureiten und die Steppen nach dir abzusuchen, aber ich habe ihm gesagt … dass …«

»Was, mein Liebling?«

»Ich habe ihm gesagt, dass wir viel Zeit füreinander haben werden, wenn du zurückkommst. Neugeborene essen und schlafen doch nur, weißt du. Und dass wir … nun ja … so Gott will, mehr als ein Kind bekommen werden.«

Wallingford streichelte ihr Haar, ihr im Mondschein glänzendes Haar, und bemühte sich, die Fassung zu bewahren.

»Du hast an mich geglaubt.«

»Ja, das habe ich. Ich kenne dich und ich weiß, wie stark und loyal du bist. Und in den dunkelsten Stunden, Wallingford …« Sie zögerte. Er streichelte sie weiter. Der Festlärm war verstummt, die Musiker packten wahrscheinlich gerade ihre Instrumente ein, und die Dorfbewohner verschwanden paarweise in den Obst- und Weingärten. Abigails Rücken hob und senkte sich unter seinem Unterarm. »In den dunkelsten Stunden, wenn ich besonders einsam war und gespürt habe, wie unser Baby sich bewegte, habe ich mich so sehr nach dir gesehnt, dass ich kaum atmen konnte …«

Wieder zögerte sie. Über Wallingfords Wangen rannen Tränen, die in ihrem Haar verschwanden. Gern hätte er etwas geantwortet, sie irgendwie getröstet, doch ihm fehlten die Worte.

Leise redete Abigail weiter.

»Dann habe ich an dein Gesicht gedacht, an deinen Blick damals in Siena, als du deine Schwüre geleistet hast, und habe mir gesagt, dass du dein Wort niemals brechen würdest.«

Wallingford küsste das Haar, das seine Tränen aufgenommen hatte, und fand seine Stimme wieder.

»Ich würde diese Schwüre niemals brechen.«

»Hmm.« Abigail hob ein Bein und legte es besitzergreifend über seine.

»Unter anderem, weil ich viel zu müde war«, fuhr er etwas lockerer fort. »Sein Brot zu verdienen ist, wie ich gelernt habe, verdammt harte Arbeit. Geerntet wird von Sonnenaufgang bis Sonnenuntergang. Und im Winter habe ich einen ganzen Monat damit verbracht, Häute zu gerben. Das war in Polen. Ich weiß auch nicht, was ich mir dabei gedacht habe. Damals hätte ich fast aufgegeben.«

Abigail kicherte.

»Und? Hat es sich gelohnt?«

»Ja. Ich habe dir ein hübsches Paar Handschuhe mitgebracht. Sie sind irgendwo in meinen Taschen.«

Sie wandte sich ihm zu und legte die Arme um seinen Hals.

»Lieb mich noch einmal.«

Er schmunzelte.

»Wie bitte? Warst du etwa nicht zufrieden mit mir?«

»Sehen wir es einfach praktisch; in ein paar Stunden muss Arthur wieder gefüttert werden, und bis dahin würde ich gern noch etwas Schlaf bekommen. Das heißt, entweder wir tun es jetzt gleich oder in dieser Nacht nicht mehr.«

»Dann ruh dich aus, Schatz.« Er küsste sie. »Schlaf ein wenig. Ich werde ihn zu dir bringen, wenn es so weit ist.«

»Aber ich will dich.«

Wieder lachte er.

»Und ich will dich. Doch nun haben wir alle Zeit der Welt. Und du brauchst deine Ruhe.«

»Du auch.« Sie schmiegte sich wieder an seine Brust.

»Ja, das stimmt.« Er fasste hinter sich, fand die Decken und zog sie über das schmale Bett, um sich und seine Frau zu bedecken. Ihre feuchte Haut klebte an seiner, und sämtliche Körpersäfte hatten sich vermischt. »Als Nächstes bekommen wir eine Tochter«, verkündete er.

Abigail schnaubte.

»Du würdest doch gar nicht wissen, was du mit einer Tochter anstellen sollst.«

»Natürlich weiß ich das. Wer könnte das besser wissen als ich? Ich werde sie einfach hinter Schloss und Riegel sperren und eventuelle Freier nur unter strikten Sicherheitsvorkehrungen zu ihr vorlassen. Und selbstherrliche Herzöge überhaupt nicht.«

»Schreckliche Kerle, diese Herzöge. Ich bin ganz deiner Meinung.«

Wallingfords Glied war immer noch steif, seine Haut glühte noch von der lang ersehnten sexuellen Erfüllung, und dennoch glitt er, umgeben von Abigails Duft und umschlungen von ihrem weichen Körper, unter einer groben, aber warmen toskanischen Decke angenehm in den Schlaf hinein.

»Vielleicht sollten wir sie hier aufziehen, in den italienischen Bergen …«

»Hmm.«

Leises Gelächter drang durch das offene Fenster und verhallte dann in der Nacht. Wallingfords Blick wanderte zu dem dunklen Rechteck, durch das der Himmel zu sehen war. Wahrscheinlich hatte das ganze Tal mitbekommen, wie er und Abigail sich lauthals in den Fängen der Leidenschaft gewunden hatten.

Er beschloss, ihr nichts davon zu sagen.

Eine schwere, friedliche Stille senkte sich herab. Gott, wie schön das war, im Bett seiner Frau einzuschlafen und nur noch eine ferne Erinnerung an lärmende Londoner Omnibusse aus einem anderen Leben zu haben. Vielleicht sollten sie wirklich in Italien bleiben und ihre Kinder dort aufwachsen lassen. Vielleicht …

Jäh setzte Abigail sich auf.

»Stimmt!«

»Was ist?«, fragte Wallingford schläfrig und streckte seinen langen, von Arbeit gestählten Arm aus, um sie wieder dahin zu ziehen, wo sie hingehörte.

Sie schüttelte seine Hand ab.

»Du hast *stimmt* gesagt!«

»Hab ich das?«

Sie rüttelte an seinen Schultern.

»Im Kinderzimmer. Hast du *stimmt* gesagt! Ich weiß es genau!«

»Schlaf endlich ein, Abigail.«

»Als Leonora angeboten hat, das Baby zu nehmen, damit

ich dich ins Bett bringen kann, weil du so müde bist nach der langen Reise! Du hast sie gehört! Und ihr *geantwortet*! Du hast *stimmt* gesagt!«

Ziemlich verärgert stützte Wallingford sich auf die Ellbogen.

»Wer zum Teufel ist Leonora? Meinst du die Frau im Kinderzimmer? Die, die nach …«

Die Worte blieben ihm im Halse stecken.

»Ja«, sagte Abigail. »Das war Leonora. Die Signorina Monteverdi.«

Wallingford ließ sich wieder aufs Kissen fallen, starrte an die alten Deckenbalken und versuchte, sich die Situation wieder vorzustellen: eine wunderschöne Frau undefinierbaren Alters, die eine unwirkliche Ruhe ausstrahlte, hatte Abigail sanft und ehrfürchtig seinen Sohn abgenommen.

Auch an ihre Augen erinnerte er sich. Sie waren so dunkel wie seine. Und sie waren voller Liebe gewesen.

»Ich will verdammt sein«, sagte er leise.

Abigail beugte sich über ihn, küsste ihn auf die Lippen und legte ihre nasse Wange an seine.

»Nein«, sagte sie, »das ist nun vorbei.«

DANKSAGUNG

Ich würde gern glauben, dass Shakespeare, der sich so gern von der Geschichte und Legenden inspirieren ließ, nichts dagegen gehabt hätte, dass ich *Verlorene Liebesmüh* als Vorlage für eine romantische Trilogie benutzt habe, die zur Viktorianischen Zeit in Italien spielt. In *Das sinnliche Geheimnis eines Gentlemans* (wie auch in den vorherigen Bänden, *Die süßen Lügen einer Lady* und *Die sündige Liebe eines Lords*) habe ich versucht, meine Quelle zu würdigen, indem ich mich ebenfalls häufig der klassischen Wirkung des Dienergeplänkels, der Personenverwechslung und des magischen Realismus bedient habe.

Des Weiteren stehe ich in der Schuld Giuseppe Verdis, der viele seiner größten Opern zur selben Zeit und in etwa derselben Ecke der Welt komponiert hat, in der diese Trilogie angesiedelt ist, und alle drei Bücher sind voll von langen und kurzen Verweisen auf sein Leben und Werk. Mein auffälligster Diebstahl ist natürlich der Fluch des Castel Sant'Agata selbst (das übrigens nach Verdis Anwesen in Parma benannt ist). Opernliebhaber werden sofort bemerken, dass die sich überschlagenden Ereignisse im Schlosshof im Jahre 1590 jene in der ersten Szene von *La Forza del Destino* widerspiegeln (an sich eine Adaptation eines früheren Dramas von Angel de Saavedra und einer Szene aus Schillers *Wallensteins Lager*);

die Flucht meiner Leonora in ein Kloster ist auf Verdis Leonora zurückzuführen. Das Convento di San Giusto erinnert an das Kloster in *Don Carlos*, einer Oper, die ebenfalls einiges zur Dynamik der Dreiecksbeziehung in *Die sündige Liebe eines Lords* beigesteuert hat, inklusive einer Schlüsselszene.

Sowohl Shakespeare als auch Verdi liebten das Übernatürliche, und ihr Werk ist randvoll mit gespenstischen Gestalten, schicksalhaften Wendungen und der Erlösung von der Sünde, die das Herzstück jedes menschlichen Dramas bilden. Ich habe diese Mittel in der Trilogie großzügig angewandt und hoffe, dass die Meister es gutheißen würden.

Zu guter Letzt einen herzlichen Dank an alle Mitwirkenden: meine unvergleichliche Agentin, Alexandra Machinist; meine scharfäugige Lektorin, Kate Seaver, und ihre entzückende Assistentin, Katherine Pelz; an die wunderbaren Menschen in Berkley, die in der Grafikabteilung, in Marketing, Werbung und Verkauf Wunder wirken; und ganz besonders an meine Redakteurin, Marianne Grace, die bei diesem komplexen dreibändigen Projekt auf die Details geachtet hat und selbst einen einjährigen Urlaub in der Toskana verdient hat, attraktive Aristokraten mit eingeschlossen.

»Eine witzige und berührende Geschichte über die Schönheit Italiens und die Magie der Liebe.«

Romantic Times

416 Seiten. ISBN 978-3-442-38381-8

Die schöne Lady Alexandra Morley hat sich einiges zu Schulden kommen lassen und beschließt, ihren Gläubigern zu entfliehen und ihre Heimat England zu verlassen. Sie macht sich auf den Weg in die Toskana, wo sie studieren will. In einem Gasthof macht sie unfreiwillig Bekanntschaft mit dem gefährlich attraktiven Phineas Burke, der das gleiche Ziel hat wie die dickköpfige junge Frau. Als klar wird, dass es nur noch ein freies Zimmer gibt, nutzt Alexandra all ihre Verführungskünste – und schon bald lodert die Leidenschaft zwischen den beiden …

Lesen Sie mehr unter: **www.blanvalet.de**